TASCABILI BOMPIANI 17
NARRATIVA

**Di Alberto Moravia
nei "Tascabili Bompiani"**

Alberto Moravia

LA CIOCIARA

TASCABILI BOMPIANI

ISBN 88-452-0697-1

© 1957 Gruppo Editoriale Fabbri, Bompiani, Sonzogno, Etas S.p.A.
Via Mecenate, 91 - Milano

XI edizione "Tascabili Bompiani" marzo 1989

CAPITOLO PRIMO

Ah, i bei tempi di quando andai sposa e lasciai il mio paese per venire a Roma. La sapete la canzone:

> Quando la ciociara si marita *la donna*
> a chi tocca lo spago e a chi la ciocia.

Ma io diedi tutto a mio marito, spago e ciocia, perché era mio marito e anche perché mi portava a Roma ed ero contenta di andarci e non sapevo che proprio a Roma mi aspettava la disgrazia. Avevo la faccia tonda, gli occhi neri, grandi *1ª persona* e fissi, i capelli neri che mi crescevano fin quasi sugli occhi, stretti in due trecce fitte fitte simili a corde. Avevo la bocca rossa come il corallo e quando ridevo mostravo due file di denti bianchi, regolari e stretti. Ero forte allora e sul cercine, in bilico sulla testa, ero capace di portare fino a mezzo quintale. Mio padre e mia madre erano contadini, si sa, però mi avevano fatto un corredo come ad una signora, trenta di tutto: trenta lenzuola, trenta federe, trenta fazzoletti, trenta camicie, trenta mutande. Tutta roba fine, di lino pesante filato e tessuto a mano, dalla mamma stessa, al suo telaio, e alcune lenzuola ci avevano anche la parte che si vede tutta ricamata con molti ricami tanto belli. Avevo anche i coralli, di quelli che valgono di più, rosso scuro, la collana di coralli, le buccole d'oro e di coralli, un anello d'oro con un corallo, e persino una bella spilla anch'essa d'oro e di coralli. Oltre i coralli ci avevo alcuni oggetti d'oro, di famiglia, e avevo un medaglione da portare sul petto, con un cammeo tanto bello, nel quale si vedeva un pastorello con le sue pecore.

Mio marito aveva un negozietto di alimentari, in Trastevere, al vicolo del Cinque; e affittò un quartierino proprio sopra il negozio, tanto che sporgendomi dalla finestra della camera da letto potevo toccare con le dita l'insegna color sangue di bue su cui c'era scritto "pane e pasta". Il quartierino aveva due finestre sul cortile e due sulla strada, erano quattro stanzette in tutto, piccoline e basse, ma io le ammobiliai bene, un po' di mobili li comprammo a Campo di Fiori e un po' li avevamo, di famiglia. La camera da letto era tutta nuova, col letto matrimoniale di metallo dipinto che imitava il legno e le testiere ornate di mazzolini e ghirlande; nel salotto ci misi un bel sofà coi ricciolini di legno e la stoffa a fiorami, due poltroncine con la stessa stoffa e gli stessi ricciolini, un tavolo tondo per mangiare, e una credenza per tenerci i piatti, tutti di porcellana fina quest'ultimi, col bordo d'oro e un disegno di frutta e fiori nel fondo. Mio marito scendeva la mattina presto al negozio e io facevo le pulizie. Strofinavo, spazzolavo, lucidavo, spolveravo, pulivo ogni angolo, ogni oggetto: dopo le pulizie la casa era proprio uno specchio e dalle finestre che ci avevano le tendine bianche veniva una luce tranquilla e dolce e io guardavo le stanze e vedendole così ordinate pulite e lucide, con tutta la roba al suo posto, mi veniva non so che gioia nel cuore. Ah, com'è bello avere la casa propria, che nessuno c'entra e nessuno la conosce, e si passerebbe la vita a pulirla e ordinarla. Finite le pulizie, mi vestivo, mi pettinavo con cura, prendevo la sporta e andavo al mercato per fare la spesa. Il mercato era lì a pochi passi da casa, e io giravo tra le bancarelle, per più di un'ora, non tanto per comprare, perché gran parte della roba ce l'avevamo al negozio, ma per guardare. Giravo tra le bancarelle e guardavo tutto, la frutta, le verdure, la carne, il pesce, le uova: me ne intendevo e mi piaceva calcolare i prezzi e i guadagni, valutare la qualità, scoprir gli imbrogli e i trucchi dei venditori. Mi piaceva pure discutere, soppesare la roba, lasciarla lì e poi ritornare a discutere ancora e alla fine non prendere nulla. Qualcuno di quei venditori mi faceva anche la corte, lasciandomi capire che mi avrebbe dato la roba gratis se gli davo retta; ma io gli rispondevo in modo che capiva subito che non aveva a che fare con una di quelle. Sono sempre stata fiera e ci vuol poco a farmi montare il sangue alla testa, allora vedo rosso ed è una fortuna che le donne non portino in saccoccia il coltello come gli uomini perché altrimenti sarei anche capace di ammazzare. A uno dei venditori che mi dava più fa-

6

stidio degli altri e s'intignava a farmi delle proposte e voleva regalarmi la roba per forza un giorno gli corsi dietro con uno spillone e per fortuna intervennero le guardie, altrimenti glielo piantavo nella schiena.

Basta, tornavo a casa contenta, e dopo aver messo su l'acqua a bollire per il brodo, con gli odori, qualche osso e qualche pezzetto di carne scendevo subito a bottega. Anche lì ero felice. Vendevamo un po' di tutto, pasta, pane, riso, legumi secchi, vino, olio, scatolame, e io stavo dietro il banco come una regina, con le braccia nude fino al gomito e il mio medaglione col cammeo appuntato al petto: prendevo, pesavo, facevo il conto svelta svelta con la matita e un pezzo di carta gialla, impacchettavo, porgevo. Mio marito, lui, era più lento. Parlando di mio marito, dimenticavo di dire che era già quasi vecchio quando lo sposai e ci fu chi disse che l'avevo sposato per interesse e certo non sono mai stata innamorata di lui ma, quant'è vero Dio, gli sono sempre stata fedele, sebbene lui, invece, non lo fosse a me. Era un uomo che aveva le sue idee, poveretto, e la principale era che lui piaceva alle donne, mentre invece non era vero. Era grasso, ma non di un grasso sano, con gli occhi neri picchiettati di sangue e tutta la faccia gialla e come macchiata di briciole di tabacco. Era bilioso, chiuso, sgarbato e guai a contraddirlo. Si assentava continuamente dal negozio e io sapevo che andava a trovare qualche donna, ma ci giurerei che le donne non gli davano retta se non quando lui gli dava dei soldi. Coi soldi, si sa, si ottiene tutto, persino che una sposina alzi la gonnella. Io capivo subito quando l'amore gli andava bene, perché allora era quasi allegro e perfino gentile. Quando invece non ci aveva donne, diventava cupo, mi rispondeva male e qualche volta persino mi menava. Ma io gliela dissi una volta: "Tu va con le mignotte quanto ti pare, ma non toccarmi perché altrimenti ti lascio e torno a casa mia." Io non volevo amanti, invece, sebbene molti, come ho già detto, mi stessero dietro; tutta la mia passione la mettevo nella casa, nel negozio, e, quando mi nacque la bambina, nella mia famiglia. Dell'amore non m'importava e anzi, forse forse, per via che non avevo conosciuto se non mio marito così vecchio e brutto, mi faceva quasi schifo. Volevo soltanto star tranquilla e non mancare di nulla. Del resto una donna deve essere fedele al marito qualsiasi cosa avvenga, anche se il marito, come era il caso, non è fedele a lei.

Mio marito con gli anni non trovava più donne che gli dessero retta, neppure per denaro, ed era diventato proprio insopportabile. Da un pezzo io non facevo più l'amore con lui e poi a un tratto, forse perché non aveva donne, lui si incapricciò di nuovo di me e voleva costringermi a fare l'amore di nuovo, ma non come marito e moglie, così, semplicemente, ma come lo fanno le mignotte con i loro amanti, per esempio acchiappandomi per i capelli e tentando di farmelo prendere in bocca, che è una cosa che non mi piacque mai e non avevo mai voluto fare, neppure quando venni a Roma la prima volta, sposina, ed ero così felice che quasi quasi mi illudevo di essere innamorata di lui. Glielo dissi che non volevo far più l'amore con lui né al modo delle spose né a quello delle mignotte; e lui la prima volta mi menò, facendomi persino uscire il sangue dal naso; poi, vedendo che ero proprio risoluta, cessò di starmi dietro, ma prese a odiarmi e a perseguitarmi in tutti i modi. Io pazientavo, ma in fondo lo odiavo anch'io e non potevo più vederlo. Lo dissi anche al prete, in confessione: un giorno finisce male; e il prete, da vero prete, mi consigliò di aver pazienza e di dedicare le mie sofferenze alla Madonna. Intanto avevo preso in casa una ragazza per aiutarmi, una certa Bice, che aveva quindici anni e i parenti me l'avevano affidata, perché era quasi una bambina; e lui si mise a farle la corte e quando vedeva che ero impicciata con i clienti, lasciava il negozio, saliva quattro a quattro la scala, andava in cucina e le si gettava addosso come un lupo. Questa volta m'impuntai e gli dissi di lasciar stare la Bice e poi, siccome lui insisteva a tormentarla, la licenziai. Lui per questo prese a odiarmi più che mai e fu allora che cominciò a chiamarmi burina: "È tornata la burina?... dov'è la burina?" Insomma era una gran croce e quando si ammalò sul serio, debbo confessarlo, quasi quasi provai sollievo. Però lo curai con amore, come si deve curare il marito quando è ammalato; e tutti lo sanno che non mi occupavo più del negozio e stavo sempre accanto a lui e ci avevo perduto persino il sonno. Morì, alla fine; e allora io mi sentii di nuovo quasi felice. Avevo il negozio, avevo l'appartamento, avevo mia figlia che era un angiolo e proprio non desideravo più nulla dalla vita.

Furono quelli gli anni più felici della mia vita: 1940, 1941, 1942, 1943. È vero che c'era la guerra, ma io della guerra non sapevo nulla, siccome non avevo che quella figlia, non me ne importava nulla. S'ammazzassero pure quanto volevano, con gli aeroplani, con i carri armati, con le bombe, a me mi bastava il negozio, e l'appartamento per essere felice, come infatti ero. Del resto sapevo poco della guerra, perché sebbene sappia fare i conti e magari mettere la firma su una cartolina illustrata, a dire la verità non so leggere bene e i giornali li leggevo soltanto per i delitti della cronaca nera, anzi me li facevo leggere da Rosetta. Tedeschi, inglesi, americani, russi, per me come dice il proverbio, ammazza ammazza, è tutta una razza. Ai militari che venivano a bottega e dicevano: vinceremo là, andremo qua, diventeremo, faremo, io gli rispondevo: per me tutto va bene finché il negozio va bene. E il negozio andava bene sul serio, benché ci fosse quell'inconveniente delle tessere e Rosetta e io stessimo tutto il giorno con le forbici in mano come se fossimo state sarte e non negozianti. Andava bene il negozio perché io ero brava e sul peso riuscivo sempre a guadagnarci un poco e poi anche perché, siccome c'era il tesseramento, facevamo tutte e due un po' di borsa nera. Rosetta e io ogni tanto chiudevamo il negozio e andavamo al mio paese, oppure in qualche altra località più vicina. Ci andavamo con due grandi valigie di fibra, vuote; e le riportavamo indietro piene di tutto un po': farina, prosciutti, uova, patate. Con la polizia annonaria mi ero messa d'accordo, perché avevano fame anche loro e così era più quello che vendevo sotto banco che quello che vendevo a viso aperto. Uno della polizia, però, un giorno si mise in testa di ricattarmi. Venne e disse che se io non facevo all'amore con lui, mi avrebbe denunciato: io gli dissi, calma calma: "Va bene... passa più tardi a casa mia." Lui si fece rosso, come se gli fosse venuto un colpo, e se ne andò senza dir nulla. All'ora fissata lui venne, lo feci passare in cucina, aprii un cassetto, presi il coltello e glielo puntai d'improvviso al collo dicendo: "Tu denunciami, ma io prima ti scanno." Lui si spaventò e disse in fretta che ero matta e lui aveva fatto per scherzo. Aggiunse: "Ma tu non sei fatta come le altre donne? Non ti piacciono gli uomini?"

Gli risposi: "Queste sono cose che devi andare a dire alle altre... io sono vedova, ci ho il negozio, e non penso che al negozio... per me l'amore non esiste, ricordatelo per regola tua." Lui non ci credette subito e per un pezzo continuò a farmi la corte, rispettosamente, però. E invece io avevo detto

9

proprio la verità. L'amore, dopo la nascita di Rosetta, non mi aveva più interessato e forse neppure prima. Sono fatta così che non ho mai potuto soffrire che qualcuno mi metta le mani addosso; e se i miei genitori non mi avessero a suo tempo combinato il matrimonio, credo che ancora oggi sarei come mamma mi ha fatto.

Ma all'apparenza inganno, perché piaccio agli uomini e sebbene sia un po' bassina e con gli anni mi sia inquartata, ho la faccia spianata, senza una ruga, con gli occhi neri e i denti bianchi. In quel periodo che, come ho detto, fu il più felice della mia vita, non si contano gli uomini che mi chiesero di sposarmi. Ma io sapevo che tiravano al negozio e all'appartamento, anche quelli che pretendevano di amarmi sul serio. Forse non lo sapevano neppure loro che più di me gli premeva il negozio e l'appartamento e si ingannavano sopra se stessi; ma io giudicavo da me stessa e pensavo: "Io darei qualsiasi uomo per il negozio e l'appartamento... perché mai loro dovrebbero essere diversi da me?... siamo tutti fatti della stessa pasta." E almeno fossero stati non dico ricchi ma benestanti; ma no, erano certi disperati che si vedeva lontano un miglio che avevano bisogno di sistemarsi. A uno di Napoli, un agente di pubblica sicurezza che più degli altri faceva lo spasimante e cercava di prendermi con l'adulazione, coprendomi di complimenti e chiamandomi perfino, alla maniera napoletana, "donna Cesira", glielo dissi francamente: "Vediamo un po', se non avessi il negozio e l'appartamento, me le verresti a dire queste cose?" Quello almeno fu sincero. Rispose ridendo: "Ma l'appartamento e il negozio, tu ce l'hai." È vero, però, che fu sincero perché ormai gli avevo tolto ogni speranza.

Intanto la guerra continuava, ma io non me ne occupavo e quando alla radio, dopo le canzonette, leggevano il comunicato, dicevo a Rosetta: "Chiudi chiudi quella radio... li mortacci loro, 'sti figli di mignotte, si scannino tra di loro finché vogliono ma io non voglio sentirli, che ce ne importa a noi della loro guerra?... loro se le fanno tra di loro senza chiedere il parere alla povera gente che deve andarci e allora noialtri, che siamo la povera gente, siamo giustificati a non occuparcene." Però, da un'altra parte, bisogna dire che la guerra mi favoriva: sempre più facevo la borsa nera con prezzi d'affezione, sempre meno vendevo al negozio coi prezzi fissati dal governo. Quando cominciarono i bombardamenti a Napoli e nelle altre città, la gente veniva a dirmi: "Scappiamo che qui ci ammazzano tutti"; e io rispondevo: "A Roma non ci vengono, perché a Roma c'è il Papa... e poi se me ne vado, chi ci pensa al negozio?" Anche i miei genitori mi scrissero dal paese invitandomi ad andare da loro, ma rifiutai. Andavamo, Rosetta e io, sempre più spesso in campagna con le valigie, e riportavamo a Roma tutto quello che trovavamo: le campagne erano piene di roba, ma i contadini non volevano venderla al governo perché il governo gliela pagava poco e aspettavano noialtri della borsa nera che gliela pagavamo a prezzo di mercato. Molta roba, oltre che nelle valigie, ce la mettevamo addosso; ricordo che una volta tornai a Roma con qualche chilo di salsicce legate intorno alla vita, sotto la gonnella, che sembravo incinta. E Rosetta si metteva le uova in seno che poi, quando le tirava fuori, erano calde calde, come se fossero uscite allora dalla gallina. Questi viaggi però erano lunghi e pericolosi; e una volta, dalle parti di Frosinone, un aeroplano mitragliò il treno, e il treno si fermò in aperta campagna e io dissi a Rosetta di scendere e di nascondersi dentro il fossato, io però non discesi perché ci avevo le valigie piene di roba e nello scompartimento c'erano certe facce poco rassicuranti e una valigia si fa presto a rubarla. Così mi sdraiai in terra, tra i sedili, con i cuscini dei sedili sul corpo e sulla testa e Rosetta discese con gli altri e si nascose nel fossato. L'aeroplano, dopo averci mitragliato quella prima volta, fatto un giro per il cielo tornò alla carica, volando basso sul treno fermo, con un fracasso terribile del motore e il ticchetio fitto fitto, come di grandine, delle mitragliatrici. Passò, si allontanò e poi ci fu silenzio e finalmente tutti tornarono nello scompartimento e il treno ripartì. Quella volta mi mostrarono anche le pallottole, erano lunghe un dito e chi diceva che erano gli americani e chi diceva che erano i tedeschi. Io però dissi a Rosetta: "Tu devi farti il corredo e la dote. Tornano i soldati dalla guerra, no? Eppure in guerra gli sparano addosso tutto il tempo e si ingegnano in ogni modo di ammazzarli... ebbene torneremo anche noi da queste gite che facciamo." Rosetta non diceva nulla, oppure diceva che lei andava dove andavo io. Era un carattere dolce, diverso dal mio, e Dio sa se ci fu mai un angiolo in terra era proprio lei.

Io dicevo sempre a Rosetta: "Prega Iddio che la guerra duri ancora un par d'anni... tu allora non soltanto ti fai la dote e il corredo ma diventi ricca." Ma lei non rispondeva, oppure sospirava e alla fine seppi che aveva l'innamorato in guerra, appunto, e temeva tutto il tempo che gliel'ammazzassero. Si scrivevano, lui stava adesso in Jugoslavia, e io presi le informazioni e venni a sapere che era un bravo giovane di Pontecorvo, e che i suoi parenti avevano un po' di terra, e lui studiava da ragioniere e poi per la guerra aveva interrotto gli studi ma contava di riprenderli a guerra finita. Allora io dissi a Rosetta: "L'importante è che torni dalla guerra... poi per il resto ci penserò io." Rosetta mi saltò al collo, felice. E io allora potevo veramente dirlo: ci penserò io: avevo l'appartamento, avevo il negozio, avevo il denaro da parte e le guerre, si sa, un giorno debbono pure finire e tutto torna a posto. Rosetta mi fece anche leggere l'ultima lettera del suo fidanzato e ricordo soprattutto una frase: "Qui si fa una vita proprio dura. Questi slavi non ci vogliono stare sotto e siamo sempre in stato di allarme." Io non sapevo niente della Jugoslavia; ma dissi ugualmente a Rosetta: "Ma che ci siamo andati a fare in quel paese? Non potevamo starcene in casa nostra? Quelli non ci vogliono stare sotto e ci hanno ragione, te lo dico io."

Nel 1943 feci un affare importante: parecchi prosciutti, una decina, da portare da Sermoneta a Roma. Io trovai il modo di mettermi d'accordo con un camionista che portava cemento a Roma, e lui mise i prosciutti sotto i sacchi di cemento e così i prosciutti arrivarono sani e salvi e io ci guadagnai parecchio perché tutti li volevano. Forse fu questa faccenda dei prosciutti che mi impedì di rendermi conto di quello che stava succedendo. Al ritorno da Sermoneta mi dissero che Mussolini era scappato e che la guerra stava per finire davvero. Io risposi: "Per Mussolini o Badoglio o un altro, poco importa, purché si faccia il negozio." Di Mussolini, del resto, non mi era mai importato nulla, mi era antipatico con quegli occhiacci e quella bocca prepotente che non stava mai zitta e ho sempre pensato che le cose gli incominciarono ad andar male dal giorno che si mise con la Petacci, perché, si sa, l'amore fa perdere la testa agli uomini anziani e Mussolini era ormai nonno quando aveva conosciuto quella ragazza. Il solo vantaggio di quella notte del venticinque luglio, fu che misero sottosopra un magazzino dell'Intendenza, a via Garibaldi e io ci andai con tutti gli altri e mi riportai a casa, in

12

bilico sulla testa, una forma di parmigiano. Ma c'era ogni ben di Dio e si portarono via ogni cosa. Un mio vicino si portò a casa sopra un carrettino, la stufa di terracotta che stava nell'ufficio dell'amministratore.

Durante quell'estate si fecero molti affari, la gente aveva paura e ammucchiava la roba in casa e non gli pareva mai abbastanza. C'era più roba nelle cantine e nelle dispense che nei negozi. Ricordo che un giorno portai un prosciutto da una signora, dalle parti di via Veneto. Abitava in un bel palazzo, mi venne ad aprire un cameriere in livrea e io avevo il prosciutto nella solita valigia di fibra e la signora, tutta bella e profumata, con tanti gioielli addosso che pareva la Madonna, mi venne incontro nell'anticamera e dietro di lei c'era il marito, un piccoletto grasso e la signora quasi mi abbracciava dalla gratitudine dicendomi: "Cara... o cara... venga da questa parte, si accomodi... venga, venga." Io la seguii in un corridoio e la signora aprì la porta della dispensa e allora vidi davvero ogni ben di Dio. C'era più roba là dentro che in una pizzicheria. Era un camerotto senza finestra con tanti scaffali giro giro e sugli scaffali si vedevano disposte qui una fila di scatole grosse, di quelle da un chilo, di sardine all'olio, lì altro scatolame fino, americano e inglese e poi tanti pacchi di pasta, e sacchi di farina e di fagioli e vasi di confettura e almeno una decina tra prosciutti e salami. Io dissi alla signora: "Signora, lei qui ci ha da mangiare per dieci anni." Ma lei rispose: "Non si sa mai." Misi il prosciutto accanto agli altri e il marito lì per lì mi pagò e mentre toglieva il denaro dal portafogli le mani gli tremavano dalla gioia e non faceva che ripetere: "Appena ci ha qualche cosa di buono, si ricordi di noi... siamo disposti a pagare il venti e anche il trenta per cento più degli altri."

Insomma tutti volevano roba da mangiare e pagavano senza fiatare qualsiasi prezzo e così fu che io non pensai a fare le provviste, perché mi ero abituata a considerare il denaro come la cosa più preziosa mentre invece il denaro non si può mangiare e quando venne la carestia non ci avevo proprio niente. Nel negozio le scansie erano vuote, non era restato che qualche rotolo di pasta e poche scatole di sardine di cattiva qualità. Avevo sì i soldi e non li tenevo più in banca ma a casa per precauzione perché dicevano che il governo voleva chiudere le banche e prendersi i risparmi della povera gente;

ma adesso i soldi non li voleva più nessuno e, d'altra parte, mi sapeva d'amaro, dopo aver fatto i soldi vendendo in borsa nera, di spenderli in borsa nera coi prezzi che andavano alle stelle. Intanto erano tornati i tedeschi e i fascisti e passando per piazza Colonna, una mattina, vidi il bandierone nero dei fascisti che pendeva dal balcone del palazzo di Mussolini e tutta la piazza era piena di uomini in camicia nera armati fino ai denti e tutti quelli che avevano fatto quel fracasso la notte del venticinque luglio, adesso scappavano rasente i muri, come tanti topi quando arriva il gatto. Io dissi a Rosetta: "Speriamo che ora vincano presto la guerra e che si possa mangiare di nuovo." Era il mese di settembre e una mattina mi dissero che c'era una distribuzione di uova dalle parti di via della Vite. Ci andai, e c'erano infatti due camion pieni di uova. Ma non distribuivano niente e c'era un tedesco in mutande e in camiciola, con il fucile mitragliatore a tracolla, che sorvegliava lo scarico delle uova. La gente intorno si era raggruppata e guardava scaricare le uova senza dir nulla, ma con gli occhi fuori della testa, da veri affamati qual erano. Il tedesco si vedeva che aveva paura che l'aggredissero perché non faceva che voltarsi intorno, la mano sul fucile mitragliatore, con certi salti di lato come una ranocchia in riva ad un pantano. Era giovane, grasso e bianco, tutto arrossato per il sole, con le scottature sulle cosce e sulle braccia come dopo una giornata passata al mare. La gente vedendo che le uova non le distribuivano, cominciò a mormorare prima piano e poi sempre più forte e il tedesco, che si vedeva lontano un miglio che aveva paura, alzò il fucile e lo puntò contro la folla dicendo: "Via, via, via." Allora io persi la testa anche perché quella mattina non avevo mangiato niente e ci avevo fame, e gli gridai: "Tu dacci le uova e noi ce ne andiamo." Lui ripeté: "Via, via," puntandomi contro il fucile e allora io feci un gesto come per dire che avevo fame, portando la mano alla bocca. Ma lui non se ne diede per inteso e tutto ad un tratto mi piantò la canna del fucile proprio sullo stomaco, spingendomela dentro, così che mi fece male e allora mi venne la rabbia e gridai: "Avete fatto male a mandarlo via, Mussolini... si stava meglio con lui... da quando ci siete voialtri, non si mangia più." Non so perché, a queste parole la gente si mise a ridere e molti mi gridarono: "burina", proprio come mio marito e uno mi disse: "A Sgurgola, i giornali non li

14

leggete?" Risposi, inviperita: "Sono di Vallecorsa e non di Sgurgola... e poi a te non ti conosco e non ti parlo." Ma quelli continuavano a ridere e anche il tedesco quasi quasi rideva. E intanto le uova le tiravano giù nelle cassette aperte, tutte bianche e belle, e le portavano dentro il magazzino. Io allora gridai: "Ah frocio, le uova vogliamo, hai capito... vogliamo le uova." Dalla folla uscì un vigile e mi ingiunse: "Su, vattene che sarà meglio." Io allora gli risposi: "Hai mangiato tu?... io no." Lui allora mi diede uno schiaffo e con uno spintone mi ricacciò in mezzo alla folla. Io l'avrei ammazzato, parola, e mi dibattevo dicendogli tutto quello che pensavo; ma intorno mi spingevano affinché mi allontanassi e alla fine dovetti andarmene e nel parapiglia ci persi anche il fazzoletto.

Io andai a casa e dissi a Rosetta: "Qui se non ce ne andiamo in tempo, finiremo per morire di fame." Allora lei scoppiò a piangere e disse: "Mamma, ho tanta paura." Io ci rimasi male perché fin allora Rosetta non aveva mai detto nulla, non si era mai lamentata e anzi con il suo contegno tranquillo più di una volta mi aveva dato coraggio. Io le dissi: "Sciocca, perché hai paura?" E lei rispose: "Dicono che verranno con gli aeroplani e ci ammazzeranno tutti... dicono che ci hanno un piano e prima distruggeranno tutte le strade ferrate e i treni e poi quando Roma sarà proprio isolata e non ci sarà più niente da mangiare e nessuno potrà più scappare in campagna ci ammazzeranno tutti con i bombardamenti... oh mamma ho tanta paura... e Gino non mi scrive più da un mese e non so più niente di lui." Io cercai di consolarla dicendogli le solite cose che anch'io ormai sapevo che non erano vere: che a Roma c'era il Papa, che i tedeschi avrebbero vinto presto la guerra, che non c'era d'aver paura. Ma lei singhiozzava forte e dovetti alla fine prenderla tra le braccia e cullarla come quando aveva due anni. Mentre l'accarezzavo e lei continuava a singhiozzare e a ripetere: "Ho tanta paura, mamma!", io pensavo che non rassomigliava davvero a me che non avevo paura di niente né di nessuno. Anche fisicamente, del resto, Rosetta non mi rassomigliava: aveva un viso come di pecorella, con gli occhi grandi, di espressione dolce e quasi struggente, il naso fine che le scendeva un poco sulla bocca e la bocca bella e carnosa che sporgeva però sul mento ripiegato, proprio come quello delle pecore. E i capelli ricordavano il pelo degli agnelli, di un biondo scuro, fitti fitti e ricci, e

15

aveva la pelle bianca, delicata, sparsa di nei biondi, mentre io ci ho i capelli neri e la carnagione scura, come bruciata dal sole. Finalmente, per calmarla, le dissi: "Tutti dicono che l'arrivo degli inglesi è questione di giorni e poi verranno e non ci sarà più carestia... intanto sai che facciamo? Ce ne andiamo dai nonni, al paese, e lì aspettiamo la fine della guerra. Loro la roba da mangiare ce l'hanno, hanno fagioli, hanno uova, hanno maiali. E poi in campagna qualche cosa si trova sempre." Lei allora domandò: "E l'appartamento?" Io risposi: "Figlia mia, anche a questo ci ho pensato... lo affittiamo a Giovanni, per modo di dire, però... e quando torniamo, lui ce lo rende tale e quale... il negozio, invece, lo chiudo, tanto non c'è niente dentro e per un pezzo non ci sarà niente da vendere."

Bisogna sapere che questo Giovanni era un commerciante di carbone e legna da ardere il quale era stato amico di mio marito. Era un omaccione grande e grosso, calvo, con la faccia rossa, i baffi ispidi e l'occhio dolce. Quando mio marito viveva ancora, lui gli era compagno la sera, all'osteria, con altri negozianti del quartiere. Era sempre vestito con certi abiti larghi e rilasciati, un mezzo sigaro spento e freddo stretto tra i denti, sotto i baffi, e l'ho sempre veduto con un taccuino e un lapis in mano, non faceva che far conti e prendere note e appunti. Aveva le maniere come l'occhio, dolci, affettuose, familiari e quando mi vedeva, ai tempi che Rosetta era piccola, mi domandava sempre: "Come sta la pupa?... che fa la pupa?" Dirò una cosa ma non ne sono tanto sicura, però, perché certe cose quando accadono poi uno dubita che siano accadute, specie se la persona che le ha fatte, come fu il caso, non ne riparla più e si comporta come se non fossero mai accadute. Giovanni, dunque, quando mio marito era ancora vivo, salì un giorno a casa, che stavo cucinando, con non ricordo più che pretesto e sedette in cucina mentre io stavo dietro ai fornelli e cominciò a parlare del più e del meno e alla fine venne a parlare di mio marito. Io credevo che fossero amici e perciò immaginatevi la mia sorpresa quando tutto ad un tratto lo udii dire: "Ma di' un po' Cesira, che te ne fai di quella carogna?" Disse proprio così: "carogna" e io quasi non credetti alle mie orecchie e mi voltai a guardarlo: stava seduto, dolce, tranquillo, il sigaro spento all'angolo della bocca. Soggiunse poi: "Intanto non si regge in piedi e uno di questi giorni muore... e poi a forza di andare con le mignotte, viene la volta che ti attacca qualche brutta malattia." E io: "E chi lo vede e chi lo sente, mio marito? Quando rincasa la sera, si caccia a letto e io mi volto dall'altra parte e buona notte." Allora lui disse, o mi pare che disse: "Ma tu sei ancora giovane; che, vuoi fare la monaca? sei giovane e hai bisogno di un uomo che ti voglia bene." Io gli domandai: "A te che te ne importa? Io non ho bisogno di uomini e anche se ne avessi bisogno, tu che c'entri?" Lui a questo punto si alzò, così mi pare di ricordarmi, mi venne accosto e mi prese il mento nella mano dicendo: "Con voi donne bisogna sempre parlare papale papale... ci sono io, no? A me non ci hai mai pensato?" A questo punto tanti sono gli anni passati da quel giorno, i miei ricordi si imbrogliano. Sono quasi sicura però che lui mi propose di far l'amore con lui; e sono anche quasi sicura che quando gli risposi: "Non ti vergogni? Vincenzo è tuo amico", lui rispose,: "Macché amico. Non sono amico di nessuno io." E poi, potrei giurarlo, mi disse che se io lo portavo in camera da letto e gli aprivo le gambe; lui mi avrebbe dato del denaro. E aprì il portafogli e lì, sul tavolo di cucina, cominciò a posare l'uno dopo l'altro tanti biglietti, guardandomi fisso e ripetendo: "Metto ancora? oppure basta?". Finché, mi sembra che senza arrabbiarmi gli dissi che se ne andasse. E lui raccolse i biglietti e se ne andò. Tutto questo certamente avvenne, perché non potrei essermelo inventato, ma il giorno dopo lui non ne fece parola e neppure nei giorni seguenti, mai più. E il suo contegno era tornato quello di sempre, semplice, affettuoso, dolce, così che io cominciai a domandarmi se per caso me l'ero sognato che lui chiamava carogna mio marito e mi proponeva di andare a letto con lui e posava il denaro sul tavolo di cucina. Con gli anni questo sentimento che la cosa non fosse accaduta si rinforzò e talvolta pensavo che avevo veramente sognato. Ma tutto il tempo, non so perché, sapevo che Giovanni era il solo uomo che mi volesse veramente bene, per me e non per la mia roba; e che, in un frangente, era il solo al quale potessi rivolgermi.

Dunque andai da Giovanni che trovai nel suo seminterrato nero, pieno di fascinotti e di sacchi di carbonella, la sola merce che si trovasse a Roma quell'estate. Gli dissi quello che volevo e lui mi ascoltò in silenzio, strizzando gli occhi sul sigaro semispento. Finalmente disse: "Sta bene... ti terrò d'occhio il negozio e l'appartamento per tutto il tempo che starai fuori... sono grattacapi, specie in tempi come questi... non so davvero perché lo faccio... mettiamo che lo faccio per la buon'anima." Io a queste parole ci rimasi male perché mi pareva di udire la sua voce che diceva: "Che te ne fai di quella carogna?" e quasi non credevo alle mie orecchie, ancora una volta. Ad un tratto mi scappò detto: "Spero che lo farai anche per me", e non so perché lo dissi, forse perché ero convinta che lui mi volesse bene e in quel momento difficile mi avrebbe fatto piacere che lui mi avesse detto che lo faceva per me. Lui mi guardò un momento quindi si tolse il sigaro di bocca e lo posò sull'orlo della tavola. Poi andò alla porta del seminterrato, salì gli scalini, la chiuse e ci mise la sbarra col chiavistello, così che tutto ad un tratto rimanemmo al buio completo. Io avevo capito adesso e non fiatavo e il cuore mi batteva forte e non posso dire che la cosa mi dispiacesse: mi sentivo tutta turbata. Immagino che fossero le circostanze, con tutta Roma sottosopra e la carestia e la paura e la disperazione di lasciare il negozio e l'appartamento e il sentimento di non aver un uomo nella mia vita, come tutte le altre donne che, in una situazione simile, mi aiutasse e mi facesse coraggio. Fatto sta che per la prima volta in vita mia, mentre lui, al buio, mi veniva incontro, mi sentii come slegare e diventare fiacco e arrendevole il corpo; quando lui mi venne accosto, sempre al buio e mi prese tra le braccia, il mio primo impulso fu di stringermi a lui e di cercare la sua bocca con la mia che ansimava forte. Così lui mi spinse sopra certi sacchi di carbon dolce, e io mi diedi a lui e sentii mentre mi davo a lui che era la prima volta che mi davo veramente ad un uomo; e con tutto che quei sacchi fossero duri e lui fosse pesante, provai un sentimento come di leggerezza e di sollievo; e dopo che fu finito e lui si era allontanato da me, rimasi un bel pezzo distesa sui sacchi, intontita e felice, e mi pareva quasi quasi di essere tornata giovane, al tempo che ero venuta a Roma con mio marito e avevo sognato di provare un sentimento simile e invece non l'avevo provato e mi era venuto schifo degli uomini e dell'amore. Basta, alla fine lui domandò al buio se me la sentivo di parlare del nostro affare e io mi rialzai e dissi di sì e allora lui accese una lampadina gialla gialla e io lo vidi, seduto al tavolo, come prima, come se niente fosse successo, il sigaro sotto i baffi, l'occhio dolce socchiuso. Io gli dissi avvicinandomi: "Giurami che non dirai mai a nessuno quello che è avvenuto oggi... giuralo." E lui sorrise e rispose: "Io non so niente... che dici? Manco ti capisco... sei venuta per questa faccenda della casa e del negozio, no?" Di nuovo provai quel sentimento che ho già detto, di aver sognato; e se non ci avessi avuto ancora le vesti scomposte e i segni del carbone un po' dappertutto, per essermi girata e rigirata su quei sacchi, davvero avrei potuto pensare che niente era successo. Balbettai, sconcertata: "Si capisce, hai ragione: sono venuta per la casa e per il negozio." Lui allora prese un foglio, ci scrisse una dichiarazione in cui io dicevo che gli affittavo casa e negozio per la durata di un anno e me lo fece firmare. Mise il foglio in un cassetto, andò ad aprire la porta e disse: "Siamo intesi... oggi vengo per la consegna e domani mattina verrò a prendervi tutte e due e vi accompagnerò alla stazione." Stava presso la porta e io gli passai davanti per uscire e lui allora, nel momento che passavo, mi diede con la palma aperta una manata sul sedere sorridendo, come per dire: "Siamo intesi anche per quest'altra faccenda." Pensai dentro di me che ormai non avevo più il diritto di protestare, che non ero più una donna onesta e pensai pure che anche questo era un effetto della guerra e della carestia, che una donna onesta, ad un certo punto, si sente dare una manata sul sedere e non può più protestare perché, appunto, ormai non è più onesta. → diverso dal fem

Tornai a casa e cominciai subito a fare i preparativi per la partenza. Mi dispiaceva e mi piangeva il cuore di lasciare quella casa in cui avevo passati gli ultimi vent'anni, senza mai allontanarmene, salvo che per i viaggi della borsa nera. Ero convinta, è vero, che gli inglesi sarebbero venuti al più presto, roba di una settimana o due, e mi preparavo infatti per un'assenza di non più di un mese; ma nello stesso tempo avevo non so che presentimento non soltanto di un'assenza più lunga ma anche di qualche cosa di triste che mi aspettasse nell'avvenire. Io non mi ero mai occupata di politica e non sapevo niente dei fascisti, degli inglesi, dei russi e degli americani: tuttavia, a forza di sentirne parlare intorno a me, non dico che avessi capito qualche cosa perché a dire la verità non avevo capito niente, ma avevo capito che non c'era niente di buono per l'aria per la povera gente come noi. Era come in campagna quando il cielo si fa nero per un temporale e le foglie degli alberi si rivoltano tutte dalla stessa parte e le pecore si mettono l'una contro l'altra e con tutto che sia estate, da non so dove viene un vento freddo che soffia rasente terra: avevo paura ma non sapevo di che; e mi si stringeva il cuore al pensiero di lasciare la mia casa e il mio negozio come se avessi saputo di certo che non l'avrei mai più rivisti. Dissi però a Rosetta: "Guarda di non portare tanta roba che staremo fuori non più di due settimane e fa ancora caldo." Eravamo infatti verso il quindici di settembre e faceva molto caldo, più degli altri anni.

Così riempimmo due piccole valigie di fibra, per lo più di panni leggeri e ci mettemmo soltanto un paio di maglie per il caso che facesse freddo. Per consolarmi della partenza adesso non facevo che descrivere a Rosetta le accoglienze che ci avrebbero fatto i miei genitori al paese: "Vedrai che ci faranno mangiare fino a scoppiare... ingrasseremo e ci riposeremo... in campagna tutte queste cose che rendono difficile la vita a Roma, non ci sono... staremo bene, dormiremo bene, e soprattutto mangeremo bene... vedrai: ci hanno il maiale, ci hanno la farina, ci hanno la frutta, ci hanno il vino, staremo da papi." Ma a Rosetta questa prospettiva non pareva bastare a rallegrarla, lei pensava al fidanzato che stava in Jugoslavia ed era un mese che non dava più sue notizie e io sapevo che lei tutte le mattine si alzava presto e andava in chiesa per pregare per lui, affinché non gliel'ammazzassero e tornasse e potessero sposarsi. Per farle capire che la capivo le dissi allora, abbracciandola e baciandola: "Figlia d'oro, sta' tranquilla, che la Madonna ti vede e ti sente e non permetterà che ti succeda niente di male." Intanto continuavo i preparativi e adesso, passato il momento dell'apprensione, non vedevo l'ora di andarmene. Anche perché negli ultimi tempi, tra gli allarmi aerei, la mancanza di roba da mangiare, l'idea di partire e tante altre cose, la vita per me non era più una vita, perfino non avevo più voglia di pulire la casa, io che di solito mi buttavo a ginocchioni in terra per lustrare i pavimenti e mi facevo mancare il fiato a forza di lustrarli e di renderli simili a uno specchio. Mi pareva insomma che la vita si fosse sgangherata come una cassa che casca giù da un carretto e si sfascia e tutta la roba si sparge per la strada. E se pensavo a quel fatto di Giovanni e a come lui mi aveva dato quella manata sul sedere, mi sentivo anch'io sgangherata come la

20

vita, e ormai capace di fare qualsiasi cosa, anche rubare, anche ammazzare, perché avevo perduto il rispetto di me stessa e non ero più quella di prima. Mi consolavo pensando a Rosetta che, almeno ci aveva sua madre a proteggerla. Lei almeno sarebbe stata quello che ormai io non ero più. Ah, davvero la vita è fatta di abitudini e anche l'onestà è un'abitudine; e una volta che si cambiano le abitudini, la vita diventa un inferno e noialtri tanti diavoli scatenati senza più il rispetto di noi stessi e degli altri.

Rosetta, poi, era anche preoccupata per il suo gatto, un bel soriano che lei aveva trovato per strada ancora piccolino e se l'era tirato su a mollichelle e la notte dormiva con lei e di giorno la seguiva da una stanza all'altra come un cagnolino. Le dissi di affidarlo alla portiera dello stabile accanto e lei disse che l'avrebbe fatto. Adesso sedeva in camera sua, ai piedi del letto sul quale stava la valigia già chiusa, tenendo il gatto sulle ginocchia e lo accarezzava pian piano e il gatto, poveretto, che non sapeva che la padrona stava per abbandonarlo, faceva le fusa, gli occhioni chiusi. A me venne compassione perché capivo che lei soffriva e le dissi: "Figlia santa... lascia passare questo brutto momento e poi vedrai che tutto andrà bene... finirà la guerra, tornerà l'abbondanza e tu ti sposerai e starai con tuo marito e sarai felice." Proprio in quel momento, come per darmi una risposta, ecco suonare la sirena d'allarme, quel rumore maledetto che mi pareva che portasse iettatura e mi faceva ogni volta sprofondare il cuore. Allora mi venne non so che rabbia e aprii la finestra che dava sul cortile e alzai il pugno verso il cielo e gridai: "Che tu possa morì ammazzato e chi ti ci manda e chi ti ci ha fatto venire." Rosetta che non si era mossa disse: "Mamma, perché ti arrabbi tanto? Tu stessa hai detto che tutto tornerà a posto." Allora, per amore di quell'angiolo, mi calmai, sebbene con sforzo e risposi: "Sì, ma intanto noi dobbiamo andarcene da casa nostra e chissà che cosa succederà ancora."

Quel giorno soffrii le pene dell'inferno. Non mi pareva più di essere me stessa: ora ripensavo a quello che era successo con Giovanni e al pensiero di avergli ceduto proprio come una zoccola di strada, tutta vestita, sulle balle di carbone, mi sarei morsa le mani dalla rabbia; ora mi guardavo intorno per la casa che era stata la mia casa per vent'anni e adesso dovevo lasciarla e mi sentivo disperata. In cucina il fuoco era spento, nella camera da letto dove dormivo nel letto matrimoniale insieme con Rosetta, le lenzuola erano rovesciate in disordine e io non mi sentivo più la forza di rimettere a posto il letto, in cui sapevo che presto non avrei più dormito né di accendere il fuoco nei fornelli che da domani non sarebbero più stati i miei fornelli e io non ci avrei più cucinato. Mangiammo senza tovaglia, sul tavolo, pane e sardine; ogni tanto guardavo a Rosetta, così triste, e allora il boccone mi si fermava in gola perché mi faceva pena e avevo paura per lei e pensavo che non era stata fortunata a crescere e vivere in tempi come questi. Verso le due ci buttammo sul letto, sopra le coperte disfatte, e dormimmo un poco; o meglio dormì Rosetta, tutta acciambellata contro di me e io invece stetti a occhi aperti pensando tutto il tempo a Giovanni, ai sacchi di carbone e alla manata che lui mi aveva dato sul sedere e alla casa e al negozio che stavo per lasciare. Finalmente suonarono alla porta e io mi sottrassi dolcemente al peso di Rosetta addormentata e andai alla porta. Era Giovanni, sorridente, il sigaro in bocca. Io non lo lasciai neppure fiatare: "Senti," gli dissi con furore, "quello che è successo è successo e io non sono più quella che ero prima, lo ammetto, e tu hai ragione a trattarmi come una mignotta... ma tu dammi un'altra manata come stamattina, e io, quanto è vero Dio, ti ammazzo... poi vado in galera ma di questi tempi può anche darsi che in galera ci si stia bene e io ci vado volentieri." Lui inarcò appena appena le sopracciglia per la sorpresa, ma non disse nulla. Passò nell'anticamera pronunziando a fior di labbra: "Allora, facciamo questa consegna?"

Andai in camera da letto e presi un foglio sul quale avevo fatto scrivere a Rosetta tutta la roba che ci avevo nella casa e nel negozio. Avevo fatto scrivere anche i più piccoli oggetti non tanto perché non mi fidassi di Giovanni ma perché è bene non fidarsi di nessuno. Così, prima di cominciare l'inventario, dissi a Giovanni, seria seria: "Guarda che questa è roba sudata che io e mio marito ci siamo guadagnata in vent'anni di lavoro... sta attento, fammela ritrovare tutta, ricordati che un chiodo che è un chiodo qua dentro non ci deve mancare al mio ritorno." Lui sorrise e disse: "Sta' tranquilla, ritroverai tutti i tuoi chiodi."

Cominciai dalla camera da letto. Avevo fatto due copie della lista, una la teneva lui e una Rosetta e io via via gli indicavo gli oggetti. Gli mostrai il letto, a due piazze, di ferro dipinto uso legno, tanto bello, con tutte le venature e i nodi del legno che uno lo scambiava proprio per noce. Sollevai la coperta e gli feci vedere che c'erano due materassi, uno di crine e uno di lana. Aprii l'armadio e gli contai le coperte, le lenzuola e tutta la biancheria. Gli aprii i comodini e gli mostrai gli orinali di porcellana a fiorami rossi e blu. Poi feci l'elenco dei mobili: un cassettone dal piano di marmo bianco, uno specchio ovale incorniciato d'oro, quattro seggiole, un letto, due comodini, un armadio con lo specchio a due battenti. Contai tutti i gingilli e i soprammobili: una campana di vetro con sotto un mazzo di fiori finti di cera che parevano propro veri, e li avevo avuti in dono per le mie nozze dalla mia comare, una bomboniera di porcellana per i confetti, due statuette che rappresentavano una pastorella e un pastorello, un puntaspilli di velluto azzurro, una scatola di Sorrento che ad aprirla suonava un'arietta e il coperchio ci aveva un intarsio con il Vesuvio, due bottiglie per l'acqua con relativi bicchieri, di vetro intagliato e massiccio, un vaso di fiori di porcellana colorata in forma di tulipano, con tre penne di pavone, tanto belle, infilate in luogo di tre fiori, due quadri a colori, stampati, uno rappresentante la Madonna con il Bambino e l'altro una scena come di teatro con un moro e una donna bionda, che mi avevano detto che era di un'opera chiamata Otello e il moro appunto era Otello. Dalla camera da letto lo portai nella stanza da pranzo che mi serviva anche da salotto e ci tenevo pure la macchina da cucire. Qui gli feci toccare con mano il tavolo rotondo, di noce scuro, con il centrino ricamato, e un vaso di fiori compagno a quello della camera da letto e le quattro seggiole intorno con il velluto verde e poi aprii la credenza e gli contai pezzo per pezzo tutto il servizio di porcellana a fiori e ghirlande, tanto bello, completo per sei, che ci avevo mangiato sì e no due volte in tutta la mia vita. L'avvertii a questo punto: "Guarda che questo servizio ce l'ho caro quanto la luce degli occhi... tu rompimelo e poi vedrai." Lui rispose sorridendo: "Sta' tranquilla." Continuando l'elenco gli mostrai tutti gli altri oggetti: le due stampe con i fiori, la macchina da cucire, la radio, il divanetto di reps con le sue due poltroncine, la rosoliera di vetro rosa e azzurro con i sei bicchierini, qualche altra bomboniera e scatola, un bel ventaglio che avevo inchiodato al muro tutto dipinto a colori, con una vista di Venezia. Poi passammo in cucina e qui gli contai pezzo per pezzo tutto il vasellame e le pentole che ce le avevo in alluminio e di rame, e la posateria, di acciaio inossidabile, e gli feci vedere che non mancava nulla né il forno, né lo schiacciapatate, né l'armadietto per le scope né la pattumiera di zinco. Insomma gli feci vedere ogni cosa e quindi scendemmo abbasso e andammo al negozio. L'inventario del negozio fu più breve perché all'infuori degli scaffali, del banco e di qualche seggiola, non c'era rimasto nulla, tutto era stato venduto, pulito e spazzolato in quegli ultimi mesi di carestia. Finalmente tornammo di sopra in casa e io dissi scoraggiata: "A che serve questo inventario?... tanto lo sento qui non ci tornerò più." Giovanni, che si era seduto e fumava, scosse la testa e rispose: "Tra quindici giorni arrivano gli inglesi, perfino i fascisti lo ammettono... tu te ne vai in villeggiatura per due settimane e torni e facciamo una bella festa per il tuo ritorno... che ti salta in mente?" Giovanni, dopo queste parole ne aggiunse molte altre per consolarci, me e Rosetta e quasi ci riuscì; così che quando se ne andò eravamo molto sollevate, e lui questa volta, con tutto che fossimo soli nell'anticamera, non ripeté quel gesto della manata, ma si contentò di farmi una carezza sul viso, che lui me la faceva spesso anche quando era vivo mio marito e io gliene fui grata e quasi quasi mi parve davvero che nulla fosse successo tra me e lui e io fossi rimasta quella che ero sempre stata.

Il resto di quel giorno lo passai a finire i preparativi. Feci prima di tutto un bel pacco di roba da mangiare, per il viaggio: ci misi un salame, qualche scatola di sardine, una scatola di tonno e un po' di pane. Per mio padre e per mia madre feci un pacco a parte: per mio padre ci misi un vestito di mio marito, quasi nuovo, che lui se l'era fatto poco prima di morire e mi aveva chiesto di mettergliglielo addosso dopo morto ma io all'ultimo momento avevo pensato che era un peccato, un vestito tanto bello di lana blu, e così lui l'avevo avvolto in un lenzuolo vecchio e il vestito l'avevo salvato. Mio padre aveva quasi la stessa statura di mio marito e con il vestito ci misi anche le scarpe, vecchie queste ma ancora buone. A mia madre decisi di portarle uno scialle e una gonnella. Aggiunsi al pacco tutto quello che mi rimaneva di pizzicheria e di drogheria, cioè qualche chilo di zucchero e di

24

caffè e qualche scatola e un paio di salami. Tutta questa roba la misi in una terza valigia, in modo che adesso avevamo tre valigie, più un sacco in cui avevo messo due guanciali, per il caso che fossimo state costrette a dormire in treno. Tutti mi dicevano che i treni ci mettevano anche due giorni ad arrivare a Napoli e noi dovevamo appunto andare a mezza strada tra Roma e Napoli, e io pensai che le precauzioni non erano mai troppe.

La sera ci mettemmo a tavola e questa volta avevo fatto un po' di cucina per non rattristarci troppo; ma avevamo appena incominciato che suonò l'allarme e vidi che Rosetta era diventata pallida dalla paura e quasi tremava e capii che lei dopo aver resistito per molto tempo ora non ce la faceva più e aveva i nervi sottosopra e così mi rassegnai a lasciare la cena e a scendere in cantina, una precauzione che in fondo non serviva a niente perché, se fosse cascata una bomba, quella nostra casa tanto vecchia sarebbe andata in polvere e noi ci saremmo rimaste sotto. Così scendemmo nel rifugio e c'erano tutti quanti gli inquilini della casa e passammo tre quarti d'ora sedute sui banchi al buio. Tutti parlavano dell'arrivo degli inglesi come di cosa di pochi giorni: erano sbarcati a Salerno che stava vicino a Napoli e da Napoli a Roma ci avrebbero messo forse una settimana anche ad andar piano perché ormai tedeschi e fascisti scappavano come lepri e non si sarebbero fermati che alle Alpi. Ma alcuni dicevano che a Roma i tedeschi avrebbero dato battaglia perché Mussolini ci teneva a Roma e lui non gliene importava niente di ridurla una rovina purché gli inglesi non ci entrassero. Io ascoltavo queste cose e pensavo che facevamo bene ad andarcene; Rosetta si stringeva contro di me e io capivo che lei aveva paura ormai, e che non si sarebbe calmata se non quando fossimo andate via da Roma. Ad un certo punto qualcuno disse: "Sai che dicono? Che lanceranno i paracadutisti e quelli entreranno nelle case e ne faranno di tutti i colori." "Come sarebbe a dire?" "Be', la roba e poi le donne." Allora io dissi: "Voglio vedere chi avrà il coraggio di toccarmi." Dal buio una voce che era quella di un certo Proietti, fornaio, un uomo stupido da non dirsi e sempre molto greve nel linguaggio, che io non avevo mai potuto soffrire, disse con una risata: "A te magari non ti toccheranno perché sei troppo vecchia... ma tua figlia, sì." Risposi: "Guarda come parli... io ci ho

25

trentacinque anni perché mi sono sposata a sedici e troppi ce ne sono che vorrebbero sposarmi... se non mi sono risposata, è che non ho voluto." "Sì," rispose lui, "la volpe e l'uva." Io dissi allora, proprio arrabbiata: "Tu pensa piuttosto a quella mignotta di tua moglie... lei le corna te le mette già adesso che non ci sono i paracadutisti... figuriamoci quando ci saranno." Credevo che la moglie fosse al paese, erano di Sutri e io l'avevo vista andar via qualche giorno prima; invece, guarda combinazione, stava anche lei nel rifugio e io non l'avevo veduta per via del buio. Ma la sentii subito urlare: "Mignotta sei tu, brutta zozza, vigliacca, disgraziata," e poi sentii che lei acchiappava per i capelli Rosetta credendo che fossi io e Rosetta urlava e quella la menava. Allora, sempre al buio, mi slanciai su di lei e così rotolammo a terra dandoci le botte e strappandoci i capelli mentre tutti gridavano e Rosetta piangeva e si raccomandava e mi chiamava. Insomma dovettero dividerci, sempre al buio, e credo che anche ai pacieri toccò qualche botta, perché, tutto ad un tratto, mentre ci dividevano, suonò la sirena del cessato allarme e allora uno accese la luce e ci trovammo l'una di fronte all'altra, scarmigliate e ansimanti, trattenute per le braccia e quelli che ci tenevano chi aveva la faccia sgraffiata e chi i capelli scomposti. Rosetta, in un angolo, singhiozzava.

Quella notte, dopo questa scenata, ce ne andammo a letto molto presto senza neanche finire la cena che restò sul tavolo e la mattina dopo c'era ancora. Nel letto, Rosetta si rannicchiò contro di me, come faceva quando era piccola e come da molto tempo non faceva più. Le domandai: "Ma che, hai ancora paura?" Lei rispose: "No, non ho paura ma è vero mamma che i paracadutisti fanno quelle cose alle donne?" E io: "Non dargli retta a quello scemo... non sa quello che dice." "Ma è vero?" insistette lei. E io "No, non è vero... e poi noi partiamo domani e andiamo in campagna e lì non succederà proprio niente, sta' tranquilla." Lei stette zitta ancora un momento e poi disse: "Ma affinché noi possiamo tornare a casa, chi è che deve vincere: i tedeschi o gli inglesi?" Io a questa domanda ci rimasi male perché, come ho detto, i giornali non li leggevo e per giunta non mi ero mai interessata di sapere come andasse la guerra. Dissi: "Io non lo so quello che hanno combinato... so soltanto che sono tutti figli di mignotte, inglesi e tedeschi... e che le guerre loro le fanno senza domandarci niente a noialtri poveretti... ma sai che ti dico: che per noi bisogna che qualcuno vinca sul serio, così la guerra finisce... tedeschi o inglesi non importa, purché qualcuno sia il più forte."

Ma lei insistette: "Tutti dicono che i tedeschi sono cattivi... ma che hanno fatto, mamma?" Allora io risposi: "Hanno fatto che invece di stare al paese loro sono venuti qui, a scocciarci a noi... per questo la gente ce li ha sulle corna." "Ma dove andiamo noi adesso," lei domandò, "ci sono i tedeschi o gli inglesi?" Io non sapevo più che rispondere e dissi: "Lì non ci sono né tedeschi né inglesi... ci sono i campi, le vacche, i contadini e si sta bene... e ora dormi." Lei non disse più nulla e si rannicchiò tutta contro di me e mi sembrò che alla fine si addormentasse.

Che brutta notte. Io mi svegliavo ad ogni momento e penso che Rosetta anche lei non chiudesse occhio tutta la notte, sebbene, per non inquietarmi, forse facesse finta di dormire. Talvolta mi pareva di svegliarmi, e invece dormivo e sognavo di svegliarmi, talaltra credevo di dormire e invece ero sveglia e la stanchezza e il nervosismo mi illudevano di dormire. Gesù nell'orto, la notte prima che Giuda venisse a pigliarlo, non ha sofferto tanto come io quella notte lì. Mi si stringeva il cuore al pensiero di lasciare la casa dove avevo vissuto per tant'anni e pensavo che durante il viaggio potessero mitragliare il treno, oppure che il treno non ci fosse più, perché dicevano che da un giorno all'altro Roma poteva restare isolata. Pensavo anche a Rosetta e pensavo che era una vera disgrazia che mio marito fosse stato l'uomo che era stato e che fosse morto perché due donne sole al mondo, senza un uomo che le guidi e che le protegga, sono in un certo senso come due cieche che camminano senza vederci e senza capire dove si trovano.

Una volta, non so che ora fosse, sentii sparare nella strada, io ci ero ormai abituata, sparavano tutte le notti, pareva di essere al tirassegno, ma Rosetta si svegliò e domandò: "Cosa c'è mamma?" Io risposi: "Niente, niente... sono quei soliti figli di mignotte che si divertono a sparare... e potessero ammazzarsi gli uni con gli altri." Un'altra volta passò una colonna di camion, proprio sotto casa, e tutta la casa tremava e non finivano più di passare e quando pareva che fosse finito ecco un altro camion che rotolava con un fracasso da non dirsi Io mi tenevo Rosetta abbracciata, con la testa contro il mio petto, e ad un tratto, forse perché ci avevo la testa contro il petto, mi ricordai di quando era piccola e io l'allattavo e avevo il petto gonfio di latte, come sempre noialtre ciociare che siamo conosciute come le meglio balie del Lazio e lei poppava tutto quel latte e diventava più bella ogni giorno ed era proprio un fiore di bellezza che la gente per la strada si fermava a guardarla e mi dissi ad un tratto che sarebbe stato molto meglio che non fosse mai nata, se doveva poi vivere in un mondo come questo, tra gli affanni, i pericoli e la paura. Ma poi mi dissi che queste sono le idee che vengono di notte e che era peccato pensare queste cose e al buio mi feci il segno della Croce e mi raccomandai a Gesù e alla Madonna. Udii un gallo cantare nell'appartamento vicino che era l'appartamento di una famiglia che teneva tutto un pollaio nel cesso e pensai allora che presto sarebbe stato giorno e credo che mi addormentassi.

Fui svegliata di soprassalto dal campanello della porta che suonava e suonava come se stesse suonando da un pezzo. Mi alzai al buio e andai nell'anticamera e aprii ed era Giovanni che entrò dicendo: "Salute che sonno... sarà un'ora che suono." Ero in camicia e io ci ho il petto ancora adesso erto, che sta su senza reggiseni e allora ce l'avevo ancora più bello con le zinne pesanti e solide e i capezzoli che si rivoltavano in su come se volessero per forza farsi notare sotto la tela della camicia e subito vidi che lui mi guardava il petto e che gli occhi gli si accendevano sotto le sopracciglia come due pezzi di carbonella sotto le ceneri. Capii subito che lui stava per acchiapparmi le zinne e gli dissi subito, tirandomi indietro: "No, Giovanni, no... per me tu non esisti più e devi dimenticare quello che è successo... se tu non fossi già sposato, ti sposerei... ma sei sposato e tra di noi non deve esserci più niente." Lui non disse né sì né no, ma si vedeva che si sforzava di controllarsi. Alla fine ci riuscì e disse con voce normale: "Hai ragione... ma speriamo che quella schifosa di mia moglie muoia durante questa guerra... così quando torni io sono vedovo e ci sposiamo... muore tanta gente sotto le bombe, perché non dovrebbe morire lei?" E io una volta di più ci rimasi male e fui stupita di sentirgli dire queste cose e quasi non credevo alle mie orecchie come quando aveva detto che mio marito era una carogna e fin allora gli era stato amico e, per così dire, erano inseparabili. Conoscevo, infatti, la moglie di Giovanni e avevo sempre pensato che lui le volesse bene o per lo meno le fosse affezionato, essendo stati sposati tant'anni e avendo avuto tre figli e invece, ecco qua, lui ne parlava con odio e sperava che morisse e il modo con il quale ne parlava lasciava capire che l'odiava da chissà quanto tempo e ormai non provava per lei altro che odio seppure aveva mai provato qualche altro sentimento in passato. Dico la verità, provai quasi uno spavento al pensiero che un uomo potesse essere amico e marito per tanti anni e poi dire così con tanta freddezza e tanta cattiveria, carogna e schifosa, dell'amico e della moglie. Ma di tutto questo non dissi nulla a Giovanni che intanto era passato in cucina e sentivo che già scherzava con Rosetta che nel frattempo si era alzata anche lei. "Vedrai che tornerete tutte e due ingrassate e questa sarà la sola conseguenza della guerra per voi... lì in campagna c'è il formaggio, ci sono le uova, ci sono gli agnelli... mangerete e starete bene." *l'idea che nella campagna tutto va benissimo*

Ormai tutto era pronto e io portai nell'ingresso le tre valigie e il sacco con i pacchi e Giovanni prese due delle valigie e il sacco lo presi io e Rosetta la valigia più piccola. Loro si avviarono giù per le scale, io finsi di indugiare per chiudere la porta e, appena loro due ebbero svoltato l'angolo della scala, rientrai in casa, andai nella camera da letto, sollevai una mattonella del pavimento e presi il denaro che ci avevo nascosto. Era in quei tempi una grossa somma tutta in biglietti da mille e non avevo voluto prenderla in presenza di Rosetta perché col denaro non si sa mai e un'innocente può sempre fare un'imprudenza e dire quello che non deve dire e nelle cose di denaro non ci si può fidare di nessuno. Nell'ingresso sollevai la gonnella e misi il denaro dentro una tasca di tela *neanche la fia* che ci avevo cucito apposta. Quindi raggiunsi Giovanni e Rosetta nella strada.

Alla porta c'era una carrozzella, perché Giovanni non aveva voluto servirsi del camion del carbone per paura che potessero requisirlo. Giovanni ci aiutò a salire poi salì anche lui. La carrozza si mosse e io non potei fare a meno di voltarmi indietro a guardare verso il quadrivio e verso la mia casa e il mio negozio perché avevo un presentimento brutto che non li avrei mai più rivisti. Non era ancora giorno, ma non era più notte, l'aria era grigia in quest'aria grigia vidi la mia casa che faceva angolo nel quadrivio, con tutte le finestre chiuse e, a pianterreno, il negozio con le serrande abbassate. Di fronte c'era un'altra casa che faceva angolo anche quella e ci aveva al secondo piano una nicchia a medaglione, con l'immagine della Madonna sottovetro, circondata di spade d'oro e un lumino acceso perpetuamente. Pensai che quel lumino ardeva anche in tempo di guerra, anche in tempo di carestia, era un po' come la mia speranza di tornare e mi sentii un poco sollevata: quella speranza avrebbe continuato a riscaldarmi una volta che fossi stata lontana. In quella luce grigia si vedeva tutto il quadrivio, come una scena di teatro vuota, dopo che gli attori se ne sono andati; e si vedeva che erano case di povera gente, casucce insomma, un po' storte come se si appoggiassero le une alle altre un po' scalcinate specie ai pianterreni per via dei carretti e delle macchine, e proprio accanto al mio negozio c'era il negozio di carbone di Giovanni e intorno la porta era tutto nero come la bocca di un forno e a quell'ora quel nero si vedeva e non so perché mi parve tanto triste. E non potei fare a meno di ricordarmi che durante la giornata, ai tempi belli, il quadrivio era pieno di gente, con le donne sedute sulle seggiole di paglia fuori delle porte, e i gatti che gironzolavano sui selci e i ragazzini che giocavano alla corda e al salto e i giovanotti che lavoravano nelle officine oppure entravano all'osteria che era sempre piena e pensando questo provai uno strappo al cuore e mi accorsi che quelle casucce e quel quadrivio mi erano cari, forse perché ci avevo passato tutta la vita e quando li avevo veduti per la prima volta ero ancora giovinetta e adesso ero una donna fatta con una figliola già grande. Dissi a Rosetta: "Non la guardi casa nostra, non lo guardi il negozio?" E lei rispose: "Mamma, sta' tranquilla, tu stessa hai detto che torniamo tra un paio di settimane." Io sospirai e non dissi nulla. La carrozza prese verso il Tevere e io mi voltai e non guardai più al quadrivio.

Tutte le strade erano vuote, con l'aria grigia in fondo alle strade che pareva il vapore del bucato quando i panni sono molto sporchi. In terra la guazza faceva luccicare i selci che parevano di ferro. Non passava un cane anzi passavano soltanto i cani: ne vidi cinque o sei brutti, affamati e sporchi che annusavano ai cantoni e poi pisciavano contro i muri dai quali pendevano lacerati i manifesti a colori che incitavano alla guerra. Passammo il Tevere a Ponte Garibaldi, percorremmo via Arenula, passammo l'Argentina e piazza Venezia. Al balcone del palazzo di Mussolini pendeva lo stesso bandierone nero che avevo visto qualche giorno prima a piazza Colonna e due fascisti armati stavano ai due lati della porta. La piazza era deserta, sembrava più grande del solito. Io dapprima non vidi il fascio d'oro nel bandierone nero e mi parve addirittura una bandiera di lutto, tanto più che non c'era vento e pendeva giù, che sembrava davvero uno straccio di quelli che si mettono ai portoni quando c'è un morto nello stabile. Poi vidi il fascio d'oro tra le pieghe e capii che era la bandiera di Mussolini. Domandai a Giovanni: "Ma che è tornato Mussolini?" Lui fumava il mezzo sigaro, e rispose con enfasi: "È tornato e speriamo che ci rimanga per sempre." Rimasi a bocca aperta perché sapevo che lui ce l'aveva con Mussolini; ma già lui mi sorprendeva sempre, e non potevo mai prevedere quel che gli passasse per la testa. Poi mi sentii dar del gomito nelle costole, e vidi che ammiccava in direzione del vetturino, come per dire che lui quelle parole le aveva dette per paura del vetturino. Mi parve esagerato perché il vetturino era un buon vecchietto, con una parrucca di capelli bianchi che gli scappavano da ogni parte da sotto il berretto e pareva tutto mio nonno e certo non avrebbe fatto la spia; ma non dissi nulla.

Prendemmo per via Nazionale e già l'aria si faceva meno grigia e in cima alla Torre di Nerone si vedeva uno spicchio rosa di sole. Ma come giungemmo alla stazione e vi entrammo, dentro era come se fosse ancora notte, con tutte le lampade accese e l'aria buia. La stazione era piena di gente, in gran parte povera gente come noi, coi loro fagotti, ma c'erano anche molti soldati tedeschi, carichi di armi e di zaini, in piedi, raggruppati gli uni addosso agli altri negli angoli più scuri. Giovanni andò a comprare i biglietti e ci lasciò con le valigie, lì, nel mezzo della stazione. Mentre aspettavamo ecco, tutto ad un tratto, con gran fracasso, proprio sotto la pensilina arrivare una decina di motociclisti, tutti vestiti di nero, come diavoli dell'inferno. Dopo il bandierone nero di piazza Venezia, questi motociclisti vestiti anche loro di nero, mi ispirarono un sentimento di insofferenza tanto che pensai: "Ma perché nero, perché tutto questo nero? Disgraziati, figli di mignotte, con il loro nero maledetto hanno finito davvero

31

per portarci iettatura." I motociclisti fermarono le motociclette, le addossarono alle colonne dell'ingresso e si misero accanto alle porte, col viso chiuso nei caschi di cuoio nero e le mani sulle pistole che tenevano al cinturone. Tutto ad un tratto mi mancò il respiro dalla paura e prese a battermi forte il cuore perché pensai che quei motociclisti neri fossero venuti alla stazione per bloccare gli ingressi e arrestare tutti quanti, come spesso facevano e poi portavano via la gente nei loro camion e non se ne sapeva più nulla. Così mi guardai intorno quasi cercando una via d'uscita per scappare. Ma poi vidi che all'ingresso, dalla parte dei treni, arrivava un gruppo di persone mentre altri ripetevano: "largo largo" e capii che quei motociclisti erano lì per l'arrivo di qualche personaggio importante. Non lo vidi perché la folla me l'impediva, ma dopo un poco riudii il fracasso di quelle maledette motociclette e capii che se ne erano andati dietro la macchina di quel personaggio.

Giovanni venne a prenderci coi biglietti in mano, dicendoci che erano biglietti fino a Fondi: di qui poi, per le montagne, avremmo dovuto raggiungere il paese. Uscimmo dalla stazione, andammo al treno, sotto la pensilina. Lì c'era il sole, in tanti raggi che si allungavano sopra i marciapiedi e parevano i raggi di sole che si vedono nelle corsie degli ospedali e nei cortili delle prigioni. Non si vedeva un cane, e il treno, lungo lungo, sotto la pensilina, pareva vuoto. Ma come salimmo e cominciammo a percorrere i corridoi, vidi che era pieno zeppo di soldati tedeschi, tutti armati, cogli zaini sulle spalle, il casco sugli occhi e il fucile tra le gambe. Ce n'erano non so quanti, passavamo da uno scompartimento all'altro e sempre vedevamo otto soldati tedeschi con tutta quella roba addosso, fermi e zitti che parevano aver avuto l'ordine di non muoversi e di non parlare. Finalmente in uno scompartimento di terza trovammo gli italiani. Stavano ammucchiati nei corridoi e negli scompartimenti, come bestie che vengono portate al macello e perciò non importa che stiano comode, tanto trappoco debbono morire; anche loro come i tedeschi non dicevano nulla, non si muovevano; ma si capiva che la loro immobilità e il loro silenzio erano dovuti alla stanchezza e alla disperazione mentre i tedeschi si vedeva che si tenevano pronti a saltar fuori dal treno e far subito la guerra. Dissi a Rosetta: "Vedrai che questo viaggio lo facciamo in piedi." Infatti dopo aver girato non so quanto con quel sole che entrava attraverso i vetri sporchi del treno e già arroventava le vetture, mettemmo anche noi le valigie nel corridoio davanti la latrina, e ci accoccolammo alla meglio. Giovanni che ci aveva seguite nel treno, a questo punto disse: "Be', vi lascio, vedrete che trappoco il treno parte." Ma un tizio vestito di nero, seduto anche lui su una valigia, lo rimbeccò, cupo, senza alzare gli occhi: "Trappoco, un corno... noi, siamo tre ore che aspettiamo."

Insomma Giovanni ci salutò e baciò Rosetta sulle due guance e me sull'angolo della bocca, forse avrebbe voluto baciarmi sulla bocca ma io stornai in tempo il viso. Partito Giovanni, noi restammo sedute sulle valigie, io più alta e Rosetta più bassa, la testa appoggiata contro le mie ginocchia. Rosetta dopo mezz'ora che stavamo così, senza parlare, accovacciate, domandò: "Mamma quando si parte?" E io risposi: "Figlia mia, io ne so quanto te." Stetti così, ferma con Rosetta accucciata ai miei piedi non so quanto tempo. La gente nel corridoio sonnecchiava e sospirava, il sole cominciava a scottare forte e fuori dai marciapiedi non giungeva un solo rumore. Anche i tedeschi tacevano, come se non ci fossero neppure stati. Poi, tutto ad un tratto, nello scompartimento più vicino, i tedeschi cominciarono a cantare. Non si può dire che cantassero male, avevano certe voci basse e rauche, però intonate, ma io che avevo tante volte sentito cantare i soldati nostri, allegramente, come fanno quando sono in treno e viaggiano insieme, mi venne tristezza perché cantavano nella lingua loro qualche cosa che mi sembrava triste. Cantavano lentamente e pareva davvero che non ne avessero tanta voglia di andare a far la guerra perché il loro canto era veramente triste. Dissi a quell'uomo vestito di nero vicino a me: "Anche a loro la guerra non piace... sono uomini anche loro dopo tutto... senti come cantano tristemente." Ma lui, ingrugnato, mi rispose: "Non te ne intendi... è il loro inno... è come da noi la Marcia Reale." E poi, dopo un momento di silenzio: "La tristezza vera ce l'abbiamo noialtri italiani."

Finalmente il treno si mosse, senza un fischio, senza uno squillo di tromba, senza un rumore, come per caso. Avrei voluto raccomandarmi un'ultima volta alla Madonna che proteggesse me e Rosetta da tutti i pericoli ai quali andavamo incontro. Ma mi era venuto un sonno così forte che non ne ebbi neppure la forza. Pensai soltanto: "'Sti figli di mignotta..." e non sapevo se pensavo ai tedeschi o agli inglesi o ai fascisti o agli italiani. Un po' tutti forse. Quindi mi addormentai.

CAPITOLO SECONDO

Mi svegliai dopo forse un'ora e il treno era fermo in un gran silenzio. Dentro il vagone, adesso, dal caldo quasi non si respirava; Rosetta si era alzata e si era affacciata al finestrino guardando non so che. Molti altri si erano affacciati anche loro in fila, per quanto era lungo il vagone. Mi alzai a fatica perché mi sentivo intontita e sudata e mi affacciai anch'io. C'era il sole, c'era il cielo azzurro, c'era la campagna verde, tutta colline ricoperte di vigneti; e su una di queste colline, proprio di fronte al treno, c'era una casetta bianca che era stata incendiata. Dalle finestre uscivano lingue rosse di fuoco e nuvole di fumo nero e quelle fiamme e quel fumo erano la sola cosa che si muovessero perché tutto nella campagna era immobile e tranquillo, una giornata veramente perfetta, e non si vedeva nessuno. Poi, nel vagone, tutti gridarono: "Eccolo, eccolo!"; e io guardai al cielo e vidi un insetto nero nell'angolo dell'orizzonte che quasi subito prese la forma di un aeroplano e scomparve. Quindi, tutto ad un tratto, me lo sentii sopra la testa che sorvolava il treno, con un fracasso terribile di ferraglia impazzita e dentro il fracasso si sentiva come un martello di macchina da cucire. Il fracasso durò un attimo e poi si attenuò e subito dopo ci fu un'esplosione fortissima e vicina e tutti si gettarono a terra nel vagone, salvo io che non feci a tempo e neppure ci pensai. Così vidi la casetta incendiata scomparire in una grossa nuvola grigia che subito prese ad allargarsi sulla collina scendendo a sbuffi verso il treno; ora c'era di nuovo il silenzio e la gente si rialzava quasi incredula di essere rimasta viva, e poi tutti tornarono ad affacciarsi e a guardare. L'aria, adesso, era

35

piena di una polvere sottile che faceva tossire; quindi la nuvola si squarciò lentamente e tutti potemmo vedere che la casetta bianca non c'era più. Il treno, dopo qualche minuto, riprese la corsa.

Questa fu la cosa più notevole che avvenne durante il viaggio. Di fermate ce ne furono parecchie, sempre in aperta campagna, talvolta per mezz'ora o un'ora, così che il treno per fare un viaggio che in tempi normali sì e no sarebbe durato due ore, ce ne mise quasi sei. Rosetta, che aveva avuto tanta paura a Roma durante il bombardamento, questa volta, dopo che la casetta bianca era saltata in aria e il treno era ripartito, disse: "In campagna mi fa meno paura che a Roma. Qui c'è il sole, l'aria aperta. A Roma avevo tanta paura che mi cascasse la casa sulla testa. Qui, se morissi, almeno vedrei il sole." Allora uno di quelli che viaggiava con noi nel corridoio disse: "Io li ho visti i morti al sole. A Napoli. Ce ne erano due file sui marciapiedi, dopo il bombardamento. Sembravano mucchi di panni sporchi. Il sole quelli lì l'hanno veduto bene prima di morire." E un altro commentò: "Come dicono a Napoli nella canzone? O sole mio?", ridacchiando. Ma nessuno aveva veramente voglia di parlare e tanto meno di scherzare; e così restammo in silenzio per tutto il tempo che durò ancora il viaggio.

Noi dovevamo scendere a Fondi e, passata Terracina, dissi a Rosetta di tenersi pronta. I miei genitori stavano in montagna, in un paesetto dalle parti di Vallecorsa e ci avevano una casetta e un po' di terra e da Fondi, per la strada maestra, con una macchina, era una corsa di un'ora. Ma quando, come Dio volle, si arrivò all'altezza di Monte San Biagio, che è un paese inerpicato su una collina che guarda la valle di Fondi, vidi che tutti scendevano. I tedeschi, loro, erano già scesi a Terracina; e nel treno non erano rimasti che gli italiani. Discesero tutti e noi due restammo nello scompartimento vuoto e io, ad un tratto, mi sentii meglio perché eravamo sole ed era una bella giornata e presto saremmo arrivate a Fondi e di lì saremmo andate dai miei genitori. Il treno stava fermo, ma io non mi stupii, si era fermato tante volte; e così dissi a Rosetta: "Vedrai che in campagna ti sentirai rivivere: mangerai, dormirai, e tutto andrà bene." Continuai a parlare di quello che avremmo fatto in campagna e intanto il treno non si muoveva. Sarà stata l'una o le due e faceva molto caldo e io dissi: "Mangiamo." E tirai giù la valigetta dove avevo messo le provviste, l'aprii e feci due pagnottelle con il pane e il salame. Avevo anche una bottiglietta di vino e ne diedi un bicchiere a Rosetta e uno ne bevvi io. Mangiavamo e il caldo era forte e c'era un gran silenzio e attraverso i finestrini si vedevano soltanto i platani che circondavano il piazzale della stazione, bianchi di polvere, arsi, con le cicale che cantavano dentro il fogliame come se si fosse stati ancora in pieno agosto. Era la campagna, era proprio la campagna, dove ero nata e dove ero vissuta fino a sedici anni, la campagna delle mie parti, con l'odore della polvere calda di sole, dello sterco seccato e delle erbe bruciate. "Ah, come sto bene," non potei fare a meno di esclamare stendendo le gambe sul sedile davanti a me, "non senti che silenzio? Sono proprio contenta di non essere più a Roma." In quel momento la porta dello scompartimento si aprì e qualcuno si affacciò.

Era un ferroviere, magro e bruno, col berretto di traverso, la giubba sbottonata, la barba lunga. Si affacciò dicendo: "Buon appetito", ma con aria seria, quasi adirata. Io pensando che avesse fame, come tanti di quei tempi, gli dissi indicando la carta gialla sulla quale stavano le fette di salame: "Vuol favorire?" Ma lui di rimando, sempre più adirato: "Macché favorire d'Egitto! Dovete scendere." Io dissi: "Noi andiamo a Fondi," e gli mostrai il biglietto. Lui manco lo guardò e rispose: "Ma non ve ne siete accorte che tutti sono scesi qui? Il treno finisce qui." "Non va a Fondi?" "Macché Fondi: le rotaie sono interrotte." Soggiunse dopo un momento un po' più gentile: "Camminando a piedi potete arrivare a Fondi in mezz'ora. Ma dovete scendere perché tra poco il treno riparte per Roma." E se ne andò sbattendo la porta.

Restammo come eravamo, a guardarci in faccia, le pagnottelle addentate in mano. Poi dissi a Rosetta: "Comincia male." Rosetta, come se avesse indovinato i miei pensieri rispose: "Ma no, mamma, scendiamo e troveremo una carrozza, una macchina." Io già non l'ascoltavo più. Tirai giù le valigie, aprii lo sportello e discesi dal treno.

Sotto la pensilina della stazione non c'era nessuno; attraversammo la sala d'aspetto: nessuno; sbucammo sul piazzale: nessuno. Dal piazzale partiva una strada diritta, proprio di campagna, bianca, farinosa, accecante di sole tra le siepi velate di polvere e i pochi alberi anch'essi polverosi. In un angolo c'era una fontanella; il caldo e l'ansietà mi avevano asciugato la bocca, ci andai per bere: era secca. Rosetta che era rimasta presso le valigie, mi guardava con aria spaventata: "Mamma, che facciamo?"

Io conoscevo bene questi posti e sapevo che quella strada portava diritta a Fondi: "Figlia, che vuoi fare? Bisogna mettersi per strada."

"E le valigie?"

"Le porteremo noi."

Lei non disse nulla ma guardò costernata le valigie: non capiva come avremmo fatto a portarle. Io ne aprii una, tolsi due tovaglioli e feci due cercini, uno per me uno per lei. Da ragazza ero abituata a portare roba sul capo, avevo portato fino a cinquanta chili. Dissi mentre facevo i cercini: "Ora mamma ti fa vedere come si fa." Rosetta, rinfrancata, sorrise.

Misi il cercine sulla testa, ben calato e invitai Rosetta a fare lo stesso. Poi mi tolsi le scarpe e le calze e così feci fare anche a Rosetta. Quindi collocai sul cercine mio la valigia più grande e quella mezzana e il pacco delle provviste, per ordine di grandezza; e assestai sul cercine, a Rosetta, la valigia più piccola. Le spiegai che doveva camminare col collo eretto, reggendo con la mano, da una parte l'angolo della valigia. Vidi che lei aveva capito e già si avviava con la valigia sul capo e pensai: "È nata a Roma ma è ciociara anche lei, dopo tutto: buon sangue non mente." Così, con le valigie sul capo, a piedi nudi, camminando sull'orlo della strada dove cresceva un po' d'erba, ci avviammo verso Fondi.

Camminammo un pezzo. La strada era deserta e anche per la campagna non si vedeva anima viva. A una persona di città, che non se ne intendesse, poteva sembrare una campagna normale; ma io che ero stata contadina prima che cittadina, potevo vedere che era una campagna abbandonata. Dovunque si vedeva l'abbandono: i grappoli d'uva nelle vigne avrebbero dovuto essere già vendemmiati e invece pendevano tra le foglie ingiallite, troppo dorati, alcuni addirittura bruni e marci, mezzo mangiati dalle vespe e dalle lucertole. Il granturco era qua e là coricato, in disordine, con tante erbacce e le pannocchie erano mature, quasi rosse. Intorno i fichi, c'erano in terra fichi in quantità caduti dai rami per troppa dolcezza, sfranti e aperti, sbocconcellati dagli uccelli. Non si vedeva un contadino e pensai che fossero tutti scappati. Eppure

era una giornata bella, calda e serena, proprio di campagna. ✱
Così è la guerra, pensai: tutto sembra normale e invece, sotto sotto, il tarlo della guerra ha camminato e gli uomini hanno paura e scappano, mentre la campagna, lei, continua, indifferente, a buttar fuori frutta, grano, erba e piante come se nulla fosse. la natura ignora la guerra

Arrivammo alle porte di Fondi con la polvere che ci imbiancava le gambe fino alle ginocchia, la gola arsa, stanche e ammutolite. Dissi a Rosetta: "Ora andiamo in un'osteria e beviamo e mangiamo qualche cosa e ci riposiamo. E poi vediamo se troviamo una macchina o una carretta che ci porti dai nonni." Sì, altro che osteria, altro che automobile, altro che carretta! Come penetrammo dentro Fondi ci accorgemmo subito che la città era deserta e abbandonata. Non passava un cane, tutti i negozi avevano le saracinesche abbassate con qualche pezzo di carta bianca appicciato qua e là che spiegava che i proprietari erano sfollati; le case avevano gli usci e i portoni sprangati, le finestre gli sportelli sbarrati, perfino le gattaiole erano accecate. Sembrava di camminare per una città in cui tutti gli abitanti fossero morti per qualche epidemia. E dire che a Fondi in quella stagione la gente sta per la strada, donne, uomini, bambini, insieme con i gatti, con i cani, con i somari, con i cavalli e magari con i polli, e tutti vanno per le loro faccende o si godono la bella giornata passeggiando o sedendo ai caffè e davanti le case. Certe straducce laterali davano l'impressione della vita perché c'era la luce forte del sole sul lastrico e sulle facciate; ma poi a guardare meglio, si scorgevano le solite finestre con gli scuri chiusi, le solite porte sprangate e quel sole che si stendeva sui sassi faceva quasi paura; come facevano paura il silenzio e dentro il silenzio il rumore dei nostri passi. Mi fermavo ogni tanto, bussavo a una porta, chiamavo, ma nessuno apriva, nessuno si affacciava a rispondermi. Alla fine, ecco l'osteria del Gallo, con l'insegna di legno in cui si vedeva dipinto un gallo tutto scolorito e sgraffignato. La porta era chiusa, una vecchia porta dipinta di verde, con una serratura all'antica, col buco grande; e io misi l'occhio al buco e guardai e vidi in fondo all'oscurità dello stanzone la finestra che dava sul giardino, sotto il pergolato, pieno di luce questo, con la vigna verde da cui pendevano tanti grappoli neri: si poteva vedere anche un tavolo illuminato dal sole, ma questo era tutto. Anche qui nessuno rispose, l'oste era scappato insieme con tutti gli altri.

Così questa era la campagna: peggio di Roma. E ripensando a come mi ero illusa di trovare in campagna quello che mancava a Roma, mi voltai verso Rosetta e dissi: "Sai che ti dico? Che adesso ci riposiamo un momento e poi torniamo alla stazione e riprendiamo il treno per Roma." Così l'avessi fatto. Ma vidi che Rosetta faceva un viso impaurito, certo pensando ai bombardamenti; e soggiunsi in fretta: "Però prima di rinunciare, voglio fare un ultimo tentativo. Questo è Fondi. Proviamo la campagna. Può darsi che troviamo un contadino che per una notte o due ci fa dormire in casa sua. Poi vedremo."

Così ci riposammo un momento sopra un muricciolo senza parlare perché in quel deserto le nostre voci ci facevano quasi paura, e poi rimettemmo le valigie sui cercini ed uscimmo dalla città per la parte opposta a quella per cui eravamo entrate. Camminammo forse mezz'ora per la strada maestra, sotto il sole forte, nella solita polvere bianca e farinosa e poi appena incominciarono gli aranceti ai due lati della strada, io presi il primo sentiero tra gli aranci pensando: in qualche luogo porterà, in campagna i sentieri portano sempre in qualche luogo. Erano fitti fitti gli aranci, con il fogliame pulito e senza polvere e i sottoboschi pieni d'ombra; dopo la strada maestra assolata e polverosa, ci rinfrancarono. Rosetta, ad un certo punto, mentre seguivamo quel sentiero che girava e girava tra gli aranci, domandò: "Mamma, quando le raccolgono le arance?" Risposi senza pensarci tanto: "A novembre cominciano a raccoglierle. E vedrai come sono dolci." E poi subito dopo mi morsi la lingua perché eravamo appena alla fine di settembre e io avevo sempre detto che saremmo restate fuori di Roma non più di dieci giorni sebbene sapessi dentro di me che non era vero e adesso mi ero tradita. Ma lei, per fortuna, non ci fece caso e così continuammo ad andare avanti per il sentiero.

Alla fine, ecco, in fondo al sentiero, una radura e in mezzo alla radura una casetta che un tempo doveva essere stata dipinta di rosa e adesso, per l'umidità e la vecchiezza, appariva tutta annerita e scrostata. Una scala esterna saliva al secondo piano; dove c'era una terrazza con un arcone dal quale pendevano tante trecce di peperoni, di pomodori e di cipolle. Davanti alla casa, sull'aia, c'era una quantità di fichi sparpagliati a seccare al sole. Una casa di contadini, abitata. Il contadino, infatti, venne subito fuori, ancora prima che lo chiamassimo, capii che stava nascosto in qualche luogo per vedere chi arrivava. Era un vecchio magro da far paura, con una testina senza carne, dal naso lungo, a becco, dagli occhi infossati, dalla fronte bassa e calva, che pareva quella di un nibbio. Disse: "Chi siete, che volete?", e ci aveva in mano un falcetto, come per difendersi. Io però non mi smontai, soprattutto perché stavo con Rosetta e non si ha idea della forza che ci viene da una persona che è più debole di noi e ha bisogno della nostra protezione. Gli risposi che non volevamo niente, che eravamo di Lenola, il che in fondo era vero perché io ero nata in una località non tanto lontana da Lenola, che quel giorno avevamo camminato tanto che non ce la facevamo più e che se lui ci dava una stanza per la notte io l'avrei pagato bene, come all'albergo. Lui mi stava a sentire, fermo in mezzo all'aia, a gambe larghe: con i suoi pantaloni tutti stracciati, il suo giubbetto pieno di toppe e il suo falcetto sembrava davvero uno spaventapasseri; e credo che afferrasse soltanto che io l'avrei pagato bene perché, come scoprii in seguito, era mezzo scemo e, all'infuori dell'interesse, non capiva niente. Ma anche l'interesse per lui doveva essere una cosa difficile a capirsi perché ci mise non so quanto a intendere quello che gli dicevo e intanto ripeteva: "Non ci abbiamo stanze, e poi tu paghi, ma con che paghi?" Io non volevo tirare fuori il denaro che tenevo nella saccoccia, sotto la gonnella, non si sa mai, in tempo di guerra tutti possono diventare ladri e assassini e lui del ladro e magari dell'assassino ci aveva già la faccia, così mi sgolavo a dirgli che stesse tranquillo che l'avrei pagato. Ma non capiva. E già Rosetta mi tirava per la manica dicendomi sottovoce che era meglio andarcene quando, per fortuna, arrivò la moglie, una donnetta piccola e magra, molto più giovane di lui, dal viso trafelato ed esaltato, dagli occhi scintillanti. Al contrario del marito lei capì subito e quasi ci buttò le braccia al collo, ripetendo: " Ma si capisce una stanza e come no? Noi dormiremo sulla terrazza o nella capanna del fieno e ti daremo la nostra stanza. E c'è anche da mangiare con noi, roba semplice si sa, roba di campagna, mangerai con noi." Il marito adesso si era tirato da parte e ci guardava, scuro, che sembrava un gallinaccio malato, quando stralunano gli occhi e stanno mosci e non vogliono beccare. Lei mi prese sotto braccio ripetendo: "Vieni, ti faccio vedere la stanza, vieni ti do il mio letto, io e mio marito dormiremo sulla terrazza." E ci fece salire per la scala esterna su al secondo piano.

Così cominciò il soggiorno da Concetta, ché questo era il nome della donna. Il marito che si chiamava Vincenzo e aveva una ventina d'anni più di lei, era parsenale, che vuol dire mezzadro, di un certo Festa, un commerciante, il quale, lui, era fuggito come tanti altri dalla città e viveva adesso in una casetta in cima a uno dei monti che circondavano la valle. C'erano anche due figli, Rosario e Giuseppe, tutti e due bruni, con le facce massicce e brutali, gli occhi piccoli e la fronte bassa, che non dicevano mai nulla e non si vedevano che di rado: si nascondevano perché quando era venuto l'armistizio stavano tutti e due sotto le armi ed erano fuggiti e poi non si erano ripresentati e adesso temevano di essere arrestati dalle pattuglie di fascisti che andavano in giro per requisire uomini da mandare a lavorare in Germania. Si nascondevano nei giardini d'aranci, capitavano all'ora dei pasti, mangiavano in fretta quasi senza parlare e poi scomparivano di nuovo, non so dove andassero. Gentili con noi due, tuttavia mi erano antipatici, non capivo perché e spesso mi dicevo che ero ingiusta; poi, un bel giorno, capii che invece il mio istinto non mi aveva ingannata e che erano davvero due poco di buono come avevo sospettato fin da principio. Bisogna sapere che a poca distanza dalla casa, tra gli aranci, c'era una grande baracca dipinta di verde, col tetto di lamiera. Concetta mi aveva detto che in quella baracca loro ci mettevano le arance via via che le raccoglievano, e sarà stato anche vero, ma adesso le arance non le raccoglievano, stavano ancora tutte quante appese agli alberi e ciononostante io mi accorgevo che così i due figli come Vincenzo e Concetta spesso si davano da fare presso la baracca. Non sono curiosa ma trovandomi sola con mia figlia in casa di gente che non conoscevo e di cui, a dire la verità, non mi fidavo, mi era venuta la curiosità, per così dire, per necessità. Così un pomeriggio che tutta la famiglia era andata alla baracca, dopo un poco ci andai anch'io, nascondendomi dietro gli aranci. La baracca stava in un'altra radura più piccola e pareva davvero uno sfasciume: tutta scolorita con il tetto di traverso e le assi che sembravano stare insieme per miracolo. Nel mezzo della radura ci stava il carretto di Vincenzo, attaccato a un mulo e sul carretto, ammonticchiata, vidi non so quanta roba: reti di letto, materassi, seggiole, comodini, fagotti. La porta della baracca che era grande assai, a due battenti, era spalancata e i due figli di Concetta stavano slegando le corde che tenevano ferma tutta quella roba. Vincenzo stava in disparte, mezzo rimminchionito al solito, seduto sopra un ceppo di legno, fumando la pipa; ma Concetta stava dentro la baracca, non la vedevo ma sentivo la sua voce: "Su, svelti, fate in prescia che è già tardi." Quei due figli che avevo sempre veduto zitti e mosci, come spaventati, adesso parevano trasformati: agili, diligenti, indaffarati, energici. Mi venne fatto di pensare che la gente bisogna vederla quando fa le cose che gli interessano, i contadini sul campo, gli operai all'officina, i negozianti al negozio e, insomma, diciamolo pure, i ladri appresso alla roba che hanno rubato. Perché quelle reti, quelle seggiole, quei comodini, quei materassi, quei fagotti erano tutta roba rubata, ne ebbi subito il sospetto ma me lo confermò la sera stessa Concetta, quando facendomi coraggio, le domandai così, all'improvviso, di chi fosse tutta quella masserizia che loro quel giorno avevano scaricato nella baracca. I figli, al solito, non c'erano, erano già andati via; Concetta, per un attimo, forse, restò come sconcertata: ma poi si riebbe subito e disse con quella sua allegria entusiasta ed esaltata: "Ah, ci hai visto, hai fatto male a non venire fuori, ci avresti potuto aiutare. Eh, non abbiamo niente da nascondere noialtri, proprio niente. Quella è roba di una casa di Fondi. Il proprietario, poveretto, sta fuggendo per le montagne e chissà quando tornerà. Piuttosto che lasciare quella roba nella casa e farla distruggere dal prossimo bombardamento, si sa, abbiamo preferito prenderla noialtri. Almeno serve a qualcuno, così. Siamo in guerra, si sa, bisogna ingegnarsi, e ogni lasciata è perduta, comare mia. E poi quel proprietario, a guerra finita, la roba se la farà ripagare dal governo, sicuro, e se la ricomprerà più bella di prima." Dico la verità, ci rimasi male anzi mi spaventai e credo che diventassi pallida perché Rosetta alzò gli occhi verso di me: "Ma che ci hai mamma?" Io ero spaventata, perché, essendo negoziante, avevo molto forte il sentimento della proprietà ed ero sempre stata onesta e avevo sempre pensato che il mio è il mio e il tuo è il tuo e non possono esserci confusioni e se ci sono tutto va a scatafascio. E invece, ecco, ero capitata in una casa di ladri e quel che è peggio questi ladri non avevano paura perché non c'erano più in quella zona né leggi né carabinieri e non soltanto non avevano paura ma quasi quasi si vantavano di rubare. Non dissi nulla, però; ma Concetta dovette accorgersi che qualche cosa pensavo perché soggiunse: "Intendiamoci, però, questa roba la prendiamo perché, per modo di dire, non è più roba di nessuno. Ma siamo gente onesta, Cesira, e te ne do subito la prova: bussa qui." Si era alzata e picchiava sul muro della cucina, a sinistra del fornello. Mi alzai, bussai anch'io e sentii che il colpo risuonava come se dietro il muro ci fosse stato un vuoto. Domandai: "Che c'è dietro questo muro?" E Concetta, con entusiasmo: "C'è la roba di Festa, c'è un tesoro, c'è tutto il corredo della figlia, tutta la roba di casa: lenzuola, coperte, lini, argenti, vasellame, oggetti di valore." Rimasi di stucco perché non me l'ero aspettato. Quindi Concetta, sempre con quell'entusiamo strano che lei metteva in tutto quello che faceva e diceva, mi spiegò: Vincenzo e Filippo Festa erano, come si dice san Giovanni, ossia Festa aveva tenuto a battesimo il figlio di Vincenzo e Vincenzo la figlia di Festa; e così legati dal san Giovanni erano, per modo di dire, parenti. E Festa si fidava del san Giovanni e prima di rifugiarsi nelle montagne aveva murato tutta la sua roba nella cucina di Vincenzo e gli aveva fatto giurare che gliel'avrebbero restituita tale e quale a guerra finita e Vincenzo aveva giurato. "Questa roba di Festa per noialtri è sacra," concluse Concetta con enfasi, come se avesse parlato del Santissimo, "mi farei ammazzare piuttosto che toccarla. Sta lì da un mese e ci starà finché la guerra non sarà finita." Io rimasi dubbiosa; e non mi convinsi neppure quando Vincenzo che finora era sempre stato zitto, si levò la pipa dalla bocca e disse con voce cavernosa: "Proprio così, sacra. Tedeschi e italiani hanno da passare sul corpo mio prima che la tocchino." Concetta a queste parole del marito mi guardava con occhi luccicanti ed esaltati, come per dire: "Lo vedi, che ne dici? Siamo o non siamo gente onesta?" Ma io ero come gelata e ricordando di aver veduto i due figli indaffarati a scaricare la roba dal carretto pensavo tra me e me: "Alla larga, ladri una volta, ladri sempre."

Questo della ladreria fu il motivo principale per cui cominciai a pensare di lasciare la casa di Concetta e andare altrove. Io avevo quel denaro nascosto nella soccoccia, sotto la gonnella, ed era parecchio denaro e noi due eravamo due donne sole, senza nessuno per difenderci e non c'erano più leggi né carabinieri e ci voleva poco a sopraffare due povere donne come noi e portar via loro quanto avevano. È vero che io non avevo mai mostrato a Concetta la saccoccia; ma pagavo ogni tanto qualche piccola somma per il cibo e la stanza e avevo detto che intendevo pagare e di sicuro loro dovevano pensare che in qualche luogo dovevo averci del denaro. Erano ladri della roba abbandonata; domani avrebbero potuto anche essere ladri del mio denaro e magari anche assassini, non si poteva sapere. I due figli ci avevano due facce da briganti, il marito pareva scemo, Concetta era sempre come esaltata, veramente non si poteva sapere quel che poteva succedere. E quella casa, con tutto che fosse a poca distanza da Fondi, era sepolta tra gli aranceti, nascosta e solitaria, e ci si poteva anche scannare un cristiano senza che nessuno se ne accorgesse. Era, è vero, un buon nascondiglio; ma uno di quei nascondigli dove ci può succedere di peggio che all'aperto, sotto gli aeroplani. Quella stessa sera, nella stanza, dopo che ci fummo coricate, lo dissi a Rosetta: "Questa è una famiglia di delinquenti. Possono non farci niente di male, ma potrebbero anche ammazzarci tutte e due e sotterrarci come concime sotto gli aranci: indifferentemente." Io avevo parlato per sfogare l'inquietudine; ma feci male perché Rosetta che non si era più riavuta dagli spaventi dei bombardamenti di Roma, cominciò subito a piangere stringendosi contro di me e sussurrando: "Mamma, ho tanta paura, perché non ce ne andiamo via subito?" Allora soggiunsi che le mie erano tutte fantasie; che tutto dipendeva dalla guerra; che insomma Vincenzo e Concetta e i figli erano certamente brava gente. Lei non parve molto convinta; e disse alla fine: "Io però me ne andrei via lo stesso; anche perché si sta così male qui." E io le promisi che saremmo andate via al più presto perché, sotto quell'aspetto, non aveva davvero torto: si stava malissimo.

Si stava male e adesso, ripensandoci, posso dire che, in tutto quel tempo della guerra che passammo fuori di casa, mai sono stata così male come da Concetta. Ci aveva dato la sua camera da letto, dove lei dormiva con il marito dal giorno che si erano sposati; ma debbo dire che pur essendo contadina come lei, non avevo mai veduto in vita mia una zozzeria simile. La stanza puzzava così forte, che sebbene le finestre fossero sempre spalancate, mancava l'aria e pareva di soffocare. Di che cosa puzzava la stanza? Di chiuso, di sudiciume vecchio e rancido, di bacherozzi, di urina. Cercando perché puzzasse tanto, aprii i due comodini: contenevano due pitali alti alti, stretti, senza impugnatura, simili a due tubi, di porcellana bianca e fiori rosa; questi pitali non erano mai stati lavati e dentro erano di tutti i colori e una buona parte della puzza veniva di lì. Li misi fuori della porta e Concetta quasi quasi mi menava dicendo arrabbiata che quei pitali lei li aveva avuti da sua madre ed erano di famiglia e lei non capiva perché non li volessi nella stanza. La prima notte, poi, che dormimmo in quel lettone matrimoniale, sul materasso tutto buche e bozzi, pieno di pallottole e di roba scricchiolante e pungente, con la stoffetta leggera leggera che sembrava rompersi ad ogni nostro movimento, io mi sentivo prudere tutto il tempo e così anche Rosetta che non trovava pace e non faceva che cambiare posizione e non dormiva. Alla fine accesi la candela e con il candeliere in mano esaminai il letto: alla luce della fiammella vidi non una o due ma interi gruppi di cimici fuggire in tutte le direzioni, rosse scure, grosse, gonfie del sangue nostro che ci avevano succhiato per ore. Il letto era nero di cimici, e dico la verità, non ne avevo mai vedute tante in una sola volta. A Roma mi era accaduto forse un paio di volte di scoprirne una o due, subito avevo fatto rifare il materasso e non si erano più viste. Ma qui ce n'erano migliaia, si vede che stavano appiattate non soltanto nel materasso ma anche nel legno del letto e, insomma, in tutta la stanza. La mattina dopo, Rosetta e io ci levammo e andammo a guardarci nello specchio dell'armadio: eravamo coperte per tutto il corpo di bolle rosse, le cimici ci avevano morsicato dappertutto, pareva che avessimo qualche malattia schifosa della pelle. Io chiamai Concetta, le mostrai Rosetta che stava seduta nuda sul letto, piangendo, e le dissi che era una vergogna farci dormire con le cimici e quella, al solito, esaltata, rispose: "Hai ragione, è una vergogna, è un'indecenza, lo so che ci sono le cimici, è uno schifo. Ma noi siamo poveretti di campagna e tu sei signora di città: a noialtri le cimici e a te le lenzuola di seta." Mi dava ragione con entusiasmo, ma in modo strano, come se mi minchionasse; e infatti dopo avermi dato ragione, concluse in maniera inaspettata, dicendo che anche le cimici erano animaletti di Dio e che, se Dio le aveva fatte, era segno che servivano a qualche cosa. Insomma dissi che d'ora in poi avremmo dormito nella capanna dove loro tenevano il fieno per il mulo. Il fieno pungeva e forse c'era qualche insettuccio anche lì, ma erano insetti puliti, di quelli che passeggiano sul corpo e magari fanno il solletico ma non succhiano il sangue. Però mi rendevo conto che così non si poteva andare avanti per molto tempo.

In quella casa tutto era schifoso: oltre al dormire anche il mangiare. Concetta era sciattona, sporca, sempre frettolosa, sempre trascurata e la sua cucina era un luogo nero, dove le padelle e i piatti ci avevano lo sporco attaccato di anni e non c'era mai acqua e non si lavava niente e si cucinava in fretta, come veniva veniva. Concetta faceva ogni giorno sempre lo stesso mangiare, quello che in Ciociaria si chiama minestrina: tante sottili fette di pagnotta casalinga, l'una sull'altra, fino a riempire una spasetta che è una conca di terraglia; e poi, sopra il pane, un brodo di fagioli della quantità di una pignattina. Questo piatto si mangia freddo, dopo che il brodo di fagioli ha imbevuto ben bene tutto il pane riducendolo una poltiglia. La minestrina non mi era mai sembrata buona: ma da Concetta un po' per la sporcizia per cui ci si trovava sempre dentro qualche mosca o qualche bacherozzo, un po' perché lei non sapeva fare bene neppure questa pietanza tanto semplice, mi rivoltava addirittura lo stomaco. E poi la mangiavano alla maniera dei contadini, senza scodella, pescandoci dentro con il cucchiaio tutti insieme, mettendosi il cucchiaio in bocca e poi immergendolo di nuovo nella poltiglia. Ci credereste? Un giorno le feci un'osservazione a proposito, appunto, delle tante mosche che trovavo morte, impigliate tra il pane e i fagioli e lei, da vera ignorante, rispose: "Mangia, mangia. Che è una mosca, dopo tutto? Carne è, né più né meno della vitella." Finalmente, vedendo che Rosetta non ce la faceva più a mangiare quelle porcherie, presi l'abitudine di andare ogni tanto con Concetta fuori del giardino, sulla strada maestra. Lì c'era il mercato, ormai; non più in città dove, tra gli allarmi aerei e i fascisti con le loro requisizioni, niente più era sicuro. Si incontravano, sulla strada maestra, contadine che vendevano uova di giornata, frutta, qualche pezzetto di carne e magari qualche pesce. Erano care arrabbiate e quando uno discuteva e cercava di tirare sul prezzo, rispondevano: "E va bene, tu ti mangi i soldi e io mi mangerò le uova." Insomma sapevano anche loro che c'era la carestia e che i soldi in tempo di carestia non servono a niente e mi prendevano per il collo. Però qualche cosa sempre compravo; e finivo così per dar da mangiare anche alla famiglia di Concetta tanto che i soldi andavano via come l'acqua e anche questa era una ragione di inquietudine di più.

Pensavamo di andarcene, ma dove? Un giorno dissi a Concetta che, ormai, siccome gli inglesi non venivano, ci conveniva, con qualche carretto o magari a piedi, arrivare fino al paese dei miei genitori e lì aspettare la fine della guerra. Lei subito mi approvò con entusiasmo: "E come, non fai bene? Soltanto in casa propria ci si sente a proprio agio. Chi può prendere il posto della mamma? Fai bene, qui non ti piace niente, ci sono le cimici, la minestrina è cattiva, ma in casa dei tuoi genitori le stesse cimici e la stessa minestrina ti sembreranno un paradiso. E come no? Domani Rosario vi ci porta con il carretto, farete una bella passeggiata." Contente e fiduciose, aspettammo il giorno seguente, che Rosario doveva tornare da non so dove. Tornò, ma, invece del carretto col mulo, ci portò un sacco di cattive notizie: i tedeschi requisivano gli uomini, i fascisti arrestavano chi si arrischiava per le strade, gli inglesi gettavano bombe, gli americani si calavano coi paracadute; e c'erano la fame, la carestia e la rivoluzione; e presto inglesi e tedeschi si sarebbero dati battaglia proprio nella zona dove stava il paese dei miei genitori; e intanto, questo l'avevano saputo al comando tedesco, questo paese era stato sgomberato e tutti gli abitanti erano stati portati in un campo di concentramento presso Frosinone. Disse pure che, comunque, le strade non erano sicure per via degli aeroplani che si abbassavano e mitragliavano la gente e non cessavano di mitragliare finché non l'avessero veduta morta; che le strade di montagna neppure erano sicure perché piene di disertori e di briganti che per un nonnulla ammazzavano; e che, insomma, a noi due ci conveniva aspettare gli inglesi qui a Fondi, che era questione di giorni, perché l'esercito alleato avanzava e sarebbe arrivato tra non più di una settimana. Disse in conclusione una quantità di cose false e di cose vere, mischiate, però, in modo che le vere facevano parere vere anche le false. Era vero che c'erano i bombardamenti e i mitragliamenti, ma non era vero che una battaglia stesse per aver luogo nella zona dov'era il paese dei miei genitori e che il paese fosse stato sgomberato. Ma noi eravamo spaventate, sole e senza altre informazioni che le sue; e non ci rendemmo conto che lui tutte quelle cattive notizie ce le dava per trattenerci in casa loro e continuare a guadagnare su di noi. D'altronde, i tempi erano brutti sul serio e io avevo una figlia e non potevo prendermi la responsabilità di mettermi per strada sia pure con una sola probabilità su cento, di incontrare i pericoli che lui ci aveva annunziato. Così decisi di rimandare ad altra epoca il viaggio al mio paese e di aspettare a Fondi l'arrivo degli alleati.

Ma s'imponeva, comunque, che lasciassimo al più presto la casa di Concetta, anche perché, in quell'isolamento, tra gli aranceti, come ho già detto, qualsiasi cosa poteva succedere; e i figli di Concetta, col tempo, mi facevano sempre più paura. Ho detto che erano taciturni; ma quando parlavano rivelavano un carattere che mi piaceva proprio poco. Erano capaci di dire, così per ischerzo: "In Albania, in un villaggio ci spararono addosso e avemmo due feriti. Per rappresaglia, sai che facemmo? Siccome gli uomini erano tutti fuggiti, prendemmo le donne, quelle più piacenti, e ce le ripassammo tutte... Alcune lo fecero di buona voglia, troie che non aspettavano che quell'occasione per mettere le corna ai maritacci loro, altre lo fecero per forza... certune ce le ripassammo in tanti che dopo non si reggevano più in piedi e parevano proprio come morte." Io rimanevo di sasso di fronte a quei racconti; ma Concetta, lei, ci rideva e ripeteva: "Eh, sono giovanotti. Ai giovanotti, si sa, le ragazze piacciono; ci hanno il sangue caldo i giovanotti." Peggio di me però restava Rosetta che vedevo impallidire e quasi tremare. Tanto che un giorno glielo dissi: "Ma piantatela, qui c'è mia figlia, non si parla in questo modo davanti una zitella." Avrei preferito che protestassero, magari mi ingiuriassero; invece non dissero nulla e si limitarono a guardare Rosetta di sotto in su con quei loro occhi di carbone, scintillanti, che facevano paura, mentre la madre ripeteva: "Giovanotti, si sa, giovanotti col sangue caldo. Ma tu non devi temere Cesira per tua figlia. I miei figli non la toccherebbero neppure per un milione. Siete ospiti, l'ospite è sacro. Tua figlia qui sta sicura come in chiesa." A me, invece, tra il silenzio dei figli e l'esaltazione della madre, cresceva la paura. Intanto mi ero procurata da un contadino un coltello a serramanico e lo tenevo nella saccoccia insieme con i soldi. Non si sa mai: se avessero tentato qualche cosa, prima avrebbero dovuto affrontare me e io me la sentivo anche di scannarli.

Quello però che ci convinse definitivamente ad andarcene fu un fatto che avvenne un paio di settimane dopo il nostro arrivo. Una mattina stavamo, Rosetta ed io, sedute sull'aia, intente a capare le pannocchie di granoturco, tanto per fare qualche cosa, quando, dal sentiero ecco sbucare due uomini. Capii subito chi fossero non soltanto dai fuciletti che portavano ad armacollo e dalle camicie nere che gli spuntavano sotto le giacche ma anche dal fatto che Rosario, uno dei figli di Concetta, che stava poco più in là mangiando pane e cipolla, appena li vide subito scomparve di corsa tra gli aranci. Dissi piano a Rosetta: "Sono fascisti, tu non dir niente, lascia fare a me." Io i fascisti nuovi, quelli dopo il venticinque luglio, li conoscevo bene per averli frequentati a Roma: bulli tra i peggiori, vagabondi che ci trovavano il loro interesse a indossare la camicia nera adesso che la gente onesta non la voleva più; ma sempre pezzi d'uomini come ce ne sono tanti a Trastevere e a Ponte. Questi due, invece, subito li giudicai due rifiuti fisici, due scorfani, due disgraziati che avevano più paura loro dei loro fucili che la gente che volevano spaventare, appunto, coi fucili. Uno era un mezzo storto, con la testa calva e il viso rattrappito come una castagna secca, con due spallette strette da far pietà, gli occhi infossati, il naso rincagnato e la barba lunga; l'altro era quasi un nano, con il testone da professore, però, occhialuto, serio, grasso. Concetta che era subito scesa dabbasso salutò il primo con un soprannome che era tutta una pittura: "Che cerchi Scimmiozzo da queste parti?" Scimmiozzo, quello calvo e magro, rispose da gradasso, dondolandosi sulle gambe e battendo la mano sul calcio del fucile: "Comare Concetta, comare Concetta, facciamoci a capire. Lo sapete quello che cerchiamo. Voi lo sapete benissimo." "Parola d'onore che non ti capisco. Vuoi del vino? Vuoi del pane? Di pane ne abbiamo poco, ma possiamo darti un fiasco di vino e possiamo anche darti qualche fico secco. Roba di campagna, si sa." "Comare Concetta, voi siete furba ma questa volta avete trovato il più furbo di voi." "Scimmiozzo, ma che dici? Furba io?" "Sì, furba te, furbo tuo marito e più furbi di tutti i tuoi due figli." "I miei due figli? E chi li ha mai visti i miei due figli. Da mò che non li vedo. Sono in Albania, i miei due figli. Poveri figli miei, sono in Albania a combattere per il re, e per Mussolini, che Dio ce li conservi tutti e due sempre in buona salute." "Ma che re, ma che re, siamo in repubblica, Concetta." "E allora viva la repubblica." " E i figli tuoi non sono in Albania, sono qui." "Qui? Magari fosse vero." "Sì, sono qui e non più tardi di ieri sono stati visti che facevano la borsa nera in contrada Coccuruzzo." "Ma che dici, Scimmiozzo? I figli miei qui? Te l'ho detto, magari fosse vero, li abbraccerei, li saprei fuori dei pericoli, io che mi struggo a piangere ogni notte e ci ho più dolori io che la Madonna dei sette dolori." "Basta, dicci dove sono e falla finita." "E io che ne so? Ti posso dare del vino, ti posso dare dei fichi secchi, ti posso dare anche un po' di farina gialla, sebbene ce n'abbia poca, ma i figli miei come faccio a darteli se non ci sono?" "Be', intanto vediamo questo vino."

Così si misero a sedere sull'aia, su due seggiole. E Concetta, tutta entusiasta, al solito, andò a prendere un fiasco di vino e due bicchieri e portò anche un cestello pieno di fichi secchi. Scimmiozzo che si era messo a cavalcioni sulla seggiola, bevve il vino e poi disse: "I tuoi figli sono disertori. Lo sai che c'è nel decreto per i disertori? Se li prendiamo dobbiamo fucilarli. Questa è la legge." E lei tutta contenta: "Avete ragione: i disertori bisogna fucilarli... farabutti... fucilarli tutti bisogna. Ma i figli miei non sono disertori, Scimmiozzo." "E che sono, se no?" "Sono soldati. Combattono per Mussolini che Dio ce lo conservi cent'anni." "Sì, facendo la borsa nera, eh?" "Vuoi ancora del vino?" Insomma lei, quando non poteva rispondere altrimenti, offriva loro del vino, e quei due che erano venuti soprattutto per il vino, accettavano e bevevano.

Noi due stavamo in disparte, sedute sui gradini della scala. Scimmiozzo, pur bevendo, non faceva che guardare Rosetta; e non la guardava da poliziotto che, magari, vuol rendersi conto se c'è qualcuno che non ha le carte in regola; la guardava alle gambe e al petto, proprio da uomo a cui una donna piacente ha acceso il sangue. Finalmente domandò a Concetta: "E quelle due chi sono?"

Risposi io per Concetta, in fretta, perché non volevo che i fascisti sapessero che eravamo di Roma; "Siamo due cugine di Concetta, veniamo da Vallecorsa." E Concetta, entusiasta, ribadì: "Sicuro, sono due cugine mie, Cesira è figlia di un mio zio, sono il sangue mio, sono venute a stare con noi, eh, si sa, il sangue non è acqua."

Ma Scimmiozzo non pareva persuaso. Si vede che era più intelligente di quanto non sembrasse: "Non lo sapevo che tu ci avessi dei parenti a Vallecorsa. Mi avevi sempre detto che eri di Minturno. E come si chiama quella bella ragazza?"

"Si chiama Rosetta," dissi io.

Lui vuotò il bicchiere, quindi si alzò e venne vicino a noi: "Rosetta, mi piaci. Abbiamo appunto bisogno di una cameriera su, alla sede, che ci faccia un po' di cucina e ci metta a posto i letti. Rosetta, vuoi venire con noi?" Così dicendo stese una mano e prese Rosetta per il mento. Subito gli diedi uno schiaffo sulla mano dicendo: "Le mani a posto."

Lui mi guardò spalancando gli occhi, fingendo meraviglia: "Ahò, ma che ti piglia?"

"Mi prende che tu mia figlia non la tocchi."

E lui, spavaldo, togliendosi dalla spalla il fucile e puntandomelo contro: "Ma lo sai con chi parli? Mani in alto."

Io allora, proprio calma, come se, invece del fucile, lui mi avesse spianato contro il mestolo per girare la polenta, stornai la canna, ma appena appena, e dissi con disprezzo: "Macché mani in alto. Che credi di spaventarmi con il tuo fucile? Lo sai a che ti serve il fucile? A scroccare il vino e i fichi secchi, ecco a che cosa ti serve. Lo vedrebbe un cieco che sei un morto di fame e basta."

Lui, stranamente, si calmò ad un tratto e disse, ridendo, all'altro: "Meriterebbe almeno almeno di essere fucilata, che ne dici?" Ma l'altro scrollò le spalle e borbottò qualche cosa come: "Sono femmine, non ti confondere." E allora Scimmiozzo abbassò il fucile e disse con enfasi: "Per questa volta sei perdonata, ma sappi che hai sfiorato la morte: chi tocca la milizia avrà del piombo." Questa era una frase scritta sui muri a Roma e anche a Fondi e lui l'aveva imparata dai muri, quel disgraziato. Soggiunse dopo un momento: "Però resta inteso che tu ci mandi tua figlia alla sede, come cameriera, in località Coccuruzzo." Io risposi: "Te la puoi sognare mia figlia. Io non ti mando proprio niente." E lui voltandosi verso Concetta: "Facciamo a cambio, Concetta: noi non cerchiamo più i figli tuoi che stanno qui e tu lo sai e se li cerchiamo davvero, senza fallo li arrestiamo. Tu in cambio ci mandi la cuginetta. Siamo intesi, eh?" Quella disgraziata di

Concetta, tanto più entusiasta quanto più le cose che le venivano proposte erano criminali e impossibili, rispose, manco a dirlo, con enfasi: "Ma si capisce, domani mattina stessa Rosetta sarà alla sede. Ce l'accompagno io, Rosetta, state tranquilli, Rosetta verrà a farvi da cuoca, da cameriera, da tutto quello che vorrete. Si capisce, domani mattina ve la porto io." Io, questa volta, sebbene il sangue mi bollisse, per prudenza non dissi niente. Quei due disgraziati rimasero ancora un poco, bevvero un altro paio di bicchieri di vino e poi, uno col fiasco e l'altro col cestello dei fichi secchi, se ne andarono per lo stesso sentiero dal quale erano venuti.

Appena furono scomparsi, dissi subito a Concetta: "Ahò, sei matta, mia figlia manco morta la mando a fare la serva dai fascisti."

Non lo dissi con tanta energia perché, in fondo, speravo che Concetta avesse accettato per la forma, tanto per non contraddire i due fascisti e mandarli via contenti. Ma ci rimasi male vedendo che lei, invece, non era affatto indignata come credevo: "Be', dopo tutto, mica se la mangerebbero, Rosetta. E i fascisti, comare mia, ci hanno tutto: ci hanno vino, ci hanno fiore, ci hanno carne, ci hanno fagioli. Alla sede mangiano tutti i giorni le fettuccine e la vitella. Rosetta lì ci starebbe come una regina."

"Ma che dici? Sei matta?"

"Io non dico niente, dico soltanto che siamo in guerra e l'importante, in guerra, è non mettersi contro il più forte. Oggi sono i fascisti ad essere i più forti e bisogna stare con i fascisti. Domani saranno magari gli inglesi e allora ci metteremo con gli inglesi."

"Ma tu non capisci che Rosetta loro la vogliono chissà perché. Non l'hai visto, quel disgraziato, come le guardava tutto il tempo il petto?"

"Eh, che sarà! Tanto, un uomo o un altro, dovrà pure venire quella volta. Che sarà? Siamo in guerra, le donne, si sa, in tempo di guerra non debbono guardare troppo per il sottile né pretendere al rispetto come in tempo di pace. Ma poi, can che abbaia non morde, comare. Scimmiozzo lo conosco: lui pensa soprattutto a empirsi la pancia." Insomma si capiva chiaro come il sole che lei aveva preso sul serio la proposta di Scimmiozzo: tu mi dai Rosetta e io lascio stare i figli tuoi. E non dico che dal punto di vista suo avesse pro-

la guerra cambia tutti i valori

53

prio torto: se Rosetta fosse andata a fare la serva o peggio dai fascisti, quei due delinquenti dei figli suoi avrebbero potuto dormire tranquilli in casa loro e nessuno li avrebbe più cercati. Ma questa libertà dei figli suoi lei voleva pagarla con la mia figlia; e io, che ero madre anch'io, capii che lei per amore dei figli era capacissima il giorno dopo di chiamare i fascisti e consegnare loro Rosetta e perciò non era più il caso neppure di protestare ma semplicemente di fuggire. Così cambiai tono ad un tratto e dissi calma: "Be', voglio pensarci su. È vero che Rosetta dai fascisti ci starà, come tu dici, come una regina, ma non vorrei lo stesso..."

"Storie, comare. Bisogna mettersi col più forte. Siamo in guerra."

"Be', stanotte decideremo."

"Pensaci, pensaci. Non c'è fretta. Io i fascisti li conosco, dirò che Rosetta andrà da loro tra un paio di giorni. Aspetteranno. Ma tu, intanto, fa' conto di non aver più bisogno di niente. Ci hanno tutto i fascisti, ci hanno l'olio, ci hanno il vino, ci hanno il maiale, ci hanno la farina... da loro non si fa che bere e mangiare. Ingrasserete, starete bene."

"Sicuro, sicuro."

"È stata la provvidenza, Cesira, che li ha mandati quei fascisti, perché io, dico la verità, proprio non me la sentivo più di ospitarvi. È vero che paghi, ma c'è la carestia, e in tempi di carestia contano di più le provviste che i soldi. E poi i figli miei questa vita non potevano più farla, sempre fuggendo, come zingarelli. Adesso potranno stare tranquilli, dormire in pace e lavorare. Sì, è stata proprio la provvidenza che ci ha mandato quei fascisti."

Insomma lei appariva decisa a sacrificare Rosetta. E io, dal canto mio, ero decisa ad andarmene quella notte stessa. Mangiammo, al solito, in quattro, noi due, Concetta e Vincenzo, perché i figli erano a Fondi; e una volta che fummo nella capanna del fieno, dissi subito a Rosetta: "Non ti credere che sono d'accordo con Concetta. Ho fatto finta perché con gente come questa non si sa mai. Adesso facciamo le valigie e alle prime luci dell'alba ce ne andiamo."

"Ma dove andiamo, mamma?" domandò lei con voce di pianto.

"Ce ne andiamo da questa casa di delinquenti. Andiamo via. Andiamo dove possiamo."

"Ma dove?"

Io ci avevo pensato già più volte a questa fuga e ci avevo le mie idee. Dissi: "Dai nonni non è possibile andare perché il paese è stato sgomberato e chissà dove sono andati a finire. Andiamo prima di tutto da Tommasino: è un brav'uomo e gli chiediamo consiglio. Lui mi ha detto tante volte che suo fratello sta in montagna e ci sta bene, con tutta la famiglia. Mi saprà dare un'indicazione. Non aver paura, c'è la mamma tua che ti vuol bene e ci abbiamo i quattrini che sono i migliori amici e i soli di cui ci si possa fidare. Troveremo bene un luogo dove andare." Insomma la rassicurai; anche perché lei pure conosceva Tommasino, il fratellastro di Festa proprietario del fondo coltivato da Vincenzo. Questo Tommasino era un commerciante il quale pur crepando dalla paura non si era saputo decidere a raggiungere in montagna i parenti suoi e questo per amore della borsa nera, perché trafficava e vendeva di tutto un po'. Abitava in una casetta ai margini della pianura sotto i monti; e guadagnava parecchio, benché con pericolo della vita, continuando i suoi traffici sotto i bombardamenti e i mitragliamenti, tra le prepotenze dei fascisti e le requisizioni dei tedeschi. Ma si sa, per i quattrini anche gli uomini vili diventano coraggiosi: Tommasino era uno di questi.

Così, al lume di una candela, rimettemmo dentro le valige la poca roba che ne avevamo cavato dopo il nostro arrivo; e poi, vestite com'eravamo ci gettammo sul fieno, e dormimmo forse quattr'ore. Rosetta, veramente, avrebbe dormito volentieri di più, era giovane e aveva il sonno duro, così che poteva anche venire la banda musicale del paese e suonarle vicino alle orecchie e lei non si sarebbe svegliata. Ma io, meno giovane di lei, ci avevo il sonno leggero e da quando fuggivamo, anche per le preoccupazioni e il nervosismo, dormivo poco. Così, quando i galli cominciarono a cantare che era ancora notte ma l'alba era già vicina e i galli lo sanno, prima fiochi fiochi, in fondo alla pianura, poi più vicini e finalmente proprio accanto, nel pollaio di Vincenzo, mi alzai dal fieno e cominciai a scuotere Rosetta. Dico cominciai perché lei non voleva svegliarsi, pur ripetendo, tra il sonno e la veglia, con voce piagnucolosa: "Che c'è, che c'è?", come se avesse dimenticato che eravamo a Fondi, in casa di Concetta e avesse creduto che stessimo ancora a Roma, in casa nostra, dove non ci levavamo mai prima delle sette. Finalmente si destò del tutto, lagnandosi però; e io le dissi: "Preferiresti forse dormire fino a mezzogiorno ed essere svegliata da un uomo in camicia nera?" Prima di uscire dalla capanna mi affacciai appena dalla porta e guardai verso l'aia: si intravedevano in terra i fichi sparpagliati a seccare, una seggiola su cui Concetta aveva dimenticato un cestello pieno di granoturco, la parete rosa tutta scrostata e affumata della casa, ma non c'era nessuno. Allora misi le valigie sul cercine mio e di Rosetta, come avevamo fatto al nostro arrivo alla stazione di Monte San Biagio, quindi uscimmo dalla capanna e leste leste corremmo al sentiero tra gli aranci.

Io sapevo dove andavo e una volta fuori dagli aranceti, sulla strada maestra, presi la direzione delle montagne che stanno a nord della pianura di Fondi. Era appena l'alba e io mi ricordai di quell'altra alba che ero fuggita da Roma e pensai: "Chissà quante altre albe come queste vedrò ancora, prima di tornare a casa." C'era un'aria grigia e falsa su tutta la campagna; il cielo era di un bianco incerto con qualche stella gialla qua e là, come se non il giorno stesse per spuntare ma una seconda notte, meno nera della prima; e la guazza era sugli alberi, tristi e immobili, e sul brecciame della strada, freddo sotto i miei piedi nudi. C'era un silenzio intirizzito ma anche questo non più notturno, pieno di scricchiolii secchi, di svolazzi e di fruscii: pian piano la campagna si svegliava. Io camminavo avanti a Rosetta e guardavo alle montagne che si alzavano torno torno nel cielo; montagne brulle, pelate, con appena qualche chiazza bruna qua e là, che parevano deserte. Ma io sono montanara e sapevo che una volta su quelle montagne avremmo trovato campi coltivati, boschi, macchie, capanne, casette, contadini e sfollati. E pensavo che tante cose stavano per succedere su quelle montagne e mi auguravo che fossero cose buone e che avessi a trovarci buona gente e non dei delinquenti come Concetta e la sua famiglia. E soprattutto che avessimo a starci poco e gli inglesi venissero al più presto e io potessi tornare a Roma, all'appartamento e al negozio. Intanto il sole si era levato, ma appena, dietro l'orlo dei monti; e le cime e il cielo intorno cominciavano adesso a tingersi di rosa. Non c'erano più stelle nel cielo che si era fatto azzurro pallido; quindi il sole

un'altra grigia 'alba

la bella natura

qui interrompe paragone l'aeroplano. confr. pg. 38- 39

brillò ad un tratto, chiaro come l'oro, in fondo agli uliveti, tra i rami grigi; e i suoi raggi si allungarono sulla strada e benché fossero ancora incerti, subito mi parve che la ghiaia sotto i miei piedi non fosse più così fredda. Rallegrata da questo sole, dissi a Rosetta: "Chi lo direbbe che c'è la guerra, in campagna non si penserebbe mai che c'è la guerra." Rosetta non ebbe neppure il tempo di rispondermi, che un aeroplano sbucò dalla parte del mare con una velocità da non si dire: prima ne sentii il rumore sferragliante che cresceva e poi lo vidi che si avventava contro di noi, dal cielo, a testa bassa. Feci appena in tempo ad afferrare Rosetta per un braccio e a gettarmi con lei oltre il fossato, dentro un campo di granoturco dove cascammo bocconi tra le pannocchie; quindi l'aeroplano, correndo basso sulla strada e come seguendola, passò con un fracasso da intontire, rabbioso e cattivo, che mi pareva che ce l'avesse proprio con noi, giunse fino all'angolo lontano della strada, girò, si alzò ad un tratto con un'impennata al di sopra di un filare di pioppi e poi si allontanò, volando lungo i monti, a mezza costa, che pareva una mosca che si spostasse nel sole. Io stavo bocconi, tenendo stretta Rosetta, ma guardavo alla strada dove era rimasta la valigia piccola che Rosetta aveva lasciato cadere in terra quando l'avevo attirata per un braccio. Vidi, allora, nel momento in cui l'aeroplano passava sulla strada, come tante nuvolette di polvere sollevarsi dalla ghiaia, fuggendo in direzione dei monti, insieme con l'aeroplano. Quando il fracasso fu proprio svanito, uscii dal campo, andai a guardare e vidi che la valigia era bucherellata in più punti e che sulla strada c'erano tanti proiettili di ottone lunghi quanto il mio dito mignolo. Così non c'era dubbio: quell'aeroplano aveva mirato proprio a noi, perché sulla strada non c'eravamo che noi. Pensai: "Li mortacci tua!" e mi venne un odio forte contro la guerra: quell'aviatore non ci conosceva, forse era un bravo giovanotto dell'età di Rosetta e soltanto perché c'era la guerra aveva tentato di ammazzarci, così, tanto per sfizio, come un cacciatore che andando a spasso con il cane per la macchia, tira a caso dentro un albero pensando: "Qualche cosa ammazzerò, fosse pure un passero." Sì eravamo proprio due passeri, noialtre, prese di mira da un cacciatore sfaccendato che poi, se i passeri cascano giù morti, li lascia dove sono tanto non gli servono a niente. "Mamma," disse Rosetta dopo un poco mentre camminavamo, "tu dicevi che in campagna non c'era la guerra e invece quello ha tentato di ammazzarci." Risposi: "Figlia mia, mi ero sbagliata. La guerra è dappertutto, in campagna come in città."

CAPITOLO TERZO

Dopo circa mezz'ora di cammino arrivammo ad un bivio: a destra c'era un ponte che scavalcava un torrente e, oltre il ponte, una casetta bianca dove, come sapevo, abitava Tommasino. Affacciandomi dal ponte vidi una donna che, inginocchiata sui sassi del greto, lavava i panni in uno slargo della corrente; le gridai: "Abita qui Tommasino?" Lei finì di torcere un panno ormai lavato e quindi rispose: "Sì, abita qui. Ma adesso non c'è. Stamattina presto è andato a Fondi." "E tornerà?" "Tornerà, sì." Non restava dunque che aspettare e così facemmo, sedendoci su un banco di pietra che stava all'imboccatura del ponte. Per un poco restammo in silenzio, al sole che, via via, diventava più caldo e luminoso. Rosetta alfine domandò: "Credi che Annina mi farà trovare Pallino sano e salvo quando tornerò a Roma?" e io che stavo sprofondata in pensieri tutti diversi per un momento quasi non capii. Poi ricordai che Annina era la portiera dello stabile accanto al nostro, a Roma, e Pallino il gatto soriano di Rosetta a cui lei era molto affezionata e che, appunto, prima di partire, aveva affidato ad Annina. La rassicurai dicendo che certamente avrebbe ritrovato Pallino più bello e più grosso, non fosse altro perché Annina era la sorella di un macellaio e, anche con la carestia, quelli non avrebbero mai mancato di carne. Lei parve consolata dalle mie parole e azzittì di nuovo, socchiudendo gli occhi nel sole. Ho riferito questa domanda di Rosetta in quel momento così critico, per dire che con tutto avesse ormai più di diciott'anni, lei era ancora una bambina per il carattere. E questo si vedeva in

una simile preoccupazione, quando non sapevamo ancora dov
avremmo dormito quella sera e se avremmo mangiato.

Alla fine, ecco all'angolo della strada spuntare un uomo
che camminava piano mangiando un'arancia. Riconobbi subito Tommasino che rassomigliava tale e quale un ebreo del
ghetto, con il viso lungo, la barba di una settimana, il naso
ricurvo, gli occhi a fior di pelle e il passo strascicato, coi
piedi in fuori. Anche lui mi aveva riconosciuto perché ero sua
cliente e in quelle due settimane gli avevo comprato parecchia roba; ma, diffidente, non rispose al mio saluto e venne
avanti mangiando l'arancia e guardando in basso. Come ci fu
vicino gli dissi subito: "Tommasino, noi siamo andate via
dalla casa di Concetta. Tu ora ci devi aiutare perché non sap-
piamo dove andare." Lui allora si appoggiò alla spalletta del
ponte, con un piede contro il muricciolo, diede un morso a
un'altra arancia che aveva cavato di tasca, mi sputò la buccia
in faccia poi disse: "È una parola. Di questi tempi, ognuno
per sé e Dio per tutti. Come vuoi che ti aiuti?" Dissi: "Tu
conosci qualche contadino di montagna che possa darci ospitalità fino a quando vengono gli inglesi?" E lui: "Non conosco nessuno e tutte le casette sono occupate, a quanto mi
risulta. Ma se vai in montagna qualche cosa trovi: una capanna, un pagliaio." Dissi: "No, così da sola non ci vado.
Tu ci hai tuo fratello in montagna e tu conosci i contadini.
Dovresti darmi qualche indicazione." E lui, sputandomi un'altra buccia sulla faccia: "Io, al tuo posto, lo sai che farei?"
"Che cosa?" "Me ne tornerei a Roma. Ecco quello che farei."

Capii che faceva il sordo perché ci credeva due poverette
e sapevo che lui non pensava che al denaro e finché non c'era
di mezzo il denaro lui non faceva niente per nessuno. Non
gli avevo mai detto che portavo sopra di me una grossa somma di denaro, ma adesso capivo che era giunto il momento
di farglielo sapere. Con lui mi potevo fidare perché era della
mia stessa razza: era bottegaio come me, avendo un negozio
di alimentari a Fondi, e adesso faceva la borsa nera esatta-
mente come l'avevo fatta io e, insomma, come si dice, cane
non morde cane. Così, senza insistere oltre, dissi: "Io a Roma
non ci vado, perché ci sono i bombardamenti e la carestia e
non ci sono più treni e mia figlia, qui, Rosetta è ancora sotto
l'impressione delle bombe. Io ho deciso di andare in montagna e di trovarci un alloggio. Pagherò. E voglio anche fare

60

qualche provvista come sarebbe a dire olio, fagioli, arance, formaggio, farina, insomma un po' di tutto. Pagherò tutto in contanti perché ci ho i soldi, ho quasi centomila lire. Tu non vuoi aiutarmi: va bene, mi rivolgerò a qualcun altro, non sei mica il solo qui a Fondi, c'è Esposito, c'è Scalise, ce ne sono tanti. Andiamo, Rosetta." Avevo parlato risoluta; quindi ripresi la valigia sul cercine e Rosetta fece lo stesso e ci avviammo per la strada in direzione di Monte San Biagio. Al sentirmi dire che avevo centomila lire, Tommasino aveva sgranato gli occhi rimanendo per un momento coi denti sull'arancia che stava sbucciando. Quindi, buttata via l'arancia, mi corse dietro. Per via della valigia che tenevo in bilico sulla testa non potevo girarmi dalla sua parte ma sentivo la sua voce roca e affannosa che pregava: "Ma un momento, fermati, che diamine, che ti prende, fermati, parliamo, ragioniamo."

Insomma, alla fine mi fermai e dopo qualche stiracchiamento, acconsentii a tornare indietro e ad entrare con lui nella casetta. Ci fece passare in una stanzetta bianca e ignuda, a pianterreno, in cui non c'era che una rete di letto con il materasso e le lenzuola disfatte. Sedemmo tutti e tre sul letto e lui disse in tono quasi gentile: "Be', adesso facciamo la lista delle provviste di cui hai bisogno. Non prometto niente, però, perché è un momentaccio e i contadini si sono fatti furbi. Così per i prezzi devi rimetterti a me e non discutere: non siamo a Roma in tempo di pace, siamo a Fondi in tempo di guerra. Quanto alla casetta in montagna, non saprei. Ce n'erano tante, prima dei bombardamenti, ma in seguito le hanno affittate tutte. Però siccome questa mattina debbo andare da mio fratello, vuol dire che voi due verrete su con me e qualche cosa si rimedierà, specie se sei disposta a pagare subito. Per le provviste, invece, devi darmi una settimana di tempo. Intanto se trovi alloggio lassù, mio fratello o qualche altro sfollato potranno prestarti o venderti qualche cosa." Dette queste parole in tono pratico e ragionevole, cavò dalla tasca un taccuino tutto unto e strappato, scelse una pagina bianca, prese un lapis copiativo, ne bagnò la punta in bocca e riprese: "Allora, diciamo: quanta farina ti serve?"

Così gli dettai la lista, accuratamente, tanto di farina di fiore, tanto di farina gialla, tanto di olio, tanto di fagioli, tanto di formaggio pecorino, tanto di strutto, tanto di salame, tanto di arance e così via. Lui scrisse ogni cosa e poi si rimise in saccoccia il taccuino e uscì dalla stanza tornando poco dopo con una pagnotta e mezzo salame: "Ecco un principio di provvista... voi adesso mangiate e restate qua ad aspettarmi... tra un'oretta saliamo su in montagna... intanto però, sarà bene che tu me la paghi questa pagnotta e questo salame... così non facciamo confusione." Io cavai allora un biglietto da mille e glielo diedi e lui, dopo averlo guardato contro luce, mi diede il resto in tanti biglietti più piccoli che così strappati e zozzi non li avevo mai visti. Sono i biglietti che si trovano in campagna dove c'è poco denaro e quel poco che gira e rigira sempre per le stesse tasche e non si rinnova mai perché i contadini il denaro non lo portano volentieri in banca ma lo tengono nascosto in casa. Gliene restituii alcuni di quei biglietti, perché erano veramente troppo sporchi e lui me li cambiò osservando: "Ne avessi una carrettata di questi biglietti qui, ci farei subito il patto."

Insomma, Tommasino ci lasciò avvertendo che tornava presto e noi mangiammo pane e salame sedute sul letto, senza parlare, tranquille, però, ormai, perché sapevamo che presto avremmo avuto casa e provviste. Dissi soltanto ad un certo momento, non so perché, forse seguendo il filo dei miei pensieri: "Lo vedi Rosetta, quel che vuol dire il denaro?" E lei: "La Madonna ci ha aiutati mamma, lo so, e sempre ci aiuterà." Non osai contraddirla, perché la sapevo religiosa, molto, e pregava sempre la mattina quando si alzava e la sera quando si coricava ed ero io stessa che le avevo dato questa educazione secondo l'uso dei paesi nostri; ma non potei fare a meno di pensare che, se era vero, gli aiuti della Madonna erano un po' strani: il denaro aveva convinto Tommasino ad aiutarci, ma quel denaro io l'avevo guadagnato con la borsa nera grazie alla guerra e alla carestia, e la guerra e la carestia forse le aveva volute la Madonna, ma perché? Per punirci dei nostri peccati?

Dopo aver mangiato il pane e il salame, ci sedemmo su quelle lenzuola zozze di Tommasino e dormimmo forse mezz'ora perché ci eravamo levate col giorno e già il sonno ci era tornato indietro, annebbiandoci la testa, come il vino quando si beve a digiuno. Stavamo ancora dormendo quando Tommasino tornò e venne a batterci le mani sulla faccia dicendo tutto allegro: "Sveglia, si parte, sveglia." Era contento, si vedeva che pregustava il guadagno che aveva intenzione di

ancora la grigia

fare con noi. Ci alzammo e lo seguimmo fuori della casa.
Sullo spiazzo, davanti al ponte, c'era un somaro grigio, piccolo assai, di quelli chiamati sardegnoli, carico, povera bestia, di una quantità di pacchi in cima ai quali Tommasino aveva già legato le nostre valigie. Così partimmo, Tommasino tenendo il somarello per la briglia, un vincastro in mano, tutto vestito da cittadino, con il cappello nero, la giacca e i pantaloni neri a righe ma senza cravatta e, ai piedi, le scarpe da soldato, di vacchetta gialla, tutte infangate, e noi due dietro.

Dapprima contornammo in piano il piede di una di quelle montagne, quindi, ad una mulattiera che si staccava dalla strada maestra e andava su di sghembo, tutta sassi, polvere e buche, tra due siepi di rovi, incominciammo a salire e ben presto ci trovammo in una valle stretta e ripida, tra due monti, la quale si andava sempre più restringendo ad imbuto a misura che si alzava e alla fine, come potevamo vedere, non era più che un passo, lassù in cima, sotto il cielo, tra due vette pietrose. Ci credereste? Appena io ebbi messo piede sui primi sassi della mulattiera, tra gli escrementi seccati degli animali, la polvere e le buche, provai come un sentimento di gioia. Sono contadina di montagna, mulattiere come quella ne avevo percorse tante, su e giù, fino a sedici anni, ritrovandola sotto i miei piedi mi pareva finalmente di ritrovare qualche cosa di familiare, come se in mancanza dei miei genitori almeno avessi ritrovato i luoghi dove loro mi avevano cresciuta. Fino adesso, pensai, siamo stati in pianura, e la gente della pianura è falsa, ladra, sporca e traditrice; ma adesso, con questa cara mulattiera piena di sassi e di sterco di somaro, polverosa e scoscesa, adesso ritrovo la montagna e la gente mia. Non dissi niente di tutto questo a Tommasino perché prima di tutto non mi avrebbe capito e poi perché lui era proprio uno della pianura, con quella sua faccia di ebreo e quella sua smania di far soldi. Ma dissi sottovoce a Rosetta, come passavamo davanti una bella siepe sotto la quale crescevano tanti ciclamini: "Cogli quei ciclamini e fanne un mazzetto e mettilo nella testa, stanno bene." Gli è che mi ero ricordata ad un tratto che anch'io facevo così quando ero fanciulletta: coglievo i ciclamini che noialtri ciociari chiamiamo, non so perché, scocciapignatte, e ne facevo un mazzetto e me lo mettevo tra i capelli, sopra l'orecchio e poi mi sembrava di essere più bella il doppio. Così Rosetta seguì il mio consiglio e un momento che ci eravamo fermati per rifiatare, colse un mazzetto per lei e uno per me e ce li mettemmo nei capelli. Dissi ridendo a Tommasino che ci guardava stupito: "Ci facciamo belle per la nuova casa in cui stiamo per entrare." Ma lui neppure sorrise: stava sempre, con gli occhi sbarrati nel vuoto, a far calcoli con la mente sulla roba che voleva vendere o comprare, sul profitto e sulla perdita. Da vero borsaro nero e per giunta di pianura.

La mulattiera passò dapprima presso un gruppo di case all'imboccatura della valle e poi prese a destra, lungo il fianco del monte, tra la macchia. Si levava a zig zag, lenta lenta, quasi piana, con qualche strappo di salita qua e là e io sentivo che non facevo nessuna fatica perché ci avevo le gambe avvezze a salire fin dalla nascita, per così dire, le quali, subito, come d'istinto, avevano ritrovato il passo di montagna, lento e regolare, così che non mi veniva il fiatone neppure alle pettate, mentre, invece, Rosetta che era romana e Tommasino di pianura, loro dovevano fermarsi ogni tanto a riprendere lena. Intanto, via via che la mulattiera saliva, si rivelava la natura della valle o meglio della spaccatura che valle non si poteva chiamare perché troppo angusta: un'immensa scalinata i cui gradini più larghi stavano al punto più basso e i più stretti in cima. Questi scalini erano le coltivazioni a terrazza che noialtri ciociari chiamiamo macere, le quali poi consistono in tante strisce lunghe e strette di terreno fertile, sorrette ciascuna da un mucchio di pietre a secco. Su queste striscie cresce un po' di tutto: grano, patate, granturco, ortaggi, lino; nonché alberi da frutteto che si vedono difatti qua e là sparsi tra le coltivazioni. Io le macere le conoscevo bene; da ragazza avevo lavorato come una bestia a portare sul capo canestri di pietre per tirar su i muriccioli di sostegno e poi mi ero abituata ad andare su e giù per i sentierucoli ripidi e le scalinatelle che fanno comunicare l'una macera con l'altra. Costano una fatica enorme, queste macere, perché il contadino per farle deve dissodare il pendio della montagna, estirpando la macchia, strappando uno a uno i sassi e portando su, a braccia, nonché le pietre dei muretti, perfino la terra. Una volta fatte, però, gli assicurano la vita, dandogli tutto quanto gli è necessario, di modo che, per così dire, non ha più bisogno di acquistare niente.

Seguimmo la mulattiera per non so quanto tempo: vagabonda, si arrampicava per un buon tratto sulla montagna a sinistra della valle e poi passava dall'altra parte e prendeva a salire sulla montagna a destra. Adesso potevamo vedere tutta la valle, in salita, fino al cielo: là dove finiva la scalinata gigantesca delle macere cominciava la fascia scura della macchia; quindi la macchia si diradava e si scorgevano tanti alberi sparsi su un pendio brullo; alfine anche gli alberi cessavano e non si vedeva più che un brecciame bianco fino al cielo azzurro. Proprio sotto il crinale c'era come un ciuffo di verdura sporgente; e tra la verdura si intravedevano certe rupi rosse. Tommasino ci disse che tra quelle rupi c'era l'ingresso di una caverna profonda in cui tanti anni fa si era nascosto il famoso pastore di Fondi che aveva bruciato viva in una capanna la sua fidanzata e poi se ne era andato dall'altra parte della montagna e si era risposato e aveva avuto figli e nipoti e alla fine, quando l'avevano scoperto, era ormai un bel vecchio, padre, suocero e nonno, con la barba bianca, amato e rispettato da tutti. Tommasino aggiunse che al di là di quel crinale c'erano i monti della Ciociaria tra i quali il Monte delle Fate; e io ricordai allora che il nome di quel monte, quando ero bambina, mi aveva sempre fatto sognare e spesso avevo domandato alla mia mamma se su quel monte c'erano davvero le fate e lei mi aveva sempre risposto che le fate non c'erano e il monte si chiamava in quel modo senza perché; ma io non le avevo mai creduto; e ancora adesso che ero cresciuta e ci avevo una figlia grande, quasi quasi ebbi la tentazione di chiedere a Tommasino perché il monte si chiamasse in quel modo e se ci fosse stato davvero un tempo quando le fate stavano sul monte.

Basta, ad una svolta della mulattiera, ecco in mezzo alla scalinata delle macere un bue bianco attaccato ad un aratro e un contadino che lo spingeva su uno di quei campicelli stretti e lunghi. Subito Tommasino portò la mano alla bocca e gridò: "Ahò, Paride!" Il contadino andò ancora avanti un poco con l'aratro, poi si fermò e senza fretta ci venne incontro.

Era un uomo non tanto grande ma ben proporzionato, come sono in Ciociaria, con la testa rotonda, la fronte bassa, il naso ad uncino, piccolo e ricurvo, la mascella pesante e la bocca simile ad un taglio, che non pareva dover mai sorridere. Tommasino gli disse indicandoci: "Paride, queste sono due signore di Roma e vanno cercando una casetta su per queste montagne... finché vengono gli inglesi, naturalmente, questione di giorni." Paride si tolse il cappelluccio nero e ci guardò fisso, senza espressione, come guardano abbagliati e stolidi i contadini che sono stati ore e ore soli, a tu per tu con il bue, l'aratro e il solco; poi disse lentamente e malvolentieri che di casette non ce n'erano più, quelle poche che erano rimaste erano state tutte affittate e, insomma, lui non vedeva dove potessimo alloggiare. Rosetta fece subito un viso triste e sconsolato; ma io rimasi calma perché avevo i soldi in tasca e sapevo che coi soldi alla fine tutto si accomoda. E infatti appena Tommasino gli ebbe detto quasi rudemente: "Ahò, Paride, facciamoci a capire, le signore pagano... non vogliono niente da nessuno... pagano in contanti." Paride si grattò il capo e quindi, a testa bassa, ammise che ci aveva una specie di stalla o casupoletta addossata alla propria casa dove lui ci teneva il telaio per tessere le stoffe e dove noi, se si trattava davvero di pochi giorni, avremmo potuto, accomodarci. Tommasino gli disse subito: "Lo vedi che la casa c'era... eh, basta far mente locale... Be', Paride, tu torna pure a lavorare... ci penso io a presentare le signore a tua moglie." Paride, dopo poche altre parole, tornò al suo aratro e noi riprendemmo la salita.

Ormai non ci mancava molto. E infatti, dopo appena un quarto d'ora, scoprimmo tre casette disposte a semicerchio sopra il ripiano di una macera. Erano casette piccole, di due stanze appena, addossate al pendio; e i contadini se le costruiscono per così dire da soli, spesso senza neppure l'aiuto di un capomastro. I contadini, in queste casette, ci dormono soltanto. Per il resto, loro, o lavorano per i campi, oppure, quando piove o è il momento di mangiare, stanno nelle capanne che sono ancor più facili a fabbricarsi delle casette e si possono tirar su in una notte sola, con il muretto di pietre a secco e il tetto di paglia. E infatti molte capanne stavano sparse qua e là, intorno le casette, formando con queste quasi una specie di minuscolo villaggio. Alcune fumavano, segno che ci stavano cucinando, altre sembravano pagliai o luoghi da rinchiuderci la notte le bestie. Gente andava e veniva tra le casette e le capanne, sullo spiazzo angusto della macera.

Come, alla fine, arrivammo sul ripiano, tra le case e le capanne, vedemmo che quella gente che andava e veniva stava preparando una grande tavola sistemata all'aperto, quasi sul ciglio della macera, all'ombra di un fico. Avevano già disposto sulla tovaglia i piatti e i bicchieri, adesso si davano da fare a portare ceppi grossi di legno che dovevano servire da seggiole. Uno di loro, appena ci vide, venne subito incontro a Tommasino gridandogli: "Sei arrivato in tempo per metterti a tavola."

Era Filippo, il fratello di Tommasino e mai ho veduto due persone così diverse. Tanto Tommasino era riservato, silenzioso, chiuso e quasi cupo, sempre occupato a calcolare i guadagni mangiandosi le unghie e guardando in basso, altrettanto Filippo era espansivo e cordiale. Lui era bottegaio come Tommasino, soltanto che Tommasino ci aveva il negozio di alimentari e lui invece aveva l'emporio dove si vende un po' di tutto. Era un uomo piccolo, con il collo corto e la testa fissata quasi senza collo su spalle molto larghe, che pareva una pignatta capovolta, con la parte più stretta in alto e la parte più larga in basso e il naso fatto, appunto, come il becco delle pignatte. Le gambe le aveva corte, il busto ampio col petto in fuori e anche un po' di pancia, di modo che i pantaloni legati con la cinghia gli stavano sotto la pancia e parevano dovergli cadere di dosso ad ogni movimento.

Filippo quando sentì che eravamo sfollate e avremmo abitato lassù con loro e ci avevamo soldi ed eravamo bottegaie (tutte queste cose gliele disse Tommasino, scuro e reticente, come se avesse parlato con se stesso), poco mancò che non ci saltasse al collo: "Adesso vi mettete a tavola con noi... abbiamo fatto la pettola e i fasuli," che a Fondi vuol dire la pasta e fagioli, "e mangiate con noi e finché non arrivano le vostre provviste, mangiate le nostre... tanto poi vengono gli inglesi e porteranno tutto, e ci sarà l'abbondanza e quello che conta, adesso, è mangiare e stare allegri." Andava e veniva, infatuato, intorno la tavola e ci presentò la figlia, una brunetta dolce e un po' triste e il figlio, un giovanotto bassino ma con le spalle larghe e un po' curve di modo che quasi si pensava che fosse gobbo, e invece non lo era, molto bruno, con gli occhiali forti da miope; era dottore, almeno così disse il padre: "Vi presento mio figlio Michele... è dottore." E poi ci presentò anche la moglie, una donna con la faccia spaventata, bianca bianca, gli occhi pesti e scalamarati e il petto enorme: soffriva di asma e, anche, secondo me, di paura, pareva malata. Filippo, come ho detto, appena seppe che io avevo il negozio a Roma, diventò subito cordiale anzi fraterno e, dopo avermi chiesto se avevo denaro e aver saputo che ne avevo, mi confidò che anche lui aveva una grossa somma nella tasca dei pantaloni, la quale avrebbe potuto bastare anche se, putacaso, gli inglesi avessero tardato ancora un anno a venire. Mi parlava in tono confidenziale, come da pari a pari, come, insomma, da negoziante a negoziante, e io mi sentii di nuovo rassicurata. Non sapevo ancora, come non lo sapeva neppure lui, che quella grossa somma di denaro, durando la guerra, piano piano avrebbe avuto sempre meno valore e alla fine il denaro che poteva far campare la famiglia per un anno non sarebbe più bastato a farla vivere un mese. Filippo disse ancora: "Noi restiamo quassù finché vengono gli inglesi e mangiamo, beviamo e non ci preoccupiamo d'altro... come arrivano gli inglesi, loro portano il vino, l'olio, la farina, i fagioli, ricomincia l'abbondanza e noialtri commercianti subito riattacchiamo il negozio come se niente fosse stato." Obiettai, tanto per dire qualche cosa, che c'era il caso che gli inglesi non venissero affatto e i tedeschi vincessero la guerra. E lui: "Che ce ne importa a noi? Tedeschi o inglesi è la stessa cosa, purché uno vinca sul serio... a noi ci importa soltanto il negozio." Disse queste parole ad alta voce, con grande sicurezza; e allora il figlio che se ne stava solo solo, sull'orlo della macera, guardando al panorama di Fondi, si voltò come una vipera e disse: "A te forse non importa... ma io, se vincono i tedeschi, mi ammazzo." Lo disse con un tono così serio e convinto che io mi stupii e domandai: "Ma a te che ti hanno fatto i tedeschi?." Lui mi guardò di traverso e poi disse: "A me personalmente, niente... ma di' un po', se qualcuno ti dicesse: guarda, ti metto in casa questo serpente velenoso, tientelo caro, tu che diresti?" Rimasi stupita e risposi: "Be', un serpente in casa non ce lo vorrei." "E perché? Quel serpente non ti avrebbe fatto niente di male finora, no?" "Sì, ma si sa, che i serpenti velenosi presto o tardi finiscono per mordere" "Be', è lo stesso, anche se non mi hanno fatto niente personalmente, io so che i tedeschi, o meglio i nazisti, un giorno o l'altro finiscono per mordere, come i serpenti." In quel momento, però, Filippo, il quale era stato a sentirci quasi con impazienza, si mise a gridare: "A tavola, a tavola... niente tedeschi, niente inglesi... a tavola, c'è la minestra." E il figlio forse pensando che ero una contadina e non valeva la pena di sprecare parole con me, si avviò anche lui, come gli altri, verso la tavola.

Che tavolata! Me ne ricorderò finché campo, un po' per le stranezze del luogo e anche un po' per l'abbondanza. La stranezza: una tavola lunga e stretta, sulla macera lunga e stretta; sotto di noi la scalinata gigante delle macere giù giù fino alla valle di Fondi; intorno a noi la montagna; e sopra di noi il cielo azzurro illuminato dal sole di settembre, dolce e caldo. E, sulla tavola, l'abbondanza: piatti di salame e di prosciutto, formaggi di montagna, pagnotte fatte in casa, fresche scricchianti, sottaceti, uova sode e burro, e la minestra di pasta e fagioli in certi piattoni colmi fino all'orlo, che, via via, la figlia, la madre e la moglie di Filippo portavano in tavola uscendo l'una dopo l'altra dalla capanna dove cucinavano. C'era anche il vino, in fiaschi, e c'era perfino una bottiglia di cognac. Insomma nessuno avrebbe potuto pensare che a valle c'era la carestia e un uovo costava otto lire e a Roma la gente moriva di fame. Filippo girava intorno la tavola fregandosi le mani, la faccia luccicante di soddisfazione. Ripeteva: "Mangiamo e beviamo... tanto poi vengono gli inglesi e torna l'abbondanza." Dove, poi, lui avesse pescato quest'idea che gli inglesi avrebbero portato l'abbondanza, non saprei dire. Ma lassù tutti ci credevano e non facevano che dirselo l'un con l'altro. Credo questa convinzione venisse loro dalla radio dove, come mi dicevano, c'era un inglese che parlava l'italiano come un italiano, il quale faceva la propaganda ripetendo, appunto, ogni giorno, che una volta arrivati gli inglesi, avremmo tutti nuotato nella grascia.

Basta, una volta scodellata la minestra, ci mettemmo a tavola. In quanti eravamo? C'era Filippo con la moglie, e i due figli; c'era Paride, con la moglie Luisa, una piccola bionda dai capelli crespi e dagli occhi celesti, con l'espressione sorniona, e il loro bambino Donato; c'era Tommasino con la moglie, una donna lunga e magra dalla faccia paffuta e arcigna, e la figlia che anche lei ci aveva la faccia cavallina della madre, ma dolce, con gli occhi neri e buoni: c'erano quattro o cinque uomini, malvestiti con la barba lunga che, a quanto capii, erano gente di Fondi, sfollati lassù e stavano sempre attorno a Filippo come al loro capo riconosciuto. Tutti erano stati invitati da Filippo per festeggiare l'anniversario delle sue nozze. Ma questo l'appresi più tardi; lì per lì ebbi l'impressione che Filippo ci avesse tante provviste da poterle buttare dalla finestra, invitando ogni giorno gli abitanti della località.

Mangiammo senza esagerazione almeno per tre ore. Mangiammo prima la minestra con la pasta e fagioli, la pasta era leggera, tutta d'uovo, gialla come l'oro e i fagioli erano della migliore qualità, bianchi, teneri e grossi, che si disfacevano in bocca come il burro. Della minestra, ciascuno mangiò due piatti e anche tre, colmi fino all'orlo, tanto era buona. Quindi fu la volta dell'antipasto: prosciutto di montagna un po' salato ma stuzzicante, salame fatto in casa, uova sode, sottaceti. Dopo l'antipasto, le donne si precipitarono nella capanna che stava lì a pochi passi e ne tornarono portando ciascuna un vassoio pieno di grossi tocchi, tagliati alla buona, di carne arrostita, carne di vitello di prima scelta, tenera e bianca; avevano ammazzato un vitello proprio il giorno prima e Filippo ne aveva comprato parecchi chili. Dopo il vitello fu la volta dell'agnello in spezzatino, tenero e delicato, con un sugo bianco agro e dolce tanto buono; quindi mangiammo il formaggio pecorino, duro come un sasso, piccante, fatto apposta per berci sopra il vino; e dopo il formaggio la frutta, ossia arance, fichi, uva, frutta secca. Ci furono anche dei dolci, sissignore, fatti al forno, con la pasta margherita, spolverati di zucchero di vaniglia; e alla fine con il cognac ci mangiammo anche qualche biscottino da uno scatolone che la figlia di Filippo portò giù dalla loro casetta. Quanto bevemmo? Io dico almeno un litro a testa, ma ci fu chi ne bevve di più di un litro e chi men di un quarto, come per esempio Rosetta che non beveva mai. L'allegria che c'era a quella tavolata non si può descrivere: tutti mangiavano e bevevano e non facevano che parlare di roba da mangiare e da bere cioè di quello che stavano mangiando e bevendo o che avrebbero voluto mangiare e bere o che in passato avevano mangiato e bevuto. Per questa gente di Fondi, come del resto anche al paese mio, mangiare e bere era importante come a Roma avere la macchina e l'appartamento ai Parioli; tra di loro chi mangia e beve poco è un disperato, così che chi vuole essere considerato un signore cerca di mangiare e bere più che può, sapendo che questa è la sola maniera per essere ammirati e considerati. Io stavo seduta accanto alla moglie di Filippo quella donna bianca, bianca, dal petto enorme, di cui ho detto che pareva malata. Lei non era allegra, poveretta, perché si vedeva che non stava bene; tuttavia si vantò con me della roba da mangiare che loro ci avevano di solito in casa: "Mai meno di quaranta uova di giornata e di sei prosciutti e di altrettanti salami e formaggi... mai meno di una dozzina di guanciali... Il lardo, ne mangiavamo tanto che un giorno feci un rutto e un pezzo di lardo che già mi era sceso nello stomaco risalì su e mi uscì di bocca come se fosse stato una seconda lingua, bianca questa, però." Ripeto queste parole perché lei le disse così, semplicemente, per farmi impressione. Gente insomma anche loro di campagna che non lo sapevano ancora che i veri signori, quelli di città, mangiano poco, anzi pochissimo, specie le donne, e invece la loro ricchezza la mettono nella casa, nelle gioie e nei vestiti. Questi qua invece andavano vestiti come straccioni; ma erano fieri delle loro uova e del loro lardo come le signore di Roma dei loro vestiti da sera.

Filippo beveva più di tutti, un po' perché, come ci annunziò ad un tratto, era l'anniversario del suo matrimonio; un po' perché ci aveva quel vizietto e più di una volta, in seguito, lo vidi con l'occhio lustro e il naso rosso, a tutte l'ore, magari anche la mattina alle nove. Così, forse perché era ubriaco, a metà del pranzo, si lasciò andare alla confidenza: "Io vi dico questo," incominciò ad un tratto, col bicchiere in mano, "che la guerra è brutta soltanto per i fessi, ma per gli altri, no. Lo sapete che cosa vorrei scrivere nel mio negozio, sopra la cassa: 'ccà nisciuno è fesso.' Lo dicono a Napoli ma lo diciamo anche noialtri, qui, ed è la pura verità. Io non sono fesso e non lo sarò mai perché a questo mondo ci sono due categorie di persone: i fessi e i furbi; e nessuno che io sappia vorrà mai appartenere alla prima categoria. Tutto sta a saperle, certe cose, tutto sta a tenere gli occhi bene aperti. I fessi sono coloro che credono a quello che c'è scritto nei giornali e pagano le tasse e vanno in guerra e magari ci rimettono la pelle. I furbi, eh! eh!, i furbi sono il contrario ecco tutto. E questi sono tempi in cui chi è fesso si perde e chi è furbo si salva, e chi è fesso non può fare a meno di essere più fesso del solito e chi è furbo deve essere invece furbissimo. Eh, lo sapete il proverbio: meglio un asino vivo che un dottore morto; e anche quest'altro: meglio l'uovo oggi che la gallina domani; e ancora quest'altro: promettere e mantenere è da uomo vile.

Dirò di più: d'ora in poi non ci sarà più posto a questo mondo per i fessi, nessuno si potrà mai più permettere il lusso di essere fesso, neppure un giorno solo, bisognerà d'ora in poi essere furbi, molto furbi, furbissimi, perché questi sono tempi pericolosi assai e a dar loro un dito si prendono il braccio e vedete un po' quello che è successo a quel povero Mussolini che credeva appunto di fare una guerretta di un dito in Francia e invece poi gli è toccato rimetterci il braccio contro il mondo intero e adesso non ci ha più nulla e gli tocca fare il fesso per forza, lui che aveva voluto sempre fare il furbo. Date retta, i governi vanno e vengono e fanno le guerre sulla pelle della povera gente e poi fanno la pace e poi fanno quello che gli pare, ma la sola cosa che conta e non cambia mai è il negozio. Vengano i tedeschi, vengano gli inglesi, vengano i russi, quello che per noialtri negozianti deve contare soprattutto è pur sempre il negozio e se il negozio va bene, tutto va bene."

Questo discorsetto dovette costargli uno sforzo straordinario perché alla fine sudava dalla fronte e dalle tempie e dopo aver vuotato in un solo sorso il suo bicchiere, si asciugò il viso con il fazzoletto. Gli sfollati che, come ho detto, componevano la sua banda, subito lo approvarono calorosamente, tanto più che stavano mangiando alle sue spalle e volevano ingraziarselo, da quegli scrocconi morti di fame e adulatori che erano. "Evviva Filippo ed evviva il negozio" gridò uno. Un'altro osservò ridacchiando: "Tu lo puoi dire che il negozio non cambia: tante e tante cose sono successe ma il negozio continua, e tu fai sempre buoni affari, eh, Filippo?" Un terzo, un po' perplesso e saputello, disse: "Vengano pure i tedeschi o gli inglesi, d'accordo; ma non dire: vengano i russi, Filippo." "E perché?" domandò lui che per il troppo vino bevuto mi sa che ormai capisse poco. "Perché i russi il negozio non te lo lasciano fare, Filippo, non lo sai? I russi, loro, ce l'hanno soprattutto con i negozianti." "Cornuti," disse Filippo piano e riflessivamente, versandosi da bere dal fiasco e osservando il vino con amore, via via che saliva nel bicchiere. Infine un quarto gridò: "Filippo, sei grande, hai ragione, ccà nisciuno è fesso, questo è sicuro, hai detto la pura verità."

A questo punto, mentre tutti ridevano per questa frase così sincera, ecco, tutto ad un tratto, il figlio di Filippo alzarsi di botto e dire, con la faccia scura: "Nessuno è fesso qui, fuorché me. Io sono fesso." Ci fu silenzio, dopo questa uscita, tutti ci guardavamo in faccia stupiti. Il figlio continuò, dopo un momento: "E siccome i fessi non ci stanno bene in compagnia dei furbi, scusatemi, ma me ne vado a fare quattro passi." Detto questo, mentre alcuni si affannavano a gridargli: "Eh, via, perché ti sei offeso, nessuno ha mai pensato che tu fossi fesso," lui spostò la seggiola e si allontanò lentamente lungo la macera.

Tutti si voltarono a guardarlo mentre si allontanava; ma Filippo era troppo ubriaco per aversene a male. Alzò il bicchiere in direzione del figlio e disse: "Alla salute... un fesso almeno per famiglia ci vuole, non guasta." Tutti si misero a ridere vedendo il padre che si credeva furbo bere alla salute del figlio che si proclamava fesso; e più risero quando Filippo, alzando la voce, gridò: "Tu puoi fare il fesso perché in casa ci sono io a fare il furbo." Qualcuno osservò: "È proprio vero: Filippo lavora e fa i soldi e il figlio intanto passa il tempo a leggere i libri e a darsi delle arie." Ma Filippo che, in fondo, sembrava fiero di questo suo figlio così diverso da lui e così istruito, soggiunse, dopo un momento, levando la punta del naso dal bicchiere: "Intendiamoci, però: mio figlio, veramente, è un idealista... ma di questi tempi che è un idealista? Un fesso. Magari non per colpa sua, magari per forza, ma un fesso."

Intanto era venuto il pomeriggio, il sole si era nascosto dietro le montagne e, alla fine, chi da una parte chi da un'altra, tutti si alzarono dalla tavola: gli uomini andarono a giocare alle carte nella casetta di Filippo, i contadini tornarono al lavoro e noialtre donne cominciammo a sparecchiare. Lavammo il vasellame in una tinozza piena d'acqua presso il pozzo e poi facemmo una pila che io portai fin dentro la stanza che Filippo e la sua famiglia occupavano nella casetta di mezzo. Era una casetta a due piani, al secondo piano ci si arrivava per una scala esterna, dalla macera. Rimasi sorpresa quando entrai: Filippo e i suoi amici stavano seduti in terra, nel mezzo della stanza, coi cappelli in testa e le carte in mano: giocavano a scopone. Tutt'intorno, per la stanza non c'erano mobili ma soltanto materassi arrotolati e appoggiati negli angoli e molti sacchi. Di questi sacchi ce n'erano non so quanti e debbo riconoscere che, almeno per quanto riguardava le provviste, Filippo aveva applicato le sue idee e aveva agito da furbo e non da fesso. C'erano sacchi di fiore, tutti impolverati di farina bianca, c'erano sacchi di farina di granturco, gialli questi, c'erano sacchetti più piccoli che sembravano contenere fagioli, ceci, lenticchie, cicerchi. C'era anche parecchio scatolame, soprattutto conserva di pomodoro; alla finestra pendevano un paio di prosciutti, e sopra i sacchi stavano posati alcuni provoloni. Vidi anche numerosi vasi chiusi con la carta, pieni di strutto; bottiglioni di olio; un paio di damigiane di vino; e, penzolanti dal soffitto, alcune ghirlande di salsicce casalinghe. C'era, insomma, là dentro la base per mangiare perché quando c'è la farina e c'è il grasso e c'è il pomodoro, per male che vada si può sempre fare un piatto di pasta asciutta. Come ho detto, Filippo e la sua banda giocavano a scopone nel mezzo della stanza; invece la moglie e la figlia di Filippo giacevano insieme su un materasso, raggomitolate l'una contro l'altra, mezze nude, intontite dal caldo e dalla digestione. Filippo, come mi vide entrare, disse senza alzare gli occhi dalle carte: "Lo vedi, Cesira, come ci siamo accomodati bene quassù... ma tu fatti mostrare la tua stanzetta da Paride... vedrai che ci starete da papi." Non dissi nulla, posai i piatti in terra e me ne uscii a cercar Paride per sistemare la faccenda della casa.

Lo trovai che spaccava legna presso la capanna e subito gli dissi che ero pronta: mi mostrasse la stanzetta che mi aveva promesso. Lui aveva appoggiato il piede calzato della ciocia su un ceppo di legno e teneva in mano l'accetta, ascoltandomi da sotto la tesa del cappelluccio nero. Poi disse: "Be', Tommasino parla da padrone ma poi il vero padrone qui sono io... prima ti ho detto di sì, ma ora ripensandoci, ho paura che quella stanzetta lì non posso dartela... ci lavora tutto il giorno Luisa sul telaio... che farete voialtre mentre lei lavorerà?... mica potrete stare per i campi." Compresi che lui non si fidava ancora, da vero contadino; e allora cavai di tasca un biglietto da cinquecento e glielo porsi dicendo: "Che, hai paura che non ti paghiamo?... ecco cinquecento lire, te le lascio in deposito; poi quando andrò via faremo i conti". Lui ammutolì e prese il denaro; ma lo prese in una maniera particolare che voglio descrivere perché ci ha la sua importanza per capire la mentalità dei contadini di montagna. Prese, dunque, il biglietto, lo portò all'altezza del ventre con le due mani e lo guardò a lungo, con una certa cupa e imbarazzata ammira-

74

zione, come se fosse stato un oggetto strano, girandolo da una parte e dall'altra. In seguito, lo vidi fare questo gesto tutte le volte che gli capitava in mano del denaro e ho compreso che loro di denaro non ne vedevano mai perché tutto quello che gli serve se lo fanno in casa, compresi i vestiti; e quei pochi soldi di cui dispongono li mettono insieme con il commercio dei fascinotti che portano giù a valle, in città, durante l'inverno; così che il denaro per loro è una cosa rara e preziosa, più che denaro, quasi quasi, un dio. E infatti questi contadini di montagna presso cui passai tanto tempo non sono affatto religiosi e non sono neppure superstiziosi e per loro la cosa più importante è proprio il denaro, un po' perché non ne hanno e non ne vedono mai, un po' perché dal denaro, per loro almeno, viene ogni cosa buona, almeno loro così pensano e io, da bottegaia, non potrei davvero dargli torto.

Insomma Paride disse, dopo aver guardato bene il mio biglietto: "Be', se non ti fa niente il rumore del telaio, la stanzetta puoi anche prendertela." E così io lo seguii verso la sua casetta, che era situata a sinistra della località e addossata come tutte le altre al muro di sostegno della macera. Di fianco alla casetta, che aveva due piani, c'era una piccola costruzione appoggiata alla parete rocciosa del monte, con un tettino di tegole, una porticina e una finestrella senza vetri. Entrammo e vidi che, come lui mi aveva avvertito, metà della stanzetta era occupata dal telaio per tesserci le stoffe, proprio uno di quelli antichi, tutto di legno. Nell'altra metà c'era un letto di campagna, voglio dire due cavalletti di ferro con le tavole per lungo e, sopra, un saccone di stoffetta leggera ripieno di foglie secche di granturco. In questa stanzetta si stava a malapena in piedi sotto il soffitto inclinato, il fondo era di roccia nuda e cruda, le pareti avevano tante ragnatele e macchie di umidità. Abbassai gli occhi: non c'era ammattonato né pietre, ma il terreno, proprio come in una stalla. Paride disse, grattandosi il capo: "Questa è la stanza... vedete un po' se potete accomodarvi." Rosetta che ci aveva seguiti disse con tono un po' sgomento: "Mamma, dovremo dormire qui?" Ma io le diedi sulla voce, rispondendo: "In tempo di carestia pan di vecce." E quindi voltandomi verso Paride: "Lenzuola, però, non ne abbiamo, ce ne date?" Cominciò allora una discussione, lui non voleva dare le lenzuola dicendo che appartenevano al corredo della moglie, poi alla fine convenimmo che gli avrei pagato un tanto per l'affitto di queste lenzuola. Di coperte, però, non ne aveva; così ci promise, a guisa di coperta, il suo ferraiolo nero, beninteso sempre pagando un affitto. E così fu per tutto il resto: il concone di rame per prendere l'acqua per lavarci, gli asciugamani, le stoviglie, fino una seggiola che ci avrebbe permesso di sederci a turno: [tutto fu strappato con le unghie e coi denti e tutto fu ottenuto dopo che io promisi di pagare una somma per l'affitto di ciascun oggetto.] Alla fine domandai dove avremmo potuto cucinare e lui rispose che potevamo cucinare nella capanna dove cucinavano anche loro. Io dissi allora: "Be', vediamo questa capanna, così mi faccio un'idea."

L'idea me la feci subito andando con lui alla capanna che era situata un po' più in basso, sulla macera immediatamente sottostante. Era una capanna con la base di pietre a secco, e sopra, posato sul muretto, simile a una barca capovolta, il tetto di paglia. Io conoscevo queste capanne, al paese mio ci tengono gli attrezzi e le bestie, capanne simili si possono costruire in un giorno lavorando di lena: prima si fa il muro posando e incastrando l'una nell'altra, senza calce, grosse pietre appena sbozzate. Quindi si rizzano alle due estremità del recinto, che ha la forma ovale, due rami forcuti. Sulle forche si posa orizzontalmente un ramo lungo. Alfine, a strati sovrapposti, si aggiunge la paglia, ai due lati, in fasci legati insieme da viticci, finché non abbia raggiunto uno spessore sufficiente. Finestre non ce ne sono; la porta si fa con due pietre ritte per stipiti e una orizzontale per architrave ed è sempre una porticina bassa che costringe a piegar la schiena per entrare nella capanna. La capanna di Paride era in tutto simile a quelle del mio paese; presso la porta pendeva appeso a un chiodo un secchio pieno d'acqua con un mestolo. Prima di entrare, Paride prese il mestolo, bevve e poi me lo porse e bevvi anch'io. Entrammo nella capanna. Per un momento non vidi niente perché non c'erano finestre come ho detto, e Paride aveva chiuso quella sola porticina dietro a sé. Quindi lui accese un lumino a olio e allora pian piano cominciai a vedere. Il suolo pareva di terra pestata, nel mezzo c'era un fuoco moribondo con un treppiedi di ferro sul quale stava posato un paioletto nero. Levai gli occhi per aria: su, su, nell'oscurità penzolavano ghirlande di salsicce e di sanguinacci messi lì ad affumicarsi, nonché numerosi pendagli di fuliggine, neri e leggeri, che facevano pensare alle decorazioni dell'albero di Natale, ma un albero di Natale che fosse addobbato a lutto. Intorno il fuoco c'erano tanti ciocchi disposti in cerchio e, seduta su uno di questi ciocchi, mi meravigliai di vedere una vecchia, molto vecchia davvero, con la faccia che pareva la luna calante, tutto naso e scucchia, la quale filava con il fuso, sola sola, al buio. Era la madre di Paride e mi accolse con queste parole: "Brava, mettiti a sedere, mi hanno detto che sei una signora di Roma... eh, questo non è un salotto di Roma ma una capanna... ma tu hai da contentarti, ormai... vieni qui, mettiti a sedere." Io, a dir la verità, non ci avevo voglia di mettermi a sedere su uno di quei ciocchi così stretti e quasi quasi avrei voluto chiedere dove fossero le seggiole; ma mi trattenni a tempo. Poi scoprii che le seggiole nelle capanne non ci sono mai; le tengono nelle casette, considerandole un lusso da non adoperarsi che nelle feste e nelle ricorrenze solenni come matrimoni, funerali e simili; e per non sciuparle, le appendono al soffitto, capovolte, come se fossero prosciutti. Infatti nella casetta di Paride, un giorno ci entrai, picchiai con la fronte contro una seggiola e dentro di me pensai che ero davvero capitata in un luogo rustico assai.

Basta, la capanna adesso era illuminata del tutto e io potevo vedere che era proprio un luogo da bestie: freddo e oscuro, con il suolo fangoso e le pietre del muretto e la paglia interna del tetto tutte annerite e grommose di fuliggine. L'aria era piena del fumo di quel fuocherello moribondo, forse perché la legna era verde; e questo fumo, per mancanza di finestre, ristagnava dentro, uscendo appena appena, a fatica, per il tetto, così che in breve Rosetta ed io cominciammo a tossire e a lacrimare. Nello stesso tempo scoprii, accovacciati e quasi nascosti dalla gonnella larga della vecchia, un brutto cane bastardo e un vecchio gatto spelacchiato i quali, pare impossibile, piangevano anche loro, poveretti, come se fossero stati due cristiani, per via del fumo così acre e pungente; ma piangevano senza muoversi, con gli occhi spalancati, segno che ci erano avvezzi. Non ho mai amato il sudiciume e, infatti la mia casa a Roma era modesta, ma, quanto a pulizia, uno specchio. Perciò tanto più, vedendo quella capanna, il cuore mi si strinse al pensiero che, d'ora in poi, Rosetta ed io avremmo dovuto cucinare, mangiare e anche vivere là dentro, proprio come due capre o due pecore. Dissi, come pensando ad alta voce: "Per fortuna che si tratta soltanto di pochi giorni, finché arrivano gli inglesi." E Paride: "Perché, la capanna non ti piace?" Dissi: "Al mio paese nelle capanne ci teniamo le bestie." Paride era un tipo curioso, come scoprii in seguito, insensibile e senza amor proprio, per così dire. Rispose, abbozzando un sorriso strano: "E qui invece ci stanno i cristiani." La vecchia disse, con la sua voce stridula di cicala: "Non ti piace la capanna, eh. Ma sempre meglio che stare in mezzo a un prato. Sai quanti di quei poveri soldati in Russia, i mariti di queste donne quassù, ci farebbero il patto di tornare e vivere tutta la vita loro in una capanna come questa. Ma invece non torneranno e li ammazzeranno tutti e manco gli daranno una sepoltura da cristiani, perché, in Russia, non conoscono più né Cristo né la Madonna." Rimasi sorpresa da queste previsioni così nere; Paride abbozzò un sorriso e disse: "Vede tutto brutto mia madre perché è vecchia e sta sola tutto il giorno e poi è anche sorda." Quindi, alzando la voce: "Ma', chi te lo dice che non torneranno? Torneranno di certo, ormai è questione di giorni." La vecchia brontolò: "Non soltanto non torneranno, ma noialtri quassù ci ammazzeranno anche a noi, con gli aeroplani." Di nuovo Paride sorrise, come se la cosa fosse comica; ma io, spaventata da tanto pessimismo dissi in fretta: "Be', ci rivedremo più tardi... arrivederci." E quella, con la solita voce di malaugurio: "Ci rivedremo, non aver paura, tanto più che tu a Roma non ci torni così presto e forse forse non ci tornerai mai più." A questa uscita, Paride si mise addirittura a ridere; ma io dentro di me pensai che c'era poco da ridere e non potei fare a meno di fare mentalmente gli scongiuri contro la iettatura.

Quel pomeriggio lo passai a pulire la stanzetta dove era il nostro letto e dove non sapevo che avremmo dovuto vivere così a lungo. Spazzai il suolo, grattando via dalla terra nuda il sudiciume di anni, diedi a Paride perché le mettesse altrove non so quante vanghe e zappe che stavano ammucchiate negli angoli, spolverai via le ragnatele dalle pareti. Quindi sistemai il letto in un canto, contro la parete di roccia, strinsi le tavole sui cavalletti, diedi una rinsaccata al saccone di foglie di granturco, l'involtai nelle lenzuola, molto belle queste, tutte di lino pesante tessuto a mano, pulite di bucato e sopra ci stesi come una coperta il ferraiolo nero di Paride. La moglie di Paride, Luisa, quella biondina, che ho già descritto, dalla faccia sorniona, dagli occhi celesti e dai capelli crespi, si era intanto assestata in fondo alla stanza davanti al telaio e lo manovrava su e giù con le braccia che aveva forti e muscolose, senza posa, con un fracasso da non credersi tanto che le dissi: "Ma che, ci starai sempre qua dentro a fare questo rumore." Lei rispose ridendo: "Eh, chissà quanto ci starò... debbo tessere la stoffa per fare i pantaloni a Paride e ai ragazzi." Dissi: "Povere noi: ci ridurrai sorde." E lei: "Sorda io non sono diventata... vedrai che ci farai l'abitudine." Insomma lei ci rimase circa un paio d'ore, sempre manovrando il telaio, su e giù, con quel rumore di legni sbattuti, secco e sonoro e noi due dopo aver riordinato la stanza ci mettemmo a sedere, Rosetta sulla seggiola che avevo affittata da Paride e io sul letto; e così restammo là a guardare Luisa che tesseva, come due sceme, a bocca aperta, senza far niente. Luisa non parlava molto ma rispose volentieri alle nostre domande. Venimmo così a sapere che, di tanti uomini che c'erano stati prima della guerra in quella località, Paride era il solo che non fosse partito, per via che aveva due dita di meno alla mano destra. Tutti gli altri erano sotto le armi, e quasi tutti in Russia. "Salvo me," disse Luisa con un sorriso ambiguo, in tono quasi compiaciuto, "tutte le altre donne quassù è come se fossero già vedove." Mi stupii, e pensando che Luisa fosse altrettanto pessimista che la suocera dissi: "E perché dovrebbero morire proprio tutti? Io dico che invece torneranno." Ma Luisa scosse la testa sorridendo: "Non mi hai capito. Io ci credo poco che tornino non perché li ammazzeranno ma perché alle femmine russe piacciono gli uomini nostri. Il forestiero piace, si sa. Capace che, finita la guerra, quelle femmine li costringono a rimanere e allora chi li vede più." Insomma, lei la guerra la intendeva come una faccenda di femmine e di maschi: e si vedeva che era molto contenta di avere potuto conservare il proprio maschio grazie a quelle due dita di meno, mentre le altre, per colpa delle femmine russe, li avrebbero perduti. Parlammo pure dei Festa e lei mi disse che Filippo era riuscito a non far mandare il figlio al fronte attraverso raccomandazioni e favori; mentre i contadini che non avevano né denaro né appoggi avevano da andare in guerra e magari ci lasciavano la pelle. Ricordai allora le parole di Filippo sul mondo che, secondo lui, si divideva in tessi e furbi; e capii che anche in questo caso lui si era comportato da furbo.

Come Dio volle, venne la notte e Luisa smise quel fracasso del telaio e se ne andò a preparare la cena. Noi due eravamo così stanche che per un'ora intera restammo lì dove eravamo, senza muoverci né parlare, io seduta sul letto e Rosetta sulla seggiola, presso il capezzale. Il lume a olio faceva una fioca luce e, in questa luce, la stanzetta pareva proprio una piccola spelonca: io guardavo Rosetta, Rosetta guardava me e ogni volta i nostri sguardi esprimevano una cosa diversa e noi non parlavamo perché ci capivamo benissimo a occhiate e sapevamo che le parole sarebbero state superflue e non avrebbero aggiunto niente a quello che ci dicevamo con gli occhi. Quelli di Rosetta dicevano: "Mamma, come faremo, ho paura, dove siamo capitate?" e così via; e i miei rispondevano: "Figlia d'oro, sta' tranquilla, hai la tua mamma accanto, non devi aver paura", e altre cose simili. Così, alla muta, ci scambiammo tante e tante riflessioni e alla fine come a conclusione di questa disperata conversazione, Rosetta accostò la seggiola al letto e mi mise la testa in grembo, abbracciandomi le ginocchia; e io, sempre in silenzio, presi ad accarezzarle i capelli, piano piano. Restammo così forse una mezz'ora; poi la porta si aprì qualcuno la spingeva, e quindi, molto in basso, si sporse la testa di un bambino, era il figlio di Paride, Donato. "Papà dice se volete venire a mangiare con noi." Non avevamo molta fame perché avevamo mangiato molto alla tavola di Filippo la mattina; però accettai lo stesso l'invito perché, sentendomi stanca ed avvilita, non mi piaceva l'idea di finire la serata senza cena, sola con Rosetta in quella stanzuccia così triste.

Così seguimmo Donato che ci precedeva quasi correndo, come se ci avesse visto al buio come un gatto; e raggiungemmo la capanna, una macera più in basso. Trovammo Paride attorniato da quattro donne: sua madre, sua moglie, sua sorella e sua cognata. Queste ultime due avevano ciascuna tre bambini ma i loro mariti non c'erano perché erano soldati e li avevano mandati in Russia. La sorella di Paride che si chiamava Giacinta, era bruna anche lei, con gli occhi intensi, spiritati, e la faccia larga e pesante: pareva un'ossessa e non parlava mai se non con asprezza, e sempre per rimproverare i suoi tre bambini che le stavano aggrappati alle vesti come tanti cagnolini addosso a una cagna e non facevano che frignare; qualche volta neppure gli parlava ma si limitava a picchiarli alla muta, duramente, con il pugno chiuso in testa. La cognata di Paride si chiamava Anita ed era moglie di un fratello di Paride che, in tempo di pace, abitava dalle parti di Cisterna; era una donna bruna e pallida, magra, con il naso aquilino, gli occhi sereni, l'espressione calma e riflessiva. Al contrario di Giacinta, che quasi faceva paura, Anita dava un'impressione di tranquillità e di dolcezza. Anche lei ci aveva i figli intorno ma non aggrappati alle vesti, bensì seduti con educazione sulle panche, i quali aspettavano in silenzio e senza impazienza che gli fosse dato da mangiare. Come entrammo, Paride ci disse con quel suo sorriso strano, tra imbarazzato e sornione: "Abbiamo pensato che voi foste sole e così, se volete favorire." Aggiunse dopo un momento: "Finché non verranno le vostre provviste, potrete mangiare qui con noi; poi faremo i conti." Insomma ci faceva capire che non era gratis ma io gli fui grata lo stesso perché sapevo che loro erano poveri e c'era la carestia ed era già molto che accettassero di darci da mangiare in cambio del denaro perché in tempi di carestia chi ci ha un poco di provviste se le tiene per sé e non le spartisce con gli altri neppure per denaro.

Insomma, ci mettemmo a sedere e quindi Paride accese una lampada ad acetilene e una bella luce bianca ci illuminò quanti eravamo seduti sulle panche e i ciocchi di legno, torno torno il treppiedi sul quale bolliva una piccola pignatta. Eravamo tutte donne e bambini salvo Paride, solo uomo; e Anita la cognata, non senza malinconia perché, come ho detto, aveva il marito in Russia, ci scherzò sopra dicendo: "Sarai contento, Paride, tante donne tutte per te: beato tra le donne." Paride rispose con un mezzo sorriso: "Fortuna che dura poco." Ma la vecchia madre pessimista subito lo rimbeccò: "Poco? Finiremo prima noialtri che la guerra." Intanto Luisa aveva messo su un tavolino traballante una zuppiera di terracotta; afferrò una pagnotta e, tenendola stretta al petto, lesta lesta, con un coltello affilato, prese a farne cadere tante fette sottili finché la zuppiera non fu colma di pane fino all'orlo. Allora tolse dal fuoco la pignatta e ne versò il contenuto su tutte quelle fette di pane sovrapposte: era, insomma la solita minestrina che avevamo già mangiato da Concetta, ossia una poltiglia di pane e di brodo di fagioli.

Mentre aspettavamo che il pane si imbevesse ben bene, Luisa mise in terra, nel mezzo della capanna, un grande catino e ci versò l'acqua di una brocca che stava a scaldarsi sulla cenere presso il treppiedi. Quindi, tutti quanti presero a togliersi le ciocie, senza fretta e con una certa gravità come se avessero fatto una cosa molto seria, che si ripeteva ogni sera e sempre allo stesso modo. Io non capivo dapprincipio ma poi, come vidi Paride per primo, allungare il piede nudo tutto nero di terra tra le dita e intorno al calcagno, nell'acqua del catino, compresi: noialtri in città, prima di mangiare, ci laviamo le mani; loro, invece, poveretti, che avevano camminato tutto giorno per il fango dei campi, si lavavano i piedi. Se li lavavano, però, tutti quanti nello stesso catino e senza cambiare acqua e così potete immaginare come diventò quest'acqua dopo che ci furono passati i piedi di tutti, bambini compresi: color cioccolata. Soltanto noi due non ci lavammo; e uno dei bambini ingenuamente domandò: "Perché voi due non vi lavate?" Al che la vecchia madre, che neppure lei si era lavata, rispose, cupa: "Sono due signore di Roma. Non lavorano la terra come noialtri."

Intanto la minestrina, ormai, era pronta; Luisa portò via il catino pieno d'acqua sporca e mise in mezzo la tavolina con la zuppiera. Cominciammo a mangiare tutti insieme, ciascuno prendendo direttamente col cucchiaio dalla zuppiera. Credo che Rosetta ed io non mangiammo più di due o tre cucchiaiate a testa; ma gli altri ci diedero dentro con tanta furia, specie i bambini, che in breve la zuppiera fu vuota e, dalle facce un po' deluse e ancora avide, capii che molti erano rimasti con l'appetito. Paride distribuì ancora una manciatella di fichi secchi per ciascuno; quindi cavò da un buco del muretto della capanna un fiasco di vino e ne versò un bicchiere a tutti, anche ai bambini, sempre con lo stesso bicchiere. Tutti bevevano; e ogni volta Paride ripuliva l'orlo del bicchiere con la manica, versava, scrupoloso e porgeva dicendo sottovoce il nome della persona alla quale porgeva: sembrava di essere in chiesa. Il vino era aspro, quasi un aceto, vino di montagna, insomma, però vino d'uva, di questo si poteva essere sicuri. Finito il pasto che era stato consumato in silenzio, le donne ripigliarono il fuso e la conocchia e Paride, al lume dell'acetilene, prese a rivedere il compito di aritmetica del figlio Donato. Paride era analfabeta ma sapeva fare un po' di conti e voleva che il figlio imparasse anche lui. Mi sa, però, che il figlio, un bambino con la testa grossa e la faccia semplice e senza espressione, fosse tonto assai, perché dopo aver più volte provato e riprovato a fargli capire non so che problema, Paride si arrabbiò e gli diede un pugno forte sulla testa dicendo: "Stronzo." Il pugno risuonò come se la testa fosse stata di legno; ma il bambino non parve neppure accorgersene e prese, zitto zitto, a giocare in terra col gatto. In seguito domandai a Paride perché ci tenesse tanto a che il figlio, il quale come lui non sapeva né leggere né scrivere, imparasse l'aritmetica; e compresi che per lui i numeri, non le lettere, erano importanti perché coi primi si potevano almeno contare i quattrini, mentre, invece, le seconde non servivano, secondo lui, proprio a niente.

Ho voluto descrivere questa nostra prima serata insieme coi Morrone (così si chiamava la famiglia), prima di tutto perché una volta descritta la prima ho descritto tutte quelle che vennero dopo, perché furono tutte eguali; e poi perché in quello stesso giorno io mangiai la mattina cogli sfollati e la sera coi contadini e così fui in grado di notare le differenze. Dico la verità: gli sfollati erano più ricchi, almeno alcuni di loro; da loro si mangiava meglio; sapevano leggere e scrivere; non portavano le ciocie e le loro donne erano vestite come donne di città: ciò nonostante, fin da quel primo giorno e poi in seguito sempre più, preferii i contadini agli sfollati. Questa preferenza forse derivava dal fatto che io, prima ancora che bottegaia, ero stata contadina; ma soprattutto secondo me, dalla strana sensazione che io provavo di fronte agli sfollati specie se li confrontavo con i contadini: come di gente a cui l'istruzione non era servita che a renderli peggiori. Un po' come avviene a certi ragazzini discoli i quali, appena vanno a scuola e imparano a scrivere, la prima cosa che fanno è coprire i muri con le parolacce. Insomma io dico che non dovrebbe bastare istruire la gente; ma bisognerebbe anche insegnargli come fare uso dell'istruzione.

Alla fine tutti cascavano dal sonno; e alcuni dei bambini si erano assopiti; allora Paride si alzò annunziando che loro andavano a dormire. Così uscimmo tutti quanti dalla capanna e ci salutammo augurandoci la buonanotte; e poi Rosetta ed io restammo sole, sull'orlo della macera, assorte a guardare nella notte verso il punto dove sapevamo che si trovava Fondi. Non si vedeva un solo lume; tutto era buio e tranquillo; le sole cose vive erano le stelle che brillavano forte e parevano ammiccare dentro il cielo nero come se fossero stati tanti occhi d'oro che ci guardavano e sapevano tutto di noi mentre noi non sapevamo niente di loro. Rosetta mi disse piano: "Che bella notte, mamma!" e io le domandai se fosse contenta di essere venuta lassù e lei rispose che era sempre contenta quando stava con me. Stemmo ancora qualche momento a guardare la notte e poi lei mi tirò per la manica e mi sussurrò che voleva pregare per ringraziare la Madonna che ci aveva fatto arrivare fin lassù, sane e salve. Lo disse piano, come se avesse temuto di essere udita e io mi meravigliai un poco e domandai: "Qui?" Lei accennò di sì col capo e poi si lasciò pian piano cadere a ginocchio sull'orlo della macera, sull'erba, trascinandomi giù con lei. Non mi dispiacque questa sua iniziativa, Rosetta per modo di dire aveva interpretato il mio sentimento, in quella notte così silenziosa e così tranquilla, dopo tanti affanni e tante fatiche: un sentimento come di gratitudine verso qualcuno o qualche cosa che ci aveva assistite e protette. Così le ubbidii volentieri e giunsi le mani con lei, e muovendo lesta lesta le labbra, recitai la preghiera che di solito si dice prima di andare a letto. Era un pezzo che non pregavo, non lo facevo dal giorno in cui mi ero lasciata prendere da Giovanni e sapevo che non avevo più pregato dopo quel giorno perché mi consideravo in peccato e, d'altra parte, non so perché, non mi sentivo portata a riconoscerlo. Così, per prima cosa, chiesi perdono a Gesù per quello che avevo fatto con Giovanni e mi ripromisi di non farlo mai più. Quindi, forse per suggestione di quella notte così vasta e così nera in cui c'erano tante vite e tante cose e non si vedeva niente, pregai per tutti quanti, per me e per Rosetta e poi per la famiglia Festa e per quella di Paride e quindi per la gente che stava sparsa per le montagne in quel momento, per gli inglesi che sarebbero venuti a liberarci e per noialtri italiani che soffrivamo e anche per i tedeschi e i fascisti che ci facevano soffrire ma erano anche loro cristiani. Lo confesso: a misura che, quasi contro la mia volontà la mia preghiera si estendeva mi sentivo commossa e avevo gli occhi pieni di lacrime e sebbene pensassi che fosse un poco effetto della stanchezza mi dicevo che quel sentimento era buono ed era bene che io lo provassi. Rosetta pregava anche lei a testa china e poi, tutto ad un tratto, mi afferrò per un braccio esclamando: "Guarda, guarda!" Allora guardai e vidi, in fondo alla notte, venir su una striscia luminosa la quale, giunta a grande altezza, si trasformò in un fiore verde che poi ricadde giù, lento lento, illuminando per un momento i monti intorno la valle, le boscaglie e persino, mi parve, le case di Fondi. Poi, in seguito, seppi che quelle luci verdi così belle erano razzi e servivano a illuminare la notte per sorvegliare il fronte e scegliere i luoghi dove dirigere i proiettili dei cannoni e le bombe degli aeroplani. Ma lì per lì mi sembrò un buon augurio, quasi un segnale col quale la Madonna mi faceva capire di avere ascoltato la mia preghiera e di essere disposta a esaudirla.

Ho voluto raccontare questa preghiera soprattutto per dare un'idea del carattere di Rosetta che finora non ho descritto. Poiché, in seguito, a causa della guerra, questo carattere cambiò dal giorno alla notte, voglio adesso dire com'era Rosetta allora, al momento in cui giungemmo su quel monte o almeno come mi sembrava e mi era fin allora sembrata che fosse. Le madri, si sa, non sempre conoscono i figli; ma, insomma, questa è l'idea che io mi ero fatta di Rosetta e anche adesso che lei, come ho detto, è cambiata dal bianco al nero, penso che quest'idea, tutto sommato, non fosse sbagliata. Dunque, io avevo tirato su Rosetta con grande cura, proprio come una figlia di signori, sempre badando, a non farle sapere niente di tutte le brutte cose che ci sono al mondo e per quanto mi era possibile, tenendola lontana, da queste cose. Io non sono quella che si chiama una donna molto religiosa, sebbene sia praticante: con me la religione va su e giù e ci sono delle volte, come per esempio quella notte, sulla macera, che mi sembra di crederci davvero e delle altre invece, come nei giorni che dovevamo fuggire da Roma, che non ci credo affatto. In tutti i casi la religione non mi fa perdere di vista la realtà, che è quella che è, e per quanto i preti si affannino a spiegarla e giustificarla, spesso contraddice punto per punto le loro affermazioni. Ma per Rosetta le cose andavano diversamente. Non so se per il fatto che io l'avevo affidata alle suore, a semiconvitto, fino a dodici anni o perché lei ci era portata per il suo carattere, Rosetta, insomma, era religiosa a fondo, tutto di un pezzo, senza esitazioni e senza dubbi, così sicura e convinta che, per modo di dire, non se ne parlava neppure e forse forse, neppure ci pensava: per lei la religione era come l'aria che si respira la quale entra ed esce dai polmoni e noi non ci facciamo caso e neppure ce ne rendiamo conto. È difficile per me spiegare adesso, con tante cose cambiate, quel che fosse Rosetta al tempo della nostra fuga da Roma. Mi limiterò a dire che ogni tanto mi capitava di pensare di lei che fosse perfetta. Era infatti una di quelle persone alle quali, anche a essere maligni, non si riesce ad attribuire alcun difetto. Rosetta era buona, franca, sincera e disinteressata. Ho i miei salti di umore, posso anche arrabbiarmi, strillare, magari sono capace di menare, così, perché perdo la testa. Ma Rosetta mai mi rispose male, mai mi serbò rancore, mai si dimostrò altro che una figlia perfetta. La sua perfezione, però, non stava soltanto nel non aver difetti; stava pure nel fatto che lei faceva e diceva sempre la cosa giusta, la cosa, tra mille, che si doveva fare e dire. Tante volte quasi mi spaventavo e pensavo: ho una santa per figlia. E davvero c'era da pensare che fosse una santa perché comportarsi così bene e in una maniera così perfetta non avendo alcuna esperienza della vita ed essendo, in fondo, soltanto una bambina, è proprio dei santi. Lei non aveva fatto nulla nella vita fuorché vivere con me e, dopo l'educazione ricevuta dalle suore, aiutarmi nelle faccende di casa e qualche volta anche a bottega; eppure si comportava come se avesse fatto tutto e tutto avesse conosciuto. Adesso penso, però, che questa perfezione che mi pareva quasi incredibile veniva proprio dall'inesperienza e dall'educazione che le avevano dato le suore. Inesperienza e religione, fuse insieme, formavano questa perfezione che io credevo solida come una torre e, invece, era fragile come un castello di carte. Insomma, non mi rendevo conto che la vera santità è conoscenza ed esperienza, sia pure di un genere particolare, e non può essere mancanza di esperienza e ignoranza, come era invece il caso di Rosetta. Ma che colpa ne ebbi io? Io l'avevo tirata su con amore; e come tutte le madri di questo mondo avevo avuto cura che non sapesse niente delle brutte cose della vita perché pensavo che una volta andata via di casa e sposata, quelle cose lei le avrebbe conosciute anche troppo presto. Non avevo fatto i conti, invece, con la guerra che quelle cose costringe a conoscerle anche quando non vorremmo e ci forza a farne l'esperienza prima del tempo, in maniera innaturale e crudele. Tant'è: la perfezione di Rosetta era quella che ci voleva per la pace, con la bottega che andava bene, e io che pensavo ad ammassare i soldi per la sua dote e un bravo giovanotto che le avrebbe voluto bene e se la sarebbe sposata e le avrebbe fatto fare dei figli, così che lei, dopo essere stata una bambina perfetta e una ragazza perfetta, sarebbe stata anche una moglie perfetta. Ma non era la perfezione che ci vuole per la guerra, che richiede invece un altro genere di qualità, quali non so, ma non certo quelle di Rosetta.

Basta, alla fine ci rialzammo e ce ne andammo lungo la macera, al buio, verso la nostra stanza. Passammo sotto la finestra di Paride e io udii che Paride e i suoi non erano ancora addormentati, ma si muovevano e parlavano sommessamente, proprio come i polli nel pollaio che si agitano un poco prima di dormire Quindi, ecco la nostra stanzetta addossata alla casa e alla macera, con la porticina di assi, il tettino inclinato di tegole e la finestrella senza vetri. Spinsi la porta e ci trovammo al buio. Ma avevo con me i fiammiferi e così per prima cosa accesi un pezzetto di candela; poi, con una striscia di tela strappata da un fazzoletto, confezionai uno stoppino che misi nella lampada a olio. In questa luce chiara ma triste sedemmo ambedue sul letto; e io dissi a Rosetta: "Ci togliamo soltanto la gonna e il corpetto. Non abbiamo che lenzuola e questo mantello di Paride, se ci mettiamo nude, mi sa che più tardi avremo freddo." Così facemmo; e, in sottana, una dopo l'altra, entrammo nel letto. Le lenzuola erano di lino, tessuto a mano, pesante e fresco; ma questa era la sola cosa normale in quel letto che non era veramente un letto. Sentivo, appena mi muovevo, tutte le foglie di granturco scricchiolare e aprirsi in due mucchi separati e la schiena, attraverso la stoffetta sottile del saccone, toccare le dure assi del fondo. Non ci avevo mai dormito in un letto così, neppure da bambina, al paese: avevamo letti normali con la rete e il materasso. Ad un certo momento addirittura, per un mio movimento, nonché le foglie, si aprirono sotto di me anche le assi e io mi sentii cascare giù per la fenditura fino a sfiorare il suolo con il sedere. Al buio, allora, mi alzai, rimisi a posto assi e saccone e quindi risalii sul letto e mi abbracciai strettamente a Rosetta che mi voltava la schiena e. stava tutta rannicchiata sopra se stessa dalla parte del muro.

Ma fu lo stesso una notte molto inquieta. Non so a che ora, forse dopo mezzanotte, mi svegliai e udii come un pigolio, fino fino, ancor più leggero di quello degli uccelli. Veniva da sotto il letto e così, dopo un poco, svegliai Rosetta e le chiesi se anche lei lo udisse e lei mi rispose che lo udiva. Allora accesi la lampada e guardai sotto il letto. Il pigolio, come mi accorsi subito, veniva da una cassetta che pareva contenere nient'altro che una quantità di mazzi di camomilla e di mentuccia. Ma guardando meglio, scoprimmo tra la camomilla come un nido rotondo di paglia e di lanugine e, dentro il nido, otto o dieci topi appena nati, non più grandi del mio dito mignolo, color rosa, nudi, quasi trasparenti. Rosetta disse subito che non dovevamo toccarli, era la prima notte che passavamo lassù e ucciderli ci avrebbe portato sfortuna. Così risalimmo nel letto e, bene o male, ci riaddormentammo. Ma ecco, non più di un'ora dopo, ecco, al buio, passeggiarmi sul viso e sul petto un non so che di morbido e di pesante. Diedi un grande urlo dallo spavento; Rosetta si svegliò; accendemmo la lampada e, guarda caso, dopo i topi, il gatto. Infatti un bel gattino nero, con gli occhi verdi, magro ma giovane e lustro, se ne stava seduto in fondo al letto, guardandoci fisso, pronto a saltar via per la finestrella donde era entrato. Rosetta, però, lo chiamò a modo suo, ci aveva la passione dei gatti e sapeva trattarli; e il gatto subito, si avvicinò fiducioso; e, insomma, poco dopo, stava anche lui sotto le lenzuola, facendo le fusa. Questo gatto dormì con noi per tutto il tempo che restammo a Sant'Eufemia; e si chiamava Gigi. Ci aveva le sue abitudini cioè lui veniva ogni notte dopo la mezzanotte, si metteva sotto le lenzuola, tra noi due, e ci restava fino all'alba. Era buono ed era affezionato a Rosetta; ma guai se, mentre dormiva tra me e Rosetta, una di noi due ardiva fare un movimento; subito, al buio, si sentiva Gigi che ringhiava come per dirci: "Ahò, mo' manco dormire si potrà?"

Quella stessa notte, oltre che per i topi e per il gatto, mi svegliai ancora molte altre volte e sempre stentavo a riconoscere il luogo dove mi trovavo. In uno di questi risvegli, udii un aeroplano che volava basso, lento lento, con un rumore regolare, grave e dolce, come se il motore avesse macinato acqua e non aria e questo rumore mi parve che mi parlasse e mi dicesse delle cose che mi rassicuravano. In seguito mi spiegarono che questi aeroplani si chiamavano cicogne e andavano in perlustrazione e per questo volavano piano; e io alla fine ci feci l'abitudine, al punto che qualche volta stavo sveglia apposta per udirli; e se non li udivo restavo quasi delusa. Erano aeroplani inglesi, queste cicogne, e io sapevo che gli inglesi alla fine dovevano arrivare a ridarci la libertà e permetterci di tornare a casa.

CAPITOLO QUARTO

E così cominciò la vita a Sant'Eufemia, che questo era il nome della località. Cominciò come se dovesse durare provvisoriamente soltanto un paio di settimane; in realtà doveva prolungarsi per nove mesi. La mattina dormivamo più avanti che potevamo, tanto non c'era niente da fare; e bisogna dire che fossimo esaurite per le privazioni e le angosce di Roma perché durante la prima settimana dormivamo qualche volta fino a dodici o quattordici ore di seguito. Andavamo a letto presto, e ci svegliavamo durante la notte e poi riprendevamo a dormire e ci svegliavamo di nuovo all'alba e il sonno ci riprendeva e poi veniva il giorno e allora bastava che ci rivoltassimo verso la roccia della macera, le spalle alla luce che veniva dalla finestrella per ripiombare nel sonno e dormire fino al mattino inoltrato. Non ho mai dormito tanto in vita mia ed era un sonno buono, denso e pieno, saporito come il pane fatto in casa, senza sogni e senza inquietudini, un sonno davvero riposante, così che ogni giorno che passava ripigliavamo le forze che avevamo perdute a Roma e durante il soggiorno in casa di Concetta. Questo sonno così profondo e così sodo ci faceva veramente bene e infatti in capo ad una settimana, eravamo tutte e due trasformate, tutte e due con gli occhi freschi e senza occhiaie, le guance sostenute e piene, il viso liscio e teso, la testa limpida. In quel sonno mi pareva che la terra in cui ero nata e che avevo abbandonato da tanto tempo mi avesse ripreso nel suo seno e mi comunicasse la sua forza, un po' come succede alle piante sradicate che se le ripianti presto ripigliano forza e riprendono a buttare foglie e fiori. Eh, sì, siamo piante e

90

non uomini, o meglio più piante che uomini e dalla terra dove siamo nati viene tutta la nostra forza e se l'abbandoniamo non siamo più piante né uomini ma straccetti leggeri che la vita può sbattere di qua e di là secondo il vento delle circostanze.

Dormivamo tanto e così di buona voglia che tutte le durezze della vita lassù ci sembrarono leggere e le affrontammo con allegria e quasi non ce ne accorgemmo; un po' come un mulo ben nutrito e riposato che tira su per una salita un carro tutto in un fiato e giunto in cima al colle ha ancora la forza di staccare un buon trotto regolare, come se niente fosse. Eppure, come ho già detto, la vita lassù era dura, ce ne accorgemmo subito. Cominciava già la mattina con le pulizie: bisognava scendere dal letto facendo attenzione a non sporcare i piedi e per questo io collocai certe pietre piatte in modo da non infangarci nei giorni di pioggia quando per terra era tutto un lago. Poi bisognava attingere l'acqua dal pozzo che si trovava proprio di fronte alla nostra casupola. Finché fu l'autunno, non fu cosa difficile; ma con l'inverno, essendo quella località a quasi mille metri, l'acqua in fondo al pozzo gelava e ogni mattina che ci buttavo dentro il secchio mi si intirizzivano le mani e poi l'acqua che avevo tirato su era diaccia da togliere il fiato. Io sono freddolosa e perciò mi limitavo per lo più a lavarmi le mani e la faccia; ma Rosetta, che preferiva il freddo alla sporcizia, si metteva nuda, ritta in piedi nel mezzo della stanza e si rovesciava sulla testa il secchio intero di acqua ghiacciata. Era così robusta e sana, la mia Rosetta, che l'acqua le scivolava sul corpo come se ci avesse avuto l'olio sulla pelle e poi non le restavano che poche gocce sui seni, sulle spalle, sul ventre e sul sedere. Dopo la toletta uscivamo e cominciavano le fatiche della cucina. Anche per la cucina finché durarono l'autunno e il tempo bello, le cose andarono abbastanza bene; le difficoltà cominciarono veramente con l'inverno. Sotto la pioggia, bisognava che andassimo nella macchia e con le roncole tagliassimo un bel po' di cannucce e arbusti. Quindi andavamo nella capanna e incominciava l'impazzimento del fuoco. La legna verde e bagnata non si accendeva, le cannucce facevano fumo nero e denso, dovevamo metterci per terra, la guancia contro il fango del suolo e soffiare finché il fuoco non avesse preso. Ci riducevamo tutte infangate, con gli occhi pieni di lacrime che bruciavano, stremate e snervate e tutto questo per riscaldare un paiolino di fagioli e cuocere un uovo al tegamino. Mangiavamo come mangiano i contadini, cioè una prima volta, molto leggermente, verso le undici, e poi una seconda volta, al vero pranzo, verso le sette. La mattina mangiavamo un po' di polenta condita con il sugo della salsiccia, o, se no, ci contentavamo di una cipolla e di un pezzo di pane o addirittura di una manciata di carrube; la sera mangiavamo la minestrina che ho già descritta e qualche pezzo di carne, quasi sempre capra, nelle tre varietà, della capra femmina, del caprettone e del caprone. Dopo mangiato, la mattina, non c'era niente da fare se non aspettare il pasto della sera. Se il tempo era bello andavamo a fare una passeggiata: contornavamo la montagna, camminando sempre sulla stessa macera, finalmente arrivavamo alla macchia e lì sceglievamo un posto bello e ombroso, sotto un albero, e ci sdraiavamo sull'erba, davanti il panorama, restandoci tutto il pomeriggio. Ma con il cattivo tempo che quell'invernata durò mesi interi, restavamo nella stanzetta, io seduta sul letto e Rosetta sulla seggiola, senza far niente, mentre Luisa al solito, tesseva al telaio con quel fracasso da intontire di cui ho già parlato. Queste ore che ho passato col tempo brutto nella stanzetta me le ricorderò finché campo. La pioggia non faceva che cader fitta e regolare, e io la sentivo mormorare sui tegoli del tetto e gorgogliare giù per il tubo della grondaia prima di cadere dentro il pozzo; nella stanzetta, per risparmiare l'olio di cui eravamo scarse, stavamo quasi al buio, con quella sola luce velata di pioggia della finestrella, o meglio, dovrei dire, tanto era piccola, della gattaiola; e noi stavamo zitte perché non avevamo più il coraggio di parlare dei soliti argomenti che poi erano due soltanto: la carestia e l'arrivo degli inglesi. Così le ore passavano che era proprio uno sfinimento; e io avevo perduto il senso del tempo e non sapevo neppure più che mese fosse e che giorno, e mi pareva di essere diventata stupida perché non adoperavo più la testa dal momento che non c'era niente a cui pensare; e mi sentivo qualche volta quasi diventar pazza; e se non ci fosse stata Rosetta, alla quale come madre dovevo dare l'esempio, non so che avrei fatto: mi sarei precipitata fuori urlando oppure avrei preso a schiaffi Luisa che pareva farlo apposta a intontirci col fracasso del telaio e ci aveva sempre non so che sorriso sornione sulla faccia come per dirci: "Questa è la vita che facciamo di solito noialtri contadini... ora la fate anche voi, signore di Roma... che ne dite? Vi piace?"

Un'altra cosa che mi fece quasi impazzire durante tutto quel soggiorno era la ristrettezza del luogo nel quale vivevamo, specie se paragonato alla vastità del panorama di Fondi. Da Sant'Eufemia noi vedevamo benissimo tutta la valle di Fondi sparsa di aranceti scuri e di case bianche e poi, a destra, dalla parte di Sperlonga, la striscia del mare e sapevamo che in quel mare c'era l'isola di Ponza che, infatti, qualche volta, col tempo chiaro si vedeva e sapevamo pure che a Ponza c'erano gli inglesi ossia. la libertà. Ma intanto, nonostante questa vastità del paesaggio, continuavamo a vivere e muoverci e aspettare sulla macera lunga e stretta, così angusta che se si facevano quattro passi avanti si rischiava di cadere di sotto, in un'altra macera uguale. Stavamo, insomma, lassù, come tanti uccelli appollaiati su un ramo durante un'inondazione, che aspettano il momento favorevole per spiccare il volo verso i luoghi asciutti. Ma questo momento non veniva mai.

Dopo quel primo invito il giorno del nostro arrivo, i Festa ci invitarono ancora qualche volta ma sempre più freddamente e poi alla fine non ci invitarono più affatto, perché, come disse Filippo, lui ci aveva la famiglia e trattandosi di roba da mangiare lui doveva pensare prima di ogni cosa alla famiglia. Per fortuna, pochi giorni dopo il nostro arrivo, arrivò Tommasino dalla valle tirando per la briglia il suo somarello carico, è il caso di dirlo, come un somaro, di una quantità di pacchi e di valigie. Erano le nostre provviste che lui aveva racimolato qua e là per la valle di Fondi, secondo la lista che avevamo scritto insieme; e chi non si è trovato in condizioni simili, col denaro che praticamente non valeva più niente, straniero tra stranieri, in cima ad una montagna e non ha sperimentato che cosa voglia dire la mancanza di roba da mangiare in tempo di guerra, non potrà mai capire la gioia con cui accogliemmo Tommasino. Sono cose che è difficile spiegare: di solito la gente vive nelle città in cui i negozi sono pieni e non fa provviste tanto sa che per qualsiasi necessità ci sono i negozi, appunto, ben forniti di tutto. Così si illude che questo fatto dei negozi pieni sia quasi un fatto naturale come il ritorno delle stagioni e la pioggia e il sole e la notte e il giorno. Storie: la roba può mancare tutto ad un tratto, come mancò infatti quell'anno e allora tutti i milioni del mondo non bastano a comprare un cantoncello di pane e senza pane si muore.

Tommasino dunque, arrivò tutto trafelato tirando per la cavezza il ciuco che quasi quasi non ce la faceva più e mi disse: "Comare, qui ci avete da mangiare per lo meno sei mesi," e quindi mi fece la consegna, controllando ogni cosa su un pezzo di carta gialla sul quale io avevo scritto la lista. Lo ricordo l'elenco e lo riporto qui per dare un'idea di cosa fosse la vita della gente nell'autunno del 1943. La nostra vita, di me e di Rosetta, era dunque affidata ad un sacco di cinquanta chili di farina di fiore, per fare il pane e la pasta, ad un altro sacco più piccolo di farina gialla di granturco per fare la polenta, ad un sacchetto di una ventina di chili di fagioli della peggiore qualità, quelli con l'occhio, ad alcuni chili di ceci, di cicerchi e di lenticchie, a cinquanta chili di arance, ad un vaso di strutto del peso di due chili e a un paio di chili di salsicce. Tommasino, inoltre, aveva anche portato su un sacchetto di frutta secca come dir fichi, noci e mandorle, e una buona quantità di carrube che di solito si danno ai cavalli ma ormai, come ho accennato, erano troppo buone anche per noi. Mettemmo tutta questa roba nella stanzetta, per la maggior parte sotto il letto e poi io feci i conti con Tommasino e scoprii che i prezzi in una sola settimana erano già saliti quasi del trenta per cento. Qualcuno penserà che a farli salire fosse stato Tommasino che per i soldi, come si dice, avrebbe fatto persino carte false; ma io sono negoziante e quando lui mi disse che i prezzi erano saliti, io gli credetti subito perché sapevo per esperienza che non poteva non essere vero e che se le cose continuavano ad andare come andavamo, cioè con gli inglesi fermi sul Garigliano e i tedeschi che si portavano via la roba e spaventavano la gente e gli impedivano di lavorare, i prezzi sarebbero ancora saliti e magari sarebbero andati alle stelle. E così succede in tempo di carestia: ogni giorno qualche prodotto diventa raro, ogni giorno sul mercato si restringe il numero delle persone che hanno abbastanza soldi per comprare e alla fine può anche succedere che nessuno più venda e nessuno più comperi e tutti quanti, soldi o non soldi, muoiano di fame. Io dunque credetti a Tommasino quando mi disse che i prezzi erano saliti e pagai senza fiatare, anche perché pensavo che un uomo come quello, abbastanza avido per affrontare i pericoli della guerra pur di guadagnare in tempi come quelli era un tesoro e bisognava tenerselo caro. Pagai e anzi, pagando, gli feci vedere il malloppo dei biglietti da mille che tenevo nella saccoccia sotto la gonnella: lui, come vide il denaro, ci appuntò gli occhi come un nibbio sopra un pollo e disse subito che noi due eravamo fatti per intenderci e, quando volevo, lui mi avrebbe trovato la roba, sempre però al prezzo corrente, non un soldo di meno non un soldo di più. In quell'occasione vidi pure, una volta di più, quanta considerazione può attirare il denaro ossia, nel caso, le provviste. I Festa, negli ultimi giorni, vedendo che le nostre provviste non arrivavano e che noi per mangiare ci raccomandavamo a Paride il quale, sia pure a denti stretti, ci permetteva di mangiare con la famiglia, beninteso pagando, evitavano di stare insieme con noi e, quando veniva l'ora dei pasti, se ne andavano a mangiare alla chetichella, quasi vergognandosi. Ma appena arrivò Tommasino col suo somarello bisognava vedere come cambiò l'atteggiamento, dal giorno alla notte. Sorrisi, saluti, carezze, conversazioni e, persino, ora che non avevamo più bisogno, inviti a pranzo. Vennero addirittura a contemplare le nostre provviste e, in quell'occasione, Filippo mi disse, sinceramente compiaciuto perché ci aveva simpatia per me, non tanta forse da darmi la roba da mangiare ma abbastanza per essere contento che ce ne avessi: "Tu ed io, Cesira, quassù siamo i soli che possiamo guardare con tranquillità all'avvenire, perché siamo i soli che abbiamo i quattrini." Il figlio Michele a queste parole diventò più scuro del solito e poi disse a denti stretti: "Ne sei proprio sicuro?" Il padre scoppiò a ridere e gli batté una mano sulla spalla: "Sicuro? È la sola cosa di cui io sia sicuro... non lo sai che i soldi sono gli amici migliori, più fedeli e più costanti che possa avere un uomo." Io li stavo a sentire e non dissi nulla. Ma pensavo dentro di me che non era poi tanto vero: quel giorno stesso quegli amici così fidati mi avevano fatto lo scherzo di diminuire del trenta per cento il loro valore d'acquisto. E oggi che cento lire bastano appena a comprare un po' di pane mentre prima della guerra ci si poteva vivere mezzo mese, posso dire che non ci sono amici fidati in tempo di guerra, né uomini né soldi né nulla. La guerra sconvolge tutto e, insieme con le cose che si vedono, ne distrugge tante altre che non si vedono eppure ci sono.

Dal giorno che arrivarono le provviste, cominciò la nostra vita normale a Sant'Eufemia. Dormivamo, ci vestivamo, raccoglievamo gli sterpi e la legna per il fuoco, l'accendevamo nella capanna, poi si passeggiava un poco chiacchierando del più e del meno con gli altri sfollati, si mangiava, si passeggiava di nuovo, si cucinava e si mangiava per la seconda volta e alla fine, per risparmiare l'olio della lampada si andava a letto con le galline. Il tempo era bello, dolce e calmo, senza vento e senza nuvole, proprio un autunno magnifico, con tutti i boschi intorno per le montagne, spruzzati di rosso e di giallo e tutti dicevano che questo era il tempo ideale per gli alleati per fare un'avanzata rapida e travolgente e arrivare per lo meno fino a Roma e nessuno si capacitava che non lo facessero e indugiassero dalle parti di Napoli o poco più su. Questo, del resto, era il discorso comune lassù a Sant'Eufemia, anzi il solo discorso. Si parlava sempre degli alleati e quando venivano e perché non venivano e come mai e in che modo. Ne parlavano soprattutto gli sfollati perché desideravano tornare al più presto a Fondi e riprendere la solita vita; i contadini, invece, ne parlavano meno, un po' perché, in fondo, la guerra era per loro un buon affare, avendo affittato le casette e facendo molti altri piccoli guadagni con gli sfollati; un po' perché loro facevano la stessa vita che avevano fatto in tempo di pace e con l'arrivo degli alleati, per loro poco o nulla sarebbe cambiato.

Quanto ne parlai degli alleati, su e giù per le macere, all'aria aperta, guardando il panorama di Fondi e al mare azzurro così lontano, oppure la sera nella capanna di Paride, quasi al buio, col fumo che ci faceva lacrimare, davanti il fuoco semispento oppure ancora di notte, a letto, abbracciata a Rosetta, prima di dormire. Ne parlai tanto e tanto che pian piano questi alleati erano diventati un po' come i santi di paese che fanno le grazie e portano la pioggia e il bel tempo e uno ora li prega e ora li insulta e sempre si aspetta qualche cosa da loro. Tutti si aspettavano cose straordinarie da questi alleati, appunto come dai santi; e tutti erano sicuri che con il loro arrivo la vita non soltanto sarebbe tornata normale ma anche molto migliore del normale. Bisognava sentire soprattutto Filippo. Lui l'esercito dégli alleati, penso che se lo immaginasse come una colonna senza fine di autocarri pieni di ogni grazia di Dio, con dei soldati inerpicati in cima e incaricati di distribure gratis tutta quella roba a noialtri italiani. E dire che era un uomo maturo, un negoziante e che pretendeva di far parte della categoria dei furbi mentre secondo lui gli alleati avrebbero dovuto essere così fessi da far del bene a noialtri italiani che gli avevamo fatto la guerra e avevamo ammazzato i loro figli e gli avevamo fatto spendere i loro soldi.

Notizie sicure sull'arrivo di questi benedetti alleati ne avevamo però, poche assai quanto dire nessuna. Ora arrivava a Sant'Eufemia Tommasino, salendo dalla valle, e siccome lui non si interessava che alla borsa nera e ai soldi, era difficile cavarne altro che delle frasi inconcludenti; ora veniva su qualche contadino e, siccome era contadino, diceva cose che non stavano in piedi. Qualche volta capitavano certi giovanotti di Pontecorvo con gli zaini sulle spalle, per vendere il sale o il tabacco che erano le due cose che scarseggiavano di più. Il tabacco era in foglie, umido e amaro, e gli sfollati lo tagliuzzavano e ci facevano le sigarette con la carta da giornale; il sale era di pessima qualità, di quella che si dà al bestiame. Questi giovanotti portavano anche loro delle notizie che dapprima uno ci credeva e poi quando veniva ad esaminarle più da vicino, rassomigliavano al loro sale il quale pesava il doppio per via dell'acqua che conteneva: anche le loro notizie erano così mescolate di fantasia che pesavano come se fossero state verità; poi, al sole dell'esame, la fantasia evaporava e uno si accorgeva che di vero c'era ben poco. Raccontavano dunque che c'era una grande battaglia in corso, chi diceva a nord di Napoli, dalle parti di Caserta, chi verso Cassino, chi addirittura vicinissimo, a Itri. Tutte bugie. In realtà a quei giovanotti premeva soprattutto di vendere il sale e il tabacco; e per le notizie cercavano di dire le cose che pensavano facessero piacere a coloro che li interrogavano.

Il solo avvenimento di quei primi giorni il quale ci ricordasse che c'era la guerra, fu che una mattina udimmo non so quali esplosioni dalla parte della marina, ossia dove si trovava Sperlonga. Queste esplosioni si sentivano distintamente e poi una donna che capitò lassù per portare delle arance, ci disse che i tedeschi stavano facendo saltare in aria gli argini delle paludi e dei canali di bonifica per ritardare l'avanzata degli inglesi e così ben presto tutto quello che era fuori dell'acqua sarebbe andato sotto e tanta gente che aveva lavorato tutta la vita per coltivare il campicello, sarebbe stata rovinata perché l'acqua, si sa, rovina le culture e ci vogliono anni per farla ritirare e rendere la terra di nuovo coltivabile. Queste esplosioni si seguivano come gli spari dei mortaretti in una festa di paese; e mi facevano un effetto strano perché avevano qualche cosa appunto, di festoso e invece io sapevo che volevano dire miseria e disperazione per quelli che abitavano laggiù, in terra di bonifica. Era una bellissima giornata, serena, calma, col cielo senza una nube e tutta la pianura verde e prospera di Fondi distesa fino alla striscia vaporosa del mare, tanto bello a guardarsi, così azzurro e sorridente. E ancora una volta ascoltando quei botti e guardando a quel paesaggio, io pensai che gli uomini vanno per un verso e la natura per l'altro e quando la natura si scatena con un temporale con tuoni, fulmini e pioggia, spesso gli uomini sono felici nelle loro case; mentre invece, quando la natura sorride e pare che voglia promettere eterna felicità, capita invece che gli uomini si disperino e desiderino di morire.

Passarono, così, ancora alcuni giorni e le notizie della guerra erano sempre incerte e quelli che arrivavano a Sant'Eufemia dalla valle ci dicevano sempre che c'era un grande esercito inglese che aveva preso la strada di Roma. Ma bisogna dire che questo grande esercito avanzasse a passo di tartaruga perché, anche a camminare a piedi e fermarsi ogni tanto per rifiatare, ormai gli inglesi sarebbero dovuti arrivare e invece non si vedevano. Io, intanto, non potendone più di parlare degli inglesi e di quando sarebbero arrivati e dell'abbondanza che avrebbero portato, cercavo di occuparmi in qualche modo, per esempio lavorando di maglia. Avevo comperato da Paride una certa quantità di lane e facevo una maglia coi ferri perché, sospettando ormai che avremmo dovuto restare lassù chissà quanto tempo, pensavo che il freddo sarebbe venuto e noi due non avevamo niente da metterci addosso. La lana era grassa e scura e puzzava di stalla, era la lana delle poche pecore che Paride possedeva e loro ogni anno la tagliavano e poi la filavano con la conocchia e il fuso, secondo l'uso antico, e ci facevano calze e maglie. Lassù tutto andava, del resto, in questo modo, come ai tempi che Berta filava. La famiglia di Paride aveva tutto il necessario non soltanto per mangiare ma anche per vestirsi, come dire lino, lana e cuoio e buon per loro perché, come ho già detto, quattrini non ne avevano affatto o quasi, e se non avessero provveduto in questo modo, sarebbero dovuti andare in giro nudi. Coltivavano, dunque, il lino e ci avevano le pecore per la lana e adoperavano il cuoio delle vacche, quando le ammazzavano, per le ciocie e i giubbetti. La lana e il lino, dopo averli filati al modo che ho detto, li tessevano sul telaio nella nostra stanza, ora Luisa, ora la sorella e ora la cognata di Paride; ma debbo dire che tra tutte e tre non erano buone a nulla e che, nonostante tutto quel lavoro di fuso, di conocchia e di telaio, non ci sapevano fare. Il tessuto che fabbricavano in questo modo e poi tingevano malamente di turchino con certi loro cattivi colori e finalmente tagliavano per farne pantaloni e giubbe (e non ho mai visto roba tagliata peggio, come con l'accetta) non passava una settimana che si rompeva ai ginocchi o ai gomiti e già le donne ricucivano le toppe sopra i buchi, così che appena quindici giorni dopo aver inaugurato i vestiti nuovi, la famiglia andava in giro già tutta rattoppata e pezzente. Insomma, facevano, sì, tutto quanto da loro, senza acquistare niente, ma facevano ogni cosa male e da pecioni. Michele, il figlio di Filippo, al quale comunicai queste mie osservazioni, mi rispose, serio, scuotendo la testa: "Chi fabbrica più ormai a mano quando ci sono le macchine? Soltanto dei miserabili come questi, soltanto i contadini di un paese arretrato e miserabile come l'Italia." Non bisogna credere, però, da queste parole che Michele disprezzasse i contadini, al contrario. Soltanto, lui si esprimeva sempre in questo modo, col massimo dell'asprezza, crudo e perentorio; ma al tempo stesso, ed era questo che mi faceva maggiore impressione, senza alcuna violenza nella voce, in tono tranquillo, come se avesse detto cose ovvie e indiscutibili per le quali lui ormai non se la prendeva più da tempo e si limitava a dirle, così, come un altro direbbe che il sole splende nel cielo, che la pioggia cade.

Era un tipo curioso, Michele; e siccome, poi, diventammo amici e io dovevo affezionarmi a lui come a un figlio, voglio descriverlo se non altro per riaverlo un'ultima volta davanti agli occhi. Era non tanto alto, anzi bassino, ma largo di spalle e un po' ingobbito, con la testa grossa e la fronte molto alta. Portava gli occhiali e camminava impettito, fiero e superbo, con l'aria di chi non si lascia intimidire né sopraffare da nessuno. Era molto studioso, e, come appresi da suo padre, proprio quell'anno doveva laurearsi o si era laureato, non ricordo più. Insomma aveva intorno ai venticinque anni, benché per gli occhiali e anche per il contegno così serio ne mostrasse almeno trenta. Ma il carattere, soprattutto, era insolito, diverso da quello degli altri sfollati e anche da quello delle persone che avevo sinora conosciuto. Come ho detto, si esprimeva con una sicurezza assoluta, come chi sia convinto di essere il solo a conoscere e a dire la verità. Da questa convinzione derivava, secondo me, quel fatto curioso che ho notato: pur dicendo cose aspre o violente non si scaldava affatto, anzi le diceva con un tono calmo e ragionevole e, per così dire, quasi casuale e senza rilievo, come se si fosse trattato di roba vecchia sulla quale ormai tutti quanti erano d'accordo da molto tempo. E invece questo non era affatto vero, almeno per quanto mi riguardava; perché a sentirlo parlare, per esempio, del fascismo e dei fascisti, io provavo sempre come un senso di stupore. Per vent'anni, infatti, cioè da quando avevo cominciato a ragionare, io non avevo sentito dire che del bene del governo; e benché ogni tanto avessi trovato a ridire su questa o quest'altra cosa che riguardava soprattutto il mio negozio, anche perché non mi sono mai occupata di politica, pensavo, in fondo, che, se i giornali approvavano sempre il governo, dovevano averci le loro buone ragioni e non stava a noialtri, poveretti e ignoranti, giudicare di cose che non capivamo né conoscevamo. Ma ecco che Michele negava ogni cosa; e dove i giornali avevano sempre detto bianco, lui diceva nero; e non c'era niente che fosse stato buono per quei vent'anni; e tutto quello che era stato fatto per quei vent'anni, in Italia, era sbagliato. Secondo Michele, insomma, Mussolini e i suoi ministri e tutti i pezzi grossi e tutti coloro che contavano qualche cosa, erano dei banditi, proprio così diceva: banditi. Io rimanevo a bocca aperta di fronte a queste affermazioni, fatte con tanta sicurezza, tanta noncuranza e tanta calma. Avevo sempre sentito dire che Mussolini per lo meno, per lo meno era un genio; che i suoi ministri a dire poco erano grandi uomini; che i segretari federali, proprio a voler essere modesti, erano persone intelligenti e per bene; e che tutti gli altri più piccoli, sempre tenendosi bassi, era

100

gente da fidarsene ad occhi chiusi; ed ecco che Michele mi rovesciava, come si dice, la frittata sotto il naso, tutta in una sola volta, e li chiamava tutti quanti, senza eccezione, banditi. Intanto, però, mi domandavo come mai lui fosse arrivato a pensare in questo modo; perché non sembrava che fossero cose che lui le avesse cominciato a pensare, come tanti in Italia, dal momento che la guerra si era messa male; come ho già accennato, si sarebbe detto che lui quelle cose lì fosse nato pensandole a quel modo, così, naturalmente, come gli altri bambini normalmente danno il loro nome alle piante, agli animali, alle persone. Semplicemente, lui ci aveva una sfiducia antica, incrollabile, incallita, in tutti e in tutto. E questo mi pareva tanto più sorprendente in quanto lui non ci aveva che venticinque anni e perciò, per così dire, non aveva mai conosciuto altro che il fascismo ed era stato tirato su ed educato dai fascisti e così, a fil di logica, se l'educazione conta qualche cosa, avrebbe dovuto essere anche lui fascista o per lo meno, come ce n'erano tanti adesso, uno di quelli che criticavano sì il fascismo, ma a mezza bocca e senza sicurezza. Invece no, Michele, con tutta la sua educazione fascista, era proprio scatenato contro il fascismo. E io non potevo fare a meno di pensare che in quell'educazione ci dovesse essere qualche cosa che non andava, altrimenti Michele non si sarebbe espresso in quel modo.

Qualcuno penserà a questo punto che Michele per parlare così avesse già fatto chissà quante esperienze: si sa, se uno fa qualche brutta esperienza e questo può succedere anche coi migliori governi, poi è portato a generalizzare, a vedere tutto nero, tutto brutto, tutto sbagliato. Invece no, frequentando Michele, mi convinsi piano piano che lui di esperienze ne aveva fatte poche assai e queste poche tutte insignificanti, comuni appunto a tutti i giovanotti della sua condizione e della sua età. Era cresciuto a Fondi con la famiglia; e a Fondi aveva fatto i primi studi e come tutti gli altri ragazzi della sua età era stato via via balilla e avanguardista. Poi si era iscritto all'università di Roma e a Roma aveva studiato ed era vissuto qualche anno, stando in casa di uno zio magistrato. Questo era tutto. Non era mai stato all'estero; dell'Italia, oltre Fondi e Roma, conosceva appena le città principali. Insomma non gli era mai successo niente di straordinario, o se gli era successo, si trattava sempre di cose che gli erano successe nella testa, non nella vita. Per esempio in fatto di donne, secondo me, non aveva mai fatto l'esperienza dell'amore che a tanti, in mancanza d'altro, apre gli occhi su quello che sia la vita. Lui stesso ci disse più volte che non era mai stato innamorato, che non era mai stato fidanzato, che non aveva mai fatto la corte a una donna. Tutt'al più, a quanto mi parve di capire, aveva avvicinato qualche mignotta, come fanno tutti i giovanotti come lui, che non hanno né soldi né conoscenze. Così venni alla conclusione che lui queste convinzioni così radicate se le era fatte, per così dire, quasi senza rendersene conto, forse soltanto per spirito di contraddizione. Durante vent'anni i fascisti si erano sfogati a proclamare che Mussolini era un genio e i suoi ministri tutti grand'uomini; e lui, appena aveva cominciato a ragionare, così, naturalmente, come una pianta spinge i rami dalla parte dove c'è il sole, aveva pensato il contrario giusto di quello che proclamavano i fascisti. Sono cose misteriose, lo so, e io sono una poveretta ignorante e non pretendo di comprendere e di spiegarle; ma spesso ho osservato che i bambini fanno il contrario giusto di quello che gli dicono di fare o anche fanno i genitori, non tanto perché capiscano veramente che i genitori fanno male ma per la sola e buonissima ragione che loro sono bambini e i genitori sono genitori e loro vogliono avere anche loro la loro vita, a modo loro, dopo che i genitori hanno avuto la loro. Così penso che fosse di Michele. Lui era stato tirato su dai fascisti per diventare un fascista; ma proprio per il solo fatto che lui era vivo e che voleva avere una vita a modo suo, lui era diventato antifascista.

Michele, in quei primi tempi, prese a trascorrere con noi quasi tutta la giornata. Non so che cosa l'attirasse perché eravamo due donne semplici, non tanto diverse in fondo da sua madre e da sua sorella; d'altra parte, come dirò in seguito, non provava neppure per Rosetta un'attrazione particolare. Probabilmente ci preferiva alla sua famiglia e agli altri sfollati perché eravamo di Roma e non parlavamo in dialetto e non discorrevamo, come gli altri, delle cose di Fondi che a lui, come disse più volte non interessavano anzi davano fastidio. Insomma, lui veniva la mattina presto che eravamo appena alzate e non ci lasciava che all'ora dei pasti, stando così con noi, praticamente, tutta la giornata. Mi pare ancora di vederlo che si affacciava alla stanzetta dove noi stavamo senza far niente, io sul letto e Rosetta sulla seggiola e annunziava con voce gioiosa: "Allora che ne dite di andare a fare una bella passeggiata?" Noi accettavamo, benché poi queste sue belle passeggiate fossero sempre le stesse: o si prendeva per la macera, torno torno le montagne e, sempre camminando in piano, a metà montagna, si poteva anche andare a finire in un'altra valle accanto, del tutto simile a quella di Sant'Eufemia; oppure si saliva fino al passo, attraverso le pietraie e i querceti; oppure si scendeva di qua o di là verso la valle. Quasi sempre sceglievamo la strada piana, per non faticare troppo e seguendo la macera andavamo a finire su uno sperone del monte di sinistra che si sporgeva a picco sopra la valle. Lì c'era un grande carrubo e c'era la macchia tutta verde e piena di sole, e c'era in terra un musco morbido che serviva da cuscino. Ci mettevamo a sedere, quasi in cima allo sperone, non lontano da una roccia azzurra dalla quale si poteva spiare tutto il panorama di Fondi, di sotto; e lì restavamo alcune ore. Che facevamo? Eh, adesso che ci ripenso, non saprei dirlo. Rosetta qualche volta girava per la macchia, insieme con Michele, e coglievano i ciclamini che a quella stagione crescevano fitti, belli e grandi, con le corolle rosa acceso ritte tra le foglie scure dovunque ci fosse un po' di borraccina. Lei faceva un gran mazzo e me lo portava e io più tardi lo mettevo in un bicchiere, sul tavolo della nostra stanza. Oppure stavamo seduti e non facevamo niente; guardavamo il cielo, il mare, la valle, le montagne. Di quelle passeggiate a dire la verità non ricordo niente perché non ci succedeva niente, salvo beninteso i discorsi di Michele. Questi li ricordo, come mi ricordo di lui, perché erano discorsi nuovi per me e anche lui era un tipo nuovo, da me mai incontrato prima di allora.

Eravamo due donne ignoranti e lui era un uomo che aveva letto molti libri e sapeva molte cose. Però io avevo una esperienza della vita che lui non aveva; e penso adesso che con tutti i libri che aveva letto e le cose che sapeva, lui era in fondo un ingenuo che non sapeva niente della vita e si faceva su molte cose delle idee sbagliate. Ricordo, per esempio, un discorso che mi fece uno dei primi giorni: "Tu (ci dava del tu a tutte e due e noi davamo del tu a lui), tu Cesira, è vero sei negoziante e non pensi che al tuo negozio ma non sei guastata dal negoziare, per tua fortuna, sei rimasta proprio come eri quando eri bambina." Domandai: "Che cosa?" E lui: "Una contadina." Dissi: "Non mi fai un complimento... i contadini non conoscono niente all'infuori della terra, non sanno niente, vivono come bestie." Lui si mise a ridere e rispose: "Non era un complimento tanto tempo fa... ma oggi è un complimento... oggi quelli che leggono e scrivono e vivono in città e sono signori, sono i veri ignoranti, i veri incolti, i veri incivili... con loro non c'è niente da fare... con voialtri contadini invece si può ricominciare daccapo." Io non capivo bene quel che volesse dire e insistetti: "Ma che significa ricominciare daccapo?" E lui: "Be', farne degli uomini nuovi." Esclamai: "Si vede che i contadini tu non li conosci, caro mio... coi contadini non c'è niente da fare... Che ti credi che sono i contadini? Sono gli uomini più vecchi che ci siano. Altro che uomini nuovi. Loro erano contadini prima di tutti, prima che ci fosse la gente in città. Sono contadini e saranno sempre contadini." Lui scosse la testa con compatimento e non disse nulla. E io ebbi l'impressione che lui i contadini li vedesse come non erano e non sarebbero mai stati; piuttosto come voleva vederli lui, per i motivi suoi, che come erano davvero, nella realtà.

Lui parlava bene soltanto dei contadini e degli operai; ma secondo me non conosceva né questi né quelli. Glielo dissi un giorno: "Tu Michele parli degli operai ma non li conosci." Mi domandò: "E tu li conosci?" Risposi: "Si capisce che li conosco, al mio negozio ne capitano tanti... abitano lì vicino." "Che specie di operai?" "Eh, artigianelli, stagnari, muratori, elettricisti, falegnami, tutta gente che fatica, di tutto un po'." "E secondo te come sono gli operai?" domandò lui a questo punto, con una specie di aria canzonatoria, come preparandosi a sentire delle stupidaggini. Gli risposi: "Caro mio, non lo so come sono... per me queste differenze non esistono... sono uomini come tutti gli altri... ce ne sono dei buoni e dei cattivi. Alcuni sono sfaticati e altri lavorano... alcuni vogliono bene alla moglie e altri corrono invece dietro alle mignotte... alcuni bevono e altri giocano... Insomma c'è di tutto come dappertutto, come tra i signori e i contadini e gli impiegati e tutti gli altri." Lui disse allora: "Forse hai ragione tu... tu li vedi come uomini simili a tutti gli altri e hai ragione a vederli così... se tutti li vedessero come li vedi tu, ossia come uomini come tutti gli altri e li trattassero in conseguenza, certe cose non succederebbero e forsé non saremmo quassù a Sant'Eufemia." Io domandai: "Come li vedono gli altri?" E lui: "Li vedono non come uomini come tutti gli altri ma soltanto come operai." "E tu come li vedi?" "Come operai anch'io." "Dunque," dissi, "anche tu ci hai colpa che noi stiamo quassù... Beninteso ripeto quello che hai detto tu, sebbene non ti capisca: anche tu li consideri come operai e non come uomini simili agli altri." E lui: "Si capisce, anch'io li considero come operai... ma bisogna vedere perché... ad alcuni fa comodo considerarli come operai e non come uomini per sfruttarli meglio... a me fa comodo per difenderli." "Insomma," dissi ad un tratto, "tu sei un sovversivo." Lui rimase sconcertato e domandò: "Che c'entra questo?" Dissi: "L'ho sentito dire da un maresciallo dei carabinieri che frequentava il negozio... tutti questi sovversivi, diceva, fanno l'agitazione tra gli operai." Lui disse, dopo un momento: "E mettiamo che io sia un sovversivo." Io insistetti: "Ma tu l'hai mai fatta l'agitazione tra gli operai?" Lui si strinse nelle spalle e ammise, alla fine, malvolentieri, che non l'aveva fatta. Dissi allora: "Lo vedi che non li conosci gli operai?" Questa volta non rispose nulla.

Però, nonostante questi suoi discorsi difficili che non sempre capivamo, Rosetta ed io preferivamo sempre la sua compagnia a quella degli altri uomini che stavano lassù. Lui, insomma, era più civile e inoltre era il solo che non pensasse all'interesse e ai quattrini e questo lo rendeva meno noioso degli altri, perché l'interesse e i quattrini sono certamente importanti ma sentirne parlare tutto il tempo finisce per dare come un senso di oppressione. Filippo e gli altri sfollati non parlavano che di interesse, cioè di roba da vendere o da comprare e del costo e del profitto e di come le cose andavano prima della guerra e di come sarebbero andate dopo. Quando non parlavano di interesse, giocavano a carte: riuniti nella stanzetta di Filippo, seduti in terra a gambe incrociate, le spalle addossate ai sacchi di farina e di fagioli, il cappello in testa e il sigaro in bocca, in un'aria appestata di puzzo e di fumo, passavano ore e ore a sbattere le carte con certi urli e certe vociferazioni che pareva che si scannassero. Intorno ai quattro che giocavano ce n'erano sempre almeno altri quattro che guardavano, come avviene nelle osterie di paese. Io, che non ho mai potuto soffrire il gioco, non capivo come potessero passare le giornate intere a giocare, con quelle carte zozze e unte in cui non si capivano più le figure tanto erano logore. Ma peggio era se, invece di parlare di interesse e di giocare la compagnia di Filippo discorreva del più e del meno, faceva, insomma la conversazione. Sono un'ignorante e non m'intendo che del negozio e di terra, ma insomma sentivo tutto il tempo che quegli uomini con la barba, adulti e cresciuti, quando uscivano dal campo dei loro interessi, dicevano delle grandi stupidaggini. Questo tanto più lo sentivo in quanto ci avevo il confronto con Michele che, lui, non era ignorante come loro e le cose che diceva, benché spesso non le capissi, sentivo tuttavia che erano giuste. Quegli uomini, ripeto, ragionavano come stupidi o peggio come bestie, se le bestie potessero ragionare: e quando non dicevano proprio delle sciocchezze, dicevano cose che offendevano per la crudezza e per la brutalità. Ricordo, per esempio, un certo Antonio che era fornaio ed era un uomo minuto e tutto nero, con un occhio che non ci vedeva e pareva più piccolo e ci aveva una piccola palpebra che batteva tutto il tempo come se ci avesse avuto un bruscolino. Un giorno, non so come, quattro o cinque sfollati tra i quali Antonio stavano parlando, seduti sui sassi della macera, della guerra e di quello che si fa e di quello che succede nelle guerre; Rosetta ed io stavamo a sentire. Quest'Antonio era stato nella guerra di Libia quando aveva vent'anni e gli piaceva parlarne perché quella guerra era stata importante per lui e lui, tra l'altro, ci aveva rimesso l'occhio. Così, non so come, lo sentimmo, Rosetta e io, dire ad un certo punto: "Avevano ammazzato tre dei nostri... ma ammazzato è dir poco... gli avevano cavato gli occhi, tagliata la lingua, strappate le unghie... allora decidemmo di fare la rappresaglia... di mattina presto andammo in uno dei villaggi e bruciammo tutte le capanne e ammazzammo tutti, uomini, donne e bambini... alle bambine, figlie di mignotte, gli infilammo la baionetta nella fregna e le buttammo sul mucchio... così gli levammo la voglia di fare altre atrocità." Qualcuno a questo punto tossì un poco perché noi due eravamo presenti e Antonio forse non se n'era accorto, perché stavamo in piedi dietro di un albero. Udii Antonio scusarsi dicendo: "Be', in guerra succede questo e altro" e poi corsi dietro Rosetta che si era allontanata in fretta. Camminava a testa bassa e alla fine si fermò e vidi che aveva gli occhi pieni di lacrime ed era bianca in viso. Le domandai che ci avesse; e lei: "Hai sentito quello che ha detto Antonio?" Non trovai di meglio che ripetere anch'io: "In guerra, purtroppo, succede questo e altro, figlia mia." Lei stette zitta un momento e poi disse, come parlando a se stessa: "Io, però, preferirei sempre essere tra quelli che vengono ammazzati che tra quelli che ammazzano." Dopo quel giorno sempre più ci distaccammo dal gruppo degli sfollati, perché Rosetta, a nessun patto, voleva trovarsi accanto ad Antonio e parlargli.

Anche con Michele, però, Rosetta andava d'accordo fino ad un certo punto; sul capitolo della religione, poi, non andava d'accordo affatto. Michele ci aveva due bestie nere: i fascisti, come ho già detto, e, poi subito dopo, i preti; e non si capiva bene se odiasse più gli uni o gli altri; e spesso, lui, scherzando, diceva che fascisti e preti erano la stessa cosa; sola differenza che i fascisti, loro, la sottana se l'erano tagliata trasformandola in camicia nera, mentre i preti la portavano intera, fino ai piedi. A me le sue furie contro la religione, o meglio contro i preti, non facevano né caldo né freddo: ho sempre pensato che in queste cose ciascuno si regola come gli pare; sono religiosa, sì, ma non al punto da volere imporre la mia religione agli altri. E poi mi rendevo conto che Michele, con tutta la sua asprezza, era, in fondo, senza cattiveria, quasi quasi, qualche volta, mi veniva fatto di pensare che lui parlasse male dei preti non tanto perché li odiasse in quanto erano preti ma perché gli dispiaceva non fossero davvero preti e non si comportassero sempre come preti. Insomma, forse forse, era anche lui religioso; ma di una religione delusa, e spesso sono proprio le persone come Michele che avrebbero potuto essere religiose più degli altri, quelle che si scagliano, a causa della delusione, con maggiore asprezza contro i preti. Ma Rosetta era, invece, di una specie diversa dalla mia; lei ci credeva alla religione e avrebbe voluto che anche gli altri ci credessero; e non poteva sopportare che se ne parlasse male, sia pure, come era il caso di Michele, in buona fede e senza cattiveria vera. Così, fin da principio, appena lui fece la sua prima sfuriata contro i preti, lei lo avvertì chiaro e tondo: "Se vuoi continuare a vederci, devi smettere questi discorsi." Io mi aspettavo che lui insistesse o si arrabbiasse come qualche volta faceva quando lo si contraddiceva. Invece, con mia meraviglia, non protestò, non disse nulla; si limitò ad osservare dopo un momento: "Qualche anno fa, ero anch'io come te... anzi pensavo seriamente di farmi prete... poi, però, mi passò." Rimasi stupita di fronte a questa informazione così inaspettata: mai e poi mai avrei pensato che lui avesse potuto nutrire una simile intenzione. Domandai: "Ma sul serio volevi farti prete?" Lui disse: "Sicuro... puoi domandarlo a mio padre, se non ci credi." "E poi perché ci hai rinunziato?" "Be', ero un ragazzo, mi resi conto che non avevo la vocazione. O meglio," soggiunse con un sorriso, "mi resi conto che ce l'avevo e che, appunto per questo, non dovevo farmi prete." Rosetta questa volta non disse nulla; e il discorso finì lì.

Intanto però le cose cambiavano, lentamente, e non per il meglio. Dopo tante voci contraddittorie venne finalmente una notizia precisa: una divisione tedesca si era attendata nella pianura di Fondi; e intanto il fronte si era fermato al fiume Garigliano. Questo voleva dire che gli inglesi non avanzavano più e che i tedeschi, dal canto loro, si preparavano a passare l'inverno con noi. Quelli che venivano su dalla valle ci dicevano che i tedeschi erano dappertutto, per lo più nascosti tra i boschetti di aranci, coi loro carri armati e le loro tende tutte chiazzate di macchie verdi, azzurre e gialle, mimetizzate come dicevano. Ma erano sempre voci, nessuno aveva mai visto i tedeschi, dico nessuno che fosse lassù perché nessun tedesco sinora era salito fino a Sant'Eufemia. Poi avvenne qualche cosa che ci mise a contatto coi tedeschi e ci fece capire che razza di gente fosse. Lo racconto perché da allora si può dire che le cose cambiassero; e in certo modo fu allora che la guerra arrivò fino lassù per la prima volta, per non andarsene mai più via.

Dunque, tra gli sfollati che giocavano a carte con Filippo, c'era un sarto a nome Severino, il più giovane di tutti, un uomo piccolo e segaligno, con un viso giallo e un paio di baffetti neri e un occhio che pareva sempre far la strizzatina d'intesa e questo gli veniva dal mestiere per via che mentre cuciva, rannicchiato sopra una seggiola, nella sua bottega, teneva sempre un occhio socchiuso e l'altro no. Severino era scappato da Fondi come tutti gli altri, ai primi bombardamenti, e stava alloggiato in una casetta poco lontana dalle nostre, insieme con la sua bambina e la moglie, piccola e modesta come lui. Severino era il più inquieto tra quanti si trovavano lassù perché, durante la guerra, aveva investito tutto il suo denaro in una certa quantità di stoffe inglesi e italiane e le aveva nascoste in luogo sicuro, ma poi, in fondo non tanto sicuro che lui non stesse in ansia tutto il tempo per il destino del suo piccolo patrimonio. Severino, però, passava dall'ansietà alla speranza se invece di pensare al presente, coi tedeschi e i fascisti e la guerra e i bombardamenti, pensava al futuro. A chiunque voleva sentirlo, Severino esponeva un piano che, secondo lui, appena finita la guerra l'avrebbe fatto diventare ricco. Il piano era poi quello di sfruttare quel momento, forse sei mesi, forse un anno, che sarebbe intercorso tra la fine della guerra e il ritorno alla normalità. In quei sei mesi, in quell'anno, tutto sarebbe mancato perché non ci sarebbero stati i trasporti, gli scambi e i commerci e l'Italia sarebbe stata occupata dai militari e il negozio sarebbe stato difficile per non dire impossibile. Allora, durante quei sei mesi o quell'anno, Severino avrebbe messo le sue stoffe su un camion, si sarebbe precipitato a Roma e qui, pezza per pezza, coi prezzi alle stelle per via della carestia, sarebbe diventato ricco vendendo al minuto le stoffe che aveva comprato all'ingrosso. Era un piano giusto, come si vide poi, e dimostrava che Severino, forse il solo tra quanti si trovavano lassù, aveva capito bene il meccanismo dei prezzi destinati a salire via via che la roba mancava e i tedeschi, gli alleati e gli italiani stampavano carta moneta a vuoto. Era un piano giusto, ripeto, ma purtroppo i piani giusti sono sempre quelli che non riescono, soprattutto in tempo di guerra.

Insomma, una di quelle mattine arrivò tutto trafelato dalla pianura un ragazzetto che era stato lavorante da Severino; e ancor prima di arrivare alla macera, dal basso, gridò al sarto che tutto nervoso già l'aspettava sull'orlo del muretto: "Severino, ti hanno rubato ogni cosa... hanno trovato il nascondiglio e ti hanno rubato le stoffe." Io ero vicina a Severino e lo vidi a queste parole proprio vacillare come se qualcuno, a tradimento, gli avesse dato un colpo di bastone sulla testa. Il ragazzo, intanto, era arrivato sulla macera; lui l'acchiappò per il petto, tutto affannato, balbettando, con gli occhi fuori della testa: "Non può essere... ma che dici? Le stoffe? Le mie stoffe? Rubate? Non può essere... e chi le ha rubate?" "E che ne so?" rispondeva il ragazzo. Tutti gli sfollati erano accorsi e si erano fatti intorno a lui che faceva dei gesti da pazzo e stralunava gli occhi e si batteva la mano sulla fronte e si tirava i capelli; e Filippo cercò di calmarlo dicendo: "Non t'impressionare... può darsi che sia una voce." "Macché voce," rispose il ragazzo ingenuamente, "l'ho visto io, coi miei occhi, il muro smurato e il nascondiglio vuoto." Severino, a queste parole, fece un gesto di disperazione con la mano per aria, come se avesse voluto prendersela col cielo, quindi si gettò giù di corsa per il sentiero e scomparve. Restammo tutti quanti molto colpiti da questo fatto: voleva dire che la guerra continuava e anzi peggiorava, che non c'era più coscienza e che se adesso rubavano, presto magari avrebbero ammazzato. Qualcuno disse a Filippo che più degli altri si sbracciava a commentare il fatto e biasimava Severino per non avere preso abbastanza precauzioni: "Tu che hai messo la roba tua nel muro del parsenale, sta' attento che non ti succeda lo stesso." Io che ricordavo i discorsi di Concetta e di Vincenzo, pensai che quello sfollato aveva ragione: quello era un altro muro che ad ogni momento poteva essere abbattuto. Ma Filippo scrollò il capo con sicurezza, fiducioso: "Sono San Giovanni con il parsenale... gli ho tenuto a battesimo il figlio e lui ha tenuto a battesimo mia figlia... non lo sai che San Giovanni non vuole inganni?" Pensai allora, a queste parole di Filippo, che si ha un bell'essere furbi, come lui credeva di essere, ma c'è sempre un punto nella nostra vita sul quale si è fessi; giacché mi pareva che credere al San Giovanni nel caso di Concetta e di Vincenzo era proprio una fesseria, magari simpatica ma purtuttavia fesseria. Non dissi nulla, però, per non metterlo in sospetto. Tanto più che qualcuno ci aveva già provato e non era servito a nulla.

Quella stessa sera Severino tornò dalla valle, coperto di polvere fin sugli occhi, triste e disfatto. Disse che era andato in città e che aveva trovato il muro rotto e il nascondiglio vuoto; disse che gli avevano portato via ogni cosa e lui ormai era rovinato; disse che potevano essere stati così i tedeschi come gli italiani ma lui credeva che fossero stati gli italiani, anzi da quello che aveva potuto capire, interrogando le poche persone rimaste in città, i fascisti. Dopo aver detto queste cose, rimase silenzioso, rannicchiato sopra una seggiola davanti alla porta di casa di Filippo, più giallo e più nero del solito, abbracciando la spalliera e guardando con il solo occhio verso Fondi dove gli avevano rubato la roba, mentre con l'altro occhio, al solito, sembrava fare una strizzatina d'intesa, e questo forse era la cosa più triste perché si strizza l'occhio per allegria e lui invece poco ci mancava che non si ammazzasse dalla disperazione. Ogni tanto scuoteva la testa e ripeteva a bassa voce: "Le mie stoffe... non ho più nulla... mi hanno portato via ogni cosa!" E quindi si passava la mano sulla fronte, come se non avesse potuto capacitarsi. Alla fine disse: "Sono diventato vecchio in un giorno solo," e se ne andò verso la sua casetta, senza accettare di restare a cena da Filippo che cercava di consolarlo e di calmarlo.

Il giorno dopo si vide che lui pensava sempre alle sue stoffe e meditava sul modo di recuperarle. Era sicuro che gliele avevano rubate gente del paese; era quasi sicuro che erano stati i fascisti o meglio quelli che adesso venivano chiamati fascisti e che, prima della caduta del fascismo, erano conosciuti nella valle come vagabondi e disperati. Questi vagabondi, appena il fascismo era tornato, si erano subito arruolati nella milizia col solo scopo di mangiare e godersela alle spalle della popolazione che, per via della guerra e della fuga di tutte le autorità, era ormai abbandonata completamente in loro balìa. Adesso Severino era proprio risoluto a trovare le sue stoffe e andava, si può dire, ogni giorno a valle, tornando la sera stanco, impolverato e a mani vuote ma più risoluto che mai. Questa risolutezza si vedeva anche nel suo contegno: sempre zitto, gli occhi scintillanti, come fissato, con un nervo che non faceva che saltargli sotto la pelle tirata dalla mascella. Se qualcuno gli chiedeva che cosa andasse a fare tutti i giorni a Fondi, si limitava a rispondere: "Vado a caccia", intendendo che lui andava a caccia delle sue stoffe e di coloro che gliel'avevano rubate. Pian piano, dai discorsi che Severino faceva con Filippo, arrivai a capire che quei fascisti che, secondo lui, gli avevano rubato le stoffe, si erano asserragliati in un cascinale situato in località detta dell'Uomo Morto. Erano una dozzina, e avevano trasportato in quella casa una grande quantità di provviste che avevano estorto con la forza ai contadini, e lì mangiavano e bevevano e se la godevano, serviti di tutto punto da alcune loro sgualdrinotte che prima erano state serve e operaie. La notte questi fascisti uscivano dalla casa e andavano alla città e una per una visitavano le case abbandonate dagli sfollati e rubavano quanto restava in quelle case e percuotevano con i fucili, uno a uno, i muri e i pavimenti per vedere

111

se non ci fosse qualche nascondiglio. Questi fascisti erano tutti armati di mitra, di bombe e di pugnali e si sentivano sicuri perché in tutta la valle, come ho già detto, ormai non c'erano più né i carabinieri che da un pezzo erano fuggiti o erano stati arrestati dai tedeschi, né polizia né altra autorità. Era rimasta, è vero, una guardia municipale. Ma era un pover'uomo carico di famiglia, il quale girava da un cascinale all'altro tutto stracciato e affamato, raccomandandosi ai contadini che, per amor di Dio, gli dessero un pezzo di pane o un uovo. Non c'era più legge, insomma, e i gendarmi tedeschi dell'esercito tedesco che si distinguevano dagli altri soldati perché portavano sul petto una specie di collare, erano i soli a far rispettare la legge; ma era la legge loro, non la nostra di noialtri italiani ed era legge per modo di dire, almeno per noi, e pareva essere stata fatta apposta per permettergli di rastrellare uomini, rubare la roba e fare ogni sorta di prepotenze. Per darvi una idea di quello che succedeva in quei tempi, basti dire che un contadino di una località non tanto lontana da Sant'Eufemia, una mattina per non so che motivo, diede una coltellata al nipote, un ragazzo di diciott'anni e poi lo lasciò morire dissanguato nella vigna. Questo avvenne alle dieci del mattino. Alle cinque di quello stesso giorno l'assassino andò al macello clandestino a comprare mezzo chilo di carne. Il delitto era già noto, tutti lo sapevano ma nessuno osò dirgli niente: erano fatti suoi e poi tutti avevano un po' paura. Soltanto una donna osservò: "Ma che ci hai nel core... hai ammazzato tuo nipote e te ne vai così tranquillo a comprare la carne?" E lui rispose: "A chi tocca tocca... nessuno mi arresterà perché oggi non c'è più la legge e ciascuno se la fa come gli pare." E aveva ragione lui perché non l'arrestarono e lui seppellì il nipote sotto un fico e continuò a girare indisturbato.

Severino, dunque, si mise in testa di farsi giustizia da sé, visto che la giustizia pubblica non c'era più. Non so cosa combinasse in quelle sue gite a Fondi; ma ecco, una mattina, arriva un contadinello con un pezzo di lingua fuori della bocca per il gran correre in salita e grida che Severino stava venendo su con i tedeschi e che lui ci aveva i tedeschi dalla sua parte e che i tedeschi gli avrebbero fatto riavere le stoffe perché lui si era messo d'accordo con loro. Tutti gli sfollati uscirono dalle casette e anche noialtre due, e saremmo stati una ventina su quella macera a sorvegliare il sentiero dal quale doveva spuntare Severino con i tedeschi. Intanto tutti dicevano che Severino era stato intelligente ed assennato e che era pur vero che l'autorità ormai l'avevano in mano i tedeschi e che i tedeschi non erano vagabondi e delinquenti come i fascisti e non soltanto gli avrebbero fatto riavere le sue stoffe ma anche avrebbero punito i fascisti. Filippo era quello che si sbatteva di più a favore dei tedeschi: "Quella è gente seria che fa tutto sul serio, la guerra, la pace e il negozio... Severino ha fatto bene a rivolgersi a loro... i tedeschi non sono come noialtri italiani, anarchici e indisciplinati... loro ci hanno la disciplina e in tempo di guerra rubare è un atto contrario alla disciplina e sono sicuro che loro faranno riavere la stoffa a Severino e puniranno quei delinquenti dei fascisti... bravo Severino, lui è andato dritto al nocciolo della questione: chi ha l'autorità oggi in Italia? I tedeschi. E allora bisogna rivolgersi ai tedeschi." Filippo pensava a voce alta pavoneggiandosi e lisciandosi i baffi. Era chiaro che pensava alla roba sua nascosta in casa del parsenale; e che era contento che Severino riavesse le sue stoffe e che i ladri fossero puniti perché anche lui ci aveva roba nascosta e anche lui temeva di essere derubato.

Intanto guardavamo al sentiero e alla fine spuntò Severino ma invece dei tedeschi che noi avevamo immaginato venissero su con lui in pattuglia armata, si vide che era un tedesco solo, per giunta un semplice soldato, non uno della polizia militare. Come giunsero in cima alla macera, Severino, fiero e contento, lo presentò a noialtri col nome di Hans che poi in tedesco vuol dire Giovanni; e tutti gli si fecero attorno con le mani tese ma Hans non strinse mani e si limitò a fare un saluto militare, sbattendo i tacchi, con la mano al berretto, come per mettere una distanza tra lui e gli sfollati. Questo Hans era un uomo piccoletto, biondiccio, coi fianchi larghi come quelli di una donna, la faccia bianca e un po' gonfia. Aveva due o tre grandi cicatrici attraverso la guancia e a chi gli domandò dove se le fosse fatte, rispose breve breve: "Stalingrado. Per via di quelle ferite, quella sua faccia molle e non del tutto rotonda ma come ammaccata pareva proprio una di quelle pesche o mele cadute dall'albero in terra che, cadendo, rimangono tutte ammaccate e tagliuzzate e poi quando vai a spaccarle vedi che dentro sono mezze marce. Aveva gli occhi azzurri ma non belli, di un azzurro slavato, inespressivo, troppo chiaro, come se fosse stato vetro. Severino intanto tutto fiero ci spiegava che lui aveva fatto amicizia con questo Hans perché, per una combinazione, Hans, al paese suo, in tempo di pace, faceva anche lui il sarto. E così, tra sarti, si erano capiti e lui gli aveva promesso di fargli riavere le stoffe, appunto perché era sarto e perciò poteva comprendere meglio di chiunque altro la preoccupazione di Severino. Insomma, non era uno della polizia, non erano molti i tedeschi ma uno solo, e inoltre non era una cosa ufficiale ma privata, tra amici dello stesso mestiere, sarti tutti e due. Però il tedesco era in uniforme, con il mitra ad armacollo, e si comportava da soldato tedesco; così tutti fecero a gara per lisciarlo. Chi gli domandava quanto sarebbe durata la guerra, chi gli chiedeva della Russia dove lui era stato, chi voleva sapere se gli inglesi davano battaglia, chi si informava se a dar battaglia sarebbero stati invece i tedeschi. Hans, a misura che la gente gli faceva delle domande, si gonfiava d'importanza, come un pallone moscio se uno ci soffia dentro. Disse che la guerra sarebbe durata ancora per poco perché i tedeschi ci avevano le armi segrete, disse che i russi si battevano bene ma i tedeschi si battevano meglio, disse che presto i tedeschi avrebbero dato battaglia agli inglesi e li avrebbero ributtati a mare. Insomma incuteva rispetto; e Filippo, alla fine, volle invitarlo a colazione con Severino nella sua casetta.

Assistei anch'io alla colazione, avevo già mangiato ma avevo la curiosità di vedere quel tedesco, il primo che fosse mai capitato lassù. Ci andai che erano già alla frutta, c'era tutta la famiglia di Filippo salvo Michele, però, perché odiava i tedeschi e poco prima mentre Hans parlava con importanza della grande vittoria che presto i tedeschi avrebbero riportato sugli inglesi, lo guardava scuro e minaccioso come se avesse voluto saltargli addosso e prenderlo a pugni. Adesso, grazie anche al vino che aveva bevuto, il tedesco si era messo in confidenza. Non faceva che battere sulla spalla a Severino, ripetendo che loro due erano sarti tutti e due e amici per la pelle e che lui avrebbe fatto riavere le stoffe a Severino. Poi cavò di tasca il portafogli e dal portafogli una fotografia in cui si vedeva una donna grande e grossa il doppio di lui, con la faccia bonacciona, e disse che quella era sua moglie. Poi ricominciarono a parlare della guerra e Hans ricominciò a dire: "Noi fare un'offensiva e gettare a mare gli inglesi." Filippo, che tirava a lisciarlo e a tenerselo buono, rincarò allora: "E come no, sicuro... li buttiamo a mare tutti quanti... assassini." Ma il tedesco rispose: "No, assassini, no, bravi soldati, invece." E Filippo pronto: "Sono bravi soldati, certo, si sa che sono bravi soldati." Ma il tedesco: "Tu ammirare soldati inglesi... tu traditore." E Filippo, impaurito: "E chi li ammira?... se ho detto che sono degli assassini." Ma il tedesco non era contento: "Assassini no, bravi soldati... ma i traditori come te, che ammirano gli inglesi, kaputt," e faceva il gesto di tagliare la gola. Insomma non gliene andava bene una e non era mai contento e tutti ci prendemmo paura perché, ad un tratto, pareva essere diventato cattivo. Disse poi a Severino: "Tu perché non al fronte?... Noi tedeschi combattiamo e voialtri italiani stare qui... tu al fronte." Severino si prese paura anche lui e rispose: "Sono stato riformato... debole di petto." E si toccò il petto ed era vero, era stato molto malato e dicevano persino che ci avesse un polmone solo. Il tedesco, però, incattivito, lo prese per un braccio dicendo: "Allora tu venire subito con me, al fronte." E fece addirittura per alzarsi e trascinarlo via. Severino era diventato bianco e si sforzava di sorridere senza riuscirci e tutti erano costernati e a me mi venne una tale paura che il cuore mi saltava in petto. Il tedesco tirava per il braccio Severino e lui cercava di resistere aggrappandosi a Filippo che anche lui pareva spaventato. Quindi tutto ad un tratto, il tedesco scoppiò in una risata e disse: "Amici... amici... tu sarto ed io sarto... tu riavere le stoffe e diventare ricco... io andare al fronte e fare la guerra e morire." E, sempre ridendo, ricominciò a battergli sulla spalla con la mano. A me tutta la scena aveva fatto un effetto strano: come di trovarmi di fronte non ad un uomo ma ad una bestia selvatica che ora fa le fusa e ora mostra i denti e non si sa che intenzioni abbia e non si sa come prenderla. Mi pareva che Severino si illudesse come quelli, appunto, che dicono: "Questa bestia mi conosce... a me, non mi morderà mai." E si vedrà che non avevo torto.

Dopo questa scena, il tedesco diventò gentile e bevve ancora molto vino e batté ancora con la mano sulla spalla a Severino, non so quante volte, tanto che ormai a Severino gli era passata la paura, e in un momento che il tedesco era distratto disse a Filippo: "Oggi stesso riavrò le mie stoffe... vedrai." Infatti, di lì a poco, il tedesco si alzò da tavola e si riaffibbiò il cinturone che si era tolto al momento di sedersi, facendoci notare, scherzosamente, che per la gran mangiata aveva dovuto affibbiarselo un buco meno di prima. Quindi disse a Severino: "Noi andare giù e poi tu tornare qui con le tue stoffe." Severino si alzò, il tedesco fece un saluto militare sbattendo i tacchi e poi se ne andò impettito, con Severino, scendendo giù per il sentiero che, attraverso le macere, portava a valle. Filippo che era uscito con gli altri per guardarli andar via, disse alla fine, esprimendo il sentimento comune: "Severino si fida di quel tedesco... io però al suo posto non mi fiderei tanto."

Aspettammo Severino tutto quel pomeriggio e parte della notte e lui non venne. Il giorno dopo andammo alla casetta in cui Severino abitava con la famiglia e trovammo la moglie che piangeva al buio, tenendosi la bambina in grembo. Con lei c'era una vecchia contadina la quale filava la lana con il fuso e la conocchia e ripeteva ogni tanto, tirando il filo: "Non piangere sposa... Severino ora ritorna e aggiusta tutto quanto." Ma la moglie scuoteva il capo e rispondeva: "Lo sento che lui non viene più... l'ho sentito appena un'ora dopo che lui era andato via." Cercammo di consolarla ma lei non faceva che piangere e diceva che lei ci aveva tutta la colpa perché Severino tutto questo l'aveva fatto per lei e per la bambina affinché stessero bene e diventassero ricche e lei invece avrebbe dovuto fermarlo e impedirgli di comprare quelle maledette stoffe. Non c'era niente da dire, purtroppo, perché Severino non tornava e questo era un fatto e tutte le buone parole di questo mondo non valgono di fronte a un fatto. Stemmo con lei, però, tutto il giorno ora dicendo una cosa e ora un'altra, facendo, insomma, tutte le supposizioni possibili su questa scomparsa di Severino; ma lei continuava a piangere ed a ripetere che lui non sarebbe più venuto. Il giorno dopo andammo alla casetta che era il secondo giorno della scomparsa di Severino ma non ci trovammo più né lei né la bambina; all'alba lei aveva preso la bambina in collo ed era discesa a valle per vedere che fosse successo.

Poi, per alcuni giorni, non sapemmo più niente né di Severino né della moglie. Alla fine Filippo che a modo suo, voleva bene a Severino, decise di appurare quello che fosse successo e mandò a chiamare Nicola, un vecchio contadino che non lavorava più per i campi e di solito passava la giornata con i bambini, su e giù per la macera. Gli disse che voleva che lui andasse ad informarsi su Severino e gli disse pure che doveva recarsi in località Uomo Morto, dove, appunto, i fascisti, che avevano rubato le stoffe, stavano asserragliati. Il vecchio dapprima non ci voleva andare; ma poi Filippo gli promise trecento lire e quel vecchio, che per denaro sarebbe entrato anche in un forno acceso, andò senz'altro a preparare il suo asino. Disse che sarebbe tornato il giorno dopo, che avrebbe dormito da certi suoi parenti, in campagna, e mise nella bisaccia una pagnotta e un po' di formaggio. Lo salutammo mentre andava via, ritto in sella, con il cappelluccio nero sulla testa, la pipa in bocca e le gambe rigide, una di qua e l'altra di là, con le ciocie e le pezze bianche. Filippo gli raccomandò di rivolgersi tra quei fascisti a certo Tonto, che era il meno peggio di tutti, e il vecchio disse che così avrebbe fatto e se ne andò.

Passò quel giorno e passò metà del giorno seguente e poi, verso l'imbrunire, ecco spuntare dalla macera il somaro portato per la cavezza dal vecchio e in sella proprio il Tonto. Arrivarono e il Tonto smontò: era un uomo con la faccia scura e magra, la barba lunga, gli occhi malinconici e infossati, e il naso lungo che gli piangeva in bocca. Tutti gli si fecero intorno, il Tonto pareva imbarazzato e taceva. Il vecchio Nicola prese l'asino per la cavezza e disse: "Il tedesco si è preso le stoffe e ha mandato Severino a lavorare alle fortificazioni, al fronte, ecco quello che è successo." Dopo aver buttato lì queste parole, si allontanò per dar da mangiare alla sua bestia.

Restammo tutti esterrefatti. Il Tonto se ne stava in disparte, impacciato; e Filippo, adirato, gli disse: "E tu che sei venuto a fare quassù?" Il Tonto si fece avanti e tutto umile disse: "Filippo, voi non dovete giudicarmi male... sono venuto per farvi piacere. Per raccontarvi come è stato, affinché non crediate che siamo stati noi." Tutti lo guardavano con antipatia, però tutti volevano sapere come fosse andata e alla fine Filippo, benché a malincuore, lo invitò a bere un po' di vino nella sua casetta. Il Tonto accettò e si mosse verso la casetta e noialtri tutti dietro, come in processione. Nella stanza, il Tonto sedette su un sacco di fagioli e Filippo gli diede il vino, restando in piedi davanti a lui, e tutti noi ci assembrammo presso la soglia, in piedi anche noi. Il Tonto bevve con calma e poi disse: "Inutile negarlo: le stoffe siamo stati noialtri a prenderle... di questi tempi, Filippo, ciascuno per sé e Dio per tutti... Severino credeva di aver nascosto bene le stoffe e invece eravamo in molti a sapere dove stavano e allora abbiamo pensato: se non saremo noi, saranno i tedeschi, una spiata si fa presto a farla, tanto vale che le prendiamo noi. E poi come si fa, Filippo?" Egli giunse le mani e ci guardò. "Anche noialtri abbiamo famiglia e di questi tempi tutti hanno da pensare prima di tutto alla famiglia e poi al resto. Non dico che abbiamo fatto bene, dico che abbiamo fatto per necessità. Voi, Filippo, fate il commerciante, Severino fa il sarto e noialtri... noialtri ci arrangiamo... Ma Severino fece male a ricorrere ai tedeschi che non c'entravano. Che diamine, Filippo, se Severino non voleva fare il cattivo ci potevamo accordare magari vendendo le stoffe e dividendo il guadagno... oppure gli avremmo fatto un regalo... insomma tra paesani ci saremmo messi d'accordo... Invece Severino ha voluto fare il cattivo ed è successo quello che è successo. Venne quel tedesco disgraziato e Severino ci disse un sacco di male parole e poi il tedesco puntò il mitra e disse che doveva fare una perquisizione e noialtri, che in certo senso dipendiamo dai tedeschi, non potemmo opporci. Così le stoffe saltarono fuori e il tedesco le caricò sul camion con il quale era venuto e se ne andò con Severino che partendo ci gridò: 'C'è giustizia a questo mondo, finalmente'. Sì, bella giustizia. Lo sapete che fece il tedesco? Di lì a pochi chilometri incontrò un altro camion pieno di italiani che erano stati rastrellati per essere mandati a lavorare alle fortificazioni, al fronte. Allora fermò il suo camion e con il mitra fece scendere Severino e lo fece salire sul camion dei rastrellati. E così Severino, invece di riavere le stoffe è stato mandato al fronte; e il tedesco, che è sarto anche lui, le stoffe poco alla volta le manderà in Germania dove aprirà con quelle stoffe una sartoria alla faccia di Severino e di noialtri tutti. Ora, dico io, Filippo: perché metterci di mezzo i tedeschi? Tra i due litiganti il terzo gode: ecco quello che è successo e giuro che è la verità."

Filippo e tutti noi, dopo questo discorso del Tonto, restammo silenziosi; anche perché, tra le tante cose che il Tonto aveva detto, c'era quel particolare del rastrellamento di cui, è ero, avevamo sentito parlare, ma mai così chiaramente e così tranquillamente, come di cosa normale. Alla fine Filippo si fece coraggio e domandò che fossero quei rastrellamenti. Il Tonto rispose con indifferenza: "I tedeschi vanno in giro con i camion e portano via tutti gli uomini abili al lavoro e li spediscono al fronte dalla parte di Cassino o di Gaeta, per fortificare le linee." "E come li trattano?" Il Tonto levò le spalle: "Eh, molto lavoro, baracche e poco da mangiare. Si sa come i tedeschi trattano quelli che non sono tedeschi." Noi restammo di nuovo silenziosi; ma Filippo insistette: "Ma prendono gli uomini che stanno in pianura... gli sfollati, che stanno per le montagne, non li prendono, no?" Il Tonto alzò di nuovo le spalle: "Non fidatevi dei tedeschi... loro fanno come con il carciofo: mangiano le foglie una per una... adesso tocca a quelli che stanno in pianura, poi toccherà a quelli che stanno in montagna." Ormai più nessuno pensava a Severino, tutti avevano paura e ciascuno pensava a se stesso. Filippo domandò: "Ma tu come le sai queste cose?" Il Tonto rispose: "Io queste cose le so perché coi tedeschi ci ho a che fare tutto il giorno... date retta a me: o vi mettete nella milizia come noi, oppure vi consiglio di nascondervi bene... ma veramente bene... altrimenti i tedeschi vi beccheranno l'uno dopo l'altro." Quindi aggiunse qualche spiegazione: i tedeschi prima di tutto rastrellavano la pianura portando via coi loro camion gli uomini al lavoro; in un secondo tempo passavano alle montagne e operavano in questo modo: di buon mattino, ancora al buio, una compagnia di soldati saliva in cima ad una montagna e poi, quando veniva il momento del rastrellamento, verso mezzogiorno, scendeva giù a valle sparpagliandosi per tutta la larghezza del monte, in modo che tutti coloro che stavano, poniamo, a mezza costa come noi, restavano presi come tanti pesciolini in una grande rete. "Le pensano tutte," osservò a questo punto qualcuno con voce piena di paura. Il Tonto adesso si era rinfrancato, era quasi tornato alla solita spavalderia. Tentò, anzi, il colpo della raccomandazione con Filippo che sapeva più danaroso degli altri. "Se, però, noi due ci mettiamo d'accordo, posso dire una buona parola per tuo figlio al capitano tedesco che conosco bene." Forse Filippo, adesso che era davvero atterrito, avrebbe anche accettato di discutere la cosa con il Tonto. Ma, in una maniera inaspettata, Michele si fece avanti e disse con durezza al Tonto: "Ma insomma, che aspetti ad andartene?" Tutti ammutolirono, sorpresi, anche perché il Tonto era armato di bombe e di fucili e Michele, invece, era disarmato. Ma il Tonto, non so perché, restò soggiogato dal tono. Disse riluttante: "Be', se è così, sbrigatevi voialtri... io me ne vado." Quindi si alzò e uscì dalla casetta. Tutti lo seguirono; e Michele, prima che scomparisse, gli gridò dall'alto della macera: "E invece di girare proponendo i tuoi servizi, pensa ai fatti tuoi... i tedeschi uno di questi giorni ti tolgono il fucile e ti mandano a lavorare come Severino." Il Tonto si voltò e gli fece uno scongiuro con le dita in forma di corna. Non lo rivedemmo mai più.

Dopo che il Tonto se ne fu andato, ci avviammo insieme con Michele verso la nostra casetta. Rosetta ed io commentavamo il fatto, compiangendo il povero Severino che prima aveva perduto le sue stoffe e poi anche la libertà. Michele che, tutto rabbuiato, taceva a testa china, ad un tratto alzò le spalle e disse: "Gli sta bene." Protestai: "Ma come puoi dire una cosa simile, quel poveretto è rovinato, ora può anche darsi che ci rimetta la pelle." Egli non disse nulla per un momento e quindi gridò: "Finché non perderanno tutto, non capiranno niente... debbono perdere tutto e soffrire e piangere lacrime di sangue... soltanto allora saranno maturi." Obiettai: "Ma Severino mica l'aveva fatto per interesse... l'aveva fatto per la famiglia." Egli si mise a ridere, proprio brutto: "La famiglia!... La grande giustificazione di tutte le vigliaccherie, in questo paese. Ebbene, tanto peggio per la famiglia."

Michele, giacché sono sul discorso, era davvero un carattere curioso. Due giorni dopo la scomparsa definitiva di Severino, parlando del più e del meno con lui, si venne a dire che, adesso che era inverno e la notte scendeva presto, non si sapeva veramente più che cosa fare. Michele disse allora che, se volevamo, lui se la sentiva di leggerci qualche cosa ad alta voce. Accettammo contente, benché non avessimo l'abitudine dei libri, come mi sembra di aver fatto capire: ma in quella situazione anche i libri potevano essere una distrazione. Io, anzi, credendo che lui volesse leggerci qualche romanzo ricordo che gli dissi: "Che sarà? Una storia d'amore?" Lui rispose, con un sorriso: "Brava, ci hai azzeccato, proprio una storia d'amore." Fu, dunque, deciso che Michele ci avrebbe letto ad alta voce dopo la cena, che aveva sempre luogo nella capanna, all'ora, appunto, della sera in cui non si sapeva che cosa fare.

Ricordo benissimo quella scena perché mi è rimasta impressa nella memoria, non so perché, forse perché Michele in quell'occasione rivelò un aspetto del suo carattere che non conoscevo. Rivedo noi due e la famiglia di Paride, seduti torno torno il fuoco semispento, sui ceppi e sulle panche, quasi al buio, con una piccola lampada a olio appesa dietro Michele affinché ci vedesse per leggere. La capanna era proprio tenebrosa; dal soffitto di frasche secche stavano sospesi pendagli neri di fuliggine che ad ogni soffio oscillavano, leggeri; in fondo alla capanna, quasi sommersa nell'oscurità, sedeva la madre di Paride, che sembrava la strega di Benevento da tanto era vecchia e grinzosa e sempre filava la lana col fuso e la conocchia. Rosetta ed io eravamo contente della lettura; ma Paride e la sua famiglia non tanto perché dopo aver lavorato tutto il giorno, la sera cascavano dal sonno e, di solito, andavano subito a letto. Anzi i bambini già dormivano, accucciati addosso alle loro madri. Michele disse prima di cominciare, cavando di tasca un libretto: "Cesira voleva una storia d'amore e io leggerò appunto una storia d'amore." Una delle donne, più per cortesia che perché fosse veramente incuriosita, domandò se fosse un fatto realmente avvenuto oppure inventato; e lui rispose che forse era stato inventato; ma era come se fosse realmente avvenuto. Intanto aveva aperto il libretto e si aggiustava gli occhiali sul naso; e alla fine ci annunciò che ci avrebbe letto alcuni episodi della vita di Gesù, nel Vangelo. Ci restammo tutti quanti un po' male, perché ci eravamo aspettati un vero romanzo; inoltre tutto quello che è religione sembra sempre un po' noioso forse perché le cose della religione le facciamo piuttosto per dovere che per piacere. Paride, interpretando il sentimento comune, osservò che tutti noi conoscevamo la vita di Gesù e per questo la lettura non ci avrebbe rivelato alcuna novità. Rosetta, invece, non disse nulla; più tardi, però, quando fummo nella nostra casetta, sole, osservò soltanto: "Se lui non ci crede a Gesù, perché non lo lascia stare?" quasi urtata ma non ostile, perché Michele le era simpatico sebbene, come tutti quanti lassù, non lo capisse veramente. _buona domanda_

Michele, dunque, alle parole di Paride si limitò a rispondere con un sorriso: "Ne sei proprio sicuro?" quindi annunziò che avrebbe letto l'episodio di Lazzaro, aggiungendo: "Ve lo ricordate?" Ora tutti noi avevamo sentito parlare di questo Lazzaro; ma alla domanda di Michele ci accorgemmo che non sapevamo veramente chi fosse e che cosa avesse fatto. Forse Rosetta lo sapeva, ma anche questa volta rimase zitta. "Lo vedete," disse Michele con un suo tranquillo tono di vittoria, "dicevate di conoscere la vita di Gesù e poi non sapete neppure chi fosse Lazzaro... eppure quest'episodio è dipinto come tanti altri nei quadri della Passione che ci sono nelle chiese... anche nella chiesa giù a Fondi." Paride, forse pensando che in queste parole ci fosse un rimprovero per lui, osservò: "Ma tu lo sai che per andare in chiesa, giù a valle, bisogna perdere una giornata?... Noi dobbiamo lavorare e non possiamo perdere una giornata sia pure per andare in chiesa." Michele non disse nulla e incominciò a leggere.

Poiché sono sicura che l'episodio di Lazzaro è conosciuto da tutti coloro che leggeranno questi miei ricordi, io non lo trascriverò qui, anche perché Michele lo lesse senza aggiungerci niente; quanto a quelli che non lo conoscono, possono andare a leggerselo nel Vangelo. Mi limiterò ad osservare, invece, che via via che Michele andava avanti nella lettura, intorno a lui i visi dei contadini esprimevano sempre più, se non proprio la noia, per lo meno l'indifferenza e la delusione. Si erano infatti aspettati una bella storia d'amore; e invece Michele leggeva loro una storia di un miracolo al quale, per giunta, almeno da quanto mi sembrava di capire, essi non credevano come del resto non ci credeva neppure lo stesso Michele. Ma la differenza tra Michele e loro era che, mentre loro si annoiavano, tanto che due delle donne avevano ricominciato a parlottare tra di loro, ridendo sottovoce, e la terza non faceva che sbadigliare e Paride stesso, che sembrava il più attento di tutti, mostrava, chinandosi in avanti, un viso del tutto ottuso e insensibile; la differenza, dico, era che Michele, a misura che leggeva, sembrava invece commuoversi per quel miracolo al quale non credeva. Anzi, quando fu giunto alla frase: "E Gesù disse: io sono la resurrezione e la vita," si interruppe un momento e tutti potemmo vedere che si era interrotto perché non poteva più andare avanti per via che piangeva. Io capii che lui piangeva a causa di quello che leggeva e che, come ci fu chiaro in seguito, egli riferiva in qualche modo alla nostra presente condizione; ma una di quelle donne, che si annoiava, era tanto lontana dal pensare che fosse stato l'episodio di Lazzaro a riempirgli gli occhi di lacrime,

122

che osservò, sollecita: "Ti dà fastidio il fumo, Michele?... qui c'è sempre troppo fumo... eh, si sa, siamo in una capanna." Per capire questa frase bisogna ricordare, infatti, che, come mi sembra di avere già accennato, il fumo del braciere non usciva per l'apertura di un caminetto che non c'era bensì, lentissimamente, attraverso le frasche fitte e secche del tetto, e non prima di aver ristagnato a lungo nella capanna. Per questo, spesso avveniva che tutti coloro che si trovavano nella capanna piangessero e con loro piangessero anche i due cani e la gatta con i suoi gattini. Quella donna voleva scusarsi per il fumo con Michele, per cortesia, ma lui, ad un tratto, si asciugò le lacrime e saltò su a gridare in maniera imprevista: "Macché fumo e macché capanna... io non vi leggerò più perché voi non capite... ed è inutile cercare di far capire a chi non potrà mai capire. Intanto, però, ricordatevi questo: ciascuno di voi è Lazzaro... e io leggendo la storia di Lazzaro ho parlato di voi, di tutti voi... di te Paride, di te Luisa, di te Cesira, di te Rosetta e anche di me stesso e di mio padre e di quel mascalzone di Tonto e di Severino con le sue stoffe e degli sfollati che stanno quassù e dei tedeschi e dei fascisti che stanno giù a valle e insomma di tutti quanti... siete tutti morti, siamo tutti morti e crediamo di essere vivi... finché crederemo di essere vivi perché ci abbiamo le nostre stoffe, le nostre paure, i nostri affarucci, le nostre famiglie, i nostri figli, saremo morti... soltanto il giorno in cui ci accorgeremo di essere morti, stramorti, putrefatti, decomposti e che puzziamo di cadavere lontano un miglio, soltanto allora cominceremo ad essere appena appena vivi... Buonanotte." Dette queste parole, si alzò rovesciando la lampada a olio che si spense e uscì sbattendo la porta della capanna. Restammo tutti quanti al buio, stupefatti. Poi, alla fine, Paride, a furia di armeggiare, riuscì a trovare la lampada e a riaccenderla. Ma nessuno ebbe voglia di commentare questa sfuriata di Michele; soltanto Paride disse con l'aria imbarazzata e sorniona del contadino che crede di saperla lunga: "Eh, Michele fa presto a parlare... lui è figlio di signori, non è contadino." Credo che anche le donne pensassero lo stesso: tutto questo era roba da signori che non zappavano e non si guadagnavano la vita col sudore della fronte. Insomma, ci augurammo la buona notte e ce ne andammo a letto. Michele, il giorno dopo, finse di non ricordarsi della scenata ma neppure propose di leggerci ad alta voce.

In quell'occasione, però, mi confermai nella riflessione che avevo fatto il giorno che Michele ci aveva detto che lui, da ragazzo, aveva pensato seriamente di farsi prete. In realtà, come pensai, nonostante tutti i suoi discorsi contro la religione, Michele rassomigliava piuttosto ai preti che agli uomini comuni, come Filippo e gli altri sfollati. Quella sfuriata per esempio, che lui aveva fatto quando si era accorto, leggendo l'episodio di Lazzaro, che i contadini non lo capivano, non lo ascoltavano e si annoiavano, con qualche piccolo cambiamento di parole, avrebbe potuto farla tale e quale qualche parroco di campagna durante la predica della domenica, accorgendosi, mentre si sbracciava dal pulpito, che i parrocchiani, giù nella chiesa, si erano distratti e non gli davano più retta. Era la sfuriata, insomma, di un prete che considera tutti gli altri come peccatori da istruire e rimettere sulla buona strada, non di un uomo che si ritiene simile agli altri uomini.

Per finire sul carattere di Michele, voglio raccontare un altro fatterello che conferma quanto ho detto sopra. Come ho già accennato, lui non parlava mai di donne e d'amore e non pareva avere avuto alcuna esperienza in questo campo. Ma non tanto per mancanza d'occasione quanto, come si capirà da quello che sto per raccontare, proprio perché lui su quel capitolo era diverso dai giovanotti della sua età. Il fatterello è il seguente: Rosetta, ogni mattina, aveva preso l'abitudine, appena scesa dal letto, di togliersi tutti i vestiti e lavarsi ignuda. O meglio, io andavo fuori della casetta, buttavo il secchio in fondo al pozzo, lo tiravo su colmo d'acqua e poi glielo porgevo; e lei se ne tirava in testa la metà, quindi si insaponava tutto il corpo, e poi si tirava addosso l'altra metà. Era molto pulita, Rosetta; e la prima cosa che lei volle che io acquistassi dai contadini, appena fummo giunti a Sant'Eufemia, fu il sapone che loro facevano in casa; e continuò poi a lavarsi in questo modo anche in pieno inverno, quando lassù faceva un freddo proprio di montagna e l'acqua nel pozzo al mattino era gelata e il secchio quasi rimbalzava sul ghiaccio prima di infrangerlo e la corda mi segava le mani e quella secchiata d'acqua sulla testa, le poche volte che volli imitare Rosetta, levava il fiato e faceva stare a bocca aperta per un minuto, quasi tramortiti. Dunque, una di quelle mattine, Rosetta si era lavata col solito sistema della secchiata sopra il capo e adesso stava strofinandosi forte con un asciugamano,

ritta presso il letto, in piedi su una tavoletta per non spor-
carseli con il fango del suolo. Rosetta ci aveva un corpo ro-
busto che non si sarebbe mai immaginato vedendo la sua faccia dolce e delicata, dagli occhi grandi, dal naso un po' lungo
e dalla bocca carnosa e ripiegata sul mento che la faceva ras-
somigliare un poco ad una pecorella. Aveva un petto non proprio grosso ma sviluppato di donna fatta che sia già stata madre, gonfio e bianco, come se fosse stato pieno di latte, con
certi capezzoli scuri voltati in su come per cercare la bocca di
un pupo che lei avesse messo al mondo. Il ventre, invece, ce
l'aveva proprio di ragazza vergine, liscio, spianato, quasi in-   stomaco
cavato, così che il pelo, tra le cosce che ci aveva forti e rile-
vate, sporgeva in fuori, riccio e fitto, che pareva un bel cuscinetto per gli spilli. Di dietro, poi, era veramente bella,
sembrava una statua di quelle di marmo bianco che si vedono
a Roma nei giardini pubblici: le spalle piene e rotonde, la
schiena lunga e, sotto la schiena, un'insellatura profonda, come di cavalla giovane, che dava spicco al culo bianco, rotondo
e muscoloso, così bello e pulito che dava la voglia di mangiar-
selo coi baci come quando lei aveva due anni. Insomma, io
ho sempre pensato che un uomo che è un uomo, al vedere
la mia Rosetta nuda, all'impiedi, che si strofinava un panno
sull'insellatura delle reni e ad ogni strofinata faceva tremare
un poco il petto solido e alto, quest'uomo, dico, avrebbe
dovuto almeno turbarsi e diventare rosso o pallido, secondo il temperamento. E questo perché si può avere la
mente ad altro ma il momento che una donna si mostra
nuda, tutti i pensieri volano via come tanti passerotti da
un albero se ci si spara una fucilata; e non rimane che il
turbamento del maschio il quale si trova di fronte alla femmina. Ora Michele, non so come, una di quelle mattine che
Rosetta stava, come ho detto, asciugandosi ignuda in un angolo della stanzetta, venne a trovarci e spinse a metà la porta, senza bussare. Io sedevo presso la soglia e avrei potuto
avvertirlo del suo errore dicendogli: "No, non entrare. Rosetta sta lavandosi." Invece, lo confesso, quasi non mi dispiacque che lui entrasse così all'improvviso e questo perché una
madre è sempre fiera della figlia e in quel momento, più forte
della sorpresa e magari della riprovazione, fu la mia vanità di
madre. Pensai: "La vedrà nuda... poco male, tanto più che
non l'ha fatto apposta... così vedrà quanto è bella la mia Ro-

setta." Con questo pensiero in testa, rimasi zitta; e lui, tratto in inganno dal mio silenzio, spalancò del tutto la porta venendo a trovarsi proprio di fronte a Rosetta, che cercava, intanto, ma invano, di coprirsi con l'asciugamani. Io l'osservavo; e lo vidi restare per un momento incerto e quasi annoiato vedendo Rosetta nuda; quindi si voltò serio verso di me e disse in fretta che lo scusassi, forse era venuto troppo presto, ma ad ogni modo voleva dirci la grande novità che aveva appreso allora allora da un giovanotto di Pontecorvo che girava la montagna per vendere il tabacco: i russi avevano sferrato una grande offensiva contro i tedeschi e questi si ritiravano da tutto il fronte. Soggiunse poi che ci aveva da fare e ci avrebbe viste più tardi e se ne andò. Quel giorno stesso, trovai modo di parlargli da sola a solo e gli dissi sorridendo: "Tu Michele, è proprio vero, non sei fatto come gli altri giovanotti della tua età." Lui si rannuvolò e domandò: "E perché?" E io: "Hai avuto sotto gli occhi una bella ragazza come Rosetta, nuda, e non hai pensato che ai russi e ai tedeschi e alla guerra, e, per così dire, manco l'hai vista." Lui ci rimase male e anzi quasi si arrabbiò e disse: "Che sciocchezze sono queste? Mi meraviglio che tu, che sei sua madre, parli in questo modo." Io gli dissi allora: "Anche lo scarafone è bello a mamma sua, non lo sai Michele? E poi che c'entra? Mica te l'ho detto io di venire stamattina ed entrare senza bussare. Ma una volta entrato, forse mi sarei arrabbiata se tu avessi guardato Rosetta con troppa insistenza ma in fondo, proprio perché sono sua madre, non mi sarebbe dispiaciuto del tutto. Invece niente: manco l'hai vista." Lui sorrise, in una maniera sforzata, però, e poi disse: "Queste cose per me non esistono." E questa fu la prima e l'ultima volta che parlai con lui di queste cose.

CAPITOLO QUINTO

Dopo la visita del Tonto e le sue minacciose previsioni di rastrellamenti, cominciò a piovere. Per tutto ottobre aveva fatto un tempo bellissimo, con il cielo sereno e l'aria fresca, pulita e senza vento. Con questo tempo, in quelle giornate senza fine che stavamo vivendo lassù, c'era almeno la distrazione di fare qualche passeggiata oppure, semplicemente, starsene all'aria aperta a guardare il panorama di Fondi. Ma una di quelle mattine l'aria cambiò ad un tratto: come ci alzammo, sentimmo che faceva caldo e guardando, poi, dalla parte della marina, vedemmo che era tutta annebbiata, con nuvole gonfie e scure che stavano sospese sul mare grigio come sopra una pentola a bollore. Queste nuvole non era ancora passata la mattinata che avevano invaso tutto il cielo, sospinte da un vento fiacco, bagnato, che veniva anch'esso dal mare. Gli sfollati che se ne intendevano perché erano nati da quelle parti, ci dissero che queste nuvole volevano dire pioggia e che la pioggia sarebbe durata finché, allo scirocco che veniva, appunto, dal mare, non fosse subentrata la tramontana che veniva dalle montagne. E infatti così fu: verso mezzogiorno cominciarono a cadere le prime gocce e noi ci rimbucammo nella casetta aspettando che finisse. Sì, altro che finire: piovve tutto quel giorno e tutta la notte e poi il giorno dopo la marina era più sporca che mai e tutto il cielo era un solo groviglio di nuvole scure e le montagne erano incappucciate di nuvole e dalla valle salivano su, con le folate del vento umido, altre nuvole gonfie di pioggia. Dopo una breve interruzione piovve di nuovo e da allora, per non so quanti altri giorni, anzi per più di un mese piovve sempre, giorno e notte.

Chi abita in città, la pioggia non gli fa niente. Se esce, cammina sul marciapiede o sull'asfalto, sotto un ombrello; se sta in casa, si muove su pavimenti di legno o di marmo. Ma lassù a Sant'Eufemia, sulla macera tra le capanne, la pioggia era un vero castigo di Dio. Stavamo tutto il giorno nella casetta, in quella stanzetta buia dal tetto in pendenza, con la porta aperta perché non c'erano finestre e guardavamo la pioggia che cadeva e formava davanti la porta come un velo umido e fumante. Io stavo seduta sul letto e Rosetta sopra la seggiolina che mi era riuscito di ottenere da Paride pagandogli un tanto per l'affitto. Guardavamo la pioggia rincretinite e non parlavamo; se parlavamo, parlavamo della pioggia e dei suoi inconvenienti. Di uscire non c'era neanche da pensarci: lasciavamo la casetta soltanto in caso di necessità, come dire far legna oppure allontanarci per soddisfare i bisogni naturali. E a questo punto, benché il discorso non sia molto simpatico, debbo dire che chi non ha fatto questa vita e sta in città dove ogni casa ci ha il suo cesso e magari anche il bagno, non può sapere che cosa sia vivere in un luogo dove le latrine non ci sono. Tutte e due, almeno due o tre volte al giorno, dovevamo uscire per la macera e lì, dietro una siepe, rialzarci la gonna e accovacciarci, proprio come le bestie. Carta igienica non ce n'era, naturalmente, e neppure giornali e cose simili; così avevamo preso l'abitudine di strappare le foglie ad un fico che stava proprio lì fuori, accanto alla casetta, e pulirci con quelle. Con la pioggia, naturalmente, tutto questo diventò molto più difficile e più sgradevole; andare per il campi affondando fino alla caviglia nel fango e quindi, sotto la pioggia che cadeva, tirarsi su la gonna e sentire l'acqua battere, fredda e fastidiosa, sul sedere nudo e poi strofinarsi con la foglia di fico tutta bagnata e viscida; queste sono cose che non augurerei a nessuno, neppure al mio peggior nemico. Aggiungerò che la pioggia dava fastidio non soltando di fuori ma anche di dentro: nella casetta, siccome non c'era pavimento, il fango era tanto che la mattina, per scendere dal letto, dovevamo saltellare qua e là su certe pietre, collocate apposta, come ranocchie, altrimenti c'era il caso di andare coi piedi nel fango e di ridurseli color cioccolato. Insomma, la pioggia penetrava dappertutto con una umidità da non dirsi; e qualsiasi cosa facessimo, anche il più piccolo movimento, scoprivamo subito di essere schizzate di fango, di aver del fango sulla gonnella, o sulle gambe o non so dove. Fango in terra e pioggia in cielo; Paride e la sua famiglia ci erano abituati; e si consolavano dicendo che questa pioggia era una cosa normale e ci voleva e tutti gli anni tornava e non c'era altro da fare che aspettare che finisse. Ma per noi due era proprio un tormento, peggiore di qualsiasi altra cosa che avessimo sinora sperimentato.

L'effetto peggiore di questa pioggia fu che, alla fine, venimmo a sapere che gli inglesi, per via del cattivo tempo, si erano fermati al Garigliano e non parlavano più di avanzare. Naturalmente, appena gli inglesi rinunziarono ad avanzare, i tedeschi, come apprendemmo, decisero di non ritirarsi più e anzi di trincerarsi là dove si trovavano. Non capisco niente di guerre e di battaglie; so soltanto che una di quelle mattine di pioggia, arrivò tutto trafelato un contadino, portando seco un fogliaccio di carta stampata: era un ordine che i tedeschi avevano attaccato in tutte le località abitate. Michele lo lesse e ci spiegò quello che conteneva: il comando tedesco aveva deciso di far sgomberare tutta la zona tra il mare e la montagna, inclusa la località in cui ci trovavamo e che infatti era nominata nel foglio. Per ogni località era indicato il giorno in cui doveva aver luogo lo sgombero. La gente non doveva prendere con sé valigie o sacchi ma soltanto poca roba da mangiare. Doveva, insomma, abbandonare case, capanne, bestie, attrezzi, mobili e ogni altro suo avere, prendere i figli in collo e andarsene, montagna montagna, per quelle mulattiere impossibili, sotto la pioggia, indietro indietro, verso Roma. Naturalmente quei disgraziati, figli di mignotte, dei tedeschi minacciavano le solite pene per chi non avesse ubbidito: arresto, confisca, deportazione, fucilazione. La nostra contrada era indicata per lo sgombero completo tra due giorni. In quattro giorni tutta la zona doveva essere lasciata vuota affinché tedeschi e inglesi potessero averci più posto per ammazzarsi a tutto loro agio.

Filippo e gli altri sfollati e anche i contadini si erano ormai abituati a considerare i tedeschi come la sola autorità che fosse ormai rimasta in Italia; e così, la loro prima reazione non fu tanto di ribellarsi quanto di darsi alla disperazione: l'autorità tedesca voleva qualche cosa di impossibile, puruttavia, era autorità e non c'era altra autorità all'infuori di essa: bisognava dunque ubbidire oppure... oppure non sapevano neppur loro quel che si potesse fare. Gli sfollati che avevano già lasciato le case a Fondi e che lo sapevano quel che voleva dire scappare, davanti alla prospettiva di fuggire di nuovo per le mulattiere di montagna, in quella stagione gelata, con la pioggia che non smetteva di cascare dalla mattina fino alla sera, con quel fango che rendeva impossibile camminare nonché fino a Roma anche soltanto fino in fondo alla macera, senza direzione, senza guida e senza un luogo preciso dove andare, si diedero addirittura alla disperazione. Le donne piangevano, gli uomini bestemmiavano e dicevano parolacce oppure stavano avviliti e zitti. I contadini come Paride e le altre famiglie, dal canto loro, tutta gente che aveva penato la vita intera a fabbricare con le mani le macere, a coltivarle, a tirar su le casette e le capanne, addirittura più che disperati, erano stupefatti: quasi non ci credevano. Chi ripeteva: "E dove ce ne andiamo?"; chi voleva farsi leggere di nuovo il bando, parola per parola; chi diceva, dopo che gliel'avevano letto: ma non può essere è impossibile. Poveretti, non capivano che per i tedeschi l'impossibile non esisteva, tanto più che si trattava di cose tutte da fare sulla pelle degli altri. La cognata di Paride, Anita, che aveva il marito in Russia e aveva tre bambini piccoli, espresse il sentimento comune dichiarando ad un tratto, senza enfasi, anzi calma calma: "Io, piuttosto che andarmene, ammazzo prima i miei figli e poi mi ammazzo." E capii che lei questo lo diceva non tanto proprio per disperazione quanto perché si rendeva conto che andare via, con tre bambini piccoli, in pieno inverno, su per le mulattiere di montagna voleva dire condannarli a morte, e tanto valeva allora ammazzarli subito: faceva prima.

Il solo che non perse la testa in quell'occasione fu Michele; e questo, credo, si doveva al fatto che lui non aveva mai riconosciuto l'autorità dei tedeschi, considerandoli, come diceva spesso, come banditi, briganti e delinquenti che provvisoriamente erano i più forti perché avevano le armi e se ne servivano. Lui dopo aver letto il proclama del comando tedesco, si limitò a dire, con una risata sarcastica: "Chi diceva che gli inglesi e i tedeschi sono la stessa cosa, e tanto valgono gli uni o gli altri, adesso si faccia avanti." Nessuno fiatò; e meno di tutti Filippo, il padre, al quale queste parole erano dirette. Stavamo tutti riuniti nella capanna, intorno al fuoco, di sera, e Paride disse: "Tu ci canzoni, ma per noialtri questo vuol dire la morte... qui ci abbiamo le case, qui le bestie, qui la roba, qui tutto quanto... se ce ne andiamo che succederà di tutto questo?" Michele, come mi sembra di aver fatto capire, era un tipo curioso, buono ma al tempo stesso duro, generoso, se vogliamo, ma anche crudele. Si mise a ridere di nuovo e disse: "Be', perderete tutto quanto e poi magari morirete... che c'è di strano?... Non hanno perso tutto quanto, non sono morti i polacchi, i francesi, i cecoslovacchi e, insomma, tutti coloro che si sono trovati sotto l'occupazione tedesca... ora tocca a noialtri italiani... finché succedeva agli altri, nessuno ci trovava niente da ridire... ora tocca noi, però... oggi a me, domani a te." Tutti restarono costernati a queste parole, e più di tutti Filippo che, lo si vedeva, dalla gran tremarella quasi quasi non connetteva più. Disse: "Tu scherzi sempre... ma questo non è il momento di scherzare." E Michele: "Ma a te che te ne importa?... Non avevi detto che per te tedeschi o inglesi erano la stessa cosa?" Filippo domandò: "Ma insomma, che dobbiamo fare?" E per la prima volta vidi che tutta la sua saggezza basata sul "ccà nisciuno è fesso" non valeva un fico, non soltanto per noi ma anche per lui. Michele si strinse nelle spalle: "I tedeschi non sono forse i padroni? Andate dai tedeschi e domandateglielo a loro quel che dovete fare. Loro, però, vi diranno di fare quello che ci sta scritto in questo foglio." Paride, allora, ebbe una frase un po' come quella di Anita sui propri figli: "Io prendo il fucile e appena vedo il primo tedesco, lo ammazzo... poi ammazzeranno anche me, pazienza... almeno all'altro mondo non ci andrò da solo." Michele rise e disse: "Bravo, ora cominci a ragionare."

Restammo tutti incerti, mentre Michele continuava a ridacchiare e gli altri guardavano rimminchioniti al fuoco che si spegneva. Alla fine Michele si fece serio e disse ad un tratto: "Volete sapere quel che dovete fare?" Tutti lo guardarono con speranza. Michele proseguì. "Non dovete fare niente, ecco tutto. Fate come se questo bando non l'aveste mai visto. Restate dove siete, continuate a fare la solita vita, ignorate i tedeschi e i loro proclami e le loro minacce. Se loro vogliono sgomberare davvero la zona hanno da farlo non con i pezzi di carta, che non valgono niente, ma con la forza. Anche gli inglesi ce l'hanno la forza; però, per via del cattivo tempo non possono impiegarla e si sono fermati. Così i tedeschi. Se voi non vi muovete, ci penseranno due volte prima di mandare i soldati quassù, per queste mulattiere. E anche se venissero, dovrebbero portarvi via con le braccia. Fate i sordi, insomma. Poi staremo a vedere. Non ce lo sapete che i tedeschi e i fascisti hanno fatto proclami dappertutto sempre con la pena di morte per chi non ubbidiva? Io stesso stavo sotto le armi il venticinque luglio e disertai e poi loro fecero un proclama che ingiungeva, pena la morte, di raggiungere i propri reparti. Io invece di raggiungere il mio reparto, venni qui. Fate dunque come me e non muovetevi."

Era la cosa più semplice e più giusta da pensare in quel frangente; ma nessuno ci aveva pensato perché, come ho detto, tutti consideravano i tedeschi come l'autorità e tutti avevano bisogno di un'autorità purchessia e inoltre quando una cosa è stampata in un foglio sembra a tutti che sia una cosa alla quale non si possono fare obiezioni. Insomma, tutti andarono a letto quella sera quasi rassicurati, con più fiducia di quanta ne avessero quando si erano alzati al mattino; e il giorno dopo, come per miracolo, nessuno parlò più di tedeschi e del proclama di sgombero. Fu come se tutti si fossero passata la parola, di non parlarne, di fare come se non ci fosse mai stato. Passarono alcuni giorni e poi si vide che Michele aveva avuto ragione perché nessuno si mosse né a Sant'Eufemia né a quanto apprendemmo in altre contrade; e bisogna credere che i tedeschi cambiassero idea e rinunziassero allo sgombero, perché di proclami non si parlò più.

Quanti giorni piovve? Io dico che avrà piovuto almeno quaranta giorni, come per il Diluvio Universale. Adesso, oltre a piovere, faceva anche freddo perché ormai eravamo d'inverno, e quel ventaccio che veniva dal mare a folate piene di umidità e di nebbia era anche gelato, e l'acqua che le nuvole scaricavano ogni giorno sulla montagna era mista a neve e ghiaccio e pungeva la faccia come se fosse stata piena di spilli. Per riscaldarci nella stanzetta non avevamo che un braciere pieno di carbonella che ci mettevamo contro le ginocchia; per lo più però o stavamo a letto, raggomitolate l'una contro l'altra, oppure stavamo nella capanna, al buio, davanti al fuoco che era sempre acceso. Pioveva di solito tutta la mattina, poi verso mezzogiorno c'era come una schiarita ma insufficiente, con tutte quelle nuvolacce sfrangiate e stracciate che stavano sospese nel cielo come per riprender fiato e la marina più sporca e più nebbiosa che mai; quindi, nel pomeriggio, riprendeva a piovere e pioveva fino alla sera e poi durante tutta la notte. Noi due stavamo sempre con Michele e lui parlava e noi lo ascoltavamo. Di che cosa parlava? Di tutto un po', gli piaceva parlare, aveva il tono del professore o del predicatore e tante volte glielo dissi: "Peccato che non ti sei fatto davvero prete, Michele... sai che belle prediche avresti fatto la domenica." Con questo non voglio dire che fosse chiacchierone; diceva sempre qualche cosa che interessava mentre i chiacchieroni annoiano e, ad un certo punto, uno non li ascolta più; lui invece si faceva sempre ascoltare e qualche volta persino mi succedeva di sospendere il lavoro di maglia per ascoltare meglio uno di quei suoi ragionamenti. Quando parlava non si rendeva conto di nulla, né che il tempo passava né che la lampada si spegneva, né che io e Rosetta volevamo star sole per qualche motivo nostro. Andava avanti, infervorato, monotono e pieno di buona fede e quando io l'interrompevo dicendo: "Be', ora bisogna andare a dormire." oppure "Be', è ora di pranzo," sempre ci restava male, sconcertato, facendo un viso amaro che pareva volesse dire: "Ecco cosa vuol dire parlare a delle donne sciocche e sventate come queste: fiato sprecato."

Durante quei quaranta giorni di pioggia non successe nulla di notevole all'infuori di un fatto che voglio raccontare e che riguardò Filippo e il suo parsenale Vincenzo. Dunque, una di quelle mattine che piovigginava, al solito, e il cielo era tutto un ciafruglio di nuvole scure che salivano senza tregua dal pentolone della marina, io e Rosetta assistevamo alla macellazione di una capra che Filippo aveva acquistato da Paride e intendeva poi rivendere al minuto, dopo averci preso la sua parte. La capra, bianca e nera, stava legata ad un palo e quegli sfollati, in mancanza di meglio da fare, l'osservavano calcolando quanto pesasse e quanta carne ne sarebbe venuta fuori, una volta che fosse stata scuoiata e ripulita. Rosetta, mentre stavamo così all'impiedi sotto la pioggia fine, con le scarpe nel fango, mi disse sottovoce: "Mamma, quella povera capra mi fa compassione... ora è viva, tra poco l'ammazzeranno... se dipendesse da me, non l'ammazzerei." Le dissi: "E che mangeresti allora?" Lei rispose: "Pane e verdura... che bisogno c'è di mangiare carne? Anche io sono fatta di carne e questa carne di cui sono fatta non è poi tanto diversa dalla carne di questa capra... che colpa ne ha lei se è una bestia e non può ragionare e difendersi?" Riferisco per esteso queste parole di Rosetta soprattutto per dare un'idea di come lei ragionasse e pensasse ancora in quel tempo, in piena guerra e con la carestia. Sembreranno forse un poco ingenue e persino sciocche, ma testimoniavano, come ho già accennato, quella specie di perfezione tutta sua per cui non le si poteva attribuire alcun difetto, proprio come ad una santa, e che, forse, sarà venuta dall'inesperienza e dall'ignoranza ma, insomma, era sincera e di cuore. Dopo, come ho già accennato, mi accorsi che questa perfezione era fragile e quasi artificiale, come quella di un fiore cresciuto in una serra calda, il quale, una volta portato all'aria aperta, subito si avvizzisce e muore; ma in quel momento io non potevo fare a meno di intenerirmi e di pensare che avevo una figlia troppo buona e gentile e che non avevo fatto nulla per meritarmela.

Intanto, il macellaio, un certo Ignazio che tutto si sarebbe detto fuorché un macellaio, un tipo malinconico e dinoccolato, con una sfuriata di capelli brizzolati in cima alla fronte, le basette lunghe e gli occhi celesti infossati, si era tolto la giacca ed era rimasto in farsetto. Su un tavolino, presso il palo a cui era legata la capra, gli avevano messo un paio di coltelli e una catinella, proprio come negli ospedali quando si fa un'operazione. Ignazio prese uno di quei coltelli, ne provò il filo sul palmo della mano, quindi si accostò alla capra e l'afferrò per le corna rovesciandole indietro la testa. La capra girava gli occhi che parevano uscirle fuori dalla testa dallo spavento e si capiva che aveva capito e faceva un belato che era proprio un lamento, come per dire: "Non ammazzarmi, pietà." Ma Ignazio si acchiappò con i denti il labbro inferiore e con un colpo solo le cacciò il coltello in gola, fino al manico, sempre tenendola ferma per le corna. Filippo, che gli faceva da aiutante, fu lesto a mettere la catinella sotto la gola della capra: dalla ferita, il sangue colò giù come una fontanella, nero e denso, caldo che fumava per l'aria. La capra fremette, poi chiuse a metà gli occhi che le si erano già appannati come se, a misura che il sangue colava nel catino, la vita se ne fosse andata e con la vita anche lo sguardo; infine piegò le ginocchia e si abbandonò, si sarebbe detto ancora fiduciosa, tra le mani di colui che l'aveva scannata. Rosetta si era allontanata sotto la pioggia che continuava a cadere e io avrei voluto raggiungerla ma bisognava pure che stessi presente perché di carne ce n'era poca e non volevo lasciarmela sfuggire; inoltre Filippo mi aveva promesso le budella che sono tanto buone arrostite a scottadito sopra la graticola, ad un fuoco di legna o di carbon dolce. Ignazio intanto aveva sollevato la capra per le zampe di dietro e, trascinandola per il fango, era andato ad appenderla a due pali, poco più in là, testa in giù e zampe larghe. Tutti ci raggruppammo per vedere Ignazio lavorare.

Lui, prima di tutto, prese una delle zampe anteriori e tagliò lo zampetto, come se uno tagliasse una mano al polso. Quindi scelse una bacchetta sottile ma dura e l'introdusse tra il cuoio lanoso e la carne dello zampetto: la pelle della capra è attaccata alla carne appena con dei filamenti e non ci vuol niente a staccarla, come un foglio male incollato. Introdotta la bacchetta, lui la rigirò in modo da fare un buco e poi, gettata via la bacchetta, si mise lo zampetto in bocca, come un zufolo, e ci soffiò dentro con forza fino a farsi diventare grosse le vene del collo e paonazze le guance. Soffiando, soffiando, la capra incominciò a gonfiarsi a misura che il fiato di Ignazio si insinuava e circolava tra il cuoio e la carne. Ignazio continuò a soffiare e soffiare e alla fine la capra penzolò tra i due pali, gonfia come un otre, grande quasi il doppio di prima. Allora lui lasciò cadere lo zampetto, si asciugò la bocca sporca di sangue e con il coltello incise il cuoio per tutta la lunghezza del ventre, dall'inguine fino al collo. Quindi, con le mani, prese a staccare il cuoio dalla carne. Era veramente una cosa strana da vedere come il cuoio veniva via facilmente, simile ad un guanto che si sfili dalla mano, via via che lui tirava e con il coltello qua e là tagliava i filamenti che ancora restavano attaccati. Insomma, lui, piano piano, tolse via tutta la pelle e poi la gettò in terra, pelosa e sanguinolenta, simile ad un vestito smesso; e adesso la capra era nuda, per così dire, tutta rossa con qualche chiazza bianca e bluastra qua e là. Piovigginava sempre ma nessuno si era mosso; Ignazio riprese il coltello, aprì il ventre alla capra, per lungo, ci mise dentro le mani e mi gridò subito: "Cesira, para il braccio." Io accorsi e lui tirò fuori tutta la massa delle budelle, svolgendole una per una, con ordine, come se fosse stata una matassa. Ogni tanto le tagliava e me le metteva sul braccio che erano ancora calde e puzzavano non so quanto e mi sporcavano di merda. Ignazio intanto ripeteva, come tra sé e sé: "Questo è un piatto da re, anzi, trattandosi di voialtre donne, da regine... pulitele e arrostitele a fuoco lento." In quel momento, si udì una voce: "Filippo! Filippo!"

Ci voltammo tutti quanti; ed ecco venire su dalla macera prima la testa e poi le spalle e infine la persona intera di Vincenzo, il parsenale di Filippo, presso il quale avevamo abitato prima di salire a Sant'Eufemia. Più che mai simile a un uccellaccio spennacchiato, con il suo naso adunco ed i suoi occhi infossati, trafelato, zozzo di fango e di pioggia, prim'ancora di essere giunto in cima alla macera, cominciò a gridare dal basso: "Filippo, Filippo, è successa una disgrazia... è successa una disgrazia..." Filippo che, come tutti noi, stava osservando Ignazio, subito gli corse incontro, con gli occhi fuori della testa: "Che è successo, parla, che è successo?" Ma l'altro, che era furbo, fingeva di avere il fiatone per la salita e si premeva la mano sul petto ripetendo con voce cavernosa: "Una disgrazia grande." Adesso tutti quanti avevamo piantato in asso Ignazio e la sua capra e ci eravamo raggruppati intorno Filippo e il parsenale; la finestra della casetta di Filippo, che stava poco più su, si era intanto aperta e due donne si erano affacciate, la moglie e la figlia di Filippo. Il parsenale, alla fine disse: "È successo che sono venuti i tedeschi e i fascisti, hanno bussato sulle pareti, hanno trovato il nascondiglio e hanno buttato giù il muro." Filippo lo interruppe con un urlo: "E hanno rubato la roba mia." "Sicuro," disse l'altro rinfrancato, non so perché, forse perché aveva ormai dato la notizia "hanno rubato tutto, non hanno lasciato niente, proprio niente." Questo a voce alta, di modo che la moglie e la figlia di Filippo, affacciate alla finestra, udirono; e subito, infatti, incominciarono a lamentarsi forte e ad agitare le braccia spenzolandosi dal davanzale. Ma Filippo non perse tempo in altre spiegazioni: "Non è vero, non è vero," prese a sbraitare. "Sei tu che hai rubato, sei tu il ladro e il tedesco e il fascista... tu e quella strega di tua moglie e quei delinquenti dei tuoi figli!... Tutti vi conoscono. Siete una banda di delinquenti, non rispettate neppure il San Giovanni." Urlava come un ossesso; tutto ad un tratto acchiappò sul tavolino uno dei coltelli di Ignazio, prese per il collo Vincenzo e fece per colpirlo. Per fortuna gli sfollati furono pronti a saltargli addosso; e così lo tennero per le braccia, in quattro, mentre lui si slanciava in avanti col petto e con la fronte, la schiuma alla bocca, gridando: "Lasciatemi che l'ammazzo, la-

sciatemi, voglio ammazzarlo." Intanto le due donne si agitavano alla finestra e strillavano: "Siamo rovinate. Siamo rovinate!" E la pioggia veniva giù fitta bagnandoci tutti quanti.

Ma Michele, che era stato ad osservare la scena quasi, si
sarebbe detto, con soddisfazione, come se gli avesse fatto piacere che la sorella avesse perduto il corredo e la madre la roba di casa, improvvisamente si avvicinò a Vincenzo il quale
continuava a protestare: "Ma chi ha rubato? Sono stati i tedeschi, sono stati i fascisti, noi non c'entriamo!" E come se
l'avesse saputo prima, gli mise la mano nel taschino della
giubba e ne trasse una scatoletta dicendo tranquillo: "Ecco
chi ha rubato. Sei tu che hai rubato... questo anello appartiene
a mia sorella."

Egli aveva aperto la scatoletta e mostrava, infatti, un anel-
lino con un brillante che, come seppi in seguito, era stato regalato da Filippo alla figlia, il giorno del suo compleanno. Appena Filippo vide l'anello, diede un grande urlo, e liberatosi
con uno strattone da coloro che lo trattenevano, si slanciò
contro Vincenzo, il coltello levato in alto. Ma il parsenale fu
più lesto di lui; si svincolò a sua volta dai tanti che lo circondavano e si slanciò giù per la macera. Filippo avrebbe voluto certamente inseguirlo ma capì subito che non ce l'avrebbe
fatta: lui era corto e con la pancia, il parsenale magro e lungo, con le gambe come uno struzzo. Così raccolse da terra un
sasso e lo scagliò contro Vincenzo urlando: "Ladro, ladro."
Ma se lui non si mosse si mossero invece gli sfollati, non tanto perché gli importasse della roba di Filippo, quanto perché,
quando scoppia una rissa, tutti si scaldano e tutti vorrebbero
menare le mani. Così vidi due o tre di quei giovanotti correre
giù per le macere, quasi volando dietro il vecchio Vincenzo il
quale correva anche lui come una lepre. Lo raggiunsero, alla
fine, l'acchiapparono per le braccia e lo costrinsero a risalire
indietro. Filippo, che per tutto il tempo aveva continuato a
lanciare certi sassi grossi da ammazzare un uomo, adesso, sfia-
tato e ansimante, aspettava sull'orlo della macera che gli ri-
portassero il parsenale; e ci aveva in mano il coltello di Ignazio ancora rosso del sangue della capra. Allora Michele si avvicinò al padre e gli disse: "Ti consiglio di rientrare nella casetta."

"Ma io l'ammazzo."

"Tu rientri nella casetta."

"Ma io voglio ammazzarlo, debbo ammazzarlo."

"Dammi il coltello e rientra nella casetta."

Con mia meraviglia, di fronte al figlio così calmo, Filippo si calmò anche lui: posò il coltello sulla tavola e si allontanò verso la sua casetta dalla quale, adesso, si sentivano venire urla e gemiti come da un purgatorio. Così, nel mezzo della macera, non rimase, sotto la pioggia che continuava a cadere, che la povera capra spaccata, appesa ai due pali.

Intanto Vincenzo e i giovanotti che l'avevano rincorso erano arrivati sulla macera; e i contadini e gli sfollati gli si raggrupparono subito intorno, chiedendogli come fosse andata, piuttosto con curiosità, come osservai, che con riprovazione. Vincenzo non si fece pregare: "Io non avrei voluto," disse con quella sua voce da orco, "nessuno di noi avrebbe voluto... diamine, il San Giovanni... lui ha tenuto a battesimo mio figlio, io gli ho tenuto a battesimo sua figlia... il sangue non è acqua, no? Avrei preferito, ve lo giuro, tagliarmi una mano piuttosto che rubare... potessi morire qui di un fulmine se questo non è vero."

"Vi crediamo, Vincenzo, vi crediamo... ma allora come andò che poi rubaste?"

"Una voce... sentivo dentro di me, per giorni e giorni, una voce che ripeteva: 'Prendi un martello e rompi il muro... prendi un martello e rompi il muro...' una voce che non mi lasciava avere bene notte e giorno."

"E così, Vincenzo, alla fine, hai preso il martello e hai rotto il muro... non è così?"

"Proprio così."

Tutti quegli sfollati e contadini diedero in una gran risata e poi, dopo poche altre domande, lo lasciarono e tornarono da Ignazio ed alla sua capra. Vincenzo, però, non se ne andò via subito. Cominciò a girare per la contrada, da una casa all'altra, da una capanna all'altra; e dovunque chiedeva da bere; e poi ripeteva la storia della voce e faceva ridere tutti; e lui invece non rideva e stava lì rimminchionito, come un uccellaccio malandato e sembrava che non capisse perché la gente rideva. Alla fine, verso sera, se ne andò mogio mogio, come se il derubato fosse stato lui e non Filippo.

Michele, quella stessa sera, venuto alla capanna dove io stavo arrostendo le budelle della capra insieme con Paride e la famiglia, disse, a guisa di commento: "Mio padre non è cattivo... ma per quattro lenzuola e un po' di oro stava per uccidere un uomo... invece tutti noi, per un'idea, non saremmo capaci di uccidere un pollo."

Paride disse adagio, guardando al fuoco: "Michele, tu non lo sai che per gli uomini conta più la roba che le idee?... Guarda, per esempio, il prete: se in confessione gli dici che hai rubato, lui, moscio moscio, ti ordina, per penitenza, di recitare qualche preghiera a San Giuseppe, e poi alla fine ti assolve. Ma se vai in parrocchietta e gli rubi a lui, che so io, una posata d'argento, senti come urla... subito, invece di assolverti, manda a chiamare il maresciallo dei carabinieri e ti fa arrestare... se tanto mi dà tanto, se cioè un prete che è un prete si comporta in questo modo, figuriamoci noialtri che preti non siamo."

Questo fu quanto di notevole successe durante la pioggia. Per il resto, le solite cose: chiacchiere sulla guerra e sul tempo, su quello che avremmo fatto quando gli inglesi fossero arrivati e dopo; e soprattutto lunghi sonni, di dodici, quattordici ore, sempre dormendo e ogni tanto svegliandoci e poi, dopo avere ascoltato per un poco la pioggia che batteva sulle tegole e gorgogliava per la grondaia, ripigliando a dormire più profondamente che mai, abbracciate l'una all'altra, su quel letto di tavole sconnesse con il saccone pieno di foglie secche di granturco che spesso si apriva sotto di noi e minacciava di farci cadere in terra. Per la famiglia di Filippo e in genere per tutti gli sfollati, la grande occupazione era invece una sola: mangiare. Si può dire che loro non facessero che banchettare dalla mattina alla sera, sguazzando nell'abbondanza. Dicevano che bisognava mangiare, perché questa era la sola maniera di scacciare la malinconia; dicevano che le provviste era meglio consumarle perché con l'arrivo degli inglesi sarebbe venuta l'abbondanza, i prezzi sarebbero caduti e quella roba lì nessuno l'avrebbe più voluta. Ma io pensavo dentro di me: "Fidarsi è bene ma non fidarsi è meglio." Anch'io ero convinta che gli inglesi sarebbero venuti; ma quando? Bastava che per i motivi loro ritardassero di un mese o due ed eccoci tutti quanti morti di fame. Così mentre tutti gli altri si rimpizzavano, io, nella nostra casetta, mi misi a razione. Mangiavamo una sola volta al giorno, verso le sette, una pignattina piena di fagioli e un po' di carne, per lo più di capra, un pezzo di pane, sempre la stessa qualità, qualche fico secco. Qualche volta facevo la polenta, qualche volta, invece dei fagioli, erano ceci o cicerchi e, invece della capra, vacca. La mattina, invece, tagliavo per me e per Rosetta una fetta di pane e col pane ci mangiavamo una cipolla cruda. Oppure non mangiavamo pane affatto e rosicchiavamo un po' di carrube che di solito si danno ai cavalli ma, in tempo di carestia, vanno bene anche per i cristiani. Rosetta, spesso, si lamentava di aver fame, si sa, era giovane e io allora l'incoraggiavo a dormire perché, come sapevo, dormire è come mangiare: si consuma poco e si accumulano le forze. Insomma mi regolavo come i contadini, i quali, a differenza degli sfollati, erano prudenti, anzi avari e pesavano la roba con la bilancetta dell'orafo. Loro, è vero, ci erano avvezzi alla carestia e sapevano per istinto che, tedeschi o inglesi, non avrebbero mai avuto abbastanza di che sfamarsi, mancandogli sempre i soldi e non essendo mai sufficiente il raccolto per fare la giuntura. Così in un certo senso, io mi sentivo più contadina che sfollata; e non potevo fare a meno di provare antipatia per gli sfollati, per lo più bottegai, che i soldi li avevano fatti sulla pelle altrui e contavano, appena arrivati gli inglesi, di tornare a farli nello stesso modo. Qualcuno dirà che ero bottegaia anch'io, in sostanza; è vero; ma ero nata contadina e a contatto coi contadini e con la terra mi sentivo ormai tornata contadina, come ai tempi che, ragazza, avevo lasciato il paese per sposarmi a Roma.

Basta, andammo avanti così, circa quaranta giorni; poi, verso la fine di dicembre, una bella mattina ci alzammo, al solito, e vedemmo che durante la notte il vento era cambiato. Il cielo era di un azzurro duro, luminoso, profondo, ancora arrossato dall'aurora con tante nuvolette rosse e grigie che se ne andavano via, le ultime nuvole di tanta pioggia. Lassù, dalla parte di Ponza, per la prima volta dopo tanto tempo si vedeva brillare la marina, di un turchino cupo, quasi nero. La pianura di Fondi, ormai invernale, più grigia che verde, fumava nella nebbia del mattino, proprio come quando si aspetta una bella giornata di sole, secca e splendente. E tirava dai monti il vento di tramontana, gelido, asciutto, tagliente che faceva cozzare e tintinnare i rami ignudi dell'albero che stava presso la casetta. Il fango, come uscii di casa, era duro, incrostato, pungente sotto i piedi e brillava qua e là come se fosse stato mischiato a schegge di vetro: durante la notte aveva gelato. Questo cambiamento di tempo ridiede speranza agli sfollati i quali, uscendo tutti quanti fuori delle casette, nella mattina gelata, presero ad abbracciarsi e a congratularsi l'uno con l'altro: adesso, col tempo bello, gli inglesi avrebbero fatto una grande avanzata e tutto sarebbe finito.

Gli inglesi arrivarono, infatti, puntuali, ma non come se lo aspettavano gli sfollati. Verso le undici di quella stessa prima mattina di bel tempo, ce ne stavamo tutti quanti sulla macera a prendere il sole, come tante lucertole intirizzite, quando, ad un tratto, sentimmo un fragore lontano il quale, via via che si avvicinava, si faceva sempre più ampio e maestoso e sembrava riempire di sé il cielo. Tutti gli sfollati, dopo un momento di incertezza, capirono e con loro capii anch'io che quel fragore l'avevo già sentito tante volte a Roma, così di notte come di giorno: "Gli inglesi, gli aeroplani, arrivano gli aeroplani inglesi." Ecco, infatti, da dietro una montagna, nel cielo luminoso e pulito, spuntare un primo gruppo di quattro aeroplani. Erano bianchi e belli, scintillavano al sole, sembravano, lassù in cielo, quelle spillette di filigrana d'argento che si fanno a Venezia. Subito dopo, ecco apparirne altri quattro e poi ancora altri quattro, dodici in tutto. Volavano dritti come se avessero seguito un filo invisibile; il fragore adesso riempiva il cielo; e, dico la verità, benché quel fragore mi ricordasse tante brutte ore a Roma, anch'io mi esaltai un poco udendolo, perché in quel fragore mi pareva di sentire come una voce terribile, ma buona per noialtri italiani, che intimava ai fascisti e ai tedeschi di andarsene. Così anch'io, col cuore sospeso e pieno di speranza, li guardai mentre si dirigevano dritti e sicuri, verso la città di Fondi che giaceva nella valle con le sue casette bianche raccolte tra i giardini di aranci verde cupi. E poi, ecco, il cielo, intorno gli aeroplani, cominciò a punteggiarsi di nuvolette bianche e, subito dopo, presero a rimbombare gli spari secchi e frettolosi della contraerea tedesca. Ce n'erano non so quanti di cannoni contraerei, sparavano da tutte le parti della valle. Bisognava sentire gli sfollati: "Poveracci, sparano... ma sparano a vuoto... li prendono domani... sì, spara, spara, non gli fai un baffo." Effettivamente quelle cannonate non parevano toccare gli aeroplani i quali, intanto, continuavano ad avanzare nel cielo. Quindi sentimmo uno scoppio più grosso e più cupo e vedemmo la nuvoletta bianca non più in cielo ma in terra, tra le case e i giardini di Fondi. Gli aeroplani cominciavano a sganciare le bombe.

Quello che avvenne dopo quella prima esplosione, me lo ricorderò un pezzo, se non altro perché mai vidi tanta gente passare dalla gioia al dolore in così breve tempo. Le bombe, adesso, cadevano fitte, una dopo l'altra, dentro la città sulla quale le nuvole bianche delle esplosioni si moltiplicavano a vista d'occhio, l'una vicina all'altra; e tutti quegli sfollati che un momento prima erano così contenti, cominciarono a urlare su per la macera, piangendo e lamentandosi ad alta voce, proprio come la figlia e la moglie di Filippo allorché Vincenzo aveva annunziato che i tedeschi avevano rubato il corredo. Tutti gridavano, correvano di qua e di là e agitavano le braccia, come se avessero voluto fermare gli aeroplani: "La casa, la mia casa, assassini. Ci distruggono le case, poveretti noi, le case, le case, le case!" E intanto le bombe continuavano a cadere come frutti maturi da un albero se lo si scuote: e la contraerea non faceva che sparare, fitta e rabbiosa, in un fracasso che stordiva e che non soltanto riempiva il cielo ma pareva anche far tremare la terra. Gli aeroplani andarono fino in fondo alla valle, dalla parte della marina, e poi, laggiù, dove il mare scintillava al sole, virarono e tornarono indietro e giù nuove bombe, mentre gli sfollati, che per un poco si erano azzittiti credendo che se ne andassero, riprendevano a urlare e a piangere più forte di prima. Ma proprio quando la squadriglia, inflessibile e sicura, pareva andarsene davvero nella stessa direzione donde era venuta, ecco che il secondo aeroplano dell'ultimo gruppo diede una gran fiammata rossa, simile ad una sciarpa sventolante nel cielo azzurro. La contraerea aveva colpito nel segno e l'aeroplano restava indietro agli altri e quella sciarpa di fuoco sventolava tutt'intorno la piccola macchina bianca, sempre più grande e sempre più rossa. Bisognava sentire gli sfollati adesso: "Bravi tedeschi, dateglieli a quegli assassini, buttateli giù." Rosetta improvvisamente gridò: "Guarda mamma, belli, i paracadutisti." E infatti mentre l'aeroplano colpito si allontanava in fiamme verso la marina, io vidi aprirsi nel cielo, uno dopo l'altro, gli ombrelloni bianchi dei paracadute; e ciascuno aveva una cosina nera che penzolava di sotto e si muoveva secondo il vento: un aviatore. Se ne aprirono così sette o otto che venivano giù lenti lenti; e la contraerea non sparava più; e l'aeroplano colpito, barcollando e abbassandosi, era scomparso dietro una collina e poco dopo si udì un'esplosione fortissima e poi più nulla. Adesso c'era di nuovo il silenzio, con appena appena un'eco metallica nella lontananza, dalla parte dove era scomparsa la squadriglia; e non si udivano che i pianti e le grida degli sfollati lassù sulla macera; e i paracadute argentei continuavano a venire giù lentamente; e tutta la valle di Fondi era avvolta in un fumo grigio qua e là arrossato dalle fiamme degli incendi.

Così gli inglesi vennero, sì, ma per distruggere le case degli sfollati; e, anche in quell'occasione, la strana durezza di cuore di Michele si confermò in una maniera che non mi aspettavo. Quella stessa sera, mentre parlavamo, nella capanna, dei bombardamenti, lui disse ad un tratto: "Lo sapete che dicevano quegli sfollati che adesso piagnucolano sulle loro case, quando i giornali annunziavano che i cosiddetti picchiatelli nostri avevano, come si diceva, coventrizzato non so che città nemica? Dicevano, li ho sentiti io con queste mie orecchie: be', se li bombardano, è segno che se lo meritano." Io domandai: "Ma non ti fanno pena tutti questi poveretti che adesso sono costretti a fuggire per la terra, nudi e crudi come zingarelli?" E lui: "Sì, mi fanno pena, ma non più degli altri che hanno perduto la casa prima di loro. E io ti dico, Cesira: oggi a me, domani a te. Loro hanno applaudito quando si bombardavano le case agli inglesi, ai francesi, ai russi e adesso sono bombardati a loro volta. Non è giusto questo? Tu, Rosetta, che credi in Dio, non ci vedi in questo il dito di Dio?" Rosetta non disse niente, come al solito, quando lui parlava di religione; e il discorso finì lì.

Insomma, dopo quel primo bombardamento, gli sfollati si precipitarono tutti quanti a valle per vedere che cosa fosse successo delle loro case; e quasi tutti tornarono con la buona notizia che le case, per lo più, si erano salvate, e che, in conclusione, le rovine non erano così terribili come era sembrato a prima vista. C'erano stati, è vero, un paio di morti: un mendicante vecchio che dormiva in una casa già rovinata della periferia; e, pare impossibile, quel fascista che si chiamava Scimmiozzo e che ci aveva minacciate con il fucile quando abitavamo da Concetta. Scimmiozzo era proprio morto come era vissuto: quel mattino, approfittando della bella giornata, era andato a Fondi e aveva scassinato la saracinesca di un negozio di mercerie. La bomba gli aveva fatto crollare la casa sulla testa e lui l'avevano ritrovato in mezzo alle fettucce e ai bottoni, con la mano ancora stretta sulla roba rubata. Dissi a Rosetta: "Be', finché muore gente come quella, benedetta la guerra." Ma lei mi sorprese mostrando un viso pieno di lacrime e dicendo "Non dire questo, mamma... era un poveretto anche quello." E la sera volle dire una preghiera anche per lui, in suffragio della sua anima più nera della camicia nera che indossava quando la bomba l'aveva colpito.

Dimenticavo di dire che in quei giorni ci fu un altro morto: Tommasino. Io so bene come e perché morì perché mi trovavo con lui quando avvenne il fatto che ne provocò la morte. Lui, nonostante la pioggia, il freddo e il fango, aveva continuato a commerciare tutto il tempo. Comprava dai contadini, dai tedeschi, dai fascisti e rivendeva agli sfollati. La roba da mangiare ormai era poca ma lui s'ingegnava lo stesso con il sale, con il tabacco, con le arance, con le uova. Aveva alzato i prezzi, naturalmente, e mi sa che guadagnasse parecchio. Tutto il giorno andava in giro per la valle, noncurante del pericolo, non perché fosse coraggioso ma perché i soldi gli premevano più della pelle; sempre con la barba lunga, sempre con i pantaloni rimboccati e stracciati, sempre con le scarpe cariche di fango, che sembrava proprio l'ebreo errante. La famiglia, l'aveva alloggiata da un pezzo presso certi contadini che stavano più su ancora della casetta di Paride; a chi gli domandava perché non raggiungesse la famiglia, rispondeva: "Ci ho il negozio, voglio fare il negozio fino all'ultimo momento." Lui intendeva fino all'ultimo momento della guerra; e non sapeva invece, che avrebbe negoziato fino all'ultimo momento della sua vita.

Insomma, un giorno, io radunai otto uova in un panierino e andai giù con Rosetta, con l'intenzione di cambiarle con un pane militare, dai tedeschi che stavano accampati nei boschetti d'aranci, giù a valle. Per una combinazione, Tommasino si trovava a Sant'Eufemia in visita di affari e si offrì di accompagnarci. Venimmo giù che era la quinta bella giornata dopo quel primo bombardamento. Tommasino, al solito, ci precedeva, andando giù per i sassi e le buche della mulattiera, senza dir parola, assorto nei suoi calcoli, e noi lo seguivamo, anche noi senza parlare. La mulattiera girava a zig zag per il fianco del monte di sinistra, quindi, ad un certo punto, ad una rupe che sbarrava il passo, correva per un ripiano e poi riprendeva a scendere sul monte di destra. Questo ripiano era un luogo strano: c'erano tante rocce ignude ritte, di forma curiosa, simili a pan di zucchero, di un color grigio come la pelle degli elefanti tutte sforacchiate di grotte e grotticelle; e, tra questi rupi, c'erano molti fichi d'India, con le loro foglie verdi e carnose che sembravano tante facciole gonfie e piene di spine. Il sentiero serpeggiava tra i fichi d'India e le rocce, lungo un ruscelletto che era proprio una bellezza a vedersi, con l'acqua chiara come un cristallo sopra un letto di borraccina verde. Ora, come giungemmo sul ripiano e Tommasino ci precedeva di un trenta metri, udimmo il fragore di una squadriglia di aeroplani. Non ci facemmo caso; ormai era diventata una cosa normale e per lo più passavano diretti verso il fronte; le montagne, si poteva star sicuri che non le bombardavano perché non valeva la pena di sprecare le bombe, che costavano quattrini, sui sassi delle macere. Mi limitai perciò a dire a Rosetta, tranquillamente: "Guarda, gli aeroplani." Si vedeva, infatti, nel cielo luminoso, la squadriglia bianca come argento, ordinata in tre file e, in testa un aeroplano solo che sembrava far da guida. Poi, mentre guardavo, vidi una banderuola rossa scoccare dall'aeroplano che stava in testa e, non so come, ricordai che Michele mi aveva detto che quello era il segnale dello sgancio delle bombe. Ebbi appena il tempo di pensare a questo, che le bombe cominciarono a piovere giù o meglio noi non vedemmo le bombe tanto furono rapide a cadere, ma sentimmo quasi subito l'esplosione violentissima e vicinissima mentre tutto il terreno intorno a noi ballava come se ci fosse stato il terremoto. In realtà non era tanto il terreno che ballava quanto una quantità di sassolini divelti dal terriccio e, soprattutto, come mi accorsi dopo, di schegge di ferro aguzze e storte, ciascuna lunga almeno quanto il mio dito mignolo, che, se ce ne fosse andata una sola in corpo, eravamo morte sul colpo. Intorno a noi, intanto, si era alzato un polverone acre che faceva tossire e, tra questa nuvola opaca di polvere, io non vedevo quasi niente e, presa da una paura terribile, chiamavo Rosetta. Il polverone si schiariva un poco, adesso e, in terra, c'erano tante di quelle schegge di ferro e un macello di foglie di fichi d'India squarciate e frantumate e poi, tutto ad un tratto, sentii la voce di Rosetta che mi diceva: "Mamma sono qui, mamma." Non ho mai creduto ai miracoli, ma dico la verità, considerando tutte quelle schegge di ferro che ci avevano ballato intorno nel momento dell'esplosione, pensai, mentre abbracciavo felice la mia Rosetta sana e salva, che era stato proprio un miracolo se non eravamo rimaste uccise. L'abbracciai, la baciai e la toccai per il viso e la persona, quasi incredula che fosse rimasta sana; quindi cercai Tommasino che, come ho detto, ci precedeva di una trentina di passi. Non lo vidi, né vicino né lontano, sul ripiano sparso di fichi d'India massacrati e squarciati; ma udii la sua voce che si lamentava, non so dove: "Dio mio, Madonna mia, Dio mio, Madonna mia..." Pensai che fosse stato colpito e allora provai rimorso della mia felicità per aver ritrovato Rosetta sana e salva, non mi era tanto simpatico ma era un cristiano anche lui, dopo tutto, e ci aveva aiutate, benché per interesse. Così, aspettandomi di trovarlo steso a terra nel proprio sangue, mi diressi verso il luogo donde sentivo venir la sua voce. Era una grotticella poco profonda, quasi una cavità in una di quelle rupi, e lui ci stava rannicchiato come una lumaca nel guscio, tenendosi la testa tra le mani e lamentandosi forte. Mi accorsi subito, però, che non aveva neppure una sgraffignatura, soltanto lo spavento. Gli dissi: "Tommasino, è passata... che fai in questo buco?... ringraziamo Dio, siamo tutti salvi." Lui non mi rispose ma tornò a mugolare: "Dio mio, Madonna mia..." Insistetti, sorpresa: "Tommasino, muoviti, andiamo giù, che se no si fa tardi." E lui: "Io non mi muovo di qui." E io: "Ma che, vuoi restare qui?" E lui: "Io non ci vengo giù... adesso salgo in cima al monte più alto che posso e mi metto in qualche grotta profonda, sotto terra e non mi muovo più... per me è finita." "Ma Tommasino, il negozio?" "Al diavolo il negozio." Al sentirlo mandare al diavolo il negozio per il quale lui, sinora, aveva sfidato tanti pericoli, capii che parlava sul serio e che era inutile insistere. Dissi tuttavia: "Ma almeno accompagnaci giù, oggi... tanto puoi star sicuro che gli aeroplani non tornano più." Lui rispose: "Andate voi... io non mi muovo di qui." E quindi ricominciò a tremare e a raccomandarsi alla Madonna. Allora lo salutai e proseguii per la mulattiera in direzione della valle. Andammo a valle e lì, al margine degli aranceti, trovammo un carro armato tedesco tutto coperto di fronde di aranci e una tenda mimetizzata ossia dipinta di azzurro di verde e di marrone e sei o sette tedeschi che facevano la cucina, mentre uno, seduto sotto un arancio, suonava la fisarmonica. Erano tutti giovanotti, con le teste rapate e le facce pallide, gonfie e coperte di sfregi e di cicatrici: erano stati in Russia prima di venire a Fondi e laggiù, come ci dissero, la guerra era cento volte peggiore che in Italia. Io li conoscevo, avendo già fatto quel mercato del pane e delle uova un'altra volta. Da lontano, levai in alto, mostrandolo, il panierino delle uova: quello della fisarmonica piantò subito subito di suonare, andò nella tenda e ne uscì portando un pane a cassetta, militare, del peso di un chilo. Ci avvicinammo; e lui, senza guardarci in faccia, tenendo da parte il pane come se avesse temuto che io glielo strappassi, tolse le foglie che ricoprivano le uova e le contò, in tedesco, da uno fino a otto. Non contento, ne prese uno e se lo portò all'orecchio scuotendolo, per vedere se fosse di giornata. Gli dissi allora: "Sono di giornata, sta' tranquillo, non temere, abbiamo rischiato la vita per portartele giù, oggi dovresti darci due pani invece di uno." Lui non capiva e fece un viso interrogativo e io allora indicai il cielo e poi feci un gesto come per alludere alla caduta delle bombe e dissi: "Bum, bum!!!" per descrivere l'esplosione. Lui capì finalmente e disse una frase in cui entrava la parola *kaputt* che loro dicono sempre, e che, come mi spiegò un giorno Michele, voleva dire in italiano qualche cosa come "morto ammazzato". Compresi che parlava dell'aeroplano abbattuto e risposi: "Per uno che ne abbattete, cento ne verranno... se fossi voi smetterei la guerra e me ne tornerei in Germania... sarebbe meglio per tutti, per voi e per noi." Lui questa volta non disse nulla perché di nuovo non aveva capito ma mi porse il pane e si prese le uova, facendo un gesto come per dire: "Torna e rifaremo questo scambio." Così li salutammo e ce ne tornammo, per la mulattiera, verso Santa Eufemia.

Tommasino, quel giorno stesso, scappò su su, alla località sopra Sant'Eufemia dove ci aveva la famiglia. Il mattino seguente mandò un contadino con due muli a prendere, nella casetta che aveva a valle, tutta la sua roba, compresi i materassi e le reti dei letti e si fece portare ogni cosa in cima alla montagna. Ma la casetta dove si trovava la sua famiglia non gli sembrò abbastanza sicura; e così, qualche giorno dopo, si trasportò con la moglie e i figli in una grotta che stava proprio sotto la vetta del monte. Era una grotta spaziosa e profonda, con l'imboccatura che non si poteva vedere da fuori perché tutta nascosta dagli alberi e dai rovi. Sopra questa grotta si alzava una rupe enorme, grigia, alta alta, in forma di un pan di zucchero, che si vedeva benissimo anche dalla valle, tanto era grossa; e così il soffitto della grotta ci avrà avuto uno spessore di parecchie decine di metri di roccia piena. Lui si mise con la famiglia in questa grotta che, nei tempi andati, era stato un rifugio per i briganti e voi penserete che ormai si sentisse al sicuro dalle bombe e che la paura gli fosse passata. Ma lui aveva avuto una tale paura che, per così dire, gli era entrata nel sangue come una febbre; e adesso, con tutta la grotta e la rupe che la proteggeva, non faceva che tremare tutto il giorno, dalla testa ai piedi, standosene appoggiato or qua or là, con il capo e le spalle avvolte in una coperta. Non faceva che ripetere: "Sto male, sto male!" con voce fioca e lamentosa e non mangiava più e non dormiva più e, insomma, deperiva a vista d'occhio, sciogliendosi come una candela, ogni giorno un poco di più. Io lo visitai uno di quei giorni e lo trovai magro e abbattuto da far pietà, che tremava, appoggiato contro l'ingresso della grotta, tutto imbacuccato nella sua coperta; e ricordo che, non rendendomi conto che era malato sul serio, lo presi un po' in giro dicendogli: "Ma, Tommasino, di che hai paura? Questa grotta qui è a prova di bombe. Di che hai paura? Forse che le bombe girano per il bosco come serpenti e alla fine si infilano nell'ingresso della grotta e ti vengono a cercare dentro il tuo letto?" Lui mi guardava come se non mi comprendesse e badava a ripetere: "Sto male, sto male!" E insomma, dopo alcuni giorni, venimmo a sapere che era morto. Era morto di paura perché non aveva né ferite né malattia: soltanto l'impressione di quelle bombe. Io non andai al funerale perché mi metteva tristezza e di cose tristi ce n'erano già tante. Ci andò la famiglia di lui e Filippo con la sua; e il morto non lo chiusero in una cassa da morto perché non c'erano assi né legnami, ma lo legarono tra due rami d'albero; e il beccamorto, uno spilungone biondo, che era anche lui sfollato e adesso faceva un po' di borsa nera girando per le montagne con il suo cavallo nero, legò Tommasino in sella al cavallo e, passo passo, per la mulattiera, lo portò giù al cimitero. Mi dissero poi che non riuscirono a trovare alcun prete perché tutti erano scappati, e così lui, poveretto dovette contentarsi delle preghiere dei congiunti; che il funerale fu interrotto tre volte dagli allarmi aerei; che, sulla tomba, in mancanza d'altro, ci misero una croce fatta con due assicelle strappate da una cassetta di munizioni. In seguito seppi che Tommasino aveva lasciato alla moglie parecchio denaro ma niente provviste: commerciando e negoziando, si era venduto tutto, fino all'ultimo etto di sale; e così la vedova si ritrovò con il denaro ma senza niente da mangiare e, per campare, fu costretta ad acquistare al doppio ciò che il marito aveva venduto alla metà e credo che, alla fine della guerra, di tutti quei denari che Tommasino le aveva lasciato, non le era rimasto quasi niente, anche per via della svalutazione della moneta. Volete saperlo che disse Michele della morte dello zio? "Mi dispiace perché era un buon uomo. Ma è morto come potrebbe domani morire tanta gente come lui: correndo dietro al denaro e illudendosi che non ci sia che il denaro; e poi, improvvisamente, restando agghiacciato dalla paura alla vista di ciò che sta dietro il denaro."

CAPITOLO SESTO

Il bel tempo, oltre alle bombe degli inglesi, portò un altro flagello: i rastrellamenti dei tedeschi. Il Tonto li aveva annunziati ma, in fondo, nessuno ci aveva creduto e ora, invece, alcuni contadini fuggiti in montagna ci informarono che a valle i tedeschi avevano fatto una retata prendendo tutti gli uomini abili al lavoro, e li avevano messi sui camion e poi li avevano mandati a lavorare chissà dove, chi diceva alle fortificazioni del fronte, chi, addirittura, in Germania. Poi venne un'altra brutta notizia: di notte, i tedeschi avevano accerchiato una valle vicina alla nostra, erano saliti in cima al monte, e poi erano calati giù in ordine sparso e in questa rete, come tanti pesciolini, avevano acchiappato gli uomini e li avevano spediti via coi camion. Tra gli sfollati ci fu subito una gran paura perché tra di loro c'erano almeno quattro o cinque giovanotti che, al momento del crollo del fascismo, erano sotto le armi e poi avevano disertato, e questi giovanotti erano proprio quelli che i tedeschi cercavano perché li consideravano traditori e volevano fargli scontare il tradimento col farli lavorare come schiavi, chissà dove e in chissà quali condizioni. I più impauriti erano i genitori dei giovanotti e, più di tutti, Filippo, per il figlio Michele, che lo contraddiceva sempre, ma di cui era così fiero. Insomma, fu fatta una riunione nella casetta di Filippo e fu deciso che nei prossimi giorni, fino a quando ci fosse stato il pericolo dei rastrellamenti, tutti quei giovanotti sarebbero scappati all'alba in cima alla montagna, ciascuno per conto suo, per poi ridiscenderne soltanto al tramonto. Lassù, anche se i tedeschi ci fossero arrivati, c'erano altri sentieri che portavano ad altre valli o sopra altre montagne e, insomma, anche i tedeschi erano uomini e si sarebbero scoraggiati vedendo che gli toccava fare chilometri, montagna montagna, per il gusto di acchiappare un uomo o due. Michele, veramente, non avrebbe voluto scappare come gli altri, non tanto per spavalderia quanto perché lui non voleva mai fare quello che facevano gli altri. Ma la madre lo supplicò piangendo che lo facesse per lei, se non voleva farlo per se stesso; e lui alla fine acconsentì.

Rosetta ed io decidemmo di andar su con lui, non tanto perché avessimo paura, le donne non le acchiappavano, quanto per fare qualche cosa, perché sulla macera morivamo di noia; e anche per stare con Michele che era la sola persona, lassù, a cui ci fossimo affezionate. Così cominciò una vita strana di cui mi ricorderò finché campo. A notte alta, Paride, che si alzava sempre sul far dell'alba, veniva a bussare alla nostra porta e noi ci vestivamo in gran fretta, al lume fioco della lampada a olio. Uscivamo in un gran freddo al buio, con tante ombre che correvano su e giù per la macera e le finestre delle casette che si illuminavano una dopo l'altra. Alla fine trovavamo Michele, piccoletto, tutto infagottato di maglie e maglioni, con un bastone in mano che pareva un nano della favola, di quelli che vivono nelle caverne a guardia dei tesori. Senza una parola, dietro di lui, che già si avviava, ci incamminavamo su per la montagna.

Cominciavamo a salire al buio, attraverso la macchia fitta e alta, che ci giungeva fino al petto, su per il sentiero incrostato di gelo. Non ci si vedeva, ma Michele ci aveva la lampadina tascabile e ogni tanto dirigeva il raggio della lampada sul sentiero e così andavamo avanti, senza parlare. Intanto, mentre salivamo, il cielo cominciava a impallidire dietro le montagne, facendosi pian piano di un grigio sporco, ma con ancora tante stelle che brillavano per l'ultima volta prima del giorno. Le montagne restavano nere sullo sfondo di questo cielo più chiaro e punteggiato di stelle e poi anche loro si schiarivano, rivelavano il loro colore verde qua e là chiazzato di scuro dalla macchia e dai boschi. Adesso le stelle non c'erano più e il cielo era di un grigio quasi bianco e tutta la macchia si svelava ai nostri occhi, secca, gelata dall'inverno, mortificata, silenziosa, e ancora addormentata. Ma il cielo si faceva gradualmente rosa all'orizzonte e azzurro sopra le nostre teste, e col primo raggio di sole che sprizzava dietro una di

fuggono ancora all'alba grigia

151

quelle montagne, acuto e scintillante come una freccia d'oro, tutti i colori saltavano fuori: il rosso vivo di certe bacche, il verde brillante della borraccina, il bianco cremoso dei pennacchi delle canne, il nero lustro dei rami marciti. Adesso avevamo lasciato la macchia per un bosco di elci che fasciava tutta la montagna fino alla cima. Erano elci grandi assai, sparsi sul pendio l'uno a grande distanza dall'altro, i quali erano cresciuti senza toccarsi e stendevano i loro rami come braccia, qua e là, quasi avessero voluto prendersi per mano e sorreggersi l'un con l'altro per non cascare a causa del pendio e del vento. Storti e rari, componevano una boscaglia rada che permetteva allo sguardo di spingersi in su, per il pendio tutto sassi bianchi, fino alla cima del monte stagliata contro il cielo azzurro. Il sentiero andava quasi in piano per questa boscaglia; il sole svegliava sui rami gli uccelli che si sentivano svolazzare e pispigliare in gran numero benché non si vedessero; Michele che camminava avanti a noi pareva felice, non so di che, e camminava spedito, roteando il ramo d'albero che gli serviva da bastone e fischiettando un'arietta che pareva una marcia militare. Salivamo ancora un pezzo e gli elci, via via, si facevano sempre più radi, più piccoli e più storti e alla fine non c'erano più elci ma soltanto il sentiero che correva a ridosso del pendio tra un brecciame bianco accecante, e poco più su c'era la cima del monte, o meglio il passo tra due cime, dove eravamo diretti. Come arrivavamo alla fine del sentiero, ci trovavamo su un ripiano che era una sorpresa dopo tanti sassi, tutto tappezzato di erba soffice, e verdissima tra la quale, qua e là, si levavano come groppe, rupi bianche di forme rotonde. Nel mezzo di questo prato smeraldino c'era un vecchio pozzo con un parapetto di pietre murate a secco. Da quel ripiano si godeva una vista veramente bella e persino io, che delle bellezze naturali non so che farmene, forse perché sono nata in montagna e la conosco troppo bene, persino io, dico la verità, la prima volta che ci fui, rimasi a bocca aperta dall'ammirazione. Da una parte l'occhio piombava giù per il pendio maestoso, tutto macere, simile ad una scalinata immensa, fino alla valle, e più lontano fino alla striscia azzurra e scintillante della marina; dall'altra non si vedevano che montagne e montagne, quelle della Ciociaria, alcune spruzzate di neve o addirittura bianche, altre brulle e grigie. Faceva freddo lassù, ma non tanto perché c'era un sole puro e limpido e si stava bene al sole e non c'era vento, almeno per tutto quel periodo che ci andammo che durò circa due settimane.

Bisognava passare lassù tutto il giorno; e così stendevamo una coperta sull'erba e ci buttavamo sopra. Ci riposavamo per un poco e poi ci veniva l'irrequietezza e prendevamo a giracchiare per quel luogo. Michele e Rosetta si allontanavano cogliendo fiori o semplicemente chiacchierando o meglio lui parlando e lei ascoltando; ma io, il più delle volte, non li accompagnavo e restavo sul ripiano. Mi piaceva star sola, ciò che a Roma potevo fare quando volevo, ma a Sant'Eufemia era impossibile perché di notte dormivo con Rosetta e di giorno si capitava sempre su gli sfollati. La solitudine mi dava l'illusione di fermarmi nella vita e di guardarmi intorno; in realtà il tempo passava lo stesso ma io non me ne accorgevo, come quando stavo in compagnia. C'era un gran silenzio lassù; da una valletta sottostante veniva qualche volta lo scampanellio di un gregge, ma questo era il solo rumore e anch'esso non pareva un vero rumore che disturbasse ma soltanto un rumore che rendesse più calmo il luogo e più profondo il silenzio. Mi piaceva, qualche volta, di andare al pozzo, affacciarmi al parapetto e guardare in giù, a lungo. Era molto profondo o, almeno, così sembrava, tutto pietre asciutte torno torno e giù giù fino all'acqua che appena si intravedeva. Il capelvenere, che è tanto bello con i suoi rametti neri come l'ebano e le sue foglie verdi e fini che sembrano piume, spuntava folto tra quelle pietre e si specchiava nell'acqua cupa del fondo. Mi affacciavo, dunque, e guardavo a lungo in giù e mi ricordavo allora di quando ero bambina e specchiarmi nei pozzi mi ispirava al tempo stesso paura e attrazione, e mi immaginavo che i pozzi comunicassero con tutto un mondo sotterraneo popolato di fate e di nani e quasi quasi mi veniva voglia di gettarmi giù nell'acqua per andare in quel mondo e uscire dal mio. Oppure guardavo in giù finché i miei occhi non si fossero abituati all'oscurità e non vedessi distintamente il mio viso riflesso nell'acqua e allora prendevo un sasso e lo lasciavo cadere in mezzo al viso e vedevo il viso andare in pezzi nel tremolio dei cerchi d'acqua provocati dalla caduta del sasso. Oltre a guardare dentro il pozzo, mi piaceva anche girare tra quelle rupi bianche e rotonde, così strane che si levavano di qua e di là sul ripiano, tra l'erba verde. Anche in questi giri mi pareva di essere tornata bambina: avevo quasi la speranza di trovare tra l'erba qualche cosa di prezioso, un po' perché l'erba stessa, così smeraldina, pareva una cosa rara, un po' perché quello era uno di quei luoghi in cui, secondo quanto mi avevano detto da bambina, poteva essere stato sepolto un tesoro. Ma non c'era che l'erba la quale non vale nulla e si dà agli animali; una sola volta trovai un quadrifoglio che regalai a Michele e lui, più per farmi piacere che perché ci credesse, se lo mise nel portafogli. Il tempo passava, così, lentamente; il sole saliva nel cielo e si faceva scottante tanto che qualche volta aprivo il corpetto e mi stendevo sull'erba a prendere la tintarella come se fossi stata al mare. Verso l'ora di colazione, Michele e Rosetta tornavano dalla passeggiata, e allora mangiavamo, seduti sull'erba, un po' di pane e di formaggio. Ho mangiato prima e dopo di quei giorni tante buone cose, ma quel pane scuro e tosto, mescolato di crusca e di farina di granturco e quel formaggio pecorino così duro che ci voleva il martello per romperlo, mi sembrano, al ricordo, le cose più squisite che abbia mai mangiato. Forse a condirle era l'appetito che ci veniva dalla camminata e dall'aria di montagna; forse era l'idea del pericolo che è anch'esso una salsa rara; certo che mangiavo con un gusto strano come accorgendomi per la prima volta in vita mia di che cosa voglia dire mangiare e nutrirsi e riprendere forze mangiando e nutrendosi e sentire che il cibo è una cosa buona e necessaria. E voglio dire, a questo punto, che lassù a Sant'Eufemia di molte cose, per così dire, mi accorsi per la prima volta ed erano, strano a dirsi, le cose più semplici che, di solito, si fanno senza pensarci su, meccanicamente. Del sonno, che mai prima di allora mi era sembrato un appetito, la cui soddisfazione dia piacere e ristoro; della pulizia del corpo che appunto perché era difficile se non impossibile sembrava anch'essa una cosa così voluttuosa; e, insomma, di tutto ciò che riguardava il fisico, al quale, invece, in città, si dedica poco tempo e quasi senza rendersene conto. Penso che se ci fosse stato lassù un uomo che mi piacesse e che amassi, anche l'amore avrebbe avuto un sapore nuovo, più fondo e più forte. Era, insomma, come se fossi diventata una bestia perché immagino che le bestie, non avendo a pensare che al proprio corpo, debbano provare i sentimenti che provavo io allora, costretta com'ero dalle circostanze ad essere niente di più che un corpo il quale si

154

nutriva, dormiva, si lisciava e cercava di stare il meglio possibile.

Il sole, pian piano, faceva il giro del cielo, calando dalla parte del mare. Quando la marina cominciava a farsi più scura e ad arrossarsi delle luci del tramonto, prendevamo la via del ritorno non più per la mulattiera, ma correndo giù per il pendio, senza sentiero affatto, scivolando sull'erba e sulle pietre, precipitando per il brecciame e per la macchia. Così, quella strada che all'alba avevamo percorso in due ore, al ritorno non ci prendeva più di mezz'ora. Arrivavamo per l'ora della cena impolverate e con le vesti piene di foglie e di pruni e subito andavamo alla capanna per la cena. Ci coricavamo presto; e all'alba eravamo di nuovo in piedi.

Non sempre però, lassù sul ripiano, tutto era così calmo e così lontano dalla guerra. Non voglio parlare degli aeroplani che frequentemente passavano sulle nostre teste, soli e a squadroni; né delle esplosioni che arrivavano affiochite dalla valle e indicavano che quei disgraziati di tedeschi continuavano a far saltare in aria gli argini delle bonifiche, spargendo l'acqua e la malaria per tutta la vallata; voglio dire che la guerra si faceva sentire attraverso gli incontri che ogni tanto facevamo lassù. E questo perché quel passo così solitario era sulla strada di tutti coloro che, montagna montagna, sempre tenendosi in alto ed evitando le valli, scendevano giù da Roma e anche dall'alta Italia che erano occupate dai tedeschi, verso l'Italia meridionale dove si trovavano gli inglesi. Erano per lo più soldati sbandati, oppure povera gente che voleva tornare al paese da cui la guerra l'aveva scacciata, oppure ancora prigionieri fuggiti da qualche campo di concentramento. Uno di questi incontri me lo ricordo benissimo. Stavamo mangiando il solito pane e formaggio ed ecco spuntare ad un tratto, da dietro una di quelle rupi, due uomini armati di bastone, di un tale aspetto che, lì per lì, li presi per selvaggi. Erano vestiti di stracci e questo non mi fece paura perché lassù gli stracci erano la normalità; ma le loro spalle di una larghezza mai vista e le loro facce del tutto diverse da quelle di noialtri italiani, mi fecero tanta impressione che non seppi muovermi mentre loro si avvicinavano, e rimasi lì, seduta, paralizzata dalla paura, con il pane e il formaggio sospesi per aria. Michele che non aveva timore di niente e di nessuno, forse non tanto per coraggio quanto perché si fidava di tutti, si avvicinò, invece, a questi due uomini e cominciò a parlare a gesti con loro. Ci facemmo coraggio anche noi due e ci avvicinammo. Le facce di questi due erano gialle e spianate, senza barba, con certe grinze lunghe sulla pelle liscia, per il verso delle guance; avevano i capelli neri e folti, gli occhi piccoli, tirati in su agli angoli verso le tempie; i nasi schiacciati e le bocche da morti, piene di denti rotti e scuri. Michele ci disse che erano due prigionieri russi ma di razza mongola, come dire cinese, e che, secondo lui, erano scappati da qualche campo di concentramento tedesco dove stavano prigionieri. Io non mi saziavo di guardare quelle spalle così larghe e pensavo che forse era stata un'imprudenza non nascondersi o scappare: quei due erano così forti che se ci saltavano addosso, a me e a Rosetta, certo non avremmo potuto salvarci. Invece i due mongoli si comportarono da buona gente; e sempre parlando a gesti, restarono con noi un'ora o poco più, il tempo di riposarsi. Michele offrì loro pane e formaggio; e loro mangiarono ma con discrezione e mi sembra pure che ci ringraziassero. Ridevano continuamente, poveracci, forse perché non riuscivano a capire e a farsi capire; come se, con quel riso, volessero lasciarci intendere che le loro intenzioni erano buone. Michele, sempre a gesti, spiegò loro la strada che dovevano prendere e così, dopo un poco, se ne andarono tra le rupi, che, da lontano, sembravano proprio due grosse scimmie che camminassero sulle zampe di dietro, aiutandosi con quei bastoni che avevano strappato da un albero.

Un'altra volta passò un operaio italiano che era stato a lavorare nelle fortificazioni, al fronte, non ricordo dove; e che era scappato per via che non si mangiava niente e si era trattati da cani e si lavorava come schiavi. Non si reggeva in piedi, era un bel ragazzo distinto, dal viso fine e bruno, magro scannato, con gli zigomi che gli venivano fuori, gli occhi infossati e tristi e il corpo tutto pelle e ossa. Disse che ci aveva la famiglia in Puglie e sperava di raggiungerla camminando così, montagna montagna. Era una settimana che camminava ed era ridotto proprio a brandelli, con le scarpe sfondate e i vestiti a pezzi. Non disse gran che anche perché per la debolezza parlava piano piano, a fatica e con poche parole ogni volta, come se avesse voluto risparmiare il fiato. Disse soltanto di aver sentito dire che a Roma c'era stata una rivolta e avevano ammazzato alcuni tedeschi e i tedeschi avevano fatto una rappresaglia contro gli italiani, ma non sapeva quando né come, né dove. Alla fine, sempre parlando dei tedeschi, disse: "Sono dei disgraziati. Lo sanno benissimo che ormai hanno perduto la guerra ma siccome a loro la guerra gli piace e non gli manca niente perché vivono su di noi, continueranno a farla finché ci avranno un soldato. Così se la guerra non finisce prima, ci faranno morire tutti quanti di fame e di stenti. O finisce la guerra o finiamo noialtri." Accettò da Michele il pane e il formaggio e anche un po' di tabacco; e, dopo essere rimasto appena mezz'ora sul ripiano, riprese il cammino trascinando piano le gambe che pareva, ad ogni passo, che dovesse stramazzare a terra e non muoversi più.

Una mattina stavamo prendendo il sole quando, d'improvviso, sentimmo un fischio. Subito ci nascondemmo tutti e tre dietro una di quelle rupi bianche, per vedere quel che fosse. Non si poteva sapere, stavamo sempre all'erta e avevamo sempre paura che venissero i tedeschi e ci rastrellassero. Dopo un poco Michele affacciò fuori la testa e poté vedere, di fronte, un'altra testa che si ritraeva in fretta dietro una rupe non lontana. Andammo avanti così un poco, spiandoci a vicenda, noi e loro, e poi alla fine vedemmo che loro non erano tedeschi e loro videro che eravamo italiani e così vennero fuori. Erano due dell'Italia meridionale, militari, tenente e sottotenente, come ci dissero, ma vestiti in borghese che, anche loro come tanti, fuggivano per le montagne dirigendosi verso il sud, con l'intenzione di passare il fronte e di raggiungere i loro paesi dove ci avevano le famiglie. Uno era moro, alto, con la pelle scura, il viso rotondo, gli occhi neri come il carbone, i denti bianchi e le labbra quasi violette; l'altro era biondo, con il viso lungo, gli occhi celesti e il naso pizzuto. Il moro si chiamava Carmelo e il biondo Luigi. Di tutti gli incontri che facemmo su quella montagna forse questo fu il meno simpatico e non tanto perché quei due fossero veramente antipatici, magari in tempo di pace, al paese loro, non avrei trovato niente da ridire, ma perché, come si vedrà, la guerra aveva avuto un brutto effetto su di loro, come del resto su tanti, scoprendo lati del loro carattere che altrimenti sarebbero rimasti nascosti. E a questo punto voglio dire che la guerra è una gran prova; e che gli uomini bisognerebbe vederli in guerra e non in pace; non quando ci sono le leggi e il rispetto degli altri e il timor di Dio; ma quando tutte queste cose non ci sono più e ciascuno agisce secondo la propria vera natura, senza freni e senza riguardi.

Dunque, quei due, al momento dell'armistizio, si trovavano in un reggimento di stanza a Roma e avevano disertato e si erano nascosti e quindi erano scappati da Roma con l'intenzione di raggiungere i paesi loro. Per un mese circa erano rimasti presso un contadino sulle falde del Monte delle Fate e già riportai una cattiva impressione di loro sentendoli parlare di quel contadino che, insomma, li aveva ospitati, in maniera sprezzante come di un poveraccio rustico e ignorante che non sapeva neppure leggere e che ci aveva una casa che sembrava una tana. Anzi uno disse, ridendo: "Ma si sa, dovemmo contentarci, in tempo di carestia, pane di veccie." Continuarono dicendo che avevano lasciato il Monte delle Fate perché quel contadino gli aveva fatto capire che non poteva più tenerli presso di sé, per via che non aveva più roba da mangiare e il moro osservò che non era vero e che se loro avessero avuto dei soldi, certamente il cibo sarebbe saltato fuori: tutti i contadini erano interessati. In conclusione, loro se ne andavano al sud e speravano di passare il fronte.

Era ormai l'ora di colazione e Michele, benché un poco a malincuore, propose loro di dividere con noi il solito pane e formaggio. Il moro disse che il pane l'avrebbero accettato volentieri quanto al formaggio ne avevano una forma intera perché, sul momento di partire, l'avevano rubata a quel contadino avaro senza che lui se ne accorgesse. Così dicendo trasse la forma da una bisaccia e l'agitò per aria ridendo. Rimasi male a questa dichiarazione così franca e forse non tanto per la cosa, comune in quei tempi in cui tutti rubavano e il furto non era più furto, quanto per la franchezza che mi sembrava sconveniente in un uomo come lui che aveva il grado di tenente e si vedeva, dai modi, che era un signore. Inoltre non era bello, come pensai, ripagare l'ospitalità di quel poveretto portandogli via quel poco che aveva. Ma non dissi nulla; e così ci sedemmo sull'erba e prendemmo a mangiare e, mentre mangiavamo, chiacchierammo o meglio ascoltammo il moro che parlava sempre lui e parlava sempre di se stesso, come di qualcuno di molto importante sia come proprietario di terre al suo paese sia come ufficiale in guerra. Il biondo lo ascoltava socchiudendo gli occhi nel sole e ogni tanto lo contraddiceva, quasi malignamente; ma l'altro non si smontava per questo e tirava avanti con le sue vanterie. Diceva per esempio il moro: "Al mio paese ho una tenuta..." E il biondo: "Via, diciamo due o tre campicelli grandi come fazzoletti." "No, una tenuta, ci vuole il cavallo per percorrerla tutta." "Ma via, basta andare a piedi, in pochi passi è fatta." Oppure: "Presi una pattuglia e andai nel bosco. C'erano appiattati in quel bosco almeno un centinaio di soldati nemici." "Via, c'ero anch'io, saranno stati in tutto quattro o cinque." "Ma ti dico che erano almeno un centinaio... quando si sono alzati dai cespugli dove stavano nascosti, non li ho contati perché in quei momenti si ha altro da fare che contare i nemici, ma saranno stati certo un centinaio se non di più." "E via, tara, fai la tara, saranno stati cinque o sei." E così via. Il moro le sparava grosse, con un tono sicurissimo e spaccone; il biondo, fiacco e moscio, non gliene lasciava passare nemmeno una. Alla fine il moro raccontò quello che aveva fatto il giorno in cui era stato dichiarato l'armistizio e l'esercito italiano si era sbandato. "Io ero all'intendenza al mio paese, con un magazzino militare pieno di ogni ben di Dio. Il momento stesso che seppi che la guerra era finita, non esitai: feci caricare su un camion tutto quello che potei come scatolame, conserve, formaggi, farina, alimentari insomma, e via, direttamente, tutto quanto a casa mia, da mia madre." Rise contento di questa sua bella trovata con tutti i suoi denti bianchi e perfetti; e allora Michele che sinora l'aveva ascoltato senza dir parola, osservò secco secco: "Insomma, lei rubò." "Come sarebbe a dire?" "Sarebbe a dire che un momento prima lei era un ufficiale dell'esercito italiano e un momento dopo era un ladro." "Caro signore, io non so chi sia lei nè come si chiami, ma potrei..." "Che cosa?" "Insomma chi ha detto che rubai?... feci quello che facevano tutti, se non le avessi prese io, le avrebbe prese qualcun altro quelle provviste." "Può darsi, ma lei rubò ugualmente." "Guardi come parla, sarei anche capace..." "Di che cosa, vediamo di che cosa è capace." Il biondo disse al moro ridacchiando: "Mi dispiace, Carmelo, ma devi riconoscere che il signore, qui, ti ha battuto: toccato." Il moro alzò le spalle e disse a Michele: "Io la compatisco, non voglio neppure perdermi a discutere con uno come lei." "E fa bene," disse Michele con autorità, "e le dirò pure perché lei si è comportato come un ladro... perché non contento di aver rubato, lei ora se ne vanta... le pare di essere stato molto furbo... se l'avesse fatto e se ne vergognas-

se, si potrebbe anche pensare che lei l'abbia fatto per bisogno...
o anche travolto dal contagio della folla... ma lei se ne vanta e
così dimostra di non rendersi conto di quello che ha fatto e di
essere pronto a rifarlo di nuovo." Il moro, imbestialito da questo tono, si alzò in piedi, afferrò un ramo d'albero e lo brandì
contro Michele dicendo: "O lei sta zitto, oppure..." Ma Michele non ebbe il tempo di reagire. Il biondo smontò di colpo il
moro dicendo con quella sua risatina maligna: "Toccato di
nuovo eh?" Carmelo allora rivolse la sua furia contro l'amico:
"Ma tu sta' zitto, che anche tu partecipasti al prelevamento,
eravamo insieme, no?" "Io non acconsentii, ubbidii... tu eri
il mio superiore... eh, eh, toccato." Insomma la colazione finì
in silenzio, con il moro addirittura nero e il biondo che sog-
ghignava.

Dopo la colazione, restammo per un poco silenziosi. Ma
Carmelo non poteva mandar giù la faccenda del ladro e, dopo
un poco, disse con aria di sfida a Michele: "Lei che trincia
giudizi e dà così facilmente del ladro alle persone che valgono
molto ma molto più di lei, lei si può sapere chi è? Io posso
dire chi sono: sono Carmelo Alì, ufficiale, agricoltore, laureato in legge, decorato al valore, cavaliere della Corona d'Italia. Ma lei chi è?" Il biondo, sogghignando, osservò: "Di-
mentichi di dire che sei anche il segretario del fascio, al nostro paese. Perché non lo dici?" Carmelo, seccato, rispose:
"Il fascio non c'è più, soltanto per questo non l'ho detto...
ma tu lo sai che, anche come segretario del fascio, nessuno ha
mai trovato niente da ridire su di me." Il biondo, ridacchiando, corresse: "Salvo che tu te ne approfittavi per beccarti tutte le più belle contadine che venivano a chiederti un favore...
Va' là, che sei un gran Don Giovanni." Carmelo, lusingato da
quest'accusa, sorrise appena ma non la respinse; quindi si voltò verso Michele e insistette: "Allora, caro signore, fuori un
titolo, fuori una laurea, fuori un'onorificenza, una decorazio-
ne, qualche cosa insomma che ci faccia capire chi è lei e con
che diritto critica gli altri." Michele lo guardava fisso attraverso le spesse lenti da miope; alla fine domandò: "Che importa che le dica chi sono io?..." "Ma insomma lei è laureato?" "Sì, sono laureato... ma anche se non lo fossi, niente
cambierebbe." "Come sarebbe a dire?" "Sarebbe a dire che
lei ed io siamo due uomini e quello che siamo, lo siamo attraverso quello che facciamo e non attraverso gli onori e le lau-

ree... e quello che lei ha fatto e detto lo definisce come un uomo per lo meno leggero e di coscienza molto elastica... ecco tutto." "Toccato," disse di nuovo ridacchiando il biondo. Il moro questa volta scelse il partito di infischiarsene. Disse, ad un tratto, balzando in piedi: "Sono stupido io ad abbassarmi a discutere con lei... andiamo Luigi, che se no si fa tardi e dobbiamo ancora fare molto cammino... Grazie allora per il pane e non dubiti che, se viene al mio paese, glielo renderò ad usura." Michele, puntiglioso, rispose con calma: "Sì, purché non sia pane fatto con la farina che lei ha sottratto all'esercito italiano." Ormai Carmelo era già avanti e si limitò ad alzare le spalle dicendo: "Ma vada all'inferno lei e l'esercito italiano." Udimmo il biondo ripetere di nuovo con una risata: "Toccato." Quindi svoltarono dietro una rupe e scomparvero dai nostri occhi.

Un'altra volta ancora, vedemmo di lontano, su un sentiero che correva torno torno la montagna, una quantità di gente che camminava in fila indiana, come in processione. Transitarono, quindi, per il passo, erano almeno trenta persone, gli uomini coi loro vestiti della festa, per lo più neri, le donne quasi in costume, con le gonnelle lunghe, i corpetti e gli scialli. Le donne portavano in bilico sul capo fagotti e ceste, e in braccio i bambini più piccoli; i bambini più grandicelli erano condotti per mano dagli uomini. Questi poveretti, come ci spiegarono loro stessi, erano tutti abitanti di un paesetto che stava proprio sulla linea del fronte. I tedeschi, una brutta mattina, li avevano svegliati all'alba, che ancora dormivano, e gli avevano dato mezz'ora di tempo per vestirsi e radunare la roba più necessaria. Quindi li avevano caricati tutti quanti sui camion e li avevano trasferiti in un campo di concentramento nei pressi di Frosinone. Ma dopo qualche giorno loro erano scappati dal campo e adesso tentavano di tornarsene al loro paese, montagna montagna, per ritrovare le loro case e ricominciare a fare la solita vita. Michele interrogò il capo gruppo, che era un bell'uomo anziano, con un paio di baffoni grigi e questi disse con ingenuità: "Se non altro, le bestie. Se non ci siamo noi, chi ci pensa alle bestie? I tedeschi forse?" Michele non ebbe il coraggio di dire loro che al loro arrivo al paese non avrebbero trovato più né case né bestie né niente. Loro, dopo essersi riposati un momento, ripresero il cammino. Io provai tanta simpatia per questi poveretti così calmi e così sicuri del fatto loro, anche perché rassomigliavano un poco a noi due, Rosetta ed io: anche loro erano stati cacciati fuori delle loro case, anche loro andavano fuggendo per le montagne, nudi e crudi, zingarelli. Dopo alcuni giorni, però, seppi che i tedeschi li avevano riacchiappati e di nuovo trasportati nel campo di Frosinone. Poi non ne seppi più nulla.

Insomma, facemmo questa vita di salire all'alba al passo e scenderne al tramonto per circa due settimane; poi alla fine fu chiaro che i tedeschi avevano rinunziato ai rastrellamenti, almeno in quella parte della montagna e così tornammo giù e ricominciammo a fare le solite cose. Mi restò, però, la nostalgia di quei giorni così belli che avevo passato in cima al monte, a tu per tu con la solitudine e la natura. Lassù non c'erano stati sfollati e contadini a rompermi la testa con la guerra, gli inglesi, i tedeschi e la carestia; non c'erano state le solite fatiche per cucinare poca roba e cattiva con la legna verde nella capanna buia; non c'era stato niente, insomma, che ci ricordasse la situazione in cui ci trovavamo, salvo quei due o tre incontri che ho riferito. Avrei potuto pensare di essere in gita con Michele e Rosetta, ogni giorno, ecco tutto. E quel praticello verde sul quale il sole d'inverno diventava così ardente che sembrava di essere di maggio, con le montagne della Ciociaria all'orizzonte, incappucciate di neve e, dall'altra parte, il mare che scintillava in fondo alla pianura di Fondi, mi era sembrato un luogo stregato dove avrebbe potuto davvero essere stato sepolto un tesoro, come mi avevano raccontato quando ero bambina. Ma questo tesoro sotto terra non c'era, come sapevo; l'avevo invece trovato dentro me stessa, con la stessa sorpresa che se l'avessi scavato con le mie mani; ed era stata quella calma profonda, quella mancanza completa di paura e di ansietà, quella fiducia in me e nelle cose che, passeggiando tutta sola, mi erano cresciute nell'animo a misura che i giorni passavano. In tanti anni furono quelli forse i miei giorni più felici, e, strano a dirsi, furono proprio quelli in cui mi ritrovai più povera, più sprovvista di tutto, con pane e formaggio per cibo e l'erba del prato come letto e neanche una capanna per rifugiarmi, quasi più simile ad un animale selvatico che ad una persona.

Ormai si era alla fine di dicembre e proprio il giorno di Natale arrivarono davvero gli inglesi. Non gli inglesi dell'esercito del Garigliano, beninteso; ma due inglesi che scappavano anche loro, come tanti, per le montagne e che ci capitarono a Sant'Eufemia la mattina del 25 dicembre. Continuava a fare un tempo bellissimo, freddo, secco, e limpido; e una mattina, affacciandomi dalla casetta, scorsi sulla macera tutta una piccola folla. Mi avvicinai e vidi che sfollati e contadini attorniavano due giovanotti che parevano forestieri: uno biondo e piccolo, con gli occhi azzurri, il naso dritto e sottile, la bocca rossa, la barba bionda tagliata a punta; l'altro alto e magro, con gli occhi azzurri e i capelli neri. Il biondo parlava un italiano stentato e ci disse, così, che loro erano inglesi, lui ufficiale della marina e l'altro semplice marinaio, che erano stati sbarcati dalle parti di Ostia, vicino a Roma per far saltare con la dinamite un po' di roba nostra, di noialtri italiani poveretti, e che, poi, ad azione conclusa, erano tornati sulla spiaggia, ma la nave che ce li aveva portati non era tornata a prenderli e così loro erano stati costretti a fuggire e a nascondersi come tanti altri. Il periodo delle piogge l'avevano passato in una casa di contadini, dalle parti di Sermoneta, ma adesso che faceva bel tempo volevano tentare di passare il fronte e raggiungere Napoli dove ci stava il loro comando. Queste spiegazioni furono seguite da tante domande e risposte; sfollati e contadini volevano sapere come andava la guerra e quando sarebbe finita. Ma quei due ne sapevano quanto noi: erano vissuti nelle montagne tutti quei mesi e non avevano veduto che dei contadini analfabeti i quali, a malapena, sapevano che c'era la guerra. Così, quando gli sfollati si accorsero che quei due non sapevano niente e che, invece, avevano bisogno di aiuto, ora uno e ora un altro, si squagliarono tutti, ripetendo tra di loro che questi due erano inglesi e che era pericoloso stare con loro, che non si sa mai, una spiata è presto fatta e, se i tedeschi venivano a saperlo, c'era il caso che potesse anche succeder qualche cosa di brutto. Insomma, alla fine, quei due rimasero soli in mezzo alla macera, in quel sole nudo e scintillante, vestiti di stracci e con le barbe lunghe, come smarriti negli sguardi che giravano intorno.

Anch'io, lo confesso, avevo un po' di paura di stare con loro e non tanto per me quanto per Rosetta; ma fu proprio Rosetta che mi fece vergognare di questa paura dicendo: "Mamma hanno l'aria tanto sperduta, poveretti... e poi oggi è il giorno di Natale e loro non hanno niente da mangiare e, chissà, vorrebbero stare con le loro famiglie e non possono... Perché non li invitiamo a mangiare con noi?" Dico che mi vergognai e pensai che Rosetta aveva ragione e che non valeva la pena di disprezzare gli sfollati, come facevo, se poi mi comportavo come loro. Così facemmo capire a quei due che venissero con noi e avremmo mangiato insieme il pranzo di Natale e loro accettarono subito, felici.

Per quel giorno di Natale, io avevo fatto uno sforzo, soprattutto per Rosetta che, tutti gli anni, da quando era nata, aveva festeggiato quel giorno meglio della figlia di un signore. Avevo comprato da Paride una gallina e l'avevo cotta al forno con le patate. Avevo fatto la pasta in casa, poca a dire la verità perché avevo pochissima farina e avevo fatto gli agnolotti con il ripieno. Avevo un paio di salamini e li avevo tagliati a fettine sottili e ci avevo messo accanto alcune uova sode. Avevo fatto anche il dolce: in mancanza di meglio, avevo grattugiato fino fino tante carrube, avevo mescolato questa farina di carrube con farina di fiore, dell'uva passita, dei pinoli e dello zucchero e avevo cotto al forno una pizzetta bassa e dura, ma buona. Ero anche riuscita a comprare una bottiglia di marsala da uno sfollato; il vino me lo aveva dato Paride. Di frutta poi ce n'era in abbondanza: a Fondi le arance riempivano gli alberi e costavano pochissimo, e giorni prima ne avevo acquistato cinquanta chili e non facevamo che mangiare arance tutto il giorno. Pensai bene di invitare anche Michele e glielo dissi mentre si affrettava verso la casetta di suo padre. Lui accettò subito e mi sa che accettasse soprattutto per antipatia verso la propria famiglia. Aggiunse, però: "Cara Cesira, tu oggi hai fatto una cosa buona... se tu non avessi invitato quei due ti avrei tolta tutta la mia stima." → veramente è stata Rosetta

Lui ad ogni modo chiamò suo padre e questi si affacciò alla finestra e lui gli disse che noi l'avevamo invitato e lui aveva accettato. Filippo, a bassa voce, perché temeva di essere udito dagli inglesi cominciò a scongiurarlo di non farlo: "Non andarci, quei due sono fuggitivi, se i tedeschi vengono a saperlo, stiamo freschi." Ma Michele alzò le spalle e, senza neppure aspettare che il padre avesse finito di parlare, si avviò verso la nostra casa.

Avevo imbandito la tavola di Natale con una tovaglia di lino pesante presa a prestito dai contadini. Rosetta aveva messo intorno i piatti delle fronde strappate alla macchia, verdi con delle bacche rosse che un po' rassomigliavano a quelle che si vedono per le feste a Roma. In un piatto c'era la gallina che per cinque persone era un po' piccola; negli altri il salame, le uova, il formaggio, le arance e il dolce. Il pane l'avevo fatto apposta per quel giorno ed era ancora caldo del forno e avevo tagliato tanti quarti di pagnotta, una per ciascuno. Mangiammo con la porta aperta, perché nella casetta non c'erano finestre e, se la porta era chiusa, restavamo al buio. Fuori della porta c'era il sole e il panorama di Fondi, bellissimo e pieno di sole, giù giù fino alla marina che scintillava forte nel sole. Michele, dopo gli agnolotti, incominciò ad attaccare gli inglesi sul capitolo della guerra. Gliele diceva chiare e tonde, parlando da pari a pari; e loro sembravano un poco meravigliati, forse perché non si erano aspettati discorsi come quelli in un luogo simile, da uno straccione quale appariva Michele. Michele, dunque, disse loro che avevano commesso un errore a non sbarcare vicino a Roma invece che in Sicilia; in quel momento avrebbero potuto benissimo prendere senza colpo ferire Roma e tutta l'Italia meridionale. Avanzando, invece, passo passo come facevano su per l'Italia, distruggevano l'Italia e, inoltre, facevano soffrire terribilmente le popolazioni che si trovavano, per così dire, prese tra l'incudine e che erano loro e il martello che erano i tedeschi. Gli inglesi rispondevano che loro non sapevano niente di tutte queste cose, erano soldati e ubbidivano. Michele allora li aggredì con un altro ragionamento: perché facevano la guerra, e per che scopo? Gli inglesi risposero che loro la guerra la facevano per difendersi dai tedeschi che volevano mettere sotto tutti quanti, compresi loro. Michele rispose che questo non era sufficiente: la gente si aspettava da loro che, dopo la guerra, creassero un mondo nuovo, con più giustizia, più libertà e più felicità che in quello vecchio. Se loro non fossero riusciti a creare questo mondo, anche loro allora avrebbero in fondo perduto la guerra, anche se di fatto, l'avessero vinta. L'ufficiale biondo ascoltava Michele con diffidenza e rispondeva corto e raro; ma il marinaio mi sembrò che avesse le stesse idee di Michele, benché per rispetto all'ufficiale, che era il suo superiore, non avesse il coraggio di esprimerle. Alla fine l'ufficiale tagliò corto alla discussione dicendo che l'essenziale, adesso, era di vincere la guerra; e che, per il resto, lui si rimetteva al suo governo che ce l'aveva certamente un piano per creare quel mondo nuovo di cui parlava

Michele. Capimmo tutti quanti che lui non voleva compromettersi in una discussione imbarazzante e anche Michele, benché ci fosse rimasto male, lo capì e propose a sua volta di bere alla salute del mondo nuovo che sarebbe venuto fuori dalla guerra. Riempimmo dunque i bicchieri con il marsala e bevemmo tutti alla salute del mondo di domani. Michele era persino commosso e ci aveva le lacrime agli occhi e, dopo questo primo brindisi, volle bere alla salute di tutti gli alleati, compresi i russi che proprio in quei giorni a quanto pareva, avevano riportato una grande vittoria sui tedeschi. E così eravamo tutti contenti, proprio come lo si deve essere il giorno di Natale; e per un momento, almeno, sembrò che non ci fossero più differenze di lingua o di educazione e che fossimo davvero tutti fratelli e che quel giorno che aveva visto tanti secoli prima la nascita di Gesù nella sua stalla, avesse visto anche oggi nascere qualche cosa di simile a Gesù, qualche cosa di buono e di nuovo che avrebbe reso gli uomini migliori. Alla fine del pranzo facemmo un ultimo brindisi alla salute dei due inglesi e poi ci abbracciammo tutti quanti e io abbracciai Michele, Rosetta e i due inglesi e loro abbracciarono noialtri e tutti ci dicemmo l'un l'altro: "Buon Natale e buon anno!" e io mi sentii per la prima volta veramente contenta da quando ero salita a Sant'Eufemia. Michele, però, osservò, dopo un poco, che questo era bene ma che si doveva anche mettere un limite al sacrificio e all'altruismo; e così spiegò ai due inglesi che noi due avremmo potuto offrire loro ospitalità tutt'al più per quella notte ma poi, loro era meglio che partissero, perché era veramente pericoloso per loro e per noi che essi si trattenessero lassù: i tedeschi potevano sempre venire a saperlo e allora nessuno ci avrebbe salvato dalla loro vendetta. Gli inglesi risposero che capivano queste esigenze e ci assicurarono che sarebbero partiti il giorno dopo.

Tutto quel giorno restarono insieme con noi. Parlarono di un po' di tutto con Michele; e io non potei fare a meno di notare che mentre Michele pareva benissimo informato sui paesi loro, anzi quasi quasi meglio di loro, loro, invece, sapevano poco o nulla dell'Italia in cui purtuttavia si trovavano e facevano la guerra. L'ufficiale, per esempio, ci disse che era stato all'università, dunque era istruito. Ma Michele, gratta gratta, scoprì che non sapeva neppure chi fosse Dante. Ora io non sono istruita e quello che ha scritto Dante non l'ho mai letto, ma il nome di Dante lo conoscevo e Rosetta mi disse che dalle suore, dove era stata a scuola, non soltanto gliel'avevano insegnato chi fosse Dante ma anche le avevano fatto leggere qualche cosa. Michele ce lo disse piano questo fatto di Dante; e sempre sottovoce, in un momento che quelli non ci sentivano, aggiunse che così si spiegavano tante cose, come per esempio i bombardamenti che avevano distrutto tante città italiane. Quegli aviatori che gettavano le bombe non sapevano niente di noialtri e dei nostri monumenti; l'ignoranza li rendeva tranquilli senza pietà; soggiunse Michele, era forse la causa di tutti i guai nostri e degli altri, perché la malvagità non è che una forma dell'ignoranza e chi sa non può veramente fare il male.

Quella notte quei due dormirono in un pagliaio e la mattina presto, senza salutarci, se ne andarono. Eravamo stanche morte tutte e due perché eravamo rimaste sveglie fino a tardi e non ci eravamo abituate: di solito andavamo a letto con le galline. Così, quella mattina, continuammo a dormire sodo oltre il mezzogiorno. Sul più bello di questo sonno, ecco un colpo terribile all'uscio della stanzetta e poi una voce spaventosa che diceva non so che cosa in una lingua che non conoscevo. "Oh, Dio, mamma," esclamò Rosetta attaccandosi a me, "che sta succedendo?" Stetti un momento ferma, quasi incredula e poi di nuovo, ecco, un altro colpo e un altro urlaccio incomprensibile. Allora dissi a Rosetta che volevo andare a vedere e zompai giù dal letto e, così com'ero, in sottana, tutta spettinata e a piedi nudi, aprii la porta e mi affacciai. Erano due militari tedeschi, uno doveva essere un sergente e l'altro un soldato semplice. Il sergente era più giovane: ci aveva la testa bionda rapata, il viso bianco come carta, gli occhi di un azzurro slavato, senza ciglia, senza espressione, e senza luce. Ci aveva il naso un po' storto e la bocca che andava all'incontrario del naso; due lunghe ferite attraverso la guancia, rimarginate e pallide, gli davano un aspetto curioso come se la bocca gli continuasse verso il collo. L'altro era un uomo di mezza età, tarchiato, bruno, con la fronte enorme, gli occhi tristi e infossati, di un celeste scuro, la mascella da can mastino. Dico la verità, mi spaventai, non per altro, per gli occhi del sergente, freddi e inespressivi, di un azzurro così brutto che sembravano gli occhi di una bestia e non di un uomo. Però non mostrai questo mio timore e gli urlai in faccia, con quanta voce avevo: "Ahò, ma che ti prende, disgraziato, che vuoi sfondare la porta? Non vedi che siamo due donne e che dormiamo, ora manco dormire si potrà." Il sergente dagli occhi chiari fece con la mano un gesto, dicendo in cattivo italiano: "Bona, bona" e quindi, voltatosi verso il soldato, gli accennò di seguirlo ed entrò nella casetta. Rosetta che stava ancora a letto, guardava con gli occhi fuori della testa, le lenzuola tirate fin sotto il mento. Quei due frugarono dappertutto, fin sotto il letto; e il sergente, nella furia della ricerca, alzò perfino il lenzuolo a Rosetta, come se lei, quello che loro cercavano, l'avesse potuto avere sotto le coltri. Quindi riuscirono di fuori. Intanto si era radunata una quantità di sfollati; e adesso, ripensandoci, dico che fu un miracolo che quei due tedeschi non interrogarono gli sfollati sui due inglesi, perché certamente, più che altro per stupidità, qualcuno avrebbe rifischiato ogni cosa e allora, poverette noi. Del resto, il fatto che quei tedeschi fossero capitati laggiù proprio il giorno dopo l'arrivo degli inglesi, mi ha sempre fatto pensare che ci fosse stata qualche spiata o, per lo meno, qualche chiacchiera. Ma i tedeschi, secondo me, non volevano avere noie e perciò si limitarono a fare una visita in fretta, senza interrogare nessuno.

Però gli sfollati, che non erano abituati a vedere i tedeschi lassù, vollero sapere come andava la guerra e se finiva presto. Qualcuno intanto era andato a chiamare Michele che sapeva un po' di tedesco; e alla fine, proprio nel momento che quei due stavano per andarsene, lo spinsero avanti che lui non voleva, gridando: "Domanda loro quando finisce la guerra."

Michele si vedeva lontano un miglio che non gli piaceva affatto parlare coi tedeschi. Ma si fece coraggio e disse qualcosa. Riporto adesso in italiano quello che i tedeschi e Michele dissero in tedesco, perché parte Michele lo tradusse lì per lì per comodo degli sfollati e parte me lo tradusse in seguito, dopo che i tedeschi se ne furono andati. Michele, dunque, domandò quando sarebbe finita la guerra e il sergente rispose che sarebbe finita presto, con la vittoria di Hitler. Aggiunse che loro ci avevano certe armi segrete e che, con queste armi, avrebbero buttato a mare gli inglesi, al più tardi in primavera. Disse pure qualcosa che fece una grande impressione agli sfollati: "Faremo l'offensiva e butteremo a mare gli inglesi. E intanto i treni serviranno a portare le munizioni e noi vivremo della roba degli italiani e gli italiani, che hanno tradito, li lasceremo morire di fame." Disse proprio così con una faccia convinta, calmo e spietato, come se invece di italiani cioè di cristiani avesse parlato di mosche o bacherozzi. Tutti gli sfollati ammutolirono a queste parole perché non se le aspettavano; chissà perché, credevano che i tedeschi avessero simpatia per loro. Michele, che adesso ci prendeva gusto, domandò a quei due chi fossero. Il sergente rispose che lui era di Berlino e in tempo di pace ci aveva una piccola fabbrica di scatole di cartone, adesso però gliel'avevano distrutta e così, disse, a lui non restava che fare la guerra, meglio che poteva. Il soldato esitò prima di rispondere quindi stornando gli occhi infossati e tristi e facendo un viso afflitto, come di cane che abbia preso una legnata, rispose che anche lui era di Berlino e che, anche a lui, non restava che fare la guerra perché nei bombardamenti gli erano morte la moglie e la sola figlia. Avevano risposto su per giù tutti e due la stessa cosa e cioè che avevano perduto tutto nei bombardamenti, non pensavano ormai più che a fare la guerra; soltanto si vedeva chiaro come il sole che il sergente, lui, la guerra la faceva con zelo e passione e, magari, pure con malvagità; mentre il soldato così tetro, con quella fronte enorme che pareva piena di tristezza, la guerra la faceva ormai più che altro per disperazione, ben sapendo che più nessuno l'aspettava a casa. E io pensai che quel soldato forse non era cattivo; ma il fatto che aveva perduto la moglie e la figlia, avrebbe potuto renderlo cattivo; e se, poniamo, Dio guardi, ci avessero arrestate tutte e due, forse non avrebbe esitato ad ammazzare Rosetta, ricordandosi, appunto, che a lui gli avevano ammazzato una figlia della stessa età.

Mentre pensavo queste cose, il sergente che pareva proprio avercela con gli italiani, domandò ad un tratto perché mai, mentre tutti i tedeschi erano al fronte, qui, invece, tra gli sfollati, c'erano tanti giovanotti che se ne stavano con le mani in mano. Michele, allora, rispose, alzando la voce e quasi gridando che lui e tutti gli altri avevano combattuto per Hitler e per i tedeschi in Grecia, in Africa e in Albania e che loro erano pronti a combattere di nuovo fino all'ultimo sangue; e che tutti lassù, non vedevano l'ora che il grande e glorioso Hitler vincesse al più presto la guerra e cacciasse a mare tutti quei figli di mignotte degli inglesi e degli americani. Il sergente rimase un po' stupito da questa tirata; guardava incerto Michele, di sotto in su, e si vedeva che non gli credeva del tutto.

Ma, insomma, erano parole che non facevano una grinza e lui non poteva dir niente, anche se non ci credeva. Così alla fine dopo aver gracchiato ancora un poco per le casette, e aver frugato un po' dappertutto, ma stracchi stracchi e senza grande impegno, quei due se ne tornarono a valle, con grande sollievo di tutti noialtri.

Io, però, ero rimasta colpita dal contegno di Michele. Non dico che dovesse prendere i tedeschi a male parole, ma, insomma, tutte quelle bugie che aveva gridato con tanta faccia tosta mi avevano sorpreso. Così glielo dissi, e lui, alzando le spalle rispose: "Coi nazisti tutto è lecito: mentirgli, tradirli, ammazzarli, se è possibile. Che faresti tu con un serpente velenoso, una tigre, un lupo arrabbiato? Cercheresti, certo, di ridurlo all'impotenza con la forza o con l'astuzia. Mica gli parleresti e tenteresti in qualche modo di rabbonirlo tanto lo sapresti in anticipo che sarebbe inutile. E così coi nazisti. Loro si sono messi fuori dell'umanità, come le bestie selvagge, e perciò con loro tutti i mezzi sono buoni. Tu, come quell'ufficiale inglese tanto istruito, non hai mai letto Dante. Ma se tu l'avessi letto, sapresti che Dante dice: E cortesia fu in lui esser villano."

Domandai che volesse dire quella frase di Dante; e lui, allora, mi spiegò che voleva appunto dire che con gente come i nazisti era già fin troppo gentile mentire e tradire. Neppure questo meritavano. Dissi così, tanto per dire, che tra i nazisti potevano essercene dei buoni e dei cattivi, come sempre avviene; e allora come faceva lui a sapere che quei due erano cattivi? Ma lui si mise a ridere: "Qui non si tratta di buoni e di cattivi. Magari saranno buoni con le loro mogli e coi loro figli, come sono buoni con i piccoli e con le femmine anche i lupi e i serpenti. Ma con l'umanità, che è poi quello che conta, e con te, con me, con Rosetta, con questi sfollati e questi contadini, loro non possono essere che cattivi." "E perché?" "Perché," disse lui dopo un momento di riflessione, "essi sono convinti che ciò che noi chiamiamo il male, sia il bene. E allora, appunto, fanno il male credendo di fare il bene. Cioè, fanno il loro dovere." Rimasi un po' in forse, mi pareva di non aver capito bene. Lui, però, non mi dava più retta e concluse, come parlando a se stesso: "Già, la combinazione del senso del dovere, ecco il nazismo."

Era curioso, insomma, Michele, era tanto buono e, al tem-

170

po stesso, era tanto duro. Ricordo un'altra volta che incontrammo i tedeschi, che fu in occasione tutta diversa. Al solito avevamo poca farina e, ormai, io facevo il pane lasciandoci dentro non soltanto la crusca più fina, ma anche quella grossa. Così, un giorno, decidemmo di andare giù a valle per vedere di trovare un po' di farina a cambio di uova. Le uova le avevo acquistate da Paride e ne avevo sedici e speravo, in cambio di queste uova e aggiungendoci del denaro, di trovare qualche chilo di farina bianca. Non eravamo mai più state a valle dal giorno di quel bombardamento che aveva fatto tanta paura al povero Tommasino, e, dico la verità, anche per questo ci andavo malvolentieri. Non so come, ne parlai davanti a Michele e lui, allora, si offerse di accompagnarci e io accettai con vero piacere perché, con lui, mi sentivo più sicura e lui, non so perché lassù era il solo che mi ispirasse coraggio e fiducia. Dunque, mettemmo le uova in un panierino, sotto la paglia, e ci avviammo di buon mattino. Erano i primi di gennaio e si era veramente nel cuore dell'inverno e, come sentivo, benché non potessi spiegarmelo bene, anche nel cuore della guerra, nel momento cioè, più fondo, più freddo e più disperato di quella disperazione che durava ormai da tanti anni. L'ultima volta che ero scesa a valle, che era stata, appunto, la volta che ci ero andata con Tommasino, c'erano ancora le foglie sugli alberi, benché gialle; c'era l'erba, per via delle tante piogge, sui prati; e, sulle coste, c'erano persino alcuni fiori, gli ultimi dell'autunno, come dire ciclamini e violette selvatiche. Ma adesso, via via che scendevamo, vedemmo che tutto era secco, grigio, bruciato e ignudo, in un'aria fredda e senza sole, sotto un cielo velato e scolorito. Eravamo partiti abbastanza allegri ma ammutolimmo subito: la giornata era silenziosa come sono appunto silenziose le giornate nel fitto dell'inverno e questo silenzio ci gelava e ci impediva di parlare. Prima scendemmo giù per la costa, sulla destra della valle, poi attraversammo il ripiano dove, tra i fichi d'India e le rupi, era caduta la bomba sganciata dall'aeroplano il giorno che eravamo discese con Tommasino e quindi prendemmo sul lato sinistro. Camminammo così, senza parlare, ancora per una mezz'ora e alla fine giungemmo all'imboccatura della valle, là dove c'era il ponticello, il bivio e la casetta dove aveva abitato Tommasino fino al giorno di quel fatale bombardamento. Ricordavo questo luogo come ridente e bello e anche largo e fui sorpresa, lo confesso, rivedendolo triste, grigio, ignudo e meschino. Avete mai visto una donna senza capelli? Io sì, una ragazza del mio paese che aveva avuto il tifo e parte li perdette e il resto glieli rasarono a zero con la macchinetta. Sembrava un'altra, aveva persino un'espressione diversa, faceva pensare ad un grosso e brutto uovo, con una testa liscia e calva che le donne non hanno mai e un viso sfrondato dei capelli e come schiacciato da una luce troppo cruda. Allo stesso modo, senza il fogliame folto e verde dei tre platani che ombreggiavano la casetta di Tommasino, senza la verdura che nascondeva i sassi delle rive del torrente, senza le piante ai due lati della strada e nei fossati, che allora non avevo notato ma che dovevano esserci state poiché adesso ne sentivo la mancanza, quel luogo non pareva più niente, aveva perduto tutta la sua bellezza, appunto come a una donna se le si tolgono i capelli. E non so perché, vedendolo così immiserito mi si strinse il cuore e quasi mi sembrò che esso rassomigliasse un poco alle nostre vite in quel momento, anch'esse ridotte ignude e senza illusioni, in questa guerra che non finiva mai.

Basta, prendemmo per la via maestra e di lì a poco facemmo il primo incontro della giornata. Un uomo portava per la briglia due cavalli, bruni e pasciuti, molto belli in verità. Erano due cavalli tedeschi ma l'uomo aveva una divisa che non avevo mai visto e, appena gli fummo a pari sulla strada, prima ci guardò, poi ci salutò, e insomma siccome facevamo la stessa strada, attaccò discorso in un suo italiano stentato e così camminammo e parlammo insieme per un buon tratto. Quest'uomo era un giovanotto di forse venticinque anni, di una bellezza che poche volte l'ho vista in vita mia. Alto, con le spalle larghe, la vita snellissima come se fosse stato una donna, elegante, le gambe lunghe negli stivaloni di vacchetta gialla. Era biondo come l'oro, gli occhi li aveva di un colore tra il verde e l'azzurro, tagliati a mandorla, strani e come sognanti, il naso dritto, grande e sottile, la bocca rossa e ben disegnata; e, quando sorrideva, scopriva denti bellissimi, bianchi e regolari, che era un piacere guardarli. Lui ci disse che non era tedesco ma russo, di un paese lontano assai, ne disse il nome ma non lo ricordo. Disse tranquillamente che lui aveva tradito i russi per i tedeschi perché a lui non andavano a genio i russi sebbene, però, non amasse affatto neppure i tedeschi. Disse che lui, insieme con altri russi che avevano tradito anche loro, era addetto ai servizi dei tedeschi e disse pure che, ormai, era sicuro che i tedeschi avevano perduto la guerra perché avevano rivoltato il mondo con le loro crudeltà e tutto il mondo si era messo contro di loro. I tedeschi, concluse, era questione di mesi che perdessero del tutto la guerra e allora per lui sarebbe finita; e fece, a questo punto, un gesto che mi gelò, con la mano al collo, come per dire che i russi gli avrebbero tagliato la gola. Parlava con calma, come se la propria sorte ormai gli fosse indifferente, e sorrideva persino, non soltanto con la bocca ma con quegli occhi strani, cerulei, che parevano due pezzetti di mare là dove è più fondo. Si capiva che lui odiava i tedeschi e odiava i russi e odiava persino se stesso e non gliene importava niente di morire. Camminava tranquillamente, tenendo per la briglia i due cavalli; e per la strada deserta, nella campagna grigia e gelata, non c'erano che lui e i suoi cavalli, e sembrava incredibile che quest'uomo così bello fosse, per così dire, già condannato e dovesse morire presto, magari prima della fine dell'anno. Al bivio, dove ci separammo, disse ancora, accarezzando la criniera ad uno dei cavalli: "Questi due cavalli sono tutto quello che mi resta nella vita e non sono neppure miei." Quindi se ne andò, in direzione della città. Lo guardammo un momento mentre si allontanava. E io non potei fare a meno di pensare che anche questo era un effetto della guerra; se non ci fosse stata la guerra, quel giovanotto così bello sarebbe rimasto al suo paese e magari si sarebbe sposato e avrebbe lavorato e sarebbe diventato un brav'uomo, come tanti. La guerra l'aveva fatto andar via dal paese, l'aveva fatto tradire e adesso la guerra lo ammazzava e lui era già rassegnato a morire e questa, fra tante cose terribili, era forse la peggiore, perché la meno naturale e la meno comprensibile.

Noi prendemmo a sinistra, per una strada secondaria che andava verso i giardini di aranci, speravamo di cambiare le uova con il pane dei carristi tedeschi che stavano attendati ai margini degli aranceti, come l'altra volta. Ma non trovammo nessuno, i carristi se ne erano andati e non si vedeva che il suolo calpestato e senz'erba dove avevano piantato le loro tende e alcuni alberi sfrondati e schiantati: ecco tutto. Dissi allora che, nel dubbio, tanto valeva continuare per quella strada, forse i carristi o altro gruppo di tedeschi erano attendati un poco più in là. Camminammo ancora un quarto d'ora, sempre in silenzio e alla fine, dopo quasi un chilometro, incontrammo una ragazza bionda che se ne andava sola sola, non come chi si diriga verso un luogo preciso ma come chi passeggia senza scopo. Camminava piano, guardando con interesse strano ai campi grigi e spogli e, pur guardando, staccava ogni tanto un morso da un pezzo di pane. Le andai incontro e le domandai: "Di' un po', sai niente se ci sono dei tedeschi andando giù per questa strada?" Lei si fermò di colpo a questa mia domanda e mi guardò. Aveva un fazzoletto intorno al viso ed era proprio una bella ragazza sana e robusta, con il viso largo e un po' massiccio e gli occhi grandi, color castagna. Disse subito in fretta: "I tedeschi... sicuro che ci sono... e come se ci sono i tedeschi." Le domandai: "Ma dove sono?" Lei mi guardava e adesso pareva spaventata e, tutto ad un tratto senza rispondermi fece per andarsene. L'acchiappai per un braccio allora, ripetendo la domanda; e lei, sottovoce: "Se te lo dico, tu poi non vai a raccontare dove tengo le provviste?" Rimasi a bocca aperta di fronte a queste parole, perché erano al tempo stesso intonate alle circostanze e completamente assurde. Dissi: "Ma che dici? Che c'entrano le provviste?" E lei, scuotendo il capo: "Vengono e prendono... vengono e prendono... sono tedeschi, si sa... ma sai che gli ho detto l'ultima volta che sono venuti? Io non ci ho nulla, gli ho detto, non ci ho farina, non ci ho fagioli, non ci ho strutto, non ci ho nulla... ci ho soltanto il latte per il mio bambino... se lo volete prendetelo... ecco." E guardandomi fissa con quei suoi occhi sgranati, cominciò a sbottonarsi il corpetto. Io ero rimasta interdetta e così Michele e Rosetta. Lei ci guardava muovendo le labbra come se parlasse a se stessa e intanto aveva aperto il corpetto fino alla cintura e poi, con una mano, con le dita aperte, come fanno appunto le madri quando porgono il seno al pupo, tirava fuori la mammella. "Non ho che questo... prendetelo," ripeteva intanto a bassa voce, trasognata. Adesso era riuscita a trarre fuori dal corpetto la mammella intera, che era bella e rotonda e gonfia, con quella trasparenza della pelle e quella bianchezza chiara che di solito stanno ad indicare che la donna è madre e allatta. Ma dopo averla tirata fuori, ecco che, d'improvviso, lei se ne andò, canterellando, come distratta, con il corpetto tuttora aperto e una mammella fuori e l'altra dentro. E mi fece impressione vederla andare via così, sbocconcellando il suo pezzo di pane, con quella mammella esposta all'aria invernale, la sola cosa viva e bianca e luminosa e calda che ci fosse in quel momento in quella giornata senza sole e senza colori, nuda e fredda. "Ma è matta," disse alla fine Rosetta. Michele confermò asciutto: "Già." Riprendemmo a camminare in silenzio.

Siccome, però, non si vedevano i tedeschi da nessuna parte, Michele propose di andare da certi suoi conoscenti che gli risultava che si erano rifugiati in una baracca tra gli aranceti. Disse che era brava gente e, se non altro, avrebbero potuto suggerirci dove trovare i tedeschi che ci cambiassero le uova col pane. Così, dopo un poco, lasciammo la strada maestra e ci inoltrammo per un sentieruccio tra i giardini. Michele ci disse che tutti quegli aranci appartenevano alla persona da cui ci recavamo, un avvocato scapolo, il quale viveva con la vecchia madre. Camminammo forse dieci minuti e alla fine sbucammo in una piccola radura, davanti una baracchetta da niente, con le pareti di mattoni e il tetto di bandone ondulato. La baracca aveva due finestre e una porta. Michele si avvicinò ad una delle finestre, guardò, disse che i padroni c'erano e picchiò due volte. Aspettammo un pezzo e alla fine la porta si aprì lentamente e come malvolentieri e l'avvocato apparve sulla soglia. Era un uomo sui cinquant'anni, corpacciuto, calvo, con la fronte pallida e lucida come l'avorio circondata di tanti capelli neri tutti arruffati, gli occhi acquosi e un po' a fior di pelle, il naso a becco, la bocca molle e ripiegata sul mento grasso. Indossava un paltò da città, di quelli che si indossano di notte, di panno blu con il bavero di velluto nero, ma sotto questo cappotto così elegante ci aveva un paio di pantalonacci sfrangiati e scarpe da soldato, di vacchetta, chiodate. Vedendoci, lo notai subito, ci rimase male; però si riprese subito e gettò le braccia al collo di Michele, con una cordialità persino eccessiva. "Michelino... ma bravo, ma bravo... che buon vento ti porta?" Michele ci presentò e lui ci salutò a distanza, con impaccio e quasi con freddezza. Intanto, però, restavamo sulla soglia e lui non ci invitava ad entrare, Michele allora disse: "Passavamo di qua e allora abbiamo pensato di farle una visita." L'avvocato rispose come trasalendo: "Ma bravi... be', stavamo appunto mettendoci a tavola... venite anche voi, mangerete con noi." Esitò e poi soggiunse: "Michele, ti avverto... siccome conosco i tuoi sentimenti che del resto sono anche i miei... Ho invitato il tenente tedesco che comanda la batteria contraerea qua accanto... dovevo farlo... eh, purtroppo di questi tempi..." Così, scusandosi e sospirando, ci introdusse nella baracca. Una tavola tonda era apparecchiata presso la finestra ed era la sola cosa pulita e in ordine della stanza; per il resto non si vedevano che cianfrusaglie, mucchi di stracci, cataste di libri, valigie e casse ammonticchiate. Alla tavola stavano già seduti la madre dell'avvocato, una signora anziana, piccola, vestita di nero, con la faccia grinzosa e apprensiva, come di scimmietta impaurita, e il tenente nazista, un biondino magro, piatto come una foglia di carta nella divisa attillata, con certe gambe lunghe in pantaloni da cavallerizzo e stivali, che lui stendeva sanfason qua e là sotto la tavola. Pareva un cane e ci aveva il viso di cane: tutto naso, gli occhi quasi gialli ravvicinati, senza ciglia né sopracciglia, con l'espressione pronta e ostile, la bocca grande e tirata indietro. Cortese e compito si levò in piedi e ci salutò sbattendo i tacchi; ma non strinse la mano a nessuno e si risedette di colpo, come per dire: "Non lo faccio per voi ma lo faccio perché sono una persona educata." L'avvocato, intanto, spiegava che il tenente era addetto alle batterie contraeree, cosa che noi già sapevamo; e che quel pranzo era un pranzo di buon vicinato. "E speriamo," concluse l'avvocato, "che presto la guerra finisca e il tenente possa invitarci a casa sua in Germania." Il tenente non disse nulla, non sorrise neppure; e io pensai che non sapesse la nostra lingua e non avesse capito. Ma poi, ad un tratto, disse in buon italiano: "Grazie, non bevo aperitivi," alla madre che con voce lamentosa gli offriva del vermut. E capii allora, non so perché, che lui non sorrideva perché, per qualche suo motivo, ce l'aveva con l'avvocato. Michele, raccontò poi, del nostro incontro con la pazza; e l'avvocato disse con indifferenza: "Ah, sì, Lena. Quella è sempre stata matta. L'anno scorso, in quel disordine di truppe che andavano e venivano, qualche soldato l'ha sorpresa mentre girava, al solito, sola per la campagna e l'ha messa incinta."

"E dove sta il figlio, adesso?" "Lo tiene la famiglia e lo allevano con ogni cura. Però lei, da povera matta, si è fissata che vogliono levarglielo perché non ha latte per nutrirlo. Il curioso, invece, è che lei lo allatta regolarmente; cioè ad ore fisse, la madre glielo mette in braccio e lei fa quello che la madre le dice di fare. Lo stesso, però, ci ha questa fissazione di non bastare a sfamarlo." L'avvocato parlava di questa povera Lena come di una cosa qualsiasi. E invece io ne avevo riportato un'impressione profonda che non si cancellerà mai più dalla mia memoria. Come se quel seno nudo che lei offriva a chiunque, sulla strada maestra, fosse stato l'indizio più chiaro della condizione in cui ci trovavamo noialtri italiani in quell'inverno del 1944: sprovvisti di tutto, come le bestie che non hanno che il latte che danno ai loro piccoli.

Intanto la madre dell'avvocato, spaurita, tremante, apprensiva, andava e veniva dalla cucina portando i piatti con le due mani, manco fossero stati il Sacramento. Mise in tavola dell'affettato, salame e prosciutto, del pane a cassetta tedesco, proprio quello che noi stavamo cercando e poi una minestra di vero brodo, con i tagliolini e, alla fine, un grosso pollo lesso con un contorno di sottaceti. Mise anche in tavola una bottiglia di vino rosso, di buona qualità. Si vedeva che l'avvocato e sua madre avevano fatto uno sforzo per quel giovanotto tedesco il quale, adesso, con la sua batteria era loro vicino e perciò gli conveniva tenerselo buono. Ma il tenente ci aveva davvero un brutto carattere perché, per prima cosa, indicò il pane a cassetta e domandò: "Potrei chiederle, signor avvocato, come ha fatto lei a procurarsi questo pane?" L'avvocato, che sedeva tutto accappottato come se ci avesse avuto la febbre alta, rispose con voce esitante e scherzosa: "Be', un regalo, un soldato l'ha regalato a noi e noi abbiamo fatto un regalo a lui... si sa, in tempo di guerra..." "Uno scambio," disse l'altro, spietato, "è proibito... e chi era questo soldato?" "Eh, eh, tenente, si dice il peccato e non il peccatore... provi questo prosciutto, questo non è tedesco, è nostrano." Il tenente non disse nulla e cominciò a mangiare il prosciutto.

Dopo l'avvocato, il tenente rivolse ad un tratto la sua attenzione verso Michele. Gli domandò, così a bruciapelo, quale fosse la sua professione; e Michele rispose senza esitare che era professore e insegnava. "Insegnante di che?" "Di letteratura italiana." Il tenente, con meraviglia dell'avvocato, disse allora tranquillamente: "Conosco la vostra letteratura... ho persino tradotto in tedesco un romanzo italiano." "Quale?" Il tenente disse il nome dell'autore e il titolo, ora non ricordo né l'uno né l'altro; e potei vedere che Michele, il quale fin allora non aveva mostrato alcun interesse per il tenente, adesso pareva incuriosito; e che l'avvocato, vedendo che il tenente parlava a Michele quasi con una specie di considerazione come da pari a pari, aveva cambiato anche lui di atteggiamento: pareva contento di aver Michele a tavola, arrivò persino a dire al tenente: "Eh, il nostro Festa è un letterato... un letterato di valore," battendogli una mano sulla spalla. Ma il tenente sembrava farsi un punto d'onore nel non occuparsi dell'avvocato, che pure era il padrone di casa e l'aveva invitato. E proseguì, rivolto a Michele: "Sono vissuto per due anni a Roma e ho studiato la vostra lingua... personalmente mi occupo di filosofia." L'avvocato cercò di intrufolarsi nella conversazione dicendo, scherzoso: "Allora lei capirà perché noialtri italiani prendiamo tutto quello che ci è successo in questi ultimi tempi, con filosofia... eh, eh, già, appunto, con filosofia..." Ma ancora una volta il tenente neppure lo guardò. Adesso parlava fitto fitto con Michele, facendo una quantità di nomi di scrittori e di titoli di libri, si vedeva che conosceva bene la letteratura e mi accorgevo che Michele, quasi suo malgrado e come con avarizia, pian piano cedeva a un sentimento se non proprio di stima, per lo meno di curiosità. Andarono avanti così per un poco e poi, non so come, si venne a parlare della guerra e di quello che può essere la guerra per un uomo di lettere o un filosofo; e il tenente, dopo aver osservato che era un'esperienza importante, anzi necessaria, se ne venne fuori con questa frase: "Ma la sensazione più nuova e anche più estetica," ripeto questa parola "estetica", sebbene sul momento non la capissi, perché tutta quella frase mi è rimasta impressa nella memoria come con il fuoco, "l'ho provata durante la campagna dei Balcani e sa lei, signor professore, in che modo? Ripulendo una caverna piena di soldati nemici con il lanciafiamme." Questa frase l'aveva appena proferita che rimanemmo tutti e quattro, Rosetta, io, l'avvocato e sua madre, come di sasso. Dopo ho pensato che forse era una vanteria e ho sperato che non l'avesse mai fatto e non fosse vero: aveva bevuto qualche bicchiere di vino, il viso gli si era arrossato e gli occhi erano un po' lustri; ma lì per lì sentii il mio cuore sprofondare e mi gelai tutta. Guardai gli altri. Rosetta teneva gli occhi bassi; la madre dell'avvocato, dal nervoso, rimetteva a posto, con mani tremanti, una piega della tovaglia; l'avvocato aveva fatto come la tartaruga, si era ritirato con la testa dentro il cappotto. Soltanto Michele guardava al tenente con occhi spalancati; quindi disse: "Interessante, non c'è che dire, interessante... e ancor più nuova ed estetica, suppongo, sarà la sensazione dell'aviatore che sgancia le sue bombe su un villaggio e, dopo che è passato, dove c'erano le case non c'è più che una macchia di polvere." Il tenente, però, non era così scemo da non accorgersi che la frase di Michele era ironica. Disse, dopo un momento: "La guerra è un'esperienza insostituibile, senza la quale un uomo non può dirsi un uomo... e a proposito, signor professore, come mai lei si trova qui e non al fronte?" Michele domandò di rimando, con semplicità: "Quale fronte?"; e, strano a dirsi, il tenente questa volta non disse nulla, si limitò a lanciargli una brutta occhiata e poi ritornò al suo piatto.

Ma non era contento, si vedeva lontano un miglio che si rendeva conto di avere intorno a sé persone se non proprio ostili, per lo meno non amiche. Così, tutto ad un tratto, lasciò stare Michele che forse non gli sembrava abbastanza impaurito e attaccò di nuovo con l'avvocato. "Caro signor avvocato" disse di punto in bianco indicando la tavola, "lei nuota nell'abbondanza, mentre, in generale, tutti qui intorno crepano di fame... e come ha fatto lei a procurarsi tanta buona roba?" L'avvocato e sua madre si scambiarono un'occhiata significativa, spaurita e apprensiva quella della madre, rassicurante quella dell'avvocato, quindi quest'ultimo disse: "Le assicuro che gli altri giorni non mangiamo davvero in questo modo... l'abbiamo fatto per fare onore a lei." Il tenente tacque un momento e quindi domandò: "Lei è proprietario, qui in questa valle, non è vero? "Sì, in certo modo, sì." "In certo modo? Mi dicono che lei possiede metà della valle." "Oh, no, caro tenente, chi gliel'ha detto doveva essere un bugiardo o un invidioso o tutti e due... posseggo alcuni giardini... noi chiamiamo giardini questi bei boschetti di aranci." "Mi dicono che questi cosiddetti giardini rendono moltissimo... lei è un uomo ricco." "Be', signor tenente, proprio ricco, no... vivo del mio." "E lei sa come vivono i suoi contadini, qui intorno?" L'avvocato che ormai aveva capito la piega che aveva preso il discorso rispose con dignità: "Vivono bene... qui in questa valle sono tra quelli che vivono meglio." Il tenente che in quel momento stava tagliandosi un pezzo di pollo, disse senza sorridere, puntando il coltello in direzione dell'avvocato: "Se questi vivono bene, figuriamoci come vivono quelli che vivono male. Li ho visti i suoi contadini come vivono. Vivono come bestie, in case che sembrano stalle, mangiando come bestie e vestendosi di stracci. Nessun contadino, in Germania, vive così. Noi in Germania ci vergogneremmo di far vivere i nostri contadini in questo modo." L'avvocato anche per far piacere alla madre che lo saettava di sguardi supplichevoli come per dire: "Non dargli spago, sta' zitto," si strinse nelle spalle e non disse nulla. Il tenente però insistette: "Che dice, caro avvocato, di tutto questo, che ha da rispondermi?" L'avvocato questa volta disse: "Sono loro che vogliono vivere in questo modo, gliel'assicuro, tenente... lei non li conosce." Ma il tenente, duro: "No, siete voi, i proprietari, che volete che i contadini vivano in questo modo. Tutto dipende da questo," e si toccò il capo, "dalla testa. Voi siete la testa dell'Italia ed è colpa vostra se i contadini vivono come bestie." L'avvocato adesso pareva proprio spaventato e mangiava con uno sforzo che si vedeva, facendo con la gola un movimento ad ogni boccone, come i polli quando ingozzano in fretta. La madre aveva un'espressione del tutto smarrita e la vidi, di nascosto, giungere le mani in grembo, sotto la tovaglia: pregava, si raccomandava a Dio. Il tenente proseguì: "Io conoscevo un tempo soltanto alcune città dell'Italia, le più belle e in queste città non conoscevo che i monumenti. Ma adesso, grazie alla guerra, l'ho conosciuto a fondo il vostro paese, l'ho percorso tutto, in lungo e in largo. E sa lei, egregio avvocato, che cosa le dico? Che voi avete delle differenze tra classe e classe che sono addirittura uno scandalo." L'avvocato rimase zitto; però fece un movimento con le spalle come per dire: "E che posso farci, io?" Il tenente se ne accorse e saltò su: "No, caro signore, la cosa riguarda lei come tutti gli altri che sono come lei, avvocati, ingegneri, medici, professori, intellettuali. Noialtri tedeschi, per esempio, siamo rimasti indignati per le differenze enormi che ci sono tra gli ufficiali e i soldati italiani: gli ufficiali sono coperti di galloni, vestono con stoffe speciali, mangiano cibi speciali, hanno in tutto e per tutto un trattamento speciale, privilegiato. I soldati sono vestiti di stracci, mangiano come bestie, sono trattati come bestie. Che ha da dire, caro signor avvocato, su tutto questo?" L'avvocato questa volta parlò: "Ho da dire che sarà anche vero. E che sono il primo a deplorarlo. Ma che posso farci io, da solo?" E l'altro, tignoso: "No, caro signore, lei non deve dire questo. La cosa la riguarda direttamente e se lei e tutti coloro che sono come lei volessero certamente che questa situazione cambiasse, ebbene cambierebbe. Lo sa lei perché l'Italia ha perduto la guerra e adesso noialtri tedeschi dobbiamo sprecare dei soldati preziosi sul fronte italiano? Proprio per questa differenza tra i soldati e gli ufficiali, tra il popolo e voialtri signori della classe dirigente. I soldati italiani non combattono perché pensano che questa guerra sia la vostra guerra, non la loro. E vi dimostrano la loro ostilità appunto non combattendo. Che ha da dire, egregio avvocato, su tutto questo?" L'avvocato, forse per la gran stizza, questa volta riuscì a superare la paura e disse: "È vero, questa guerra il popolo non l'ha voluta. Ma neppure io. Questa guerra c'è stata imposta dal governo fascista. E il governo fascista non è il mio governo, di questo lei può stare sicuro." Ma l'altro, alzando un poco la voce: "No, caro signore, troppo comodo. Questo governo è il suo governo." "Il mio governo? Lei vuole scherzare, tenente." La madre intervenne a questo punto: "Francesco, per carità... per l'amor di Dio." Il tenente insistette: "Sì, il suo governo, ne vuole la prova?" "Ma quale prova?" "Io so tutto di lei, caro signore, so per esempio che lei è un antifascista, un liberale. Però, lei, in questa valle, non se la fa con i contadini o gli operai, lei se la fa con il segretario del fascio... ebbene, che ne dice?" L'avvocato si strinse una volta di più nelle spalle: "Intanto non sono antifascista né liberale, io non mi occupo di politica e bado ai fatti miei... E poi, che c'entra, con il segretario del fascio io ci andavo a scuola, siamo persino un po' parenti per via di mia sorella, che ha sposato un suo cugino... voialtri tedeschi certe cose non potete capirle... Non conoscete abbastanza bene l'Italia." "No, caro signore, questa è una prova bella e buona... voialtri fascisti e antifascisti siete tutti legati gli uni agli altri perché siete tutti quanti della stessa classe... e questo governo è il governo di tutti quanti voialtri fascisti e antifascisti perché è il governo della vostra classe... eh, caro signore, i fatti parlano e il resto sono chiacchiere." Il sudore adesso imperlava la fronte dell'avvocato, benché nella baracca ci facesse freddo; la madre, non sapendo più che fare, si era alzata, tutta smarrita, dicendo con voce tremante: "Adesso vado a preparare un buon caffè." Ed era scomparsa in cucina. Il tenente, intanto diceva: "Io non sono come la maggior parte dei miei compatrioti che sono tanto stupidi con voialtri italiani... loro amano l'Italia perché ci sono tanti bei monumenti e perché i paesaggi dell'Italia sono i più belli del mondo... oppure trovano un italiano che parla tedesco e si commuovono sentendo parlare la loro lingua... oppure ancora gli viene offerto un buon pranzo come lei oggi l'ha offerto a me e diventano amici sulla bottiglia. Io non sono come questi tedeschi stupidi e ingenui. Io vedo le cose come stanno e gliele dico in faccia, caro signore." Allora, non so perché, forse perché quel povero avvocato mi faceva compassione, dissi ad un tratto, quasi senza riflettere: "Lei lo sa perché l'avvocato le ha offerto questo pranzo?" "Perché?" "Perché voialtri tedeschi fate paura a tutti e tutti hanno paura di voi e allora lui ha cercato di rabbonirla come si fa appunto con una bestia feroce, dandole qualche cosa di buono da mangiare." Strano a dirsi, lui fece un viso, un istante soltanto, quasi triste e amareggiato: a nessuno, neppure a un tedesco, fa piacere sentirsi dire che fa paura e che la gente è gentile con lui soltanto perché ha paura. L'avvocato, atterrito, cercò di riparare, intervenendo: "Tenente, non dia retta a questa donna... è una persona semplice, certe cose non le capisce." Ma il tenente gli fece cenno di star zitto e domandò: "E perché mai noi tedeschi facciamo paura? Non siamo uomini come tutti gli altri?" Io, ormai lanciata, stavo per rispondergli: "No, un uomo che è un uomo, ossia un cristiano, non trova piacere a ripulire, come lei ha detto poco fa, una caverna piena di soldati vivi con il lanciafiamme", ma per fortuna, perché non so quello che poi avrebbe potuto succedere, non ne ebbi il tempo, perché tutto ad un tratto, dalla valle si levò un fracasso di spari sparsi e secchi, come della contraerea, alternati, però, ai botti più cupi delle bombe che cascavano. Nello stesso tempo l'aria si riempiva di un rombo lontano che andava facendosi sempre più vicino e più distinto. Il tenente subito scattò in piedi, esclamando: "Gli aeroplani... debbo correre alla mia batteria," e rovesciando seggiole e quanto si trovava sul suo passaggio, uscì di corsa. Il primo a riscuotersi, dopo la fuga del tenente, fu l'avvocato: "Presto, presto, venite... andiamo al rifugio." Si alzò e ci precedette fuori della baracca, nello spiazzo. Lì, in un angolo, c'era come un'apertura a fior di terra, protetta da un castelletto di travi e di sacchetti pieni di sabbia. L'avvocato andò direttamente a quest'apertura e cominciò a scendere una scaletta di legno, ripetendo: "Presto, che tra un momento sono sulla nostra testa." Si sentiva, infatti, quel rombo, pur tra le esplosioni della contraerea, farsi addirittura ossessionante, come se fosse venuto da dietro gli alberi che circondavano la radura. Poi tutto si spense e ci trovammo al buio, in una stanzetta sotterranea che pareva essere stata scavata proprio sotto la radura. "Questo naturalmente non basterebbe contro una bomba," disse l'avvocato, "ma serve almeno per le pallottole delle mitragliatrici... sopra di noi c'è un metro di terra e ci sono i sacchetti." Insomma restammo là dentro non so quanto, in piedi, al buio senza fiatare; si sentiva, attutito, però, ogni tanto qualche bottaccio della contraerea e questo era tutto. Alla fine l'avvocato aprì un poco la porticina, constatò che ormai tutto taceva e così riuscimmo all'aperto. L'avvocato ci indicò alcuni dei sacchetti di sabbia, strappati e forati, e anche raccolse un proiettile di ottone, lungo quanto un dito, dicendo: "Questo se ci prendeva ci ammazzava di sicuro." Quindi levando gli occhi al cielo: "Benedetti aeroplani, venissero spesso. Speriamo che ci abbiano liberati di quel tenente che è proprio una bestia feroce." La madre lo rimproverò: "Non dirlo, Francesco. È un cristiano anche lui, non bisogna desiderare la morte di nessuno." Ma l'avvocato rispose: "Un cristiano quello? Maledetto lui, maledetta la sua batteria e maledetto il giorno che ci capitò qui. Quando se ne andrà, voglio dare un pranzo mille volte migliore di questo. È inteso, siete tutti invitati." Insomma non faceva che maledire il tenente tedesco con vero odio. Alla fine rientrammo nella baracca e bevemmo il caffè e poi la madre dell'avvocato ci prese le uova e ci diede in cambio un po' di farina e un po' di fagioli. Alla fine li salutammo e ce ne andammo.

Ormai era tardi e avevamo cambiato le uova e a me mi tardava di risalire a Sant'Eufemia. A valle non avevamo fatto che brutti incontri: prima il russo con i suoi cavalli, poi la povera pazza, poi quel tenente tedesco. Michele mentre tornavamo in su, disse: "Mi faceva rabbia soprattutto una cosa mentre lui parlava." "E che cosa?" "Che lui aveva ragione con tutto che fosse nazista." Io dissi: "E perché? Anche i nazisti possono qualche volta avere ragione." E lui, a testa bassa: "Mai." Io avrei voluto domandargli come la metteva che quel nazista così feroce, che ci provava un gusto particolare a bruciare la gente col lanciafiamme, al tempo stesso, però, si rendesse conto dell'ingiustizia che c'era in Italia. Mi-

183

chele ci aveva sempre detto che coloro che sentivano l'ingiustizia erano le persone per bene, i migliori di tutti, i soli che lui non disprezzasse. E adesso, ecco, quel tenente, che per giunta era anche filosofo, l'ingiustizia la sentiva e al tempo stesso però ci provava soddisfazione ad ammazzare la gente. Come poteva essere questo? Allora non era vero che la giustizia fosse una cosa tanto buona. Ma non ebbi il coraggio di comunicargli queste mie riflessioni, anche perché lo vedevo avvilito e triste. Così risalimmo la valle e arrivammo a Sant'Eufemia che era già buio da un pezzo.

CAPITOLO SETTIMO

Uno di quei giorni di gennaio, continuando a soffiare la tramontana in un cielo trasparente e luminoso che pareva un cristallo, ecco che, al risveglio, sentimmo, Rosetta ed io, come un rumore lontano e regolare, proprio in fondo al cielo, dalla parte della marina. Era un primo tonfo, sordo, come se il cielo avesse ricevuto un pugno e poi un secondo tonfo poco dopo, più forte e più chiaro, che pareva l'eco del primo. Tunf, tunf, tunf, andava avanti così, senza mai smettere; e questo suono cupo e minaccioso faceva parere, per contrasto, più bella la giornata, più chiaro il sole e più azzurro il cielo. Passarono due giorni senza che quel rumore cessasse, notte e giorno; e poi, una mattina, un pastorello arrivò dalla macchia portando un foglietto stampato che aveva trovato in un cespuglio. Il foglietto era un giornaletto stampato dagli inglesi ma scritto in lingua tedesca per i tedeschi; e siccome lassù Michele era il solo che sapesse un po' di tedesco, fu portato a lui; e lui, dopo averlo letto, ci spiegò che gli inglesi avevano fatto uno grande sbarco dalle parti di Anzio, vicino a Roma, e che adesso c'era una grande battaglia di navi, di cannoni, di carri armati e di soldati e che gli inglesi avanzavano verso Roma e, a quanto pareva, stavano già dalle parti di Velletri. A questa notizia tutti gli sfollati caddero gli uni tra le braccia degli altri, congratulandosi e baciandosi dalla gran gioia. Quella sera nessuno andò a dormire presto, come succedeva di solito, ma tutti andarono da una casetta all'altra, da una capanna all'altra, commentando lo sbarco e rallegrandosi che fosse avvenuto.

Invece, i giorni seguenti non portarono alcuna novità. Quel rumore cupo del cannone, è vero, continuò a risuonare in fondo al cielo dalla parte di Terracina; ma i tedeschi, come apprendemmo subito, non se ne andavano. E poi, dopo altri giorni, arrivarono le prime notizie precise; gli inglesi, sì, avevano fatto lo sbarco ma i tedeschi, pronti, avevano mandato non so quante divisioni di soldati a fermarli e, dopo molti combattimenti, ci erano riusciti. Adesso gli inglesi erano asserragliati sulla spiaggia, in uno spiazzo piccolo assai; e i tedeschi ci tiravano su questo spazio, con tanti cannoni, come su un tiro a bersaglio e, insomma, avrebbero presto finito per costringere gli inglesi a imbarcarsi di nuovo sulle loro navi che stavano lì, davanti la spiaggia, pronte a riceverli nel caso lo sbarco non fosse riuscito. Dopo quelle notizie, per Sant'Eufemia non si vedevano che facce lunghe e gli sfollati ripetevano che gli inglesi non sapevano fare la guerra a terra perché erano marinai, che i tedeschi invece la guerra a terra ce l'avevano nel sangue e che gli inglesi non l'avrebbero spuntata coi tedeschi e questi l'avrebbero vinto di certo la guerra. Michele, lui non ci parlava affatto con gli sfollati perché, come ci disse, non voleva farsi cattivo sangue. Ma a noi assicurava con calma che era assolutamente impossibile che i tedeschi vincessero; e quando un giorno gli domandai perché pensasse questo, lui rispose semplicemente: "I tedeschi erano già vinti in partenza."

Voglio riferire una storiella per mostrare come stessimo lassù senza notizie e come quei contadini, che erano quasi tutti analfabeti, deformassero anche quel poco che si veniva a sapere. Siccome non si riusciva a sapere niente di preciso sullo sbarco di Anzio, Filippo e un altro sfollato, negoziante come lui, decisero di pagare Paride affinché andasse, montagna montagna, per le mulattiere, fino ad un paese assai lontano della Ciociaria dove sapevano che c'era il medico condotto che ci aveva la radio. È vero che Paride era analfabeta e non sapeva né leggere né scrivere ma le orecchie ce le aveva e poteva ascoltare la radio come tutti quanti e magari farsela spiegare dal medico condotto. Diedero a Paride anche un po' di denaro affinché, strada facendo, incettasse, se poteva, un po' di roba da mangiare, farina, fagioli, grassi, insomma tutto quello che poteva trovare. Paride mise la sella al somaro e partì una mattina all'alba.

Paride stette fuori tre giorni e tornò un pomeriggio verso sera. Subito, appena lo videro spuntare che veniva giù dal monte tirando il somaro per la cavezza, tutti gli sfollati gli corsero incontro e primi fra tutti Filippo e il suo amico negoziante che l'avevano pagato affinché ascoltasse la radio. Paride, appena arrivato sulla macera, disse che non aveva trovato niente o quasi come provviste, dappertutto c'era carestia e fame come a Sant'Eufemia e anche peggio. Quindi si avviò alla capanna seguito da un codazzo di gente. Nella capanna lui sedette su una panca e intorno a lui sedettero la sua famiglia, Michele e Filippo e tanti altri e molti persino restarono fuori della capanna perché non c'era posto ma volevano lo stesso sentire quello che Paride aveva udito alla radio.

Paride disse che lui aveva sentito la radio e questa non diceva molto sullo sbarco, diceva soltanto che gli inglesi e i tedeschi stavano sulle loro posizioni e non si muovevano. Ma aveva parlato con il medico condotto e con molti altri che avevano ascoltato la radio in altri giorni e aveva così appreso che lo sbarco era fallito. Filippo gli domandò allora perché lo sbarco fosse fallito; e Paride rispose con semplicità che era stato per colpa di una femmina. Restammo tutti a bocca aperta davanti a questa notizia; Paride continuò dicendo che l'ammiraglio che comandava lo sbarco era un americano, il quale, però, in realtà, era un tedesco e nessuno ce lo sapeva. Quest'ammiraglio aveva una figlia bella come una stella la quale era fidanzata al figlio del generale che comandava tutte le truppe americane in Europa. Ma questo figlio, che era un vassallo, aveva fatto l'affronto di rompere il fidanzamento, restituire i regali e l'anello e sposare un'altra. Allora l'ammiraglio padre della sposa, il quale era tedesco, si era voluto vendicare e aveva informato segretamente i tedeschi dello sbarco, in modo che, quando gli inglesi si erano presentati davanti ad Anzio, avevano trovato i tedeschi belli e pronti che li aspettavano con i loro cannoni. Adesso, però, la cosa era stata scoperta, si era accertato che quell'ammiraglio era veramente un tedesco, sebbene si facesse passare per americano e l'avevano arrestato e presto l'avrebbero processato, e, insomma, era sicuro che l'avrebbero fucilato. Queste notizie di Paride divisero gli ascoltatori. Alcuni, i più ignoranti e più semplici, ripetevano scuotendo il capo: "Si sa, sotto c'è sempre qualche femmina... gratta gratta, trovi sempre la gonnella." Ma molti altri si ribellarono dicendo che era impossibile che la radio avesse raccontato queste fanfaluche. Quanto a Michele, lui si limitò a

187

domandare a Paride: "Sei sicuro che queste notizie l'abbia date la radio?" Paride confermò che il medico condotto e altri ancora gli avevano assicurato che quelle notizie erano state comunicate dalla Voce di Londra. E Michele: "Di un po', per caso non le avresti udite da qualche cantastorie nella piazza del paese?" "Ma quale cantastorie?" "Dico per dire. Insomma una nuova versione del fatto di Gano di Maganza. Molto interessante, non c'è che dire." Paride, che non capiva l'ironia, ripeté che erano tutte notizie garantite dalla radio; ma io, poco dopo, domandai a Michele chi fosse questo Gano di Maganza e lui mi spiegò che era stato un generale del passato, molti secoli prima, che aveva tradito il proprio imperatore in una battaglia contro i turchi. Allora io dissi: "Be', lo vedi, sono cose che possono succedere... non dico che Paride abbia ragione ma insomma, non è del tutto impossibile." Lui si mise a ridere e disse: "Magari le cose andassero ancora oggi in questo modo."

Insomma, non restava che aspettare, visto che lo sbarco, per un motivo o un altro, era fallito. Ma, come dice il proverbio, aspettare e non venire è una cosa da morire, e noialtri, lassù a Sant'Eufemia, per tutto gennaio e poi anche febbraio non facemmo che morire un poco di più ogni giorno. Le giornate erano monotone anche perché, ormai, tutto si ripeteva e ogni giorno avvenivano le stesse cose che erano avvenute durante gli ultimi mesi. Ogni giorno bisognava alzarsi, tagliare la legna, accendere il fuoco nella capanna, far da mangiare e mangiare e quindi giracchiare per le macere per ingannare il tempo fino all'ora di cena. Ogni giorno, pure, venivano gli aeroplani a gettare le bombe. Ogni giorno si sentiva dalla mattina alla sera e dalla sera alla mattina il tonfo regolare di quei maledetti cannoni di Anzio che sparavano di continuo e bisogna dire che non ce l'azzeccassero mai, perché né inglesi né tedeschi, come sapevamo, si erano mossi. Ogni giorno, insomma, era simile al giorno precedente; ma la speranza ormai eccitata e impaziente lo rendeva più del precedente teso, esasperato, doloroso, noioso, interminabile e sfibrante. E quelle ore che, al principio del nostro soggiorno a Sant'Eufemia, erano passate così rapidamente adesso non finivano mai di sgocciolare ed era proprio uno sfinimento ed una disperazione da non dirsi.

Ciò, però, che contribuiva di più a rendere esasperante la

monotonia era quel parlare continuo, che tutti facevano, di roba da mangiare. Se ne parlava sempre di più perché ce n'era sempre meno; e nei discorsi adesso non traspariva più la nostalgia di chi mangia male, bensì la paura di chi mangia poco. Ormai tutti quanti facevano un pasto solo al giorno e si guardavano bene dall'invitare gli amici. Come diceva Filippo: "Tutti amici per la pelle ma, a tavola, di questi tempi, ciascuno per conto suo." Quelli che stavano meno male erano pur sempre quelli che ci avevano quattrini cioè Rosetta ed io, Filippo e un altro sfollato che si chiamava Geremia; ma anche noi che eravamo, come si dice, danarosi, sentivamo che presto i quattrini non sarebbero più serviti. Infatti i contadini che all'inizio erano stati così avidi di denaro perché, poveretti, in tempo di pace, denaro non ne vedevano mai, adesso cominciavano a capire il latino e venivano scoprendo che il denaro contava meno della roba. Dicevano un po' cupamente, quasi con accento vendicativo: "Adesso è venuto il momento di noialtri contadini... siamo noi che comandiamo perché siamo noi che abbiamo le provviste... i soldi non si mangiano, le provviste sì." Ma io sapevo che queste erano un poco vanterie perché anche loro di provviste non ne avevano tante: erano contadini poveri di montagna che stentano sempre a fare la giuntura con il raccolto nuovo e quando è aprile o maggio, debbono sempre cacciare anche loro i soldi e comprare un po' di roba per arrivare fino a luglio.

Che mangiavamo? Mangiavamo una volta al giorno un po' di fagioli cotti nell'acqua con un cucchiaio da caffè di strutto e qualche poco di conserva di pomodoro e un pezzetto di carne di capra e qualche fico secco. La mattina, come ho già accennato, carrube oppure cipolle e una fettina sottile di pane. Soprattutto non si trovava il sale e questo era terribile perché il cibo senza sale non si può neppure inghiottire e, appena lo si mette in bocca, viene voglia di vomitarlo tanto è sciapo e quasi dolce che sembra roba morta e putrefatta. Di olio, non ce n'era neppure una goccia; di strutto, me ne restava appena due dita di fondo ad un vaso di coccio. Ogni tanto capitavano delle fortune come una volta che potei comprare due chili di patate. Oppure un'altra volta, che mi capitò di acquistare da certi pastori un formaggio pecorino del peso di quattro etti, duro come un sasso ma buono, pizzicante. Ma erano fortune, cioè cose rare, da non contarci sopra.

La campagna, adesso che erano già i primi di marzo, cominciava a mostrare i segni della primavera. Una mattina, per esempio, affacciandoci dalla macera, vedemmo tra la nebbia, giù sul pendìo, il primo tremolare dei fiori bianchi del mandorlo: si erano aperti tutti quella notte e parevano tremare dal freddo, bianchi come fantasime nella nebbia grigia. A noialtri sfollati questa fioritura parve un indizio lieto: veniva la primavera, le strade si sarebbero asciugate, gli inglesi avrebbero ripreso l'avanzata. Ma i contadini scuotevano il capo: primavera voleva dire fame. Essi lo sapevano per esperienza che le loro provviste non sarebbero arrivate alla giuntura con il nuovo raccolto e cercavano di risparmiarle più che potevano ingegnandosi di trovare qualche cosa da mangiare senza intaccarle. Paride, per esempio, disponeva nella macchia trappole fatte di canne per i pettirossi e le allodole: ma erano così piccoli che ce ne volevano quattro per fare un boccone. Oppure cercava di prendere con le tagliole le volpi di quelle parti, piccole e rosse come il fuoco, che poi spellava e, dopo averle lasciate nell'acqua per qualche giorno per ammorbidirle, cucinava con una salsa dolce e forte in modo che non si sentisse il sapore di selvatico. Ma la risorsa maggiore era ormai la cicoria, che non era la cicoria che si mangia a Roma che è sempre la stessa pianta e non cambia mai, bensì qualsiasi erba che si potesse mangiare. Anch'io ricorrevo sempre più spesso a questa cosiddetta cicoria e la mattina, qualche volta, la passavo con Rosetta e Michele a coglierla per le macere. Ci levavamo presto e, muniti ciascuno di un coltellino e di una sporta, ce ne andavamo lungo un pendio, ora più giù, ora più su delle case, cogliendo erbe. Non si ha idea di quante siano le erbe che si possono mangiare, quasi tutte in realtà. Io le conoscevo già un poco per averle colte quando ero bambina ma avevo quasi del tutto dimenticato i nomi e le specie. Luisa, la moglie di Paride, mi accompagnò la prima volta per istruirmi; e così, ben presto, ero diventata brava quanto i contadini e conoscevo le varie specie di cicoria una per una, di nome e di forma. Ricordo alcune, soltanto: il crispigno, che in città si chiama crescione, con le foglie e i gambi teneri e dolci, di un verde scuro; la caccialepre, che si trova tra i sassi delle macere, di un verde quasi azzurro, con le foglie sottili, lunghe e carnose; la quaiozza che è un'erba piatta con quattro o cinque foglie schiacciate sul suolo, pelose, verdi e gialle; la cicoria vera e propria, con lunghi gambi e foglie dentate e appuntite; la rughetta; la mentuccia; la nepitella e non so quante altre ancora. Andavamo, come ho detto, su e giù per le macere, e non eravamo le sole perché tutti coglievano cicoria ed era una strana vista quella del pendio della montagna tutto sparso di gente che se ne andava a testa curva, passo passo, come tante anime in purgatorio. Sembrava che tutti cercassero qualche oggetto perduto e invece era la fame che li faceva ricercare qualche cosa che non avevano affatto perduto bensì speravano di trovare. Questa raccolta della cicoria durava a lungo, due o tre ore e anche più, perché per farne appena una scodella bisognava raccoglierne un grembiale colmo e anche perché non era così tanta che potesse bastare a tutti coloro che la ricercavano e, passando il tempo, bisognava andare sempre più lontano e cercarla sempre più a lungo. Di tutta questa fatica, alla fine, poco veniva fuori; una volta bollita, la cicoria di due o tre grembialate diventava due o tre pallottole verdi della grandezza di un'arancia ciascuna. Dopo averla bollita, io la ripassavo in padella con appena il sapore dello strutto e questo serviva, se non a nutrirci almeno a riempirci la pancia e ad ingannare la fame. Ma quella fatica di raccogliere la cicoria ci lasciava stanche morte per tutto il resto del giorno. E a notte, quando mi coricavo accanto a Rosetta nel letto duro sopra il saccone pieno di foglie secche di granturco, appena chiudevo gli occhi, invece di vedere il buio, non vedevo che cicoria, piante e piante di cicoria che ballavano davanti al mio sguardo. E io cercavo invano di prender sonno e invece, per un pezzo, vedevo la cicoria che si incrociava e si dissolveva nei miei occhi, finché, dopo un lungo dormiveglia, ci cascavo dentro e mi addormentavo.

Ma come ho detto, la cosa più fastidiosa, in questo periodo, era il fatto che la carestia spingeva gli sfollati a non parlare, tutto il giorno, che di roba da mangiare. Anche a me piace mangiare; riconosco volentieri che mangiare è una cosa importante, se non si mangia non si può far nulla, neppure darsi da fare per trovare la roba da mangiare. Ma ci sono cose più importanti di cui si può parlare, come ci andava ripetendo Michele; e poi parlare di roba da mangiare a pancia vuota, è un po' come infliggersi un doppio tormento: ricordarsi tutto il tempo la fame e insieme la sazietà. Soprattutto Filippo ci ricascava nei discorsi sul cibo. Qualche volta, passando sulla macera, vedevo Filippo seduto su un sasso e circondato da un gruppo di sfollati, mi avvicinavo e allora udivo che diceva: "Vi ricordate? Uno telefonava a Napoli e faceva la prenotazione in un ristorante. Poi prendevamo la macchina, in quattro o cinque, tutti buone forchette, e ci andavamo. Ci mettevamo a tavola all'una e ci levavamo alle cinque. Che cosa mangiavamo? Eh, spaghetti con il sugo di pesce e pezzi di pesce e calamari e gamberi e ostriche; orate e cefali arrostiti o allessati con la maionese; palombo con i piselli, tranci di pesce spada, di spigola, di tonno sulla griglia; polpi alla luciana che sono tanto buoni. Insomma, pesci di tutte le qualità e in tutte le salse, per due o tre ore. Ci mettevamo a tavola in ordine, inappuntabili; ci levavamo con i panciotti sbottonati, le cintole allentate, con certi rutti da far tremare i vetri, pesavamo ciascuno almeno due o tre chili di più. E ci bevevamo sopra almeno un fiasco di vino a testa. Eh, quelle mangiate, chi se le farà più?" Qualcuno diceva allora: "Quando arrivano gli inglesi, torna l'abbondanza, Filippo." Uno di quei giorni che, al solito, parlavano di cibo, assistetti ad un battibecco tra Filippo e Michele. Filippo stava dicendo: "... Ecco, vorrei adesso avere un bel maiale e macellarlo e fare subito le bistecche, belle grasse, erte un dito, ciascuna del peso di cinque etti... sapete, cinque etti di maiale è roba che ti rimette al mondo." Michele che, per combinazione, stava a sentirlo, disse a un tratto: "Sarebbe davvero un caso di cannibalismo." "E perché?" "Perché il maiale mangerebbe il maiale." Filippo ci rimase male a sentirsi dare del porco da suo figlio, diventò tutto rosso e disse con forza: "Tu non rispetti i tuoi genitori." E Michele: "Non soltanto non li rispetto, ma me ne vergogno." Filippo rimase di nuovo sconcertato da questo tono così duro e intransigente e si limitò ad osservare, più calmo: "Se tu non avessi avuto un padre che pagava, tu gli studi non li avresti fatti e non potresti adesso vergognarti di noi... mea culpa." A queste parole, Michele restò un momento silenzioso e poi disse: "Hai ragione tu... ho fatto male ad ascoltarvi... d'ora in poi mi terrò lontano e voi parlerete quanto vorrete di roba da mangiare." Filippo, allora, disse, conciliante e quasi commosso, perché era forse la prima volta, da quando eravamo lassù, che suo figlio gli dava ragione: "Se vuoi parliamo d'altro... hai ragione tu, che bisogno c'è di parlare di roba da mangiare?... parliamo d'altro." Ma Michele, d'improvviso

192

sempre parlano della roba.

montò in collera e, rivoltandosi come una vipera, gridò: "Va bene, e di che parleremo? Di quello che faremo quando saranno arrivati gli inglesi? Dell'abbondanza? Del negozio? Della roba che ha rubato il parsenale? Di che parleremo, eh?" Questa volta Filippo ammutolì perché quelle e poche altre simili erano appunto le cose di cui poteva parlare e Michele le aveva dette quasi tutte e non c'era altro che a lui potesse venire in mente. Michele, dopo aver detto queste parole, si allontanò. Filippo, appena fu sicuro che il figlio non lo vedesse, fece un gesto come per dire: "È uno stravagante, bisogna compatirlo," e tutti gli sfollati cercarono di rincuorarlo dandogli ragione: "Filippo tu hai un figlio che sa tante cose... il denaro che hai speso per i suoi studi, lo hai speso bene... questo è l'importante e il resto non conta."

Michele, quello stesso giorno, ci disse un po' mortificato: "Mio padre ha ragione, io gli manco di rispetto. Ma è più forte di me, quando lui parla di roba da mangiare, perdo la testa." Gli domandai perché mai gli desse tanto fastidio che il padre parlasse di roba da mangiare. Lui ci pensò un momento e poi rispose: "Se tu sapessi di dover morire domani, parleresti di roba da mangiare?" "No." "Ebbene, noi siamo in questa condizione. Domani o tra molti anni, non importa, moriremo. E dovremmo, dunque, in attesa della morte, parlare e occuparci di sciocchezze?" Io non capivo bene e insistetti: "Ma di che cosa dovremmo allora parlare?" Lui ci pensò ancora una volta e poi disse: "Nella presente situazione in cui ci troviamo, per esempio, dovremmo parlare delle ragioni per cui siamo finiti qui." "E quali sono queste ragioni?" Egli si mise a ridere e rispose: "Ciascuno di noi deve trovarle da sé, per conto suo." Io dissi allora: "Sarà, ma tuo padre parla di roba da mangiare appunto perché questa manca e si è, per così dire, costretti a pensarci per forza." Lui concluse allora: "Può darsi. Il guaio si è, però, che mio padre parla sempre di roba da mangiare, anche quando c'è e non manca a nessuno."

Intanto, però, la roba da mangiare mancava davvero e tutti ormai cercavano di salvare quel poco che avevano; e per prima cosa, parlandone con gli altri, si sforzavano di far credere di non averci niente. Filippo, per esempio, agli sfollati più poveri di lui, ripeteva quasi ogni giorno: "Io ormai non ho più farina e fagioli che per una settimana... passata questa settimana, Dio provvederà." Ora questo non era vero perché tutti sapevano che lui, in casa, ci aveva ancora un sacco di farina e uno più piccolo di fagioli; e lui, per timore che glieli portassero via, non invitava più nessuno a casa e di giorno chiudeva a chiave la porta e se ne andava per le macere con la chiave in tasca. I contadini, loro, poveretti, erano davvero alla fine delle provviste, perché quella era l'epoca in cui, negli altri anni, scendevano a Terracina e compravano roba per fare la giuntura. Ma quest'anno c'era la carestia dovunque e c'era il caso di trovare a Terracina più fame che a Sant'Eufemia. Inoltre c'erano i tedeschi che, ogni volta che potevano, portavano via la roba e questo non perché fossero tutti quanti ladri e cattivi ma perché erano in guerra e facevano la guerra e far la guerra, oltre ad ammazzare, vuol dire anche rubare. Per esempio, uno di quei giorni arrivò su da noi un soldato tedesco tutto solo, come per una passeggiata: era disarmato. Bruno, con gli occhi azzurri, la faccia tonda e buona, gli occhi inquieti e un po' tristi, girò a lungo tra le capanne parlando con i contadini e con gli sfollati. Si vedeva che non aveva cattive intenzioni, anzi che aveva simpatia per tutta quella povera gente. Disse che in tempo di pace faceva il fabbro, a casa sua, in Germania; e disse pure che era anche un valente suonatore di fisarmonica. Allora uno degli sfollati andò a cercare la propria fisarmonica, e quel tedesco sedette sopra un sasso e suonò per noi, circondato di bambini che stavano ad ascoltarlo a bocca aperta. Suonava veramente bene; e ci suonò, tra le altre cose, una canzonetta che in quel tempo, a quanto sembra, era cantata da tutti i soldati tedeschi: *Lili Marlène*. Era una canzonetta proprio triste, quasi un lamento; e ascoltandola feci la riflessione che, dopo tutto, quei tedeschi che Michele odiava tanto e considerava neppure uomini, erano cristiani anche loro, con le mogli e i figli a casa; e odiavano anche loro la guerra che li teneva lontani dalle famiglie. Dopo *Lili Marlène* lui ci suonò tante altre arie; ed erano sempre arie tristi che commuovevano; e alcune erano proprie complicate come se fossero state musiche da concerto. E lui, con la testa china sulla fisarmonica, tutto assorto nello studio dei tasti che percorreva con le dita leggere, dava l'impressione di essere un uomo serio che conosceva il valore delle cose e non odiava nessuno, e, se avesse potuto, avrebbe volentieri rinunziato a fare la guerra. Bene, questo tedesco simpatico, dopo aver suonato per quasi un'ora, se ne andò non senza prima accarezzare le teste ai bambini e dirci qualche parola buona in un suo italiano stentato: "Coraggio, presto finisce la guerra." Il sentiero, però, per il quale lui si avviò giù, passava a ridosso di una capanna; e, sullo steccatello della capanna, lo sfollato che ci abitava, aveva messo ad asciugare una sua bella camicia a quadrettoni rossi. Il tedesco, passandoci accanto, si fermò, toccò la stoffa come per vedere se era di buona qualità, quindi scosse la testa e proseguì in giù. Ma mezz'ora dopo, rieccolo, tutto affannato per aver fatto di corsa la salita. Va direttamente alla capanna, stacca la camicia dallo steccato, se la mette sotto l'ascella e giù di corsa, di nuovo, verso la valle. Avete capito? Era andato via dopo averci suonato la fisarmonica e aveva accarezzato i bambini, era un brav'uomo, questo si vedeva; ma quella camicia gli aveva fatto gola e, tutto il tempo, mentre scendeva, non aveva fatto che pensarci e alla fine la tentazione era stata più forte della coscienza e lui era tornato su e aveva preso la camicia. Finché aveva suonato la fisarmonica era stato l'uomo che in tempo di pace faceva il fabbro; quando aveva preso la camicia era stato il soldato che non conosce il mio e il tuo e non rispetta niente e nessuno. Insomma, come ho già detto, la guerra vuol dire, oltre che ammazzare, anche rubare; e chi in tempo di pace non ammazzerebbe e non ruberebbe per tutto l'oro del mondo, in tempo di guerra ritrova in fondo al cuore l'istinto di rubare e di ammazzare che c'è in tutti gli uomini; e lo ritrova, appunto, perché lo incoraggiano a ritrovarlo; e anzi gli dicono tutto il tempo che quell'istinto è quello buono e lui deve affidarsi ad esso altrimenti non è un vero soldato. Lui allora pensa: "Sono in guerra... tornerò ad essere quello che veramente sono quando verrà la pace... per adesso mi lascio andare." Purtroppo, però, nessuno che abbia rubato o ammazzato sia pure in guerra, speri mai di tornare ad essere in seguito quello che era prima, almeno secondo me. Sarebbe, tanto per fare un esempio, come se una donna vergine se la facesse rompere illudendosi di tornare ad essere vergine più tardi, per non so quale miracolo che non si è dato mai. Ladri e assassini una volta, sia pure in uniforme e col petto coperto di medaglie, ladri e assassini per sempre.

Questi contadini ce lo sapevano che i tedeschi ci avevano il vizietto delle mani lunghe e avevano disposto come un servizio di allarme: tanti ragazzini scaglionati su su, per la valle, fino a Sant'Eufemia. Appena un tedesco spuntava sulla mulattiera, subito il primo di quei ragazzini gridava con quanto fiato aveva in corpo: "Malaria." E l'altro, più su, ripeteva il grido: "Malaria." E un altro ancora e poi un altro e poi un altro: "Malaria." Allora, a quel grido di malaria, c'era un fuggi fuggi generale su a Sant'Eufemia: chi prendeva il sacchetto dei fagioli, chi quello della farina, chi il vaso dello strutto e chi le salsicce e tutti andavano a nascondere questa roba tra i cespugli o nelle grotte. Qualche volta il tedesco arrivava davvero, ed era un soldato che si era arrischiato fin lassù non si sapeva perché e girava un poco tra le case e tutti gli andavano dietro come in processione e qualcuno spingeva la commedia fino a fargli dei gesti con le mani nella bocca, come per dire che avevano fame. Ma spesso l'allarme era falso e, dopo un'oretta, non vedendo alcuna faccia di tedesco, gli sfollati tiravano un sospiro di sollievo e andavano a cavare la roba fuori dai nascondigli.

Mancando, però, sempre più la roba da mangiare ed essendo le mie provviste quasi esaurite, decisi di fare un serio sforzo per procurarmele: i denari ce li avevo, poteva darsi che in qualche luogo meno esposto ci fosse da comprare qualche cosa. Così una bella mattina, molto di buon'ora, ci mettemmo in cammino, Rosetta, Michele ed io, diretti ad una località di montagna chiamata Sassonero, che si trovava a circa quattro ore di cammino. Calcolavamo di raggiungere la località verso mezzogiorno, fare i nostri acquisti se ce n'era la possibilità, mangiare qualche cosa e quindi rimetterci in cammino e tornare a Sant'Eufemia prima di notte.

Partimmo che il sole era ancora nascosto dietro i monti benché fosse giorno già da un pezzo. Tirava un venticello da neve che ci intirizziva il naso e le orecchie; e, infatti, come giungemmo al passo trovammo la neve: poche chiazze bianche che si scioglievano sull'erba smeraldina. Il sole era venuto fuori finalmente e faceva meno freddo; il panorama delle montagne della Ciociaria, tutto spruzzato di neve sotto il cielo luminoso, era tanto bello che ci fermammo un momento a contemplarlo. Ricordo che Michele disse con un sospiro, quasi suo malgrado, guardando a quelle montagne: "Eh, è bella l'Italia." Io dissi ridendo: "Michele, tu lo dici come se ti dispiacesse." E lui: "È vero, un poco mi dispiace perché la bellezza è una tentazione."

Dal passo, prendemmo tra le rupi un sentiero prima incerto, non più di una traccia tra l'erba, poi sempre più chiaro, il quale seguiva il crinale della montagna, avendo da un lato e dall'altro due pendii precipitosi, uno che discendeva ininterrottamente fino a Fondi, l'altro, meno profondo, che portava ad un vallone deserto, tutto fitto di macchia. Il sentiero, sempre tenendosi sul crinale dei monti, andò avanti per un pezzo, girando come un serpente, quindi prese a scendere a mezza costa verso quella piccola valle selvaggia, tra la macchia e le querce. Scendemmo fino in fondo a questa valle o meglio forra del tutto deserta e, per un pezzo, andammo avanti lungo un torrentello mezzo nascosto tra i cespugli, il quale faceva, in quel silenzio profondo, scorrendo con le sue acque sui sassi, un rumore leggero ed allegro. Poi il sentiero ripigliò a salire, dall'altra parte della forra, raggiunse un altro passo e quindi, dopo aver disceso di poco, prese per un'altra montagna, sempre salendo, finché raggiungemmo la cima, ignuda e pietrosa, con una croce di legno nero, vecchia assai, piantata in mezzo ai sassi, chissà perché. Dopo questa cima, sempre camminando sul crinale dei monti, arrivammo alla fine in un luogo strano che potemmo osservare con comodo dall'alto, prima di discenderci. Era un pianoro piatto come il palmo della mano, situato sotto una immensa roccia rossa in forma di panettone, tutto sparso di querce rade e di rupi. Le querce erano grandi e antiche, coi rami nudi e grigi protesi nell'aria, simili a capigliature di streghe; le rupi erano piccole e grandi ma tutte a pan di zucchero, lisce e nere, come se fossero state ripassate al tornio. Tra le querce e le rupi, qua e là, si vedevano tante capanne coi tetti di paglia annerita che fumavano; e davanti alle capanne, donne che cucivano all'aperto o stendevano panni ad asciugare sulle corde e molti bambini che giocavano sul suolo rognoso; uomini non se ne vedevano perché era un villaggio di pastori e a quell'ora gli uomini erano coi greggi, su per le montagne. Come scendemmo fino alle capanne, vedemmo, però, sotto quella grande roccia a forma di panettone che ho già detto, l'orifizio annerito di una caverna; e una di quelle donne ci disse che dentro la caverna c'erano gli sfollati. Io domandai alla donna se avesse roba da vendere ma lei scosse la testa, cupa, in segno di diniego; quindi, in tono reticente, aggiunse che forse gli sfollati avrebbero potuto vendermi qualche cosa. Il che mi sembrò strano perché gli sfollati non vendono ma comprano.

Però ci avviammo lo stesso verso la caverna, se non altro per chiedere qualche informazione, visto che da quelle mogli selvagge e diffidenti dei pastori era impossibile cavare una parola. Il suolo, a misura che ci avvicinavamo alla caverna, appariva tutto sparso di una grande quantità di ossa piccole e grandi mischiate al pietrisco, senza dubbio i resti delle capre e delle pecore mangiate via via da quegli sfollati; ma oltre le ossa c'era anche parecchia mondezza, come dire scatolame arrugginito, stracci, scarpe vecchie, cartacce. Pareva di essere in uno di quei terreni da costruzione, a Roma, dove ci buttano tutti i rifiuti delle case circostanti. Qua e là, anche, si vedevano cerchi neri di bruciaticcio, con i tizzoni spenti che circondavano mucchietti di cenere grigia. L'ingresso della caverna era grande assai e tutto annerito intorno intorno, sporco e affumicato. A chiodi infissi nella pietra, pendevano pentole, ramaioli, stracci e, perfino, un quarto di capra macellata di fresco dal quale il sangue ancora gocciolava a terra. Come ci affacciammo alla cavena, dico la verità, rimasi sorpresa: alta e profonda, con la volta annerita dal fumo e il fondo buio che non se ne vedeva la fine, sembrava tutta un'immensa camera da letto, essendo ingombrata per tutta la sua estensione di letti e giacigli affiancati, come in un ospedale o nella camera di una caserma. C'era un puzzo forte come di ospizio o di albergo dei poveri; e quei letti, al primo sguardo, mi apparvero in disordine, con le lenzuola sconvolte, zozzi da far paura. Gli sfollati stavano qua e là, tanti: chi sedeva sul bordo del letto e si grattava la testa o stava fermo senza far niente; chi se ne stava sdraiato sul letto, avvolto nelle coperte; chi camminava in su e in giù per il poco spazio libero. Un gruppo di sfollati, seduti su due letti, intorno una piccola tavola, giocavano a carte, un po' come quelli di Sant'Eufemia, coi cappelli in testa e i cappotti addosso. In uno dei letti notai una donna seminuda che dava il petto a un pupo; in un altro tre o quattro bambini raggomitolati l'uno contro l'altro, immobili, come morti, forse dormivano. Il fondo della caverna, come ho detto, era al buio: si intravedevano, però, masserizie ammucchiate, una gran catasta, probabilmente la roba che quei poveri sfollati erano riusciti a portar via quando erano scappati.

Presso l'ingresso della grotta, notai una cosa insolita: un

altare fabbricato con casse da imballaggio e ricoperto da una bella tovaglia ricamata. Sulla tovaglia c'erano un crocifisso e due vasi d'argento nei quali, in mancanza di fiori, erano stati messi dei rami d'elce con tutte le foglie. Sotto il crocifisso poi, stranamente, invece di santini o altri oggetti di culto, vidi tanti orologi, saranno stati una dozzina, allineati in bell'ordine. Erano tutti orologi del tipo vecchio, di quelli che si portano nei taschini dei panciotti, i più di metallo bianco, ma un paio sembravano d'oro. Presso l'altare, sopra uno sgabello, vidi il prete. Dico il prete perché lo riconobbi dalla chierica, ma per tutto il resto sarebbe stato difficile immaginare che fosse un prete. Era un uomo di cinquant'anni, con la faccia bruna, magra e seria. Non indossava la veste nera, era vestito tutto bianco, corpetto bianco, fascia bianca, pantaloni o meglio mutandoni alla zuava bianchi, calze nere e scarpe nere. Insomma si era tolto, chissà perché, la veste ed era rimasto con quello che aveva sotto. Stava fermo, con la fronte bassa e le mani riunite in grembo, muovendo in fretta le labbra come se pregasse. Quindi levò gli occhi verso di me che, intanto, mi ero avvicinata per osservare l'altare e allora vidi che erano occhi spiritati e, al tempo stesso, come privi di sguardo.

Dissi, sottovoce, a Rosetta: "Ma quello è matto," però senza meraviglia perché, ormai, da tempo, non mi meravigliavo più di niente. Lui, intanto, mi guardava fisso con uno sguardo che piano piano si riempiva di un'espressione curiosa, come di chi riconosca lentamente una persona. Tutto ad un tratto si alzò in piedi e mi afferrò per il braccio: "Brava, sei venuta finalmente... su, ricaricami questi orologi."

Mi voltai, un po' sperduta, verso la caverna, tanto più che la sua mano mi stringeva il braccio con una forza terribile, un po' come stringono le zampe dei falchi o dei nibbi. Uno degli sfollati che giocavano a carte il quale, si vede, aveva seguito la scena con la coda dell'occhio, gridò senza voltarsi: "Fallo contento, caricagli gli orologi... poveretto, gli hanno distrutta la chiesa e la parrocchia e lui è scappato con i suoi orologi e non ragiona più... ma non fa male a nessuno.. puoi stare tranquilla."

Rassicurate in parte, Rosetta ed io prendemmo ciascuna uno di quegli orologi e glieli ricaricammo o meglio facemmo finta perché erano già carichi e camminavano tutti benissimo. Lui stava a guardare come guardano i preti, in piedi, a gambe larghe, le mani giunte sulla schiena, accigliato, la testa china. Quando avemmo finito, disse con voce profonda: "Adesso che li avete caricati, posso finalmente servir Messa... brave, brave, siete venute, finalmente." In quel momento, per fortuna, si avvicinò un'altra abitante di quella caverna: una suora giovane la cui vista mi rassicurò. Aveva un viso pallido di un ovale perfetto, con le sopracciglia nere riunite, che facevano come una sbarra nera sugli occhi neri, lucidi e tranquilli, simili a due stelle in una notte d'estate. Ciò, però, che mi fece più impressione e davvero mi colpì, fu il suo soggolo e tutte le parti bianche del suo costume di suora: erano candide come la neve e, incredibile a dirsi in quel luogo, inamidate alla perfezione. Chissà come faceva per mantenersi così pulita e così inappuntabile in quella caverna zozza. Con buone maniere, con una voce dolce, lei si rivolse al prete: "Su, Don Matteo, venite a mangiare con noi... ma prima mettetevi qualcosa addosso... non sta bene mangiare in mutande." Don Matteo, a gambe larghe, un vero zuavo dalla testa ai piedi, l'ascoltava a bocca aperta, con gli occhi smarriti. Borbottò finalmente: "E gli orologi? Chi pensa agli orologi?" La suora disse con la sua voce tranquilla: "Ve li hanno ricaricati; vanno tutti a meraviglia, guardate Don Matteo, segnano tutti la stessa ora che è appunto l'ora di mangiare." Intanto aveva staccato da un chiodo la veste nera del prete e l'aiutava a infilarsela, proprio come un'infermiera con un matto, in un manicomio, con buone maniere. Don Matteo si lasciò rivestire della veste tutta polverosa e sfrittellata; quindi, passandosi una mano sulla testa spettinata, si avviò con la suora, che lo sorreggeva sotto il braccio, verso il fondo della caverna dove si vedeva su un treppiedi un grande paiolo nero che fumava. Lei disse, poi, voltandosi verso di noi: "Venite anche voialtri tre, ce n'è anche per voi."

Insomma, ci avviammo anche noi al paiolo intorno al quale, nel frattempo, si erano raggruppati molti altri sfollati. Tra questi, ne notai uno che pareva assai lamentoso e petulante: un ometto basso, grasso, vestito malissimo, tutto di stracci, spettinato e con la barba lunga. Ci aveva uno spacco ai pantaloni, proprio sul sedere e ne scappava fuori un lembo di camicia bianca. Piagnucolava tenendo un piatto: "A me ne date sempre meno che gli altri, suor Teresa, perché a me meno che agli altri?" Suor Teresa non gli rispose, stava attenta a riempire le scodelle, dando a ciascuno un pezzo di carne e due ramaiolate di brodo; ma un altro sfollato, un uomo di mezza età, con i baffi neri e la faccia rossa, disse sarcastico: "Ticò, perché non fai la contravvenzione alla sorella... sei la guardia municipale, falle la contravvenzione perché ti dà meno minestra che agli altri." E poi ridendo, a Michele: "Siamo combinati bene noialtri qui: il prete è matto, i carabinieri sono stati deportati in Germania, la guardia gira con la camicia fuori dei pantaloni e il podestà, che sarei io, ci ha più fame degli altri. Non c'è più autorità, miracolo che non ci scanniamo gli uni con gli altri." La suora rispose, senza levare gli occhi dal paiolo: "Non è un miracolo, è la volontà di Dio il quale vuole che gli uomini si aiutino gli uni con gli altri." Ticò, intanto, bofonchiava: "Voi, Don Luigi, ci avete sempre voglia di scherzare... Non lo sapete che una guardia senza uniforme è un poveraccio come tutti gli altri? Ridatemi l'uniforme e io potrò di nuovo tenere l'ordine." E io pensai che in fondo lui ci aveva ragione. E che, almeno in certi casi, l'uniforme è tutto. E che persino quella buona suora, con tutto il suo carattere dolce e la sua religione, non avrebbe avuta altrettanta autorità se, invece del suo abito di suora, avesse indossato stracci come me e Rosetta.

Basta, mangiammo la minestra che era una brodaglia grassa in cui era stata bollita carne di caprone e infatti puzzava e sapeva di becco che, quasi quasi, nonostante la fame, non ce la facevo a mandarla giù; e, pur mangiando, ascoltammo i soliti discorsi che conoscevamo così bene: la carestia, la venuta degli inglesi, i bombardamenti, i rastrellamenti, la guerra. Alla fine, quando mi parve che fosse venuto il momento, arrischiai la domanda se qualcuno di loro potesse venderci qualche provvista. Rimasero stupefatti, come avevo già immaginato: non ne avevano; anche loro, come noi, compravano qua e là o finivano di consumare quello che avevano portato dal paese. Ma ci consigliarono di rivolgerci ai pastori che stavano nelle capanne, fuori della caverna, dicendo: "Noi compriamo da quelli... quelli ci hanno sempre qualche formaggio, qualche capretto... vedete un po' se vogliono vendervi qualche cosa." Dissi, allora, che una donna ci aveva mandato da loro, affermando che i pastori non avevano niente da vendere. Il podestà alzò le spalle: "Dicono così perché non si fidano e vogliono tenere i prezzi alti. Ma ci hanno i greggi e sono i soli che vendono, da queste parti."

Insomma, ringraziammo la suora e gli sfollati per la minestra, ripassammo davanti l'altare pieno d'orologi del prete ammattito e riuscimmo fuori dalla caverna. Proprio in quel momento, tre le rupi e le capanne, passava un piccolo gregge di pecore e di capre guidato da un omaccione con le ciocie bianche, i pantaloni neri, la fascia sulla pancia, la giacca nera e il cappello nero. Una sfollata che stava presso l'ingresso della caverna, sbocconcellando un pezzo di pane e che aveva udito i nostri discorsi, ce lo indicò dicendo: "Ecco quello è uno degli Evangelisti... quello il formaggio te lo vende se te la senti di pagarglielo bene." Io allora corsi dietro quell'uomo e gli gridai: "Ce l'hai un po' di formaggio da vendere?" Lui non mi rispose, non si voltò neppure e tirò avanti, sembrava sordo. Gli gridai ancora: "Signor Evangelisti, me lo vendi il formaggio?" Allora lui disse: "Non mi chiamo Evangelisti, mi chiamo De Santis." E io: "Mi hanno detto che il tuo nome è Evangelisti." E lui: "No, noi siamo della religione evangelista, ecco tutto."

Insomma, alla fine si lasciò sfuggire che forse poteva venderci il formaggio e così lo seguimmo nella sua capanna. Lui, prima fece entrare le pecore in una capanna accanto alla sua, una per una, chiamandole per nome: "Bianchina, Paciocca, Matta, Celeste..." così via; quindi chiuse l'uscio sul gregge e ci precedette nella propria capanna. Era una capanna simile a quella in cui viveva Paride, soltanto più grande e, non so perché, più squallida, più vuota e più fredda, ma forse era un'impressione dovuta alla sua accoglienza poco amabile. Intorno il solito fuoco, sulle solite panche e i soliti ceppi di legno, c'erano molte donne e bambini. Ci mettemmo a sedere, e lui, per prima cosa, si mise a pregare giungendo le mani e tutti lo imitarono, anche i bambini. Io rimasi di stucco vedendoli pregare perché i contadini, almeno dalle nostre parti, pregano raramente e soltanto in chiesa; ma mi ricordai di quella sua risposta sulla religione evangelista e capii che loro erano diversi da noialtri, credevano in maniera diversa. Michele, che pareva incuriosito, appena finita la preghiera domandò loro come mai fossero evangelisti, lui pareva che sapesse quel che significava questa parola. L'omaccione rispose che lui e altri due suoi fratelli erano stati in America a lavorare e lì avevano incontrato un pastore protestante che li aveva convinti e così si erano convertiti alla religione evangelista. Michele domandò che impressione gli avesse fatto l'America e quello rispose: "Ci imbarcammo a Napoli e sbarcammo in una piccola città del Pacifico e poi in treno raggiungemmo certe foreste, perché eravamo stati ingaggiati come boscaioli. Mah, per quello che ne ho veduto io, mi sembra un paese pieno di foreste." "Ma città ne avete vedute?" "No, soltanto quella dove sbarcammo, una piccola città... stemmo due anni nelle foreste e poi, per la stessa via, tornammo in Italia." Michele sembrava sorpreso e anche divertito perché, come mi disse poi, in America c'erano città immense e loro non avevano veduto altro che alberi e per questo pensavano che l'America fosse tutta una foresta. Parlarono così dell'America ancora un poco; quindi, siccome si faceva tardi, io accennai al formaggio; l'uomo allora frugò al buio, tra la paglia del tetto, e ne trasse fuori due formettine gialline di pecorino dicendo con semplicità che, se le volevamo, costavano tanto. Facemmo un salto perché era un prezzo mai sentito, anche in quel tempo di carestia; e io dissi: "E che, è d'oro il tuo formaggio?" Lui rispose gravemente: "No, è meglio dell'oro, è formaggio. L'oro non puoi mangiarlo, il formaggio sì." Michele disse sarcastico: "Ve l'insegna il Vangelo a chiedere prezzi come questi?" Lui non rispose e io allora insistetti: "Poco fa suor Teresa, là nella caverna, ha detto che Dio vuole che gli uomini si aiutino l'un l'altro. Bella la vostra maniera di aiutare gli uomini." E lui, con vera faccia di bronzo, tranquillo: "Suor Teresa è di un'altra religione. Noi non siamo cattolici." "E che credete che voglia dire essere Evangelisti?" intervenne di nuovo Michele. "Vendere il doppio degli altri che sono cattolici?" E lui, con la solita gravità: "Evangelisti, fratello, vuol dire osservare i precetti del Vangelo. Noi li osserviamo." Insomma lui ci aveva sempre la risposta pronta e non c'era niente da fare, era più duro di un sasso. Disse alla fine: "Se volete, vi potrei vendere un agnello... bello grasso, per la santa Pasqua... ce ne ho fino a sei chili di peso... ve lo metterei un prezzo buono." Io pensai che la Pasqua, infatti, si avvicinava e che l'agnello ci voleva e gli domandai il prezzo e feci di nuovo un altro salto: quasi quasi, con quel prezzo lì, oltre all'agnello ci compravamo anche la pecora che l'aveva partorito. Michele disse ad un tratto: "Lo sapete che siete voialtri Evangelisti? Affamatori belli e buoni" E l'uomo: "Pace, fratello, il Vangelo vuole che gli uomini si vogliano bene gli uni con gli altri." Alla fine, disperata, gli dissi che gli avrei comprato una forma di cacio pecorino, però lui doveva fare un prezzo più basso. Sapete che rispose? "Un prezzo basso? Questo è il prezzo più basso che posso farti. Ma è meglio che lo lasci stare, sorella, perché se tu lo compri al prezzo mio, dopo ce l'avrai con me e se io te lo vendo al prezzo tuo, sarò io poi ad avercela con te. E invece il Vangelo vuole che gli uomini si vogliano bene. Lascialo stare e così continueremo a volerci bene." Non tenni conto di questa raccomandazione e discussi non so quanto, ma lui era inflessibile e non c'era verso di convincerlo e quando lo mettevo con le spalle al muro, dimostrandogli che era un ladro, se la cavava con una massima del Vangelo, come, per esempio: "Non ti lasciare trasportare dall'ira, sorella... l'ira è un peccato grave." Alla fine pagai quel prezzo esorbitante ottenendo soltanto che lui ci aggiungesse una fetta di ricotta che mangiammo lì per lì con qualche po' di pane. Quindi ce ne andammo; e lui, dalla porta, benché ci fossimo lasciati freddamente, ci salutò così: "Dio sia con voi, fratelli." Pensai dentro di me, quasi mio malgrado: "E a voialtri il diavolo vi porti via e vi trascini all'inferno."

Questa gita non ci fruttò che quella forma di pecorino e dire che avevamo fatti tutti quei chilometri per le montagne e quasi quasi ci avevamo rimesso ciascuno un paio di ciocie. Ma, come avviene in queste situazioni, di lì a qualche giorno venne il compenso, così, senza sforzo, come per un intervento della Provvidenza: il beccamorto che girava per le montagne in cerca di cibo con il suo cavallo nero, ci vendette a buon prezzo un bel po' di fagioli con l'occhio. Li aveva acquistati da certi confinati iugoslavi che dall'isola di Ponza, al momento dell'armistizio, si erano rifugiati in una valle vicina alla nostra e che adesso, per paura dei tedeschi, se ne andavano non so dove e non erano in grado di portarsi via le provviste. Il beccamorto che era un giovanotto biondiccio, spilungone e arzillo, ci portò anche qualche notizia della guerra, che aveva avuto da quei confinati. Disse che in una città che si chiamava Stalingrado, la quale era in Russia, i tedeschi avevano preso una batosta terribile, che i russi avevano fatto prigioniero un esercito intero con tutti i generali e che Hitler, scoraggiato, aveva ordinato la ritirata. Disse pure che ormai era questione di giorni, al massimo settimane e la guerra sarebbe finita. Queste notizie riempirono di gioia gli sfollati ma non così i contadini. La maggior parte degli uomini di Sant'Eufemia, che erano andati in guerra, si trovavano, infatti, proprio a Stalingrado e avevano anche scritto da quella città facendone il nome e adesso molte di quelle donne temevano per la vita dei mariti e dei fratelli ed avevano ragione perché in seguito si seppe che neppure uno si era salvato.

Tutto il mese di marzo, mentre le giornate si allungavano e lentamente la montagna ricominciava a verdeggiare e l'aria si faceva più dolce, continuò il bombardamento di Anzio da una parte, di Cassino dall'altra. Stavamo, per così dire, a mezza strada tra Anzio e Cassino e tutto il giorno e tutta la notte sentivamo benissimo i cannoni che sparavano in quei due luoghi, senza tregua, come se avessero gareggiato. Tum, tum, diceva il cannone di Anzio prima con l'esplosione di partenza e poi con quella di arrivo; tum, tum, rispondeva quello di Cassino, dall'altra parte. Il cielo sembrava una pelle di tamburo e quei cannoni vi rimbombavano sordamente e cupamente, proprio come quando si sferra un pugno sopra una grancassa. Faceva impressione sentire un simile rumore minaccioso e tetro in quelle bellissime giornate; veniva fatto di pensare che la guerra facesse ormai parte della natura, che quel rumore fosse legato e confuso con la luce del sole e che la primavera fosse malata anch'essa della guerra come ne erano malati gli uomini. Quel rombo di cannone, insomma, era entrato nella nostra vita come ci erano entrati gli stracci, la carestia, i pericoli e, non cessando più, diventava, come gli stracci, la carestia e i pericoli, una cosa normale alla quale ci eravamo abituate così che, se fosse cessato, e cessò infatti un bel giorno, saremmo rimaste quasi sorprese. Questo per dire che ci si abitua a tutto e che la guerra è proprio un'abitudine e che quello che ci cambia non sono i fatti straordinari che avvengono una volta tanto ma proprio quest'abituarsi, che indica, appunto, che accettiamo quello che ci succede e non ci ribelliamo più.

Adesso, ai primi di aprile, la montagna si era fatta bella, tutta verde e fiorita e l'aria era gentile e si poteva stare all'aperto tutto il giorno. Ma sotto tutti quei fiori che rallegravano la vista, per noialtri sfollati c'era l'idea della fame perché il fiore sboccia quando la pianta ha raggiunto il suo massimo sviluppo e si è fatta dura e fibrosa e non si può più mangiare. Insomma, quei fiori, tanto belli a vedersi, volevano dire pure che l'ultima nostra risorsa, la cicoria, era finita; e che davvero, questa volta, potevamo essere salvati soltanto da un pronto arrivo degli inglesi. Anche gli alberi erano fioriti, i peschi, i mandorli, i meli, i peri, qua e là sul pendio, che parevano nuvolette bianche e rosa sospese nell'aria dolce e senza vento; ma anche gli alberi, noialtri non potevamo guardarli senza pensare che quei fiori avevano da diventare frutti e questi frutti, dei quali avremmo potuto nutrirci, non sarebbero venuti prima di qualche mese. E il grano che era ancora in erba, verde, corto e tenero che pareva un velluto, mi faceva anch'esso un effetto come di languore: sarebbe passato ancora molto tempo prima che, alto e giallo, potesse essere mietuto e trebbiato e i chicchi portati al mulino e la farina impastata e messa al forno in tante belle pagnotte di un chilo l'una. Eh, la bellezza si può apprezzare a pancia piena; ma, a pancia vuota, tutti i pensieri vanno per lo stesso verso e la bellezza pare un inganno o, peggio, una canzonatura.

A proposito del grano in erba, ricordo qualche cosa che in quei giorni mi diede l'impressione precisa della carestia. Uno di quei pomeriggi discesi, al solito, a Fondi con la speranza di comprare un po' di pane, come arrivammo a valle, restammo di stucco vedendo tre cavalli dell'esercito tedesco che pascolavano tranquillamente in un campo di grano. Un soldato senza mostrine, forse russo traditore come quello che avevamo incontrato l'altra volta, se ne stava ozioso, a guardia dei cavalli, un filo d'erba tra i denti, seduto sulla staccionata. Dico la verità, mai come in quel momento capii che cosa fosse la guerra e come, in tempo di guerra, il cuore non è più cuore e il prossimo non esiste più e tutto è possibile. Era una di quelle bellissime giornate piene di sole e di fiori e noi tre, Michele, Rosetta ed io, stavamo in piedi presso la staccionata e guardavamo a bocca aperta quei tre cavalli belli e pasciuti che, poveretti, senza rendersi conto di quello che i loro padroni gli facevano fare, brucavano il grano tenero col quale, quando è maturo, si fa il pane per i cristiani. Io ricordavo che, quando ero bambina, i miei genitori mi dicevano che il pane è sacro, che è un sacrilegio buttarlo via o sprecarlo e che si fa peccato persino a posare la pagnotta capovolta; e adesso vedevo che questo pane lo davano alle bestie mentre c'era tanta gente nella valle e sulle montagne che pativa la fame. Michele, disse, alla fine, esprimendo il sentimento comune: "Se fossi religioso, direi che è venuta l'apocalisse, quando appunto si vedranno i cavalli pascolare il grano. Siccome non sono religioso, mi limito a dire che sono venuti i nazisti, il che, forse, è la stessa cosa."

Quel giorno stesso, poco più tardi, avemmo una conferma sul carattere dei tedeschi, così strano e così diverso da quello di noialtri italiani, pieni magari di tante belle qualità ma sempre con qualche cosa di mancante, come se non fossero uomini completi. Capitammo un'altra volta dall'avvocato dove avevamo incontrato quell'ufficiale cattivo che ci prendeva gusto, come diceva, a ripulire le grotte con il lanciafiamme; e ci trovammo anche questa volta un tedesco, un capitano. L'avvocato però, ci avvertì: "Questo non è come gli altri, questo è veramente una persona civile, parla il francese, è vissuto a Parigi e sulla guerra la pensa come noi." Entrammo nella baracca e il capitano, come fanno tutti i tedeschi, si alzò al nostro ingresso e ci strinse la mano sbattendo i tacchi. Era davvero un uomo fine, un signore, un po' calvo, con gli occhi grigi, il naso sottile e aristocratico, un'espressione altera sulla bocca, bello, in certo modo, che sembrava quasi un italiano, non fosse stato qualche cosa di impacciato e di rigido che negli italiani non c'è mai. Parlava bene l'italiano e ci fece un sacco di complimenti sull'Italia dicendo che era la sua seconda patria e che lui andava tutti gli anni al mare, a Capri, e che la guerra, se non altro, era servita almeno a fargli visitare tanti luoghi belli d'Italia che non conosceva. Ci offrì delle sigarette, si informò su Rosetta e su me, parlò alla fine della sua famiglia e ci mostrò anche una fotografia: la moglie, una bella donna con dei magnifici capelli biondi e tre bambini belli anche loro, tre angioletti, tutti e tre biondi. Disse, riprendendo la fotografia: "In questo momento questi bambini sono felici." Domandammo perché e lui rispose che loro avevano sempre desiderato di possedere un asinello e lui proprio in quei giorni ne aveva acquistato uno, a Fondi, e gliel'aveva mandato in dono, in Germania. Entusiasmato, si lasciò andare ai particolari: aveva trovato proprio l'asinello che cercava, di razza sardegnola e, siccome era ancora poppante, l'aveva mandato in Germania per mezzo di un convoglio militare, con un soldato incaricato di dargli continuamente del latte: sul convoglio c'era anche una mucca. Lui rideva soddisfatto, e poi soggiunse che, in quel momento, i suoi bambini certamente cavalcavano l'asinello sardegnolo e perciò aveva detto che erano felici. Noialtri, compreso l'avvocato e sua madre, restammo allibiti; era tempo di carestia, non c'era da mangiare e quello trovava modo di mandare un asinello in Germania e gli faceva dare il latte che avrebbe potuto essere assegnato ai bambini italiani che ne mancavano. Dov'era il suo amore per l'Italia e gli italiani, se non si rendeva conto di un fatto così semplice? Però, pensai che lui non l'aveva fatto per cattiveria; era certo il tedesco migliore che avessi finora incontrato; l'aveva fatto perché era tedesco e i tedeschi, come ho già detto, sono fatti in un modo speciale, magari con tante buone qualità, ma tutte da una parte, mentre dall'altra non ne hanno neppure una, un po' come certi alberi che crescono contro un muro e ci hanno i rami tutti da un lato, quello opposto al muro.

Michele, adesso che mancava la roba da mangiare, cercava di aiutarci in tutti i modi, sia apertamente, portandoci una parte della sua colazione o della sua cena, sotto gli occhi pieni di riprovazione della famiglia, sia di nascosto, addirittura rubando per noi la roba al padre. Per esempio, un giorno che venne a trovarci, io gli feci vedere il pane che ci restava, una piccola pagnotta per giunta per due terzi di farina gialla. Lui disse, allora, che d'ora in poi ci avrebbe procurato il pane, sottraendolo dalla cassa dove la madre lo riponeva, poco per volta. E così fece. Ogni giorno ci portava qualche fetta di pane, che era ancora pane bianco, senza farina gialla e senza semola, il solo che si facesse lassù, benché poi Filippo piangesse miseria tutto il tempo e informasse quanti volevano ascoltarlo che lui e la sua famiglia erano ridotti alla fame. Un giorno, però, non so perché, invece delle solite tre o quattro fette, Michele ci portò un paio di pagnotte intere, avevano fatto il pane proprio quella mattina e lui si illudeva che non se ne sarebbero accorti. Se ne accorsero, invece; e Filippo fece un chiasso del diavolo, gridando che gli avevano rubato le provviste; ma non disse che erano pagnotte perché, altrimenti, avrebbe smentito se stesso, in quanto andava sempre dicendo che non aveva più farina. Filippo, ad ogni modo, fece un'inchiesta da poliziotto, misurando l'altezza e la larghezza della finestra; scrutando il terreno di sotto per vedere se l'erba era schiacciata; esaminando gli stipiti per il caso che qualche calcinaccio si fosse staccato; e, alla fine, si convinse che, data la piccolezza ed elevatezza della finestra, doveva essere stato un bambino ad entrare in casa e commettere il furto, ma che questo bambino non poteva essere arrivato alla finestra senza l'aiuto di un adulto. Insomma, a conclusione dell'inchiesta, decise che il bambino era certamente un certo Mariolino, figlio di uno sfollato e che l'adulto che l'aveva aiutato era senza fallo il padre. Ma tutto sarebbe ancora finito qui, se Filippo non avesse comunicato queste sue supposizioni alla moglie e alla figlia. Quelle che erano state per lui soltanto supposizioni, diventarono subito certezze per le due donne. Prima tolsero il saluto allo sfollato e a sua moglie passandogli davanti sempre mute e sostenute; poi si lasciarono andare alle allusioni: "Era buono il pane oggi?" Oppure: "State attenti a Mariolino... potrebbe rompersi il collo arrampicandosi su per le finestre," alla fine, un giorno glielo dissero chiaro e tondo: "Siete una famiglia di ladri, ecco quello che siete." Nacque un putiferio, una scenata da non dirsi, con strilli e urli che arrivavano in cielo. La moglie dello sfollato, una piccola donna senza salute, scarmigliata e stracciona, ripeteva con voce altissima: "Cammina, cammina," che non so quel che volesse dire; e la moglie di Filippo dal canto suo le gridava in faccia che erano ladri. Così l'una ripetendo quella sola parola: "Cammina" e l'altra urlando che erano ladri, andarono avanti un pezzo, l'una di fronte all'altra, in un cerchio di sfollati, senza toccarsi, però, come due galline infuriate. Intanto noi due, benché non senza rimorso, mangiavamo il pane di Filippo proprio in quel momento, al buio per non dar nell'occhio, un boccone per ogni strillo delle due donne; e non posso negare che quel pane rubato quasi quasi mi sembrasse più saporito del nostro appunto perché era stato rubato e perché noi lo mangiavamo di nascosto. Comunque, da quel giorno Michele ebbe cura di rifilare le pagnotte in modo che la famiglia non se ne accorgesse, una fetta qui e un'altra lì, e infatti non se ne accorsero e non ci furono più scenate.

Aprile passò con i fiori e il languore di stomaco e venne maggio con il caldo e adesso, oltre alla fame e alla disperazione, c'era il tormento delle mosche e delle vespe. Nella nostra casetta c'erano tante mosche che, per così dire, passavamo la giornata a scacciarle; e la notte, quando andavamo a letto, quelle andavano a dormire anche loro sulle corde sulle quali appendevamo i vestiti e ce n'erano tante che le corde erano nere di mosche. Le vespe, poi, ci avevano i nidi sotto il tetto e entravano e uscivano a nugoli e guai a toccarle, che pungevano. Sudavamo tutto il giorno, forse anche per debolezza; e col caldo, non so perché, forse perché non potevamo lavarci né, cambiarci, ci accorgemmo ad un tratto che eravamo ridotte veramente come due straccione, di quelle che non hanno più età né sesso e chiedono l'elemosina alle porte dei conventi. I nostri pochi vestiti erano tutti stracciati e puzzavano; le nostre ciocie (da tempo non avevamo più scarpe) facevano pietà anch'esse, rabberciate com'erano, da Paride, con pezzi di vecchi copertoni di automobili; e quella stanzetta, resa inabitabile dalle mosche, dalle vespe e dal caldo, dopo essere stata per l'inverno un rifugio, adesso era diventata peggio di una prigione. Rosetta, con tutta la sua dolcezza e la sua pazienza, soffriva di questa condizione forse più di me, perché io sono nata contadina ma lei era nata in città. Tanto che un giorno mi disse: "Tu, mamma, mi parli sempre di roba da mangiare... ma io farei il patto di soffrire la fame ancora un anno pur di avere un vestito pulito e di vivere in una casa pulita." Il fatto era che mancava anche l'acqua per via che non pioveva più da un paio di mesi; e lei non poteva più tirarsi sulla testa il secchio del pozzo come durante l'inverno, proprio adesso che, invece, ne aveva più bisogno.

In maggio, seppi di una cosa che può dare l'idea della disperazione a cui erano giunti gli sfollati. Pare, dunque, che in casa di Filippo ci fosse stata una riunione alla quale avevano partecipato soltanto gli uomini; e durante questa riunione era stato deciso che, se gli inglesi, entro maggio, non fossero arrivati, gli sfollati, che avevano tutti delle armi, chi una rivoltella, chi un fucile da caccia, chi un coltello, avrebbero costretto i contadini a mettere in comune le loro provviste, per amore o per forza. Anche Michele aveva partecipato alla riunione e aveva subito protestato come ci disse, dichiarando che lui si sarebbe messo dalla parte dei contadini. Uno degli sfollati, allora, gli aveva risposto: "Benissimo, ti tratteremo come i contadini, in questo caso, considerandoti uno di loro." Insomma, questa riunione forse non significava gran che perché, dopo tutto, gli sfollati erano buona gente e dubito che sarebbero stati capaci di usare le armi; ma sta ad indicare il grado di disperazione a cui ormai tutti erano giunti. Altri, come seppi, si preparavano, adesso che era bel tempo e il terreno si era rassodato, a partire da Sant'Eufemia e tentare sia di andare a sud, attraverso le linee, sia a nord, dove si diceva che la roba da mangiare non mancava. Altri ancora parlavano di andare a Roma, a piedi, perché, dicevano, in campagna ti lasciano morire di fame ma in città non possono non aiutarti, perché hanno paura della rivoluzione. Insomma, sotto quel sole ardente di maggio, tutto si muoveva, tutto si sgretolava, ciascuno tornava a pensare a se stesso e alla propria pelle; e molti ormai erano persino disposti a rischiare la vita pur di uscire da quella situazione di immobilità e di attesa senza fine.

Tutto ad un tratto, un giorno qualsiasi, ecco arrivare la grande notizia: gli inglesi avevano sferrato sul serio l'offensiva e avanzavano. Non sto a descrivere la gioia degli sfollati, i quali, in mancanza di meglio, non potendo bere perché non c'era più vino né mangiare perché non c'era più cibo, si sfogarono ad abbracciarsi e a lanciare in aria i cappelli. Poveretti, non sapevano che proprio l'avanzata degli inglesi ci avrebbe portato nuovi guai. Le difficoltà non facevano che cominciare.

CAPITOLO OTTAVO

Quando ero bambina, un negoziante del mio paese, aveva le collezioni della Domenica Illustrata dell'altra guerra; e tante volte, insieme coi figli del negoziante, stavamo a guardare queste collezioni, e c'erano tante belle tavole a colori in cui si vedevano le battaglie della guerra del 1915. Forse, per questo, una battaglia io me la figuravo come l'avevo vista in quelle illustrazioni: cannoni che sparano, polverone, fumo e fuoco; soldati che vanno all'assalto, la baionetta in canna e la bandiera in testa; corpi a corpi, uomini che cascano giù morti, altri che continuano a correre. Dico la verità, queste illustrazioni mi piacevano e mi pareva che la guerra, dopotutto, non fosse così brutta come si diceva. O meglio, era brutta, sì, ma pensavo che, insomma, se uno gli piace di ammazzare o di mostrare il proprio coraggio o di dar prova di iniziativa e di sprezzo del pericolo, la guerra era l'occasione che ci voleva per lui. E pensavo pure che non bisogna credere che tutti amino la pace. Ce ne sono tanti che, invece, in guerra ci si trovano bene, non fosse altro perché possono sfogare i loro istinti di uomini violenti e sanguinari. Così ragionavo io, finché non ebbi vista la guerra vera coi miei occhi.

Uno di quei giorni Michele venne a dirmi che la battaglia per lo sfondamento del fronte era ormai quasi finita; ma io ci rimasi male perché, per quanto lontano potessi spingere lo sguardo, non vedevo neppure l'ombra di un combattimento. Era una giornata bellissima, serena, con appena qualche nuvoletta rosa che viaggiava all'orizzonte quasi sfiorando le cime delle montagne dietro le quali c'erano Itri, il Garigliano e, insomma, il fronte. A destra verdeggiavano le montagne, maestose, nella luce dorata del sole; a sinistra, oltre la pianura, scintillava il mare di un azzurro sorridente, chiaro, primaverile. E la battaglia dov'era? Michele mi rispose che la battaglia era in corso da almeno due giorni e stava sviluppandosi dietro le montagne di Itri. Io non volevo crederci perché, come ho detto, mi figuravo una battaglia in modo molto diverso; e glielo dissi. Michele si mise a ridere e mi spiegò che quelle battaglie che io avevo tanto ammirato sulle copertine della Domenica non si facevano più: i cannoni e gli aeroplani ormai facevano piazza pulita dei soldati anche a grande distanza dal fronte vero e proprio; e, insomma, ormai, sempre più, una battaglia rassomigliava all'operazione che fa una massaia con lo spruzzatore del flit, ammazzando tutte le mosche senza sporcarsi le mani e senza neppure toccarle. La guerra moderna, disse Michele, non sapeva che farsene di cariche, di assalti e di combattimenti a corpo a corpo; il valore era diventato inutile; vinceva chi ormai aveva i cannoni più numerosi e che tiravano più lontano, gli aeroplani a raggio d'azione più vasto e a velocità più forte. "La guerra è diventata una faccenda di macchine," concluse, " e i soldati sono poco più che dei bravi meccanici."

Basta, questa battaglia che non si vedeva durò forse un giorno o due. E poi, una mattina, il cannone fece come un salto nello spazio e si fece così vicino che faceva tremare le pareti della nostra stanza. Bum, bum, bum, pareva che sparasse da dietro l'angolo della montagna. Mi alzai in gran fretta e mi precipitai di fuori quasi con il presentimento di vedere quei corpi a corpi di cui ho parlato. Ma niente: era la solita bellissima giornata serena e piena di sole; e la sola differenza era che all'orizzonte laggiù in fondo alla pianura, da dietro i monti che la chiudevano, si vedevano tante tracce sottilissime rosse, salire in un baleno simili a ferite, nel cielo, e quindi dissolversi come passando al di là dell'azzurro. Erano, come mi fu spiegato, i proiettili dei cannoni le cui traiettorie, per via di una momentanea condizione dell'atmosfera, si potevano vedere a occhio nudo. Queste tracce rosse parevano proprio rasoiate nel cielo, con il sangue che sgorgava un momento dalle ferite e poi subito cessava. Vedevamo dapprima la rasoiata; quindi ci arrivava il botto di partenza; subito dopo, udivamo proprio sulle nostre teste un miagolio arrabbiato e soffiato; quasi nello stesso tempo, da dietro la montagna, giungeva lo scoppio di arrivo, fortissimo, che faceva rintronare il cielo come una stanza vuota. Sparavano, insomma, sopra di noi a qualcuno o a qualche cosa che stava alle nostre spalle, e questo, come ci spiegò Michele, voleva dire che la battaglia ormai si spostava a nord e che la valle di Fondi era già liberata. Io domandai dove fossero andati i tedeschi e lui mi rispose che i tedeschi, quasi certamente, erano fuggiti verso Roma; e che la battaglia di sfondamento era finita; e che quei cannoni, appunto, martellavano la ritirata dei tedeschi. Insomma, niente corpi a corpi, assalti alla baionetta, morti e feriti.

Quella notte vedemmo, però, che il cielo dalla parte di Itri era più chiaro, e ogni tanto addirittura rosso, come per una fiammata improvvisa; intanto continuavano le rasoiate delle traiettorie dei cannoni e facevano pensare ad un fuoco d'artifizio in quel cielo nero e pieno di stelle, soltanto che era uno zampillio continuo di tracce fini fini, senza quelle fioriture molli che coronano i bengala; e anche i botti erano diversi, più cupi, più fondi, minacciosi e non allegri come quelli dei fuochi. Guardammo per un pezzo il cielo e poi, stanche morte, ce ne andammo a letto e dormimmo alla meglio, ché faceva caldo e Rosetta non faceva che parlare. Alla mattina, assai presto, ci svegliammo ad un bottaccio fortissimo e vicinissimo. Saltammo fuori dal letto e scoprimmo che questa volta tiravano proprio su di noi. Allora, per la prima volta, capii che i cannoni sono assai peggio degli aeroplani; questi almeno si vedono e, appena li vedi puoi correre a ripararti o, per lo meno, ci hai la consolazione di vedere dove si dirigono; ma i cannoni non li vedi mai, stanno dietro l'orizzonte; e intanto mentre tu non li vedi, loro invece, per così dire, ti cercano e non sai mai dove andarti a cacciare perché il cannone ti segue dappertutto come un dito spianato. Quel bottaccio, come ho detto, era stato vicinissimo e infatti ci vennero a dire che un proiettile era scoppiato a poca distanza dalla casa di Filippo. Arrivò Michele di corsa e ci disse tutto contento che ormai era questione di ore; ma io gli risposi che morire poteva anche essere questione di secondi; al che lui alzò le spalle e rispose che ormai dovevamo considerarci immortali. Quasi per risponderci, ecco, tutto ad un tratto, un'esplosione spaventosa proprio sopra di noi. Tremarono pareti e pavimento; dal soffitto ci piovvero addosso calcina e polvere; e l'aria per un momento si offuscò in modo che credemmo che il proiettile fosse davvero cascato sulla casa. Ci precipitammo fuori e allora vedemmo che il proiettile, invece, era esploso a non grande distanza, sulla macera che infatti era crollata per un buon tratto tutt'intorno una gran buca piena di terra fresca e di erbe travolte. Anche Michele non dico che si impaurisse ma capì che non avevo torto quando dicevo che per morire ci volevano soltanto pochi secondi; e così disse che dovevamo venire con lui: sapeva lui dove andare; bisognava, disse, mettersi in un angolo morto. Corremmo lungo la macera, all'altro capo della gola, e andammo ad una capanna di frasche che serviva da riparo per le bestie, situata sotto uno sperone della roccia. "Questo è un angolo morto," disse Michele tutto contento di dimostrare la propria conoscenza della guerra, "possiamo sederci qui sull'erba... le cannonate qui non arriveranno mai." Sì, altro che angolo morto. Aveva appena finito di parlare che ci fu un'esplosione violentissima e fummo tutti avvolti nel fumo e nella polvere e tra il fumo e la polvere vedemmo la capanna piegarsi da una parte e poi rimanere così, tutta piegata, che pareva quelle casette fatte con le carte da gioco dai bambini, che non stanno mai ritte. Questa volta Michele non insistette con il suo angolo morto. Ci aveva fatto buttare a terra e adesso, senza levarsi da terra, ci gridava: "Seguitemi fino alla grotta... andiamo nella grotta... non alzatevi, però, strisciate come me." La grotta di cui parlava stava proprio dietro la capanna, una grotticella piccola, con l'ingresso basso in cui i contadini avevano sistemato un pollaio. Strisciammo, così, per terra, dietro di lui e sempre strisciando entrammo nella grotta, tra le galline che schiamazzavano e si ritiravano spaventate verso il fondo. La grotta era troppo bassa per stare in piedi e così restammo più di un'ora distesi l'uno accanto all'altro, in modo che ci sporcammo i vestiti con gli escrementi che ricoprivano il suolo, mentre le galline, ripreso coraggio, ci passeggiavano sul corpo e ci beccavano tra i capelli. Intanto sentivamo le esplosioni seguirsi fitte fitte tutt'intorno la grotta e io dissi a Michele: "Meno male che era un angolo morto." Alla fine ci fu ancora qualche esplosione più rada e poi più nulla, salvo il cannoneggiamento lontano che, per così dire, ci scavalcava e andava a martellare qualche località alle spalle di Sant'Eufemia. Michele disse allora che quei proiettili che avevano colpito la capanna probabilmente erano stati tirati non dagli inglesi bensì dai tedeschi, con mortai da montagna a tiro ricurvo; e adesso potevamo uscire sicuri perché i tedeschi non sparavano più e gli inglesi non sparavano su di noi. Così facemmo: strisciando come eravamo entrati, uscimmo dalla grotta e quindi ce ne tornammo a casa.

Era l'una, ormai, e così pensammo di mangiare qualche cosa, un po' di pane e formaggio. Proprio mentre stavamo mangiando, ecco giungere di corsa il figlio di Paride, dicendo, tutto affannato, che erano arrivati i tedeschi. Non capimmo a tutta prima perché pensavamo logicamente che, dopo tante cannonate, fossero gli inglesi a dovere arrivare; e io anzi insistetti con lui che era un bambino e poteva aver capito male: "Vuoi dire gli inglesi." "No, i tedeschi." "Ma i tedeschi sono fuggiti." "E io ti dico che invece sono arrivati." Ma ecco Paride a spiegare il mistero: era arrivato effettivamente un gruppo di tedeschi in fuga e adesso stavano a sedere sulla paglia, all'ombra di un pagliaio e non si capiva che volessero. Io dissi a Michele: "Be' che ce ne importa dei tedeschi?... noi aspettiamo gli inglesi e non i tedeschi... lasciamo i tedeschi a cuocere nel loro brodo." Ma Michele, purtroppo non mi diede retta: gli si erano accesi gli occhi al racconto di Paride; bisogna credere che al tempo stesso odiasse i tedeschi e ne fosse attratto; l'idea di vederli in fuga e disfatti dopo averli incontrati tante volte superbi e vittoriosi, si vedeva che lo eccitava e gli piaceva. Disse a Paride: "Andiamo a vedere questi tedeschi" e si avviò. Rosetta ed io lo seguimmo.

Trovammo i tedeschi, come Paride ci aveva informato, all'ombra del pagliaio. Erano cinque e in vita mia non ho mai veduto gente più strapazzata ed esausta di loro. Stavano buttati sulla paglia uno di qua e uno di là, distesi a gambe e braccia aperte, come morti. Tre dormivano o almeno stavano ad occhi chiusi, un altro stava ad occhi aperti, supino, fissando il cielo, un quinto, disteso anche lui sul dorso, si era fatto come un cuscino con un mucchio di paglia e guardava dritto davanti a sé. Notai soprattutto quest'ultimo: era quasi albino, con la pelle rosa e trasparente, gli occhi azzurri circondati di peli quasi bianchi, i capelli di un biondo chiarissimo, fini e lisci. Aveva le guance grigie di polvere e rigate come da lacrime che fossero colate sulla polvere e ci si fossero seccate; le narici nere di terra o di non so che di sudiciume; la bocca screpolata; e gli occhi cerchiati di rosso, con due freghi neri di sotto che parevano due unghiate. I tedeschi, si sa, hanno sempre l'uniforme in ordine, pulita e stirata come se uscisse allora dalla naftalina. Ma le uniformi di questi cinque erano gualcite e sbottonate; parevano avere cambiato persino colore come se fossero state investite con violenza da un getto di polvere o di nerofumo. Molti sfollati e contadini facevano cerchio intorno, a qualche distanza, guardando i tedeschi in silenzio, come si guarda uno spettacolo incredibile; i tedeschi stavano zitti e non si muovevano. Michele, dunque, si avvicinò e domandò donde venissero. Aveva parlato in tedesco ma l'albino, senza muoversi, come se la sua nuca fosse stata inchiodata sopra quel cuscinetto di paglia, rispose parlando piano: "Può parlare in italiano... conosco l'italiano." Michele allora ripeté la domanda in italiano e l'altro rispose che venivano dal fronte. Michele domandò che cosa fosse successo. L'albino, sempre con quel suo atteggiamento di paralizzato, staccando pian piano le parole l'una dall'altra, con un tono cupo, minaccioso e sfinito disse che loro erano artiglieri; che erano stati sottoposti per due giorni e due notti ad un terribile bombardamento aereo; che, nonché i cannoni, persino il terreno sul quale si trovavano era saltato in aria; e che, alla fine, dopo avere veduto morire gran parte dei loro compagni, avevano dovuto sloggiare e fuggire. "Il fronte," egli concluse lentamente, "non è più sul Garigliano ma più a nord e noi dobbiamo raggiungerlo... più a nord ci sono altre montagne e noi resisteremo." Così, benché fossero ridotti a quel modo che parevano già morti, parlavano ancora di far la guerra e di resistere.

Michele domandò allora chi avesse sfondato il fronte, se gli inglesi o gli americani; e questa fu una domanda imprudente perché l'albino ebbe un sogghigno e disse: "Che le importa a lei chi fossero? Caro signore, lei deve contentarsi di sapere che tra poco i suoi amici saranno qui, ecco tutto." Michele finse di non accorgersi del tono sarcastico e minaccioso e domandò che cosa potesse fare per loro. L'albino disse: "Dateci qualche cosa da mangiare."

Ora si era veramente agli sgoccioli, tutti quanti, e, forse con l'eccezione di Filippo, tra sfollati e contadini non credo che avrebbero potuto mettere insieme una pagnotta. Così ci guardammo in faccia, costernati; e io, interpretando il sentimento comune, esclamai: "Da mangiare? E chi ce l'ha la roba da mangiare? Se non ce la portano al più presto gli inglesi, qui moriamo tutti di fame. Aspettate anche voi gli inglesi e l'avrete la roba da mangiare."

Vidi Michele fare un gesto di disapprovazione come per dire: "stupida" e capii che avevo detto qualche cosa che non avrei dovuto dire. Il tedesco intanto mi guardava fisso come se avesse voluto ben imprimersi nella memoria la mia faccia. Disse lentamente: "Un ottimo consiglio: aspettare gli inglesi." Stette fermo ancora un poco e poi, levando a fatica un braccio, andò a frugarsi in seno sotto la giubba: "Ho detto che vogliamo qualche cosa da mangiare." Adesso nella mano egli stringeva un'enorme pistola nera e la puntava contro di noi, pur senza muoversi né modificare il proprio atteggiamento.

Mi venne una paura terribile, e forse non tanto per la pistola quanto per lo sguardo dell'albino che pareva proprio quello di un animale selvatico preso in trappola che, però, minacci ancora e mostri i denti. Michele, invece, non si turbò e disse con semplicità a Rosetta: "Va', corri da mio padre e digli che ti dia un po' di pane per un gruppo di tedeschi che ne hanno bisogno." Disse queste parole in una maniera particolare, come per suggerire a Rosetta che doveva spiegare che quel pane i tedeschi lo richiedevano con la pistola. Rosetta subito corse verso la casa di Filippo.

In attesa del pane, restammo tutti fermi, facendo cerchio intorno al pagliaio. L'albino, dopo un momento, riprese: "Non abbiamo bisogno soltanto del pane... abbiamo anche bisogno di qualcuno che venga con noi e ci indichi il sentiero per andare a nord e raggiungere il nostro esercito." Michele disse: "Il sentiero eccolo lì," indicando la mulattiera in direzione della montagna. L'albino disse: "Lo vedo anch'io. Ma non conosciamo queste montagne. Abbiamo bisogno di qualcuno. Per esempio quella ragazza." "Quale ragazza?" "Quella che è andata a prendere il pane." Mi si gelò il sangue a queste parole: se portavano via Rosetta, in mezzo alla guerra, chissà che cosa poteva succedere, chissà quando l'avrei rivista. Ma Michele disse subito, senza perdere la calma: "Quella ragazza non è di queste parti. Le conosce meno di voi." "E allora," disse l'albino, "verrà lei, caro signore. Lei è di queste parti, no?" Io avrei voluto gridare a Michele: "Digli che sei forestiero!" ma non ebbi il tempo. Troppo onesto per mentire, lui aveva già risposto: "Sono di queste parti ma anch'io non le conosco. Ho sempre vissuto in città." L'albino, a queste parole, ebbe quasi un riso e disse: "A sentir lei nessuno le conosce queste montagne. Verrà lei. Vedrà che tutto ad un tratto scoprirà di conoscerle molto bene." Michele, a questo, non rispose nulla, si limitò a corrugare le sopracciglia al disopra degli occhiali. Intanto Rosetta era tornata, tutta affannata, con due piccoli pani che mise in terra, sulla paglia, tendendo in avanti la mano e sporgendosi, proprio come si fa con gli animali selvatici di cui non ci si fida. Il tedesco notò il gesto e disse con una nota di esasperazione nella voce: "Dammi il pane nelle mani. Non siamo mica cani arrabbiati che mordono." Rosetta raccolse i pani e glieli porse. Il tedesco rinfoderò la pistola, prese i pani e si levò a sedere.

Adesso anche gli altri si erano levati a sedere, si vede che non dormivano e che avevano seguito tutto il dialogo benché a occhi chiusi. L'albino cavò di tasca un coltello e tagliò i due pani in cinque parti eguali e le distribuì ai compagni. Mangiarono piano piano, noi stavamo sempre intorno, in cerchio e non dicevamo una parola. Quando ebbero finito e fu una cosa lunga perché mangiavano, per così dire, briciola a briciola, una contadina gli porse in silenzio un concone di rame pieno d'acqua e loro ne bevvero chi due e chi anche quattro ramaiolate: erano proprio morti di fame e di sete. Poi l'albino tirò fuori di nuovo la pistola.

"Allora," disse, "bisogna che andiamo se no si fa tardi." Rivolse queste parole ai compagni che subito cominciarono lentamente a tirarsi su in piedi. Quindi si voltò verso Michele: "E lei viene con noi per indicarci il sentiero."

Restammo tutti atterriti perché avevamo creduto che l'albino l'avesse poco prima detto, così, tanto per dire; e invece, adesso, si vedeva che l'aveva detto sul serio. Anche Filippo era accorso e aveva assistito anche lui in silenzio al pasto dei tedeschi. Ma quando vide l'albino puntare la pistola contro Michele, cacciò quasi un gemito e con un coraggio che nessuno gli conosceva, si parò tra la pistola e il figlio: "Questo è mio figlio, avete capito? è mio figlio."

L'albino non disse nulla. Fece però con la pistola un gesto come per scacciare una mosca; voleva dire che Filippo si mettesse da parte. Ma Filippo, invece, gridò: "Lui, mio figlio, non conosce le montagne, verità di Vangelo. Lui legge, scrive, studia, come potrebbe conoscere le montagne?"

L'albino disse: "Verrà lui e basta." Adesso si era levato in piedi e, pur senza abbassare la pistola, si aggiustava con l'altra mano il cinturone.

Filippo lo guardò come se non avesse capito bene. Lo vidi inghiottire e passarsi la lingua sulle labbra: doveva sentirsi soffocare e, non so perché, mi ricordai in quel momento di quella frase che lui ripeteva tanto volentieri: "ccà nisciuno è fesso." Poveretto, adesso lui non era più né fesso né furbo; era un padre e basta. Infatti, dopo essere rimasto un momento come fulminato, gridò di nuovo: "Prendete me. Prendete me al posto di mio figlio. Io le montagne le conosco. Prima di essere commerciante sono stato merciaiolo ambulante. Le ho girate tutte le montagne. Vi porto io per mano, montagna montagna, fino al vostro comando. Conosco i sentieri più comodi, più segreti. Vi porto io, ve lo prometto." Egli si voltò verso la moglie e disse: "Ci vado io. Voi non state in pensiero, torno domani prima di sera." Aggiungendo l'azione alla parola, si tirò su la fascia dei pantaloni e, atteggiando tutto il viso ad un sorriso, che in quel momento mi parve proprio straziante, si avvicinò al tedesco e gli mise la mano sul braccio, dicendo con una disinvoltura sforzata: "Be', andiamo, abbiamo parecchia strada da fare."

Ma il tedesco non l'intendeva in questo modo. Disse calmo: "Lei è troppo vecchio. Verrà suo figlio, è il suo dovere." E scostandolo semplicemente con la canna della pistola, andò a Michele e gli fece cenno, sempre con la pistola, di precederlo: "Andiamo." Qualcuno, non so chi, gridò: "Michele, scappa." Avete visto il tedesco? Con tutto che fosse sfinito, si voltò come un fulmine dalla parte donde era venuto il grido e sparò. Per fortuna il colpo si perdette tra le pietre della macera; ma il tedesco raggiunse lo stesso il suo scopo che era di intimidire i contadini e gli sfollati e di impedirgli di fare qualche cosa per Michele. Infatti tutti si sparpagliarono atterriti, riformando però il cerchio un po' più lontano; e quindi guardarono in silenzio il tedesco che se ne andava, spingendo avanti Michele con la canna della pistola, nella schiena. Così partirono e io ho ancora davanti agli occhi, come se ci fossi presente, la scena della loro partenza: il tedesco con il braccio piegato per puntare la pistola, Michele che gli camminava davanti e, ricordo, aveva un pantalone più lungo che quasi gli andava a finire sotto il tacco e uno più corto che lasciava vedere la caviglia. Camminava piano Michele, forse sperando che noialtri ci saremmo rivoltati contro i tedeschi e gli avremmo dato modo di scappare; la maniera con cui strascicava le gambe mi suggerì l'idea che si tirasse dietro una pesante catena. La processione dei quattro tedeschi, di Michele e del tedesco albino sfilò sotto di noi per il sentiero che portava a valle e quindi scomparve lentamente nella macchia. Filippo che, come gli altri, allo sparo era scappato per poi fermarsi a poca distanza a guardare, quando l'albino e Michele furono per svoltare, tutto ad un tratto diede come un ruggito e fece per slanciarsi dietro. I contadini e gli sfollati gli furono subito addosso e lo trattennero che ruggiva e ripeteva il nome del figlio e piangeva grosse lacrime che gli rigavano la faccia. Adesso erano accorse anche la madre e la sorella e stentavano a capire, domandando spiegazioni a destra e a sinistra; ma appena capirono, si misero a piangere anche loro e ad urlare il nome di Michele. La sorella singhiozzava forte ripetendo tra i singhiozzi: "Proprio adesso che stavano per finire tutte cose, proprio adesso." Noi non sapevamo che dire perché quando c'è un dolore vero con cause vere, le parole non possono diminuirlo e bisognerebbe invece annullare la causa del dolore e questo noi non potevamo fare. Alla fine Filippo si riebbe e disse alla moglie prendendola per le spalle e aiutandola a camminare: "Vedrai che tornerà... certo... non può non tornare... indicherà la strada e tornerà." La figlia, pur piangendo, dava ragione al padre: "Vedrai, mamma, che torna prima di sera." Ma la madre disse quello che spesso dicono le madri in questi casi e purtroppo il più delle volte ci azzeccano perché, si sa, l'istinto della madre è più forte di qualsiasi ragionamento: "No, no, lo so che non tornerà, ho il presentimento che non lo rivedrò mai più."

A questo punto debbo confessare che in quel trambusto delle cannonate, della disfatta dei tedeschi, dello sfondamento del fronte, e della fine del nostro soggiorno in montagna, questo fatto di Michele non ci fece tutta l'impressione che avrebbe dovuto farci. Credevamo anche noi o meglio volevamo illuderci di credere che tornasse senza fallo; e questo, forse perché sentivamo che, se non avessimo creduto al suo ritorno, saremmo state incapaci di partecipare al dolore dei Festa come avremmo dovuto: il nostro pensiero, i nostri cuori erano altrove. Eravamo tutte e due piene di questa novità tanto sospirata e attesa della liberazione; e non ci rendevamo conto che la scomparsa di Michele, che per noi era stato come un padre e un fratello, era più importante persino della liberazione o per lo meno avrebbe dovuto rendercela amara e dolorosa. Ma tant'è: l'egoismo che era rimasto zitto finché c'era stato il pericolo, adesso che il pericolo non c'era più tornava a farsi sentire. E io stessa, avviandomi alla casetta dopo la scomparsa di Michele, non potei fare a meno di dirmi che era stata una vera fortuna che i tedeschi avessero preso Michele invece di Rosetta e che, in fondo, la scomparsa di Michele riguardava soprattutto la sua famiglia, poiché noi stavamo per separarci forse per sempre da loro e non li avremmo mai più rivisti e saremmo tornate a Roma e avremmo ricominciato la solita vita e di tutto questo soggiorno in montagna non ci saremmo ricordate che di rado e distrattamente, dicendoci forse l'un l'altra: "Ti ricordi Michele?... Chissà come andò a finire? E ti ricordi Filippo, la moglie e la figlia?... Chissà che fanno?"

Quella notte dormimmo strettamente abbracciate nonostante il caldo, forse perché il cannone continuava a sparare e i colpi ogni tanto cascavano non tanto lontano e ci pareva che, se fossimo state colpite, almeno saremmo morte insieme. Dormimmo per modo di dire, del resto; ci assopivamo per cinque, dieci minuti e poi una cannonata più forte ci faceva balzare a sedere sul letto; oppure ci svegliavamo così, senza motivo, a causa probabilmente dell'agitazione e del nervosismo. Rosetta si preoccupava di Michele; e adesso capisco che lei, al contrario di me, sentiva che quella scomparsa non era così leggera come io volevo farle credere che fosse. Così ogni tanto l'udivo che mi domandava al buio: "Mamma, adesso che gli faranno a Michele?" Oppure: "Mamma, credi davvero che Michele ritornerà?" Oppure ancora: "Mamma, che ne sarà di quel povero Michele?" Io da una parte sentivo che lei aveva in fondo ragione di preoccuparsi, ma dall'altra quasi mi arrabbiavo perché, come ho detto, mi pareva che ormai il soggiorno di Sant'Eufemia era finito e noi non dovevamo più pensare che a noi stesse. Così le rispondevo ora una cosa e ora un'altra, sempre cercando di rassicurarla: e alla fine, spazientita, le dissi: "Ora dormi, tanto, anche se non dormi, non puoi fare nulla per lui. Del resto sono sicura che non gli hanno fatto niente di male. A quest'ora è già in cammino per la montagna per tornare qui da noi." Lei disse, già quasi nel sonno: "Povero Michele," e questo fu tutto, perché dopo queste parole si addormentò davvero.

Il mattino dopo come mi svegliai trovai che Rosetta non era più accanto a me, nel letto. Saltai fuori dalla casa, era tardi, col sole già alto e mi accorsi che il cannoneggiamento era cessato e che per tutta la contrada c'era un gran movimento. Si vedevano sfollati andare e venire di qua e di là, chi salutando i contadini chi trasportando roba, chi addirittura avviandosi in fila indiana giù per il sentiero che portava a Fondi. Mi venne tutto ad un tratto una terribile paura che Rosetta, per qualche motivo che non sapevo, fosse scomparsa anche lei come Michele; e cominciai a correre di qua e di là chiamandola. Nessuno si occupava di me né mi dava retta e d'improvviso mi resi conto che quello che io avevo pensato per Michele ora si rivoltava contro di me: Rosetta non c'era più, tutti badavano ai fatti loro, nessuno voleva neppure fermarsi a sentire quello che mi fosse successo. Per fortuna, quando stavo già per darmi alla disperazione, Luisa, la moglie di Paride, si affacciò ad un tratto dalla capanna dicendo: "Ma che chiami Rosetta a fare? Sta con noi, che mangia la polenta." Respirai e un po' mortificata entrai anch'io nella capanna e mi sedetti con gli altri intorno il tavolo sul quale c'era la zuppiera della polenta. Nessuno parlava, al solito, e così non parlai anch'io; i contadini parevano come sempre del tutto assorti nell'operazione di mangiare, anche quel giorno che erano successe e stavano per succedere tante cose nuove. Soltanto Paride, come ad esprimere un pensiero comune, disse ad un tratto, senza tristezza, come se avesse detto che il tempo era bello o altra frase simile: "E così voi ve ne tornate in città a fare le signore... e noialtri restiamo qui a faticare." Egli si pulì la bocca, prese una ramaiolata d'acqua, bevve e quindi uscì come faceva sempre, senza salutarci. Io dissi alla famiglia di Paride che saremmo adesso andate a preparare la roba e poi saremmo tornate a dir loro addio. E uscii anch'io con Rosetta.

Avevo adesso un solo desiderio, grande, impaziente e gioioso: andarmene via al più presto. Tuttavia dissi e non so perché: "Bisognerà andare a trovare i Festa e sentire quel che è successo a Michele." Lo dissi con ripugnanza perché poteva darsi che Michele non fosse tornato e temevo in questo caso che il dolore dei Festa avesse a turbare la mia gioia. Ma Rosetta rispose tranquillamente: "Non ci sono più i Festa. Sono andati giù stamattina, all'alba. E Michele non è tornato. Loro sperano di trovarlo in città." Provai a queste parole un gran sollievo, non meno egoista della mia ripugnanza di poco prima; e dissi: "Be', non ci resta che far fagotto e andarcene al più presto." Rosetta, allora, soggiunse: "Io mi sono alzata all'alba, che tu ancora dormivi, e sono andata a salutare i Festa. Poveretti, erano proprio disperati. Per loro questo giorno così bello è tanto brutto, invece, perché Michele non è tornato." Io tacqui per un momento perché, tutto ad un tratto, mi ero vergognata e pensavo che Rosetta era tanto migliore di me e si era alzata apposta all'alba ed era andata dai Festa e non aveva avuto paura, come me, che il loro dolore guastasse la sua gioia. Le dissi, allora, abbracciandola: "Figlia d'oro, tu sei tanto meglio di me e hai fatto quello che io non ho avuto il coraggio di fare. Io sono così felice che questo tormento sia finito che quasi quasi avevo paura di andare dai Festa." Lei rispose: "Oh, non l'ho fatto con sforzo, l'ho fatto perché volevo bene a Michele. Lo sforzo l'avrei fatto se invece non ci fossi andata. Tutta la notte non ho chiuso occhio perché non facevo che pensare a quel poveretto. E purtroppo aveva ragione sua madre: non è tornato."

Ora, però, bisognava andarsene. Una volta nella nostra stanza tirammo fuori le due valigie di fibra che avevamo portato da Roma e ci mettemmo dentro i pochi stracci che possedevamo, qualche gonnella, un paio di maglie che avevamo fatte lassù, con gli uncinetti e la lana grassa dei contadini, qualche calza, qualche fazzoletto. Ci misi dentro pure quello che restava delle provviste e cioè il formaggio pecorino che avevo comprato dagli Evangelisti, un chilo e poco più di fagioli con l'occhio e un piccolo pane scuro, l'ultimo, fatto con la crusca e la farina gialla. Esitai se portarmi via quei due o tre piatti e bicchieri che avevo acquistato dai contadini, quindi decisi di lasciarglieli e li posai in bell'ordine sopra il davanzale della finestra. Questo era tutto; e, chiuse le valigie, sedetti un momento sul letto, accanto a Rosetta, guardando intorno a me, alla stanza che già ci aveva l'aspetto triste e vuoto delle case che si stanno per abbandonare per sempre. Adesso non mi sentivo più tanto impaziente né gioiosa; provavo anzi un sentimento addirittura angoscioso. Pensavo che a quelle pareti sporche, su quel suolo fangoso, erano rimasti attaccati i giorni più amari e più terribili della mia vita e soffrivo di andarmene benché lo desiderassi. Io nove mesi che avevo passato in quella stanza li avevo vissuti giorno per giorno, ora per ora e minuto per minuto con l'intensità della speranza e della disperazione, della paura e del coraggio, della volontà di vivere e del desiderio di morire. Soprattutto, però, avevo aspettato una cosa, la liberazione, che aveva la qualità di essere giusta oltre che bella, di riguardare anche gli altri oltre che me. E allora capii ad un tratto che chi aspetta una cosa come questa, vive con maggiore forza e verità di quelli che non aspettano nulla. E passando dal mio piccolo al più grande, pensai che lo stesso poteva dirsi di tutti coloro che aspettano cose tanto più importanti, come il ritorno di Gesù sulla terra o il successo della giustizia per i poveretti. E dico la verità, come uscii dalla stanza per andarmene definitivamente, mi sembrò di abbandonare non dico proprio una chiesa ma un luogo quasi sacro perché là dentro ci avevo sofferto tanto e, come ho detto, avevo aspettato e sperato non soltanto per me ma anche per gli altri.

Ci eravamo messe le valige in bilico sulla testa e ci stavamo avviando alla capanna dei contadini per dire loro addio, quando, tra la gente che si trovava sulla macera, ci fu improvvisamente un fuggi fuggi generale. Questa volta, però, non era il cannone che ormai si sentiva lontano, come il tuono di un temporale che se ne vada, bensì un ticchettio regolare, molto preciso e molto rabbioso, che pareva venire dai macchioni, su su, verso la cima della montagna. Uno sfollato si fermò a gridarci: "Le mitragliatrici. I tedeschi sparano con le mitragliatrici sugli americani" e corse via. Adesso tutti erano scappati a nascondersi nelle grotte e nelle buche e noi due eravamo sole in mezzo alla macera e quel ticchettio non cessava anzi sembrava farsi più insistente. Per un momento pensai anch'io di correre in qualche riparo; ma poi mi venne una ripugnanza forte di ricominciare, proprio adesso che stavamo per scendere a Fondi, la vita di paura che avevo fatto per nove mesi e dissi, tutta arrabbiata, a Rosetta: "Le mitragliatrici: lo sai che ti dico? Che non me ne frega niente e che vado giù lo stesso." Rosetta non obiettò nulla, anche lei per la noia e la stanchezza era diventata coraggiosa. Rinunziammo così a salutare i contadini che ci avevano ospitato per tanto tempo e ora chissà dove si erano nascosti, e, noncuranti delle mitragliatrici, prendemmo per il sentiero che portava a valle, camminando senza fretta. Cominciammo a scendere, una macera dopo l'altra, e, a misura che scendevamo ci rendevamo conto che avevamo avuto ragione di non nasconderci perché adesso il ticchettio non si sentiva più e tutto sembrava normale: una bella giornata di maggio come le altre, con il sole che scottava e le siepi che odoravano di roselline selvatiche e di polvere e le api che ronzavano sulle siepi tutto proprio come se la guerra non ci fosse mai stata.

Ma la guerra c'era e ne vedemmo ben presto i segni. Prima di tutto incontrammo due soldati che io giudicai americani più da quello che ci dissero che dalle loro uniformi che non conoscevo. Erano due giovanotti bruni e piccoletti, e ci vennero quasi addosso, sbucando dalla macchia. Uno disse: "Hello" o qualcosa di simile; l'altro disse altre parole in inglese che non capii. Ci incrociarono e poi, lasciato il sentiero, ripresero a salire per la macchia, curvi, il fucile in mano, gli occhi rivolti in su, sotto l'ombra dell'elmo, in direzione della cima donde veniva il ticchettio delle mitragliatrici. Questi furono i primi americani che vedemmo e li vedemmo per caso; e tutta la guerra adesso che ci ripenso, è un caso; tutto ci avviene senza ragione, e si muove un passo a sinistra e si è uccisi, invece si va a destra si è salvi. Dissi a Rosetta: "Li hai visti, quelli sono americani." E Rosetta: "Li credevo alti e biondi, invece sono brutti e piccoli." Lì per lì non seppi che rispondere; ma in seguito seppi che nell'esercito americano ce ne sono di tutte le razze e di tutti i colori, negri e bianchi, biondi e bruni, alti e bassi. Quei due, come seppi più tardi, erano due italoamericani, e ce n'erano parecchi almeno in quei reparti dell'esercito che avevano investito la nostra zona.

Continuando a scendere, ci imbattemmo pure in un posteggio della Croce Rossa, all'ombra di un carrubo, fuori del sentiero. C'era una branda e un armadietto coi medicinali e qualche soldato e proprio in quel momento altri due soldati portavano al posteggio un loro compagno ferito, disteso supino sopra una barella. Ci fermammo a guardare i due soldati, che, usciti dal sentiero, procedevano verso il posteggio con difficoltà, reggendo la barella. Il soldato ferito teneva gli occhi chiusi e sembrava morto. Ma morto non era perché quelli che lo portavano, gli parlavano come per dirgli che stesse buono che tra poco arrivavano, e lui faceva qualche piccolo cenno con la testa come per rispondere che aveva capito e non si dessero pensiero. Però, a vedere questa scena, su quel pendio, col sole, con la macchia tutta fiorita, che nascondeva fino alla cintola i due portabarella, quasi quasi si pensava che non soltanto quel ferito non era morto ma anche quei soldati non erano soldati e quel posteggio della Croce Rossa non era un posteggio della Croce Rossa e, insomma, tutto quanto non era vero ed era tutta una cosa strana e assurda che non si poteva spiegare e non significava niente. Dissi a Rosetta: "Quello è stato colpito dalle mitragliatrici... poteva toccare a noi." E credo che lo dissi per convincermi che le mitragliatrici esistevano davvero e che sul serio c'era pericolo. Ma lo stesso non mi sentivo tanto convinta.

Basta, macera dopo macera, giungemmo in basso, al bivio sul fiume, dove si trovava la casetta in cui aveva abitato il povero Tommasino. L'ultima volta che avevamo veduto questo luogo, esso era deserto, come tutti i luoghi sotto i tedeschi i quali riuscivano non so come, a fare il deserto intorno a loro e dove loro andavano la gente si nascondeva e scompariva. Adesso, invece, era affollato di gente, contadini e sfollati, chi a piedi chi coi somari e coi muli, tutti carichi di roba, che scendevano come noi dalla montagna per tornarsene alle loro case. Camminammo con questa folla e tutti erano allegri e si parlavano come se si fossero conosciuti da tempo. Tutti dicevano: "È finita la guerra, sono finite tutte cose, sono arrivati gli inglesi, è arrivata l'abbondanza" e tutti parevano aver già dimenticato quell'anno di patimenti. Insieme con questa folla giungemmo ad un bivio, dove la strada maestra incrociava un'altra strada che si dirigeva verso il monte; e qui incontrammo la prima colonna di americani. Camminavano in fila indiana; e questa volta vidi che erano davvero americani, cioè differenti così dai tedeschi come dagli italiani. Avevano una loro maniera di camminare slombata, dinoccolata e quasi malcontenta; e ciascuno di loro portava l'elmo in una maniera diversa, chi di traverso, chi sugli occhi, chi sulla nuca; molti erano in maniche di camicia, e tutti masticavano gomma. Parevano che facessero la guerra malvolentieri ma senza paura, proprio come gente che non è nata per far la guerra, come i tedeschi per esempio, ma che la fa perché ci

la descrizione
degli americani

è stata tirata per i capelli. Non ci guardavano, si vedeva lontano un miglio che di strade di montagna, di povera gente carica di fagotti come noi e di mattinate come quelle ne dovevano aver vedute chissà quante da quando erano sbarcati in Italia, e ormai ci avevano fatto, come si dice, il callo. Sfilarono non so quanto tempo, dirigendosi verso la montagna, lenti lenti, sempre con lo stesso passo eguale. Alla fine sfilarono gli ultimi tre o quattro che parevano i più stanchi e svogliati; e quindi noi riprendemmo la strada maestra.

Questa strada portava a Monte San Biagio, il quale è un paese arrampicato sui monti che chiudono a nord la valle di Fondi; poco più in là confluiva nella strada nazionale, l'Appia, credo. E come arrivammo alla via Appia, allora davvero restammo a bocca aperta davanti lo spettacolo di tutto l'esercito americano che avanzava. Dire che la strada era affollata sarebbe dire troppo poco e anche non sarebbe esatto, perché non c'era folla e tutto quello che ingombrava la strada erano le macchine di tutti i generi, tutte dipinte di verde, con la stella bianca a cinque punte, la stella dell'America che è tanto diversa dallo stellone d'Italia il quale, lui, porta fortuna, a quanto dicono, ma soltanto mentre la stella americana sembra prepotente e dà forza a coloro che la seguono. Ho detto macchine, non automobili. E infatti su quella strada, fitte fitte, che quasi non si muovevano, c'erano macchine di tutti i generi. Piccole automobili tutte di ferro, scoperte, strapiene di soldati con il fucile tra le gambe; carri armati giganteschi, coi cingoli e la corazza, i quali col cannone sfioravano i rami dei platani che ombreggiavano la strada; camion piccoli e grandi, chiusi e aperti; carri armati più piccoli, quasi dei giocattoli, ma anch'essi col loro bravo cannone rivolto in alto; e perfino vagoni interi, enormi, tutti blindati, con le cabine in cui si intravedevano quadranti pieni di bottoni, di leve e di fili elettrici. Dico la verità, chi non ha visto avanzare su una strada l'esercito americano non ha idea di che cosa sia un esercito. Questa fiumana di macchine grandi e piccole, tutte con la stella bianca che pareva proprio un'ossessione, avanzavano pianissimo più piano del passo d'uomo, fermandosi ad ogni momento e poi riprendendo proprio come le macchine al Corso, a Roma, all'ora in cui c'è più traffico. E dappertutto c'erano soldati, aggrappati e ammonticchiati sui carri armati, sulle automobili, sui camion, seduti e in piedi, sempre con quell'aria di pazienza, di indifferenza e quasi noia, sempre masticando gomma, alcuni addirittura leggendo certi loro giornaletti pieni di figure. Tra una macchina e l'altra, intanto, sgattaiolavano motociclette con uno o due motociclisti tutti vestiti di cuoio, e questi erano i soli che andassero in fretta e potessero correre e parevano tanti cani pastori che si agitassero intorno a un enorme gregge lento e pigro. Io, vedendo questa processione di macchine così fitte che a gettare un soldo in mezzo ad esse non avrebbe toccato terra, mi meravigliai dentro di me che i tedeschi non approfittassero per venirci sopra con gli aeroplani e fare un macello. E questo più di tutto mi fece capire che i tedeschi ormai avevano perduto la guerra e non potevano più fare male, perché gli avevano tagliato le unghie e i denti che, in un esercito sono, appunto, i cannoni e gli aeroplani. E una volta di più compresi che cosa sia la guerra moderna. Non il corpo a corpo che avevo tanto ammirato nelle illustrazioni delle riviste del 1915, ma una cosa tutta lontana e indiretta: prima gli aeroplani e i cannoni facevano, a forza di bombe e di proiettili, la pulizia; quindi avanzava il grosso delle truppe le quali, però, di rado, venivano a contatto con il nemico e si limitavano ad andare avanti comodamente, sedute in automobile, il fucile tra gambe masticando gomma e leggendo giornaletti illustrati. Qualcuno mi disse poi che in certi luoghi queste truppe avevano avuto delle forti perdite. Ma mai contro altre truppe, bensì contro i cannoni che gli sparavano addosso cercando di fermarle.

Di attraversare o risalire questa strada non poteva essere questione, sarebbe stato come attraversare un fiume in piena nel punto che è più profondo. Così tornammo indietro con molti altri, e giunti ad una straduccia secondaria, prendemmo in direzione della città. Ci arrivammo in dieci minuti, ma anche qui vedemmo che non era il caso di fermarsi. Tutte le case erano per terra, in grandi mucchi di macerie; e dove non c'erano le macerie, c'erano vaste pozze d'acqua putrida; sul poco terreno sgombro, intanto, pullulavano e circolavano, mischiati, soldati americani, sfollati e contadini. Era come una fiera, soltanto non c'era niente da vendere né da comprare fuorché la speranza di giorni migliori e quelli che potevano vendere questa speranza, ossia gli americani, sembravano indifferenti e distanti e quelli che avrebbero voluto comprarla, i contadini e gli sfollati, pareva che non sapessero come farne l'acquisto. Giravano infatti, intorno agli americani interrogandoli in italiano e quelli non capivano e rispondevano in inglese e allora i contadini e gli sfollati se ne andavano delusi e dopo un poco ricominciavano con lo stesso risultato.

Davanti ad una casetta rimasta sana non si sa come, vidi un tafferuglio e mi avvicinai. Alcuni americani stavano al balcone al secondo piano e gettavano giù agli sfollati e ai contadini caramelle e sigarette e quelli si buttavano su questa roba, azzuffandosi nella polvere, che era proprio un'indecenza. Si vedeva benissimo che in fondo non gliene importava niente di quelle caramelle e di quelle sigarette e che, ciononostante, se le contendevano con tanto accanimento perché sentivano che gli americani si aspettavano da loro che si comportassero così. Insomma, si era già formata in quelle poche ore l'atmosfera che, in seguito ebbi modo di osservare a Roma per tutto il periodo che durò l'occupazione alleata: gli italiani chiedevano la roba per fare piacere agli americani e gli americani davano la roba per far piacere agli italiani; e nessuno dei due si rendeva conto di non far alcun piacere all'altro. E io penso che queste cose nessuno le vuole e avvengono da sé, come per tacito accordo. Gli americani erano i vincitori e gli italiani vinti e questo bastava.

Mi avvicinai ad una macchinetta militare ferma in mezzo a tutta quella folla; vi stavano seduti due soldati, uno rosso di capelli con le lentiggini e gli occhi azzurri e l'altro bruno giallo in faccia, con il naso pizzuto e la bocca sottile; e dissi loro: "Ditemi un po' come si fa per andare a Roma?" Il rosso manco ci guardò, masticava gomma e leggeva, assorto, un suo giornaletto; ma il bruno si frugò nelle tasche ed estrasse un pacchetto di sigarette. Io dissi: "Macché sigarette, non fumiamo noi, diteci soltanto se c'è un mezzo per andare a Roma?" "Roma?" ripeté il bruno alla fine. "Niente Roma" "E perché?" "Tedeschi a Roma." Intanto si frugava nelle tasche e questa volta ne estrasse le solite caramelle. Ma io rifiutai anche quelle e dissi "Se vuoi darci qualcosa dacci una pagnotta, che ce ne facciamo delle caramelle? Vuoi addolcirmi la bocca? Non ce la farai, resterà amara un bel pezzo." Lui non capì e quindi cavò da sotto il sedile una macchina fotografica e fece un gesto come per dirci che voleva prenderci la fotografia.

Questa volta perdetti la pazienza e gli gridai: "Ahò, vuoi forse fotografarci così stracciate e sozze che sembriamo due selvagge? Grazie tanto, rinfodera la tua macchina fotografica." Siccome, però, lui insisteva, gli presi la macchina dalle mani e gliela misi sul sedile come per dire: "Piantala." Questa volta lui capì e si voltò verso il compagno e gli parlò in inglese e quello gli rispose di malavoglia, senza alzare gli occhi dal giornale. Poi il bruno si voltò verso di noi e ci fece cenno di salire sulla macchina; noi ubbidimmo e allora il rosso, come svegliandosi, si attaccò al volante e mise in moto. La macchina partì come un razzo; tra la folla che si scansava, entrò nella città salendo sui monterozzi di macerie, attraversando le pozze; si vedeva che era una macchina militare che poteva andare in qualsiasi luogo. Il bruno, intanto, studiava i piedi di Rosetta che portava le ciocie, come me. Alla fine domandò: "Scarpe?" e si chinò a toccare le ciocie e poi con le mani, seguendo le cinghie delle ciocie, risalì su per il polpaccio. Io allora, gli diedi un colpo secco sulla mano dicendo: "Ahò, giù la mano.. sono ciocie sì, che c'è di speciale?... ma tu non te ne devi approfittare per mettere le mani addosso a mia figlia." Lui anche questa volta finse di non capire e, indicando la ciocia di Rosetta, prese la macchina fotografica e disse: "Fotografia?" Io dissi allora: "Le ciocie le portiamo ma non vogliamo che tu le fotografi. Perché, poi, magari, vai a casa tua e dici che noialtri italiani portiamo tutti le ciocie e non conosciamo le scarpe. A casa vostra voi ci avete i pellirosse e che diresti tu se li fotografassimo e poi dicessimo che voialtri americani state tutti quanti con le penne in testa, come tanti gallinacci? Ciociara sono e me ne vanto; ma per te sono italiana, romana o quello che vuoi e non stare a seccarmi con le tue fotografie." Alla fine lui comprese che non doveva insistere e ripose la macchina. Intanto, a balzelloni, ora passando sopra un monte di macerie e ora attraversando un lago di acqua sporca, la macchina aveva attraversato la città ed era arrivata nella piazza principale.

Qui c'era una folle enorme, sempre la stessa fiera, e soprattutto c'era folla intorno una casa che doveva essere il palazzo del comune e che per un miracolo non era diroccata: appena qualche buco e qualche scrostatura sulla facciata. Il rosso, che finora non aveva mai detto una parola e manco ci aveva guardate, ci fece cenno di scendere; ubbidimmo; il bruno scese anche lui, ci disse di aspettare e scomparve in mezzo alla folla. Tornò di lì ad un momento con un altro americano in uniforme, un giovanotto che pareva proprio italiano, bruno, con gli occhi sfavillanti e i denti bianchi e regolari. Questi disse subito "Io saccio parlare l'italiano" e cominciò a discorrerci in quello che lui credeva che fosse italiano ed era invece, tutt'al più un dialetto napoletano tra i più volgari, di quello che parlano gli scaricatori del porto a Napoli. Comunque ci capiva e si faceva capire e io gli dissi: "Noi due siamo di Roma e vogliamo andare a Roma. Tu devi insegnarci come possiamo fare per andare a Roma." Lui si mise a ridere con tutti quei suoi denti bianchissimi e poi rispose: "Il solo modo è che tu ti vesti da soldato e monti su un carro armato e combatti la battaglia che è in corso per prendere Roma." Ci rimasi male e dissi: "Ma non l'avete occupata voialtri Roma?" E lui: "No, ci sono ancora i tedeschi. E anche se l'avessimo occupata tu non potresti andarci fino a quando non vengano ordini in proposito. Senza ordini, nessuno può andare a Roma." Ci rimasi male e di nuovo gridai: "È questa la vostra liberazione? Morir di fame e stare senza casa come prima e peggio di prima?" Lui si strinse nelle spalle e poi disse che erano ragioni superiori, di guerra. Soggiunse però che, quanto a morir di fame, tutto era previsto affinché nei territori occupati da loro nessuno morisse di fame; in prova adesso mi avrebbe dato qualche cosa da mangiare. E infatti, sempre sorridendo con quei suoi denti sfavillanti, ci disse di seguirlo e così andammo dietro a lui in quella casa del comune e trovammo un finimondo da non si dire, con la gente che si pigiava e urlava e protestava in fondo ad uno stanzone bianco e vuoto dove c'era un banco lungo lungo. Dietro il banco c'erano alcuni di Fondi con dei bracciali bianchi sulle maniche; e sopra il banco, tanti mucchi di scatolame americano.

L'ufficiale italoamericano ci guidò fino al banco e con la sua autorità ci fece avere parecchie di quelle scatole. Ricordo che ci diede un sei o sette scatole di carne con verdura, un paio di pesce, e una grande scatola tonda, del peso di almeno un chilo, di marmellata di prugne. Insomma mettemmo lo scatolame dentro la valigia e riuscimmo fuori a spinte e urtoni. Quei due della macchina erano già scomparsi. L'ufficiale ci fece un bel saluto militare, sorridendo, e quindi se ne andò.

Prendemmo a girare tra la folla, senza scopo, come tutti gli altri. Ora, con quelle scatole nella valigia, mi sentivo più tranquilla, perché mangiare è la prima condizione; e così mi divertivo a guardare lo spettacolo di Fondi liberata. Potei, così, notare alcune cose che mi fecero capire che la situazione non era come ce l'eravamo figurata noialtri lassù a Sant'Eufemia, mentre aspettavamo l'arrivo degli alleati. Intanto, quella famosa abbondanza di cui tutti parlavano non c'era. Gli americani davano sì sigarette e caramelle di cui sembrava che avessero veramente una gran riserva; ma per il resto, già lo si vedeva, stavano attenti. E poi il contegno di questi americani, dico la verità, mi piaceva poco. Erano gentili, questo sì, e perciò da preferirli in tutti i casi ai tedeschi che di gentilezza certo non abusavano; ma la loro gentilezza era indifferente, distante e, insomma, ci trattavano come tanti ragazzini che danno fastidio ai grandi e perciò bisogna farli star buoni, appunto, con le caramelle. E qualche volta non erano neppure gentili. Per darne un'idea, riferirò un incidente al quale assistei. Per entrare a Fondi città bisognava avere un lasciapassare o comunque per lo meno essere addetti ai lavori che italiani e americani già stavano facendo per rimediare al macello dei bombardamenti. Per caso, ci trovammo, Rosetta ed io, sul punto della strada maestra dove c'era un posto di blocco, con due soldati e un sergente. Ecco avvicinarsi due italiani, due signori, lo si vedeva dai modi benché fossero tutti e due stracciati anche loro. Uno di loro, un vecchio dai capelli bianchi, disse al sergente: "Siamo due ingegneri e il comando alleato ci ha detto di presentarci oggi per quei lavori." Il sergente, un tipo gagliardo dalla faccia che sembrava un pugno chiuso, tutta nuda e bozzuta, disse: "Dov'è il permesso?" Quei due si guardarono in faccia; il vecchio disse: "Non abbiamo permesso... ci hanno detto di presentarci..." Il sergente allora, con cattive maniere, cominciò ad urlare: "E voi vi presentate a quest'ora? Dovevate presentarvi stamane alle sette, con tutti gli altri operai." "Ce l'hanno detto poco fa," disse il più giovane, un uomo sui quarant'anni, magro e distinto, nervosissimo, il quale aveva come un tic che gli faceva storcere ogni tanto la testa da una parte, come se avesse avuto il torcicollo. "Bugie, siete dei bugiardi." "Guardi come parla," disse il più giovane risentito, "questo signore ed io siamo due ingegneri e..." avrebbe voluto continuare ma il sergente lo interruppe con queste belle parole: "Zitto, tu, zitto, stronzo, o se no ti do due schiaffoni che ti faranno chiudere il becco." Quell'ingegnere più giovane, come ho detto, doveva essere proprio un nevrastenico e queste parole gli fecero lo stesso effetto che se quei due schiaffoni li avesse ricevuti sul serio. Diventò bianco come la carta e pensai per un momento che volesse ammazzare il sergente. Per fortuna, il vecchio si interpose, conciliante e, insomma, tra una cosa e l'altra, finirono per passare e per andarsene. Di questi incidenti ne vidi parecchi quel giorno. E debbo dire una cosa: che erano sempre provocati da quei soldati americani che invece erano italoamericani. I veri americani inglesi, dico quelli alti, biondi e magri, si comportavano in maniera diversa, distanti, sì, ma educati e rispettosi. Ma questi italoamericani erano proprio dei disgraziati e con loro non si sapeva mai come regolarsi. Sia che, sentendosi fin troppo simili agli italiani, volessero convincersi che erano diversi e migliori e, per distinguersi, li trattassero male; sia che ci avessero una ruggine contro l'Italia da cui erano scappati in America nudi e zingarelli; sia che in America fossero considerati niente e qui volessero farsi valere una volta tanto in vita loro; insomma, fatto sta che erano i più sgarbati o, se si preferisce, i meno gentili. E tutte le volte che ho dovuto chiedere qualche cosa agli americani ho sempre pregato Iddio di avere a che fare con un americano magari di razza mora ma non con un italoamericano. Oltre tutto, poi, ci tenevano a dire che parlavano l'italiano e invece parlavano tutti quanti certi dialetti della bassa bassa Italia, come dire calabrese o siciliano o napoletano, che era bravo chi li capiva. A conoscerli meglio, si sa, si scopriva che erano, dopo tutto, brava gente. Ma il primo incontro, sempre, era sgradevole.

Basta, giracchiammo ancora un poco tra le macerie, in mezzo alla folla degli italiani e dei soldati, e poi ce ne andammo lungo la strada maestra dove c'erano ancora parecchie case intatte, perché i bombardamenti avevano colpito soprattutto la città. Là dove la montagna si spingeva dentro la pianura come uno spigolo e la strada le girava intorno con una curva, vedemmo ad un tratto una casetta. La porta era aperta e dissi a Rosetta: "Vediamo se per stanotte possiamo sistemarci là dentro." Salimmo tre gradini e trovammo una sola stanza completamente vuota. Forse le pareti una volta erano state imbiancate; ma adesso erano zozze peggio di quelle di una stalla.

Tra le macchie come di nerofumo e le scrostature e i buchi, c'erano pure parecchi disegni fatti con il carbone, di donne nude, di facce di donne, e d'altre cose che non dico: le solite porcherie che dipingono i soldati sopra i muri. In un angolo, in terra, un mucchio di cenere e molti tizzoni spenti e neri indicavano che ci avevano fatto il fuoco. Le due finestre non avevano vetri e non c'era che una sola persiana; mi sa che quei tizzi fossero i resti dell'altra. Insomma, dissi a Rosetta che, per due o tre notti, ci conveniva accomodarci qui; avevo veduto da una finestra un pagliaio in un campo non tanto lontano, avremmo portato un mucchio di quella paglia e ci avremmo fatto bene o male, un giaciglio. Coperte e lenzuola non ne avevamo ma ormai faceva caldo e avremmo dormito vestite.

Detto e fatto, demmo una pulita alla stanza, alla meglio, togliendo il grosso del sudiciume e poi andammo nel campo e ne riportammo una quantità di paglia sufficiente per fare un letto. Dissi poi a Rosetta: "Strano però che nessuno ci abbia pensato prima di noi a mettersi in questa casetta." La spiegazione di questa stranezza l'avemmo di lì a pochi minuti andando a passeggiare per la strada, a ridosso della montagna. A pochissima distanza dalla casa, c'era come uno slargo e c'era un gruppo di alberi. Ebbene, scoprimmo che in quello slargo gli americani avevano sistemato tre cannoni così grossi come poi, del resto della guerra, non ne ho mai più visto gli eguali. Erano puntati verso il cielo, e avevano i fusti davvero enormi, larghi come tronchi in fondo e poi sempre più affusolati su su fino alle bocche, dipinti di verde bottiglia ed erano tanto lunghi che scomparivano tra il fogliame di quei grandi platani sotto i quali stavano appiattati. Montati su ruote a cingoli, avevano alla base quadranti pieni di rotelle, di bottoni e di manubri, da far pensare che fosse complicatissimo maneggiarli; e tutt'intorno c'erano non so quanti camion e vagoni blindati nei quali, come ci dissero certi contadini che stavano anche loro a guardare, c'erano i proiettili che, a giudicare dai cannoni, dovevano essere anch'essi grossissimi. I soldati che servivano questi cannoni, stavano intorno quali sdraiati sull'erba, a pancia all'aria, quali appollaiati sui cannoni stessi, tutti in maniche di camicia, tutti giovani e noncuranti, come se fossero per una scampagnata e non per fare la guerra, chi fumando, chi masticando gomma, chi leggendo qualche giornaletto. E uno di quei contadini ci spiegò che quei soldati avevano avvisato che tutti coloro che restavano nelle casette, in prossimità dei cannoni, lo facevano a loro rischio e pericolo perché c'era sempre il caso che i tedeschi contrattaccassero con qualche bombardamento e colpissero i cannoni e allora tutte quelle munizioni potevano saltare in aria ammazzando quanti si trovavano nel raggio di un centinaio di metri. Adesso capivo perché, con quella penuria di case che c'era a Fondi la nostra casetta fosse rimasta vuota; e dissi: "Mi sa che siamo cascati come si dice, dalla padella alla brace. Qui c'è il caso di saltare in aria insieme con questi giovanotti." Ma c'era il sole, c'era quella flemma dei soldati che se ne stavano in maniche di camicia sull'erba, c'erano tutto quel verde e quell'aria dolce della bella giornata e pareva davvero impossibile che si potesse morire; e così aggiunsi: "Be', non me ne importa, non siamo morte finora, non moriremo neppure questa volta. Resteremo nella casetta." Rosetta che faceva sempre quello che volevo io, disse che non gliene importava: la Madonna ci aveva protette finora, avrebbe continuato a proteggerci. E così riprendemmo la passeggiata con animo del tutto tranquillo.

Era veramente come se fosse stata domenica e ci fosse stata la fiera e tutti avessero voluto assaporare in santa pace la bella giornata di festa. La strada era piena di contadini e di soldati e tutti fumavano sigarette e mangiavano caramelle americane e si godevano il sole e la libertà come se fossero state una sola cosa, e il sole senza la libertà non avesse avuto né luce né colore e la libertà non ci fosse stata finché era durato l'inverno e il sole era rimasto nascosto tra le nuvole. Tutto era naturale, insomma, come se quello che era accaduto fin allora fosse stato contro natura; e finalmente, dopo tanto tempo, la natura avesse ripreso il sopravvento. Parlammo con varia gente e tutti dicevano che gli americani avevano distribuito i viveri e che già si parlava di ricostruire Fondi e di farne una città più bella di prima e che ormai il brutto era finito e non c'era da temere più niente. Rosetta, adesso però, mi tormentava per sapere di Michele, perché le era restata, pur in tanta gioia, quella spina nel cuore; e io ne domandai a parecchie persone ma nessuno sapeva niente. Adesso che i tedeschi se ne erano andati nessuno voleva più pensare a cose tristi, proprio come me che, partendo via da Sant'Eufemia, avevo avuto paura di andare a salutare Filippo il quale, tra tutti quanti, era il solo che non poteva rallegrarsi. La gente diceva: "Filippo? Quello starà già organizzando la borsa nera a quest'ora." Del figlio nessuno poteva dir nulla, tutti lo chiamavano lo studente e, da quanto capii, lo consideravano uno sfaccendato e uno stravagante.

Quel giorno mangiammo una di quelle scatole di carne e verdura americane con un po' di pane che ci diede un contadino; e poi, siccome il caldo era forte e non avevamo niente da fare ed eravamo stanche morte, andammo nella casetta, chiudemmo la porta e ci buttammo sulla paglia per dormire. Fummo svegliate ad un tratto, tardi nel pomeriggio, da un'esplosione fortissima: le pareti tremavano come se non fossero state di mattoni ma di carta. Rimasi dapprima in forse sull'origine di quest'esplosione e poi, dopo cinque minuti, eccone un'altra, non meno violenta e allora capii: i cannoni americani, lì a cinquanta passi da noi, erano entrati in azione. Benché avessimo dormito qualche ora, eravamo ancora molto stanche e così restammo distese nell'angolo della stanza, abbracciate sulla paglia, intontite e incapaci persino di parlare. Il cannone continuò a sparare per tutto il pomeriggio. Dopo la prima sorpresa, io avevo ripigliato a sonnecchiare e così, nonostante la violenza terribile delle esplosioni, quel cannone lo sentivo come in un dormiveglia, e i botti si mescolavano stranamente alle mie riflessioni e queste, per così dire, seguivano il ritmo dei botti. Era regolare, il cannone, insomma: e i miei pensieri si adattarono presto a questa regolarità e non furono più disturbati dal fracasso. Prima c'era un'esplosione violentissima, profonda, rauca e straziante, come se la terra stessa avesse vomitato il colpo; tutte le pareti tremavano e pezzetti di calce si staccavano dal soffitto e ci cadevano addosso. Quindi si rifaceva il silenzio, ma per poco e tutto ad un tratto ecco una nuova esplosione a far tremare di nuovo le pareti e a far cascare la calcina dal soffitto. Rosetta non diceva nulla e si stringeva contro di me; ma io pensavo, e non potevo fare a meno di pensare, sia pure con un pensiero carico di sonno e ad occhi chiusi. Dico la verità, ognuna di quelle esplosioni mi riempiva di gioia; e questa gioia cresceva ad ogni esplosione. Pensavo che quei cannoni sparavano sui tedeschi e sui fascisti e adesso mi accorgevo, per la prima volta, di odiare tedeschi e fascisti e quelle esplosioni mi parevano non di cannoni ma di qualche forza naturale come il tuono o la valanga. Quelle cannonate così regolari, così monotone e così ostinate, pensavo, mettevano in fuga l'inverno e i dolori e i pericoli e la guerra e la carestia e la fame e tutte le altre brutte cose che tedeschi e fascisti ci avevano fatto piovere sulla testa per tanti anni. Pensavo: "Cari cannoni"; pensavo "cannoni benedetti"; pensavo: "cannoni d'oro"; accoglievo ogni esplosione con un sentimento di gioia che mi faceva trasalire per tutto il corpo; e ogni silenzio quasi con paura perché temevo che i cannoni non sparassero più. A occhi chiusi, mi pareva di vedere un grandissimo salone, come l'avevo visto tante volte nei giornali, un salone con tante belle colonne e tante pitture e questo salone era tutto pieno di fascisti con la camicia nera e di nazisti con la camicia gialla, tutti irrigiditi, come dicevano i giornali, sull'attenti. E dietro una grandissima tavola c'era Mussolini, con quella facciona larga, quegli occhiacci, quei labbroni, pettoruto e coperto di medaglie, con un pennacchio bianco sulla testa; e accanto a lui c'era quell'altro disgraziato e figlio di mignotta del suo amico Hitler, con quella faccia di iettatore e di cornuto, con quei baffetti neri che sembravano uno spazzolino da denti e quegli occhi da pesce fradicio e quel naso pizzuto e quel ciuffo da bullo prepotente sulla fronte. Io vedevo questo salone come l'avevo sempre veduto nelle fotografie; e potevo vedere ogni particolare, come se ci fossi stata: quei due dietro la tavola, ritti in piedi; e ai due lati della tavola fascisti e nazisti, a destra i fascisti, tutti neri, disgraziati, sempre neri, con la testa di morto bianca sopra i berrettoni neri; a sinistra i nazisti, come li avevo veduti a Roma, con le camicie gialle, il bracciale rosso con quella croce nera che pareva un insettaccio che corresse con le quattro zampe, le facce grasse ombreggiate dalla visiera della calottina, le pance insaccate dentro i pantaloni alla scudiera. Io guardavo, guardavo e guardavo e mi godevo tutte quelle facce di impuniti e disgraziati e figli di mignotte e cornuti e poi, tutto ad un tratto, col pensiero andavo ad uno di quei cannoni che stavano accanto alla casetta, sotto i platani e vedevo allora un soldato americano che non era affatto irrigidito sull'attenti e non aveva croci uncinate, né camicia nera o gialla né teste di morto sul berretto, né pugnaletto infilato alla cintura, né stivaloni luccicanti, né tutte le altre fregnacce di cui si ornavano i tedeschi e i fascisti, ma era vestito semplicemente e, siccome era caldo, ci aveva le maniche della camicia rimboccate sulle braccia. E questo giovanotto americano, calmo calmo, masticando la gomma, prendeva senza fretta tra le braccia un proiettile enorme e lo infilava nella culotta del cannone e poi manovrava le leve sul quadrante e tutto ad un tratto il cannone sparava, fremendo tutto e facendo come un salto indietro e allora nel sogno entrava il fracasso del cannone vero che sparava veramente e il sogno non era più sogno ma realtà. E io seguivo col pensiero quel proiettile mentre fischiando e miagolando fendeva l'aria e poi lo vedevo piombare ad un tratto nel salone facendo saltare in aria fascisti e nazisti, Hitler e Mussolini, con tutte le loro teste di morto, i loro pennacchi, le loro croci, i loro pugnaletti e i loro stivali. E quest'esplosione mi dava una gioia profonda e io capivo che questa gioia non era buona perché era la gioia dell'odio ma non potevo farci niente, si vede che io avevo odiato tutto il tempo fascisti e nazisti, senza saperlo, e adesso che il cannone sparava su di loro, io ero contenta. E così, da un'esplosione all'altra, io andavo e venivo, col pensiero, dal salone al cannone e da questo di nuovo al salone e ogni volta rivedevo le facce di Mussolini e di Hitler e dei fascisti e dei nazisti e poi quella dell'artigliere americano e ogni volta riprovavo quella stessa gioia e non ne ero mai sazia. E dopo, in seguito, ho sempre sentito parlare tanto di liberazione, e ho capito che la liberazione ci fu davvero perché io quel pomeriggio la sentii come si sente un fatto fisico, come si sente di star bene dopo che si è stati legati e poi si viene slegati; come si sente di essere liberi dopo che si è stati rinchiusi in una stanza sotto chiave e tutto ad un tratto ti aprono la porta. E quel cannone che sparava sui nazisti, con tutto che fosse un cannone in tutto simile ai cannoni che i nazisti a loro volta adoperavano per sparare sugli americani, per me è stata la liberazione: qualche cosa che aveva una forza benedetta più forte della loro forza maledetta, qualche cosa che gli faceva paura dopo che loro avevano fatto tanta paura a tutti, qualche cosa che li distruggeva dopo che loro avevano distrutto tanta gente e tante città. Quel cannone sparava sui nazisti e sui fascisti e ogni colpo che sparava era un colpo su quella prigione di bugie e di paura che loro avevano costruito in tanti anni e questa prigione era grande come il cielo e adesso crollava d'ogni parte sotto i colpi di quel cannone e tutti potevano adesso respirare, perfino loro, i fascisti e i nazisti, che presto non sarebbero più stati costretti ad essere fascisti e nazisti ma sarebbero tornati ad essere uomini come tutti gli altri. Sì, io quella sera ho sentito la liberazione in questo modo e benché, in seguito, questa liberazione abbia significato tante altre cose non tanto belle anzi spesso molto brutte, io mi ricorderò sempre, finché campo, di quel pomeriggio e di quel cannone e di come mi sentii davvero liberata e sentii la liberazione come una felicità che mi fece persino godere della morte che quel cannone apportava e mi fece odiare per la prima e sola volta in vita mia e mi fece mio malgrado gioire della distruzione altrui con lo stesso sentimento con il quale si gioisce dell'arrivo della primavera e dei fiori e del bel tempo.

Così passai quel pomeriggio, dormendo o meglio sonnecchiando, con quella ninna nanna così tremenda del cannone più dolce alle mie orecchie di quella che mi cantava mia madre per farmi addormentare, quando ero bambina. La casa tremava ad ogni esplosione, l'intonaco cadeva a pezzi sulla mia testa e sul mio corpo, la paglia pungeva e il pavimento sotto la paglia era duro, eppure quelle furono tra le più belle ore della mia vita, posso dirlo oggi con piena coscienza. Ogni tanto, se chiudevo gli occhi e guardavo alla finestra senza vetri, vedevo le fronde verdeggianti di un platano illuminate dalla bella luce di maggio; poi questa luce si abbassò e le fronde si fecero più scure e meno luminose e il cannone continuava a sparare e io mi stringevo forte contro Rosetta e mi sentivo felice. Tanta era la stanchezza e l'intontimento che, nonostante quel cannoneggiamento dormii per almeno un'ora, di un sonno nero e pesante e poi mi svegliai e di nuovo sentii che il cannone rimbombava là di fuori e capii che durante quell'ora il cannone non aveva mai cessato di sparare e mi sentii di nuovo felice. Alla fine, verso l'imbrunire, quando la stanza era ormai quasi buia improvvisamente il cannone tacque. Subentrò un silenzio che pareva intormentito per i tanti colpi sparati, un silenzio che, notai, era fatto dei rumori normali della vita: una campanella di chiesa che suonava in qualche parte, qualche voce di gente che passava sulla strada, un cane che abbaiava, un bue che muggiva. Noi restammo ancora mezz'ora abbracciate, mezzo assopite e quindi ci alzammo e uscimmo fuori. Era già notte, ormai, con il cielo pieno di stelle e l'odore forte dell'erba tagliata per l'aria dolce e senza vento. Ma dalla via Appia, poco lontana, continuava a giungere un fragore di ferraglia e di motori: l'avanzata continuava.

Mangiammo ancora una scatoletta con un po' di pane e quindi ci ributtammo sulla paglia e ripigliammo subito a dormire, abbracciate strette, senza cannone questa volta. Non so quanto dormimmo, forse quattro o cinque ore, forse più. So soltanto che improvvisamente balzai a sedere, atterrita: la stanza era piena di una luce verde, intensissima, vibrante, tutto era verde, le pareti, il soffitto, la paglia, la faccia di Rosetta, la porta, il pavimento. Questa luce pareva farsi ogni istante più intensa, come certi dolori fisici che si fanno ad ogni istante più acuti e sembra impossibile che possano crescere, tanto sono già forti e intollerabili. Quindi, improvvisamente, la luce si spense e, nel buio, udii quel maledetto urlo della sirena degli allarmi che non avevo più sentito dal tempo di Roma: e allora capii che era un bombardamento aereo. Fu un attimo, gridai a Rosetta: "Presto, scappiamo dalla casa!" e nello stesso tempo udii gli scoppi delle bombe, violentissimi, che cascavano vicine, e tra gli scoppi, il fragore arrabbiato degli aeroplani e le esplosioni secche della contraerea.

Presi Rosetta per mano e mi precipitai fuori della casa. Era notte, ma sembrava giorno per via di una luce rossa che investiva la casa, gli alberi e il cielo. Poi ci fu un bottaccio spaventoso: una bomba era caduta dietro la casa e lo spostamento d'aria che sentii nella gonna, come se una bocca enorme ci avesse soffiato dentro incollandomela alle gambe, mi fece pensare che ero stata colpita e forse già morta. Invece correvo, trascinando Rosetta per mano, attraverso un campo di grano; e poi sentii che incespicavo e andavo dentro l'acqua fino al ginocchio. Era un fossato pieno colmo e quel freddo dell'acqua mi calmò un poco e stetti ferma nell'acqua che adesso mi arrivava al ventre, stringendo Rosetta al petto, mentre intorno a noi quella luce rossa danzava e nella luce si vedevano le case di Fondi, rovinate, con tutti i loro colori e il loro profilo, come di giorno e per la campagna intorno continuavano i botti vicini e lontani. Il cielo, sopra di noi, era tutto una fioritura di nuvolette bianche, il tiro della contraerea; e tra tutto quel finimondo, continuava lo sferragliamento rauco e rabbioso degli aeroplani che volavano bassi e scaricavano le loro bombe. Alla fine ci fu un'ultima esplosione, più forte di tutte, come se il cielo fosse stato una stanza e qualcuno avesse sbattuto con forza la porta prima di andarsene; e poi quel chiarore rosso si spense quasi del tutto, salvo che in un angolo dell'orizzonte dove c'era forse un incendio quindi anche il fracasso degli aeroplani si attenuò e cessò nella lontananza e la contraerea tirò ancora qualche colpo e poi non ci fu più niente.

Io dissi a Rosetta, appena la notte fu tornata nera e silenziosa e le stelle furono riapparse nel cielo sulle nostre teste: "Qui non ci conviene di tornare alla casetta... c'è il caso che quei figli di mignotte ricomincino con le loro bombe e allora questa volta ci ammazzano davvero. Restiamo qui, per lo meno non ci cascherà la casa sulla testa." Così uscimmo dall'acqua e ci buttammo distese tra il grano, accanto al fossato. Non dormimmo però, o meglio sonnecchiammo di nuovo, ma non così felici come nella casa mentre il cannone sparava. La notte era piena di rumori, si sentivano grida lontane, urla, sferragliare di motori e scalpiccii di piedi e non so quanti altri suoni strani. La notte era inquieta e io pensai che fosse piena di morti e di feriti per le bombe gettate dai tedeschi e adesso gli americani correvano di qua e di là per raccogliere questi morti e questi feriti. Finalmente ci assopimmo e poi ci svegliammo ad un tratto nella luce grigia dell'alba; e vedemmo che eravamo coricate tra il grano; e accanto alla mia faccia c'erano gli steli alti e gialli; e tra gli steli alcuni papaveri di un rosso tanto bello; e il cielo sopra la mia testa era bianco e freddo, con alcune stelle d'oro chiaro che brillavano ancora. Guardai Rosetta che mi stava distesa accanto e tuttora dormiva; e vidi che aveva il viso tutto sbaffato di fango nero e secco e anche le gambe e la gonna erano nere di fango fin quasi al ventre e così pure le mie gambe e la mia gonna. Mi sentivo, però riposata perché, tra una cosa e l'altra, non avevo fatto che dormire dalle prime ore del pomeriggio del giorno prima fin adesso. Dissi a Rosetta: "Vuoi che ci muoviamo?" ma lei mormorò qualche cosa che non capii e si girò con tutto il corpo e mi mise la faccia in grembo abbracciandomi i fianchi con le due braccia. Così mi distesi anch'io benché non avessi più sonno; e me ne rimasi lì, col grano che si alzava tutt'intorno a noi, gli occhi chiusi, aspettando che lei avesse finito di dormire.

Si svegliò, finalmente, a giorno fatto. Ma come ci alzammo a fatica dal nostro letto di grano e ci affacciammo al disopra del campo per guardare in direzione della casetta, scoprimmo che, per quanto guardassimo, la casetta non c'era più. Alla fine, a forza di guardare, vidi un monticello di macerie, al margine del campo, là dove ricordavo benissimo che c'era stata la casa. Dissi a Rosetta: "Hai visto, se restavamo nella casa saremmo morte." Lei rispose con voce calma, senza muoversi: "Forse sarebbe stato meglio, mamma." Io la guardai e vidi allora che aveva un viso stranito e disperato e le dissi con subitanea decisione: "Oggi stesso noi andiamo via di qui, in tutti i modi." Lei domandò: "E come?" E io: "Dobbiamo andare via e andremo."

Intanto, però, andammo a guardare la casetta e vedemmo che la bomba era scoppiata proprio accosto, spingendola tutta quanta sulla strada che, infatti, era ingombrata dalle macerie per quasi tutta la sua larghezza. La bomba aveva fatto una grande buca superficiale e slabbrata, di terra bruna e fresca, mescolata di erbe strappate e, nel fondo, c'era già una pozza giallastra. Così adesso eravamo senza casa e quel che era peggio anche le nostre valigie, con quel poco che possedevamo, erano rimaste sotto le macerie. Mi sentii, ad un tratto, proprio disperata e non sapendo che fare sedetti sulle rovine guardando davanti a me. La strada, come il giorno prima, brulicava di soldati e di sfollati, ma tutti tiravano diritto senza guardarci né guardare alle macerie: roba normale, ormai, e non c'era da farci caso. Poi un contadino si fermò e ci salutò: era uno di Fondi che avevo conosciuto quando scendevo da Sant'Eufemia in cerca di provviste. Lui ci disse che erano stati i tedeschi a fare quel bombardamento durante la notte e ci disse pure che c'erano stati una cinquantina di morti, trenta tra i soldati e una ventina tra gli italiani. Ci disse pure il caso di una famiglia di sfollati che aveva passato quasi un anno in montagna, come noi, e poi era discesa abbasso al momento dell'arrivo degli alleati e si era messa in una casetta sulla strada, a poca distanza dalla nostra: una bomba aveva preso in pieno quella casetta ammazzando tutti quanti: moglie, marito e quattro figli. Io ascoltavo queste cose senza dir nulla e così Rosetta. In altri tempi avrei esclamato: "Ma come? E perché? Poveretti. Guarda un po' che fatalità." Ma adesso non me la sentivo di dir nulla. In realtà le nostre disgrazie ci rendevano indifferenti alle disgrazie degli altri. E in seguito ho pensato che questo è certamente uno dei peggiori effetti della guerra: di rendere insensibili, di indurire il cuore, di ammazzare la pietà.

Così passammo la mattinata sedute sulle macerie della casa, inebetite e incapaci di pensare a niente. Eravamo talmente intontite, in una maniera stupefatta e dolorosa, che non avevamo neppure la forza di rispondere ai numerosi soldati e contadini che ci rivolgevano la parola, passandoci davanti. Ricordo che un soldato americano, vedendo Rosetta seduta sui sassi, immobile e attonita, sostò a parlarle. Lei non rispondeva e lo guardava; lui prima le parlò in inglese, poi in italiano; alla fine si tolse dalla tasca una sigaretta, gliel'infilò in bocca e se ne andò. E Rosetta restò com'era, con il viso sbaffato di fango nero e secco e quella sigaretta in bocca, penzolante dalle labbra, che sarebbe stato perfino una cosa comica se non fosse stato soprattutto triste. Poi venne mezzogiorno e allora, con sforzo supremo, decisi che dovevamo far qualche cosa, se non altro per mangiare, perché mangiare pure dovevamo; e dissi a Rosetta che saremmo tornate a Fondi e avremmo cercato quell'ufficiale americano che parlava napoletano e sembrava avere simpatia per noi. Pian piano, camminando svogliate, ce ne tornammo così in città. Qui c'era la solita fiera tra i mucchi dei calcinacci, le pozze d'acqua, le camionette e le autoblinde, con i poliziotti americani che, ai quadrivi, si sbracciavano per dare una direzione a tutta quella folla inerte e derelitta. Arrivammo alla piazza e io andai all'edificio del comune dove, come il giorno prima, c'erano la solita folla che tumultuava e la solita distribuzione dei viveri. Questa volta, però, c'era un po' più di ordine: i poliziotti avevano fatto fare alla folla tre file che facevano capo ciascuna a un americano ritto dietro il banco sul quale stava accatastato lo scatolame; accanto a ciascun americano c'era un italiano con un bracciale bianco, gente del comune, incaricati di aiutare la distribuzione. Vidi tra gli altri, dietro il banco, l'ufficiale americano che cercavo e dissi a Rosetta che ci saremmo messi nella fila che faceva capo a lui: così avremmo potuto parlargli. Aspettammo un bel po', in fila con tutta quella povera gente, finalmente venne il nostro turno. L'ufficiale ci riconobbe e ci sorrise e con tutti i suoi denti sfavillanti: "Come va, non siete ancora partite per Roma?"

Dissi indicandogli i vestiti miei e di Rosetta: "Guarda come siamo conciate."

Lui ci guardò e capì subito: "Il bombardamento di stanotte?"

"Già, e non abbiamo più nulla. Le bombe hanno distrutto la casetta dove abitavamo e le nostre valigie sono rimaste sotto le macerie insieme con lo scatolame che tu ci avevi dato."

Lui adesso non sorrideva più. Soprattutto Rosetta, con quel suo viso dolce tutto sbaffato di fango secco, toglieva la voglia di sorridere. "Viveri posso darvene, come ieri," disse, "e anche qualche capo di vestiario. Ma non posso fare altro purtroppo."

"Facci tornare a Roma," dissi, "lì abbiamo la casa e la roba e tutto quanto."

Ma lui rispose come il giorno prima: "A Roma non ci siamo ancora arrivati noialtri, come potresti andarci tu?"

Io non dissi nulla, ammutolii. Lui tolse dal mucchio alcune scatolette, ce le diede e poi disse ad uno di quegli italiani col bracciale che ci accompagnasse in un altro luogo dove distribuivano effetti di vestiario. Tutto ad un tratto, sul punto di lasciarlo e di seguire l'italiano, dissi, non so neppure io perché: "Io ho i miei genitori in un paese vicino a Vallecorsa o meglio li avevo perché adesso non so dove sono andati. Fà in modo, almeno di farci arrivare al mio paese. Lì conosco tutti e anche se non ci sono i miei genitori, troverò modo di sistemarmi."

Lui mi guardò e rispose, gentile ma fermo: "Non è possibile che, per spostarvi, vi serviate dei mezzi dell'esercito. È proibito. Soltanto gli italiani che lavorano per l'esercito americano possono servirsi dei nostri mezzi e soltanto per ragioni di servizio. Mi dispiace ma non posso fare niente per voi." Detto questo, si voltò verso altre due donne che stavano dietro di noi e io capii che lui non aveva più nulla da dirci e seguii fuori l'italiano dal bracciale.

Una volta in istrada, l'italiano che aveva udito i nostri discorsi, ci disse: "C'è stato proprio ieri il caso di due sfollati, moglie e marito, che sono stati fatti rientrare al paese loro con una macchina dell'esercito. Ma hanno potuto dimostrare che hanno dato ospitalità durante l'inverno ad un prigioniero inglese. Per premiarli hanno fatto un'eccezione alla regola e li hanno fatti rientrare al paese loro. Se voi due aveste fatto lo stesso, credo che non vi sarebbe difficile raggiungere Vallecorsa."

Rosetta che finora non aveva detto nulla, esclamò improvvisamente: "Mamma, ti ricordi, i due inglesi. Potremmo dire che abbiamo ospitato quelli."

Ora, per una combinazione, quegli inglesi, prima di lasciarci, mi avevano dato un biglietto scritto nella loro lingua e firmato da tutti e due e io l'avevo messo in saccoccia, accanto ai denari. Adesso di denari ce n'erano rimasti pochi ma il biglietto doveva essere sempre là. Me l'ero dimenticato; ma alle parole di Rosetta mi affrettai a frugare in tasca e infatti lo trovai. I due inglesi mi avevano pregata, appena fossero arrivate le loro truppe, di consegnare il biglietto ad un ufficiale. Dissi, con gioia: "Ma allora siamo salve," e spiegai all'italiano la storia dei due inglesi e come noi due fossimo state le sole a dare loro ospitalità il giorno di Natale perché tutti gli altri sfollati avevano paura di aiutarli e come loro erano ripartiti il giorno dopo e quel mattino stesso erano venuti i tedeschi per cercarli. L'italiano disse: "Adesso venite con me a prendere quei pochi panni. Poi andiamo al Comando e vedrete che otterrete tutto quello che volete."

Insomma, andammo in un'altra casa dove c'era la distribuzione dei vestiti e lì ci diedero un paio di scarpe da uomo, basse con la gomma sotto e delle calze verdi a mezza gamba e una gonna e un corpetto dello stesso colore per ciascuna. Erano i vestiti che portavano le donne del loro esercito e noi fummo contente di indossarli perché ormai i nostri vestiti erano ridotti a degli stracci ed erano tutti sporchi di fango seccato. Avevamo ricevuto anche un pezzo di sapone e ne approfittammo per lavarci la faccia e le mani e io mi pettinai e così anche Rosetta; così adesso eravamo quasi presentabili e quell'italiano ci disse: "Brave, adesso sembrate due persone civili, prima parevate due selvagge. Venite con me al Comando."

Il Comando stava in un'altra casa. Andammo su per una scala e dappertutto c'erano poliziotti dell'esercito che domandavano dove si andasse e si informavano e controllavano. Da una rampa all'altra, in un andirivieni di soldati e di italiani, giungemmo all'ultimo piano. Qui, quell'italiano andò a parlare con un soldato che stava di guardia davanti una porta e poi venne da noi e disse: "Non soltanto si interessano alla cosa ma vi riceveranno subito. Mettetevi su questo canapè e aspettate."

Aspettammo poco. Appena cinque minuti erano passati che

il soldato andò dentro e poi venne a chiamarci e ci introdusse nella stanza.

Questa stanza era del tutto vuota, salvo una scrivania dietro la quale sedeva un uomo biondo, di mezza età, con i baffi rossi a spazzola, gli occhi cerulei e la faccia semolata, corpulento e allegro. Era in divisa e non conosco i loro gradi ma poi seppi che era un maggiore. C'erano due seggiole davanti la scrivania; e lui, con cortesia, alzandosi quando entrammo, ci invitò a sederci e poi sedette dopo di noi. "Volete fumare?" ci domandò in buon italiano, offrendoci il pacchetto delle sigarette. Rifiutai e lui subito incominciò: "Mi è stato detto che avete un biglietto per me."

Dissi: "Eccolo" e glielo porsi. Lui lo prese e lo lesse due o tre volte, con molta attenzione e quindi, con una faccia seria, guardandomi fisso, disse: "Questo biglietto è molto importante e voi ci date delle informazioni preziose. Noi eravamo senza notizie di questi due militari da molto tempo e vi siamo molto grati per quanto avete fatto per loro. Ditemi un po', adesso, com'erano quei due?"

Glieli descrissi, come potevo: "Uno biondo, piccolo con la barba a punta. Uno alto e magro, bruno, con gli occhi azzurri."

"Che vestiti indossavano?"

"Giacche a vento, mi pare, di incerato nero e pantaloni lunghi."

"Avevano i berretti?"

"Sì, avevano una specie di berretto militare."

"Erano armati?"

"Sì, ci avevano le pistole. Me le fecero vedere."

"E che volevano fare quando vi lasciarono?"

"Volevano andare, montagna montagna, fino al fronte, passarlo e raggiungere Napoli. Erano stati tutto l'inverno in casa di un contadino, sotto il Monte delle Fate e adesso speravano di arrivare al fronte e passarlo. Ma mi sa che non ci siano riusciti perché tutti dicevano che il fronte era impossibile passarlo per via che c'erano le pattuglie di tedeschi e il fuoco delle mitragliatrici e dei cannoni."

"Infatti," disse lui, "non sono passati perché non sono mai arrivati a Napoli. A che data si trovavano con voi?"

Io gli dissi la data e lui proseguì dopo un momento: "E voi li avete ospitati per quanto tempo?"

"Soltanto un giorno e una notte perché andavano di fretta

e anche perché avevano paura di qualche spiata. Infatti erano appena andati via, che vennero i tedeschi. Passarono con noi il giorno di Natale e mangiammo insieme una gallina e bevemmo un poco di vino."

Lui sorrise e disse: "Quel vino e quella gallina che voi avete divisi con loro rappresentano soltanto una piccola parte del debito che abbiamo verso di voi. Adesso ditemi che cosa possiamo fare per voi."

Io gli dissi allora tutto quanto: che non avevamo da mangiare; che a Fondi non ce la sentivamo di stare anche perché non avevamo più la casa perché il bombardamento ce l'aveva distrutta quella notte; che volevamo andare al paese mio, presso Vallecorsa, dove ci avevo i miei genitori e dove, se non altro, avremmo potuto abitare in casa mia. Lui mi ascoltò con serietà e poi disse: "Questo che mi chiedete veramente è proibito. Ma anche dare ospitalità ai prigionieri inglesi, sotto i tedeschi, era proibito, no?" Egli sorrise e io sorrisi. Lui riprese dopo un momento: "Faremo così. Io dirò che voi partite in macchina con un nostro ufficiale per raccogliere informazioni per le montagne su questi nostri due militari sperduti. Del resto avremmo fatto in tutti i casi quest'inchiesta benché non al vostro paese dove non è possibile che essi siano passati. Vuol dire che l'ufficiale prima vi accompagnerà a Vallecorsa e quindi farà la sua inchiesta."

Io dissi che lo ringraziavo tanto e lui rispose: "Siamo noi che vi ringraziamo. Intanto datemi i vostri nomi."

Io gli dissi come ci chiamavamo e lui scrisse ogni cosa con cura e quindi si alzò per salutarci e spinse la cortesia fino ad accompagnarci alla porta per consegnarci al soldato di guardia al quale disse qualche cosa in inglese. Quel soldato subito diventò anche lui molto cortese e ci invitò a seguirlo.

Andammo col soldato in fondo ad un corridoio bianco e nudo e lui ci introdusse in una stanza vuota ma pulita dove c'erano due brande militari e ci disse che per quella notte avremmo dormito lì e il giorno dopo, secondo gli ordini del maggiore, saremmo andate altrove. Ci lasciò chiudendo la porta e noi sedemmo sulle brande con un sospiro di soddisfazione. Adesso ci sentivamo tutte diverse da come ci eravamo sentite fin allora. Avevamo vestiti puliti, ci eravamo lavate, avevamo le scatolette per mangiare, due brande per dormire, un tetto per ripararci e avevamo, quello che conta di più di tutto, la speranza di giorni migliori. Eravamo insomma tutte cambiate e questo cambiamento lo dovevamo a quel maggiore e alle sue buone parole. E io tante volte ho pensato che un uomo va trattato come un uomo e non come una bestia e trattare un uomo come un uomo vuol dire farlo star pulito, in una casa pulita, mostrare simpatia e considerazione per lui e soprattutto dargli delle speranze per l'avvenire. Se questo non si fa, l'uomo, che è capace di tutto, non ci mette niente a diventare una bestia e allora si comporta come una bestia ed è inutile chiedergli di comportarsi come un uomo dal momento che si è voluto che fosse bestia e non uomo.

Basta, ci abbracciammo strette e io baciai Rosetta e le dissi: "Vedrai che ora tutto si aggiusta, questa volta sul serio. Passiamo adesso qualche giorno al paese e mangiamo bene e ci riposiamo e poi ce ne andiamo a Roma e tutto tornerà ad essere come prima." Povera Rosetta, lei disse: "Sì mamma" proprio come un agnello che viene condotto al macello e non lo sa e lecca la mano che lo trascina verso il coltello. Purtroppo questa mano era la mia e io non sapevo che proprio io di mia iniziativa, la portavo al macello, come si vedrà in seguito.

Quel giorno, dopo aver mangiato una scatoletta, restammo tutto il pomeriggio distese sulle brande a sonnecchiare. Di girare per le strade di Fondi non avevamo voglia, era troppo triste con quella fiera di straccioni e di soldati e tutte quelle macerie che ad ogni passo ci ricordavano la guerra. D'altra parte avevamo ancora una stanchezza in arretrato: avevamo passato la notte all'aperto dopo tante paure e tante emozioni e ci avevamo le ossa rotte. Così dormimmo e ogni tanto ci svegliavamo e poi tornavamo a dormire. La mia branda era davanti alla finestra che era senza persiane, piena di cielo azzurro, e ogni volta che mi svegliavo notavo che la luce aveva cambiato direzione e intensità, girando il sole all'orizzonte da mezzogiorno a ponente. Anche quel giorno mi sentii felice come il giorno prima ascoltando il cannone, ma questa volta ero felice per via di Rosetta che vedevo dormire nella branda accanto alla mia, sana e salva dopo tante peripezie e tanti pericoli. Pensavo che, dopo tutto, ce l'avevo fatta ed ero riuscita, attraverso questa tempesta della guerra, a portare in salvo me stessa e mia figlia. Rosetta stava bene, io stavo bene, non ci era successo niente di veramente grave e presto saremmo tornate a Roma e saremmo rientrate nel nostro appartamento e io

avrei riaperto il negozio e tutto sarebbe ricominciato come
prima. Anzi meglio di prima perché il fidanzato di Rosetta,
che si era certamente salvato anche lui, sarebbe tornato dalla
Jugoslavia e lui e Rosetta si sarebbero sposati. Nel dormiveglia mi soffermavo con gran gusto e profondo compiacimento
sulle nozze di Rosetta. La vedevo uscirsene da un portale di
chiesa pieno di sole, tutta vestita di bianco, con i fiori d'arancio intorno al capo, al braccio dello sposo e dietro di lei io e
tutti gli altri parenti e gli amici, sorridenti e felici. Poi non
mi bastava di vederli sul portale e facevo un salto indietro,
nella chiesa e volevo vederli inginocchiati davanti all'altare,
mentre il prete che li aveva sposati, faceva il suo discorsetto
sui doveri e gli obblighi del santo matrimonio. Ma neanche
questo mi bastava e facevo ancora un salto, in avanti questa
volta, e vedevo Rosetta col suo primo pupo: stavamo a tavola, io, lei, suo marito; e il pupo ad un tratto piangeva nella
stanza accanto, e Rosetta si alzava e andava a prenderlo e poi
si rimetteva a sedere e sbottonava il corpetto e dava la mammella al pupo che ci si attaccava con la bocca e con le due ma-
nine e lei si chinava al disopra del pupo, a prendere una cuc-
chiaiata di minestra, e così adesso eravamo non più in tre ma
in quattro a tavola che mangiavamo, il marito di Rosetta, Rosetta, il pupo ed io. E io, riguardando nel mio dormiveglia
questo quadro, pensavo che ero nonna e non mi dispiaceva
perché ormai io non desideravo più l'amore e volevo diventare una donna vecchia e campare tanti anni da nonna e da
vecchia accanto a Rosetta ed ai suoi bambini. Intanto, mentre facevo questi sogni, intravedevo, or sì or no, Rosetta distesa sulla branda accanto e mi faceva piacere che lei fosse lì,
a dimostrarmi che quei sogni, dopo tutto, non erano soltanto
sogni e presto sarebbero diventati realtà appena fossimo tornate a Roma e ci fossimo riassestate nella vecchia vita.

Venne la sera e io mi tirai su e quasi al buio mi guardai
intorno: Rosetta dormiva ancora, si era tolta la gonna e il
corpetto, nella penombra intravidi le sue spalle e le sue braccia nude, bianche e piene, di ragazza giovane e sana; la sottoveste le era risalita sopra la gamba che teneva piegata, col
ginocchio quasi all'altezza della bocca; anche la coscia era bianca e piena, come le spalle, come le braccia. Le domandai se
volesse mangiare; e lei, dopo un momento, senza voltarsi,
scosse un poco la testa facendo come una voce di diniego. Do-

mandai allora se volesse alzarsi e scendere abbasso, nelle strade di Fondi: nuovo gesto, nuova voce di diniego. Allora mi ributtai giù e questa volta mi addormentai sul serio; in realtà eravamo ambedue esaurite da tante emozioni e quel sonno così tenace era un po' come la carica che si dà ad un orologio fermo da tempo che si gira e si gira e non finisce mai perché l'orologio è del tutto scarico e non ha più la forza di camminare.

ancora
l'immagine
del orologio

CAPITOLO NONO

All'alba, fummo destate da qualcuno che picchiava alla porta, con certi colpi forti, come se avesse voluto sfondarla. Era il soldato che ci aveva assistite il giorno prima, il quale, come gli aprimmo, ci avvertì che la macchina che doveva portarci a Vallecorsa era già sotto e dovevamo spicciarci. Ci vestimmo in gran fretta; e vestendomi io mi accorsi che mi sentivo forte come non mai, quelle ore di sonno mi avevano veramente rimessa al mondo. Capii che anche Rosetta si sentiva forte e sveglia dall'energia con la quale si lavò e si rivestì. Soltanto una madre può capire queste cose; ricordavo Rosetta, il giorno prima, inebetita dal sonno e dalle emozioni, il viso sbaffato di fango secco, gli occhi incantati e tristi; e mi faceva piacere guardarla adesso che si metteva a sedere sul letto, le gambe penzolanti e si stirava alzando in aria le due braccia e gonfiando il petto pieno e bianco che pareva dovesse scoppiare fuori dalla sottoveste; e andava al catino all'angolo e versava l'acqua fredda dalla brocca e si lavava con forza gettandosi l'acqua non soltanto sul viso ma anche sul collo, sulle braccia e sulle spalle; e a occhi chiusi afferrava a tastoni l'asciugamani e si strofinava tutta fino a diventare rossa; e prendeva la gonna e se l'infilava in mezzo alla stanza, per la testa. Erano tutti gesti normali e glieli avrò visti fare chissà quante volte. Ma ci sentivo la sua gioventù e la sua forza ristorata, come si sente la gioventù e la forza di un bell'albero che stia fermo al sole e appena appena si muove con le foglie, tutto intero, ad ogni leggero soffiare di un vento di primavera.

Basta, ci vestimmo e corremmo di sotto, per le scale ancora deserte di quella casa vuota. Davanti alla porta c'era una macchinetta scoperta, di quelle dell'esercito alleato, che sono dure e hanno i sedili di ferro. Al volante c'era un ufficiale inglese, biondo, dal viso rosso e dall'espressione imbarazzata e forse anche annoiata. Lui ci indicò i sedili dietro di lui e ci disse in cattivo italiano che aveva avuto l'ordine di portarci a Vallecorsa. Non pareva molto gentile, più però per timidezza e impaccio che perché avesse antipatia per noi. Nella macchina, c'erano anche due grandi scatoloni di cartone pieni traboccanti di barattoli di alimentari e lui disse, sempre con quel suo tono imbarazzato, che il maggiore ce li mandava con i suoi complimenti e i suoi auguri di buon viaggio, scusandosi di non salutarci perché era molto occupato. Mentre duravano questi preparativi, vari sfollati, che, probabilmente, avevano passato la notte all'aperto, circondavano la macchina guardandoci in silenzio, con l'invidia chiaramente dipinta in viso. Mi resi conto che ci invidiavano perché avevamo trovato il modo di partire da Fondi e anche perché avevamo tutte quelle scatolette; e lo confesso, non potei fare a meno di provare quasi un sentimento di vanità, benché non disgiunto da qualche rimorso. Non sapevo ancora quanto poco, in realtà, fossimo da invidiare. *prima y dopo*

L'ufficiale accese il motore e la macchina partì, spedita, attraverso pozze e macerie, in direzione delle montagne. Prese per una strada secondaria e ben presto, sempre correndo a gran velocità, cominciò a salire tra due monti, per una valle stretta e profonda, costeggiando un torrente. Noi stavamo zitte e l'ufficiale stava zitto: noi perché ci eravamo stufate in fondo, di parlare a gesti e mugolii come sordomute e lui per timidezza forse o perché gli seccava di farci da autista. Del resto che cosa avremmo potuto dire a quell'ufficiale? Che eravamo contente di andar via da Fondi? Che era una bella giornata di maggio, con il cielo azzurro, senza nuvole e il sole che faceva risplendere di luce tutta la campagna verde e rigogliosa? Che andavamo al paese dove ero nata? Che lì ci saremmo trovate, per così dire, a casa nostra? Tutte cose che a lui non potevano interessare; e lui avrebbe avuto ragione di dirci che non gli interessavano e che lui faceva il suo dovere, che era quello di portarci, secondo gli ordini, in una certa località e che, perciò, era meglio che stessimo zitte, anche perché lui aveva da guidare e non doveva essere distratto. Eppure, sembrerà strano, benché pensassi queste cose, tutto il tempo provai un desiderio acuto di parlare a quell'ufficiale e di sapere chi era e dove stava la sua famiglia e che faceva in tempo di pace e se era fidanzato e così via. In realtà, come mi accorsi, adesso, passato il pericolo, io tornavo a provare i sentimenti normali dei tempi normali cioè ripigliavo interesse nelle persone e nelle cose al di fuori di me stessa, della mia incolumità e di quella di Rosetta. Ricominciavo a vivere, insomma, che poi vuol dire fare tante cose senza ragione, per simpatia o per capriccio o per impulso o, magari, anche per gioco. E quell'ufficiale mi incuriosiva come, dopo una lunga malattia, entrando in convalescenza, incuriosiscono tutte le cose che capitano sotto gli occhi, anche le più insignificanti. Lo guardavo e notavo che aveva dei capelli biondi veramente magnifici, color dell'oro, con tante ciocche lisce e brillanti che si accavallavano e si intrecciavano come le fibre di un bel canestro e quindi scappavano fuori sulla nuca in tante punte capricciose. Questi capelli d'oro mi davano quasi la tentazione di stendere una mano e accarezzarli; ma non perché quel giovane mi piacesse o mi attraesse in qualche modo; soltanto perché la vita mi piaceva di nuovo e quei capelli erano proprio vivi. E, infatti, provavo lo stesso sentimento per gli alberi dal fogliame giovane che ci venivano incontro lungo la strada e per la massicciata di pietre pulite e ben tagliate che sosteneva il terrapieno, al di là del fossato, e per il cielo azzurro e per il sole chiaro di maggio. Tutto mi piaceva e mi sentivo appetito di tutto, come dopo un lungo digiuno che per molto tempo mi avesse levato il gusto di mangiare.

La strada secondaria, dopo aver costeggiato per un pezzo il torrente, nella valle stretta e alta, alla fine confluì nella strada nazionale; e il torrente in un fiumicello chiaro e largo, che scorreva in una valle un po' più ampia. Le montagne adesso non stavano tanto a ridosso della strada; ci scendevano dolcemente; e non erano più tanto verdi, erano sassose e pelate. Tutto il paesaggio diventava adesso ad ogni passo sempre più nudo, più deserto e più severo. Era il paesaggio dove ero cresciuta bambina e lo riconoscevo sempre più, così che il senso un po' scuorante e quasi pauroso della sua selvatichezza e solitudine veniva in parte mitigato da quello di rientrare in un luogo che mi era familiare. Era proprio un paesaggio da briganti; e persino il sole di maggio non lo rendeva più

254

gentile né più accogliente; non c'erano che sassi e rupi e pendii sparsi di sassi e di rupi e poca erba tra i sassi e le rupi; e quella strada nera, pulita e lustra, che girava tra tutta quella sassaiola, pareva proprio un serpente risvegliato dai primi tepori della primavera. Non si vedeva una casa, un cascinale, una baracca, una capanna, non si vedeva un uomo o un animale. Io sapevo che quella valle continuava così ignuda, silenziosa e deserta, per chilometri e chilometri, e che il solo paese che ci si trovasse era il mio paese, il quale, poi, era non più che un grosso gruppo di case disposte lungo la strada e intorno la piazza dove sorgeva la chiesa.

Corremmo, così, un pezzo, in silenzio e quindi, tutto ad un tratto, ad una voltata, ecco apparire, a qualche distanza, il mio paese. Tutto era proprio rimasto come me lo ricordavo: ai due lati della strada, il paese incominciava con due case che conoscevo benissimo, vecchie case di campagna, costruite con le pietre di quei monti, senza imbiancatura, scure e modeste, con il tetto di tegoli inverditi e muscosi. Mi venne d'improvviso non so che timidezza nei riguardi di quell'ufficiale inglese che sembrava così seccato da farci da autista; e, impulsivamente, gli battei sulla spalla con una mano dicendo che saremmo scese qui: ormai eravamo arrivate. Lui frenò di botto e io, vagamente pentita di averlo fatto fermare, dissi a Rosetta che eravamo arrivate e dovevamo scendere. Così smontammo sulla strada; e l'ufficiale ci aiutò a scaricare le due grandi scatole di provviste; e noi ce le mettemmo sulla testa. L'ufficiale disse improvvisamente, in maniera quasi affettuosa, con un sorriso, in italiano: "Buona fortuna;" quindi fece un mezzo giro, rapidissimo e partì via come un razzo. Dopo qualche secondo era già scomparso dietro la voltata e noi eravamo sole.

Soltanto allora mi accorsi del profondo silenzio e della solitudine completa del luogo. Non si vedeva nessuno, non si udiva alcun rumore, salvo quello dolce e leggero del vento di primavera che scorreva lungo la valle. Quindi, riguardando le due case all'imboccatura del paese, mi accorsi di qualche cosa che non avevo notato nel primo momento: avevano le finestre serrate, con le imposte chiuse e le porte a pianterreno sbarrate con due assi inchiodate in croce. Pensai che il paese fosse stato sfollato e, per la prima volta, mi resi conto che forse avevo fatto male a lasciare Fondi: lì c'era, è vero, il pericolo dei bombardamenti, ma c'era anche tanta gente e non si stava soli. Mi sentii improvvisamente stringere il cuore; e, per rinfrancarmi, dissi a Rosetta: "Può darsi che nel paese ci sia nessuno, saranno tutti sfollati. In questo caso non ci fermiamo ma camminiamo fino a Vallecorsa che sta a pochi chilometri. Oppure ci facciamo prendere su da qualche camion, questa è una strada molto frequentata e sempre ne passa qualcuno."

Quasi nello stesso momento, come per confermare le mie parole, ecco sbucare, alla voltata, tutta una lunga colonna di autocarri e macchine militari. Quest'apparizione ci rincuorò: erano alleati, dunque amici, in un frangente potevamo sempre ricorrere a loro, come avevamo fatto a Fondi. Mi misi da parte sulla strada, insieme con Rosetta, e guardai la colonna mentre sfilava davanti a noi. In testa veniva una macchinetta scoperta, simile a quella che ci aveva portate e dentro c'erano tre ufficiali e una bandieretta era infissa sul cofano. Era una bandiera blu, bianca e rossa, la bandiera francese come seppi in seguito, e gli ufficiali, infatti, erano ufficiali francesi, col chepì a forma di pentolino tondo e la visiera dura sugli occhi. Dietro questa macchinetta venivano tanti autocarri tutti eguali, pieni zeppi di truppa, ma non erano soldati simili a quelli che avevamo visto finora, erano uomini dalla pelle scura e con le facce come di turchi, per quanto lasciavano indovinare le sciarpe rosse in cui erano involtate, vestiti come di lenzuoli bianchi con sopra mantelline di colore scuro. Anche di questi soldati seppi in seguito l'origine; erano del Marocco, marocchini, e il Marocco, a quanto sembra, è un paese lontano assai, che sta in Africa e, se non ci fosse stata la guerra, questi marocchini mai e poi mai sarebbero venuti in Italia. La colonna non era tanto lunga; sfilò tutta in pochi minuti addentrandosi nel villaggio; e poi finì con una macchinetta simile a quella che stava in testa; e la strada ridiventò deserta e silenziosa. Dissi a Rosetta: "Sono alleati, di certo, ma non so di che razza siano, chi li ha mai visti?" Quindi mi mossi avviandomi verso il paese.

Poco prima del paese, la montagna sporgeva sulla strada con una rupe e sotto questa rupe c'era una specie di grotta in cui si trovava una sorgente. Dissi a Rosetta, pur camminando, con lo scatolone in bilico sulla testa: "Quella è una grotta con una sorgente. Avviciniamoci che ho sete e voglio bere" Dissi così, ma, in realtà, volevo dare un'occhiata a quella grotta perché a quella grotta, quando ero bambina e poi ragazzetta, e poi ragazza, io ci andavo tutti i giorni parecchie volte al giorno, con il concone di rame sulla testa a prender acqua e poi ci restavo, magari, a chiacchierare dieci minuti o anche più, secondo i casi, con le altre donne che ci andavano anche loro per lo stesso motivo; e qualche volta ci trovavo anche gente dei paesi vicini, con i bariletti legati su somari, perché l'acqua di quella sorgente era rinomata ed era la sola sorgente dei dintorni che durante l'estate non si seccasse ma continuasse a buttare, sempre gelata e abbondante. Ero affezionata a quella grotta e ricordavo che, da bambina, mi sembrava un luogo tanto strano e misterioso che un po' mi faceva paura e un po' mi attirava; e spesso mi sporgevo, con tutto il busto, sull'orlo della vasca che ci stava incastrata e mi specchiavo nell'acqua nera e guardavo a lungo i capelveneri folti che nascondevano la sorgente. Mi piaceva contemplare la mia immagine capovolta, così chiara e colorata; mi piaceva guardare ai capelveneri tanto belli con le loro foglioline verdi e i loro rametti neri come l'ebano; mi piaceva osservare il musco vellutato, tutto imperlato di gocciole brillanti e costellato di fiorellini rossi, che ricopriva le rocce. Ma, soprattutto, mi sentivo attirata dalla grotta perché al paese qualcuno mi aveva raccontato una favola secondo la quale, se mi fossi tuffata con decisione nell'acqua e avessi nuotato sempre più profondamente, tutto ad un tratto sarei arrivata in un mondo sotterraneo molto più bello di quello che stava su con tante caverne piene di tesori e tanti nani e tante belle fate. Questa favola mi aveva fatto una grande impressione e anche quando fui giovinetta e non ci credevo più e sapevo che era una favola, pure non mi affacciavo mai alla grotta senza ricordarmene e provare quasi un sentimento di incertezza e di dubbio come se non fosse stata una favola ma un fatto vero e io potessi ancora fare quel tuffo, se volevo, e andare sottoterra a visitare quelle caverne fatate.

Così, andammo alla grotta e io deposi a terra lo scatolone e salii quei due o tre gradini e mi affacciai dentro la grotta premendo il petto contro l'orlo della vasca, sotto gli stalattiti penzolanti che, come allora, gocciolavano ed erano rivestiti di borraccina verde e brillante. Anche Rosetta si affacciò e io per un momento guardai alle nostre due facce riflesse nell'acqua nera e immobile e sospirai al pensiero delle tante cose non tutte belle che erano successe dal tempo che io, bambina, mi chinavo su quella stessa acqua e mi specchiavo in quello stesso modo. Sotto il capelvenere, folto, in fondo alla vasca, si vedeva, come allora, il leggero increspamento prodotto dalla sorgente e io non potei fare a meno di pensare che quella sorgente avrebbe continuato a buttare per l'eternità, dolce e tranquilla, quando io Rosetta e tutti quanti saremmo andati via da questo mondo e anche di questa guerra così terribile sarebbe rimasto appena appena il ricordo. Così tutto era finito, pensai dentro di me, e io non ero più bambina e adesso ci avevo una figlia grande e la sorgente, lei, non finiva mai e continuava a buttare come sempre. Mi chinai e bevvi e credo che una lacrima mi cadesse dagli occhi nell'acqua; Rosetta, accanto a me, beveva anche lei e non se ne accorse. Quindi ci asciugammo la bocca, ci rimettemmo gli scatoloni sul capo e ci avviammo verso il villagggio.

Come avevo immaginato, il villaggio era proprio deserto. Non era stato bombardato né devastato in alcun modo ma soltanto abbandonato. Tutte le case, che erano case povere, di pietra grezza senza intonaco, addossate le une alle altre, lungo la strada, erano intatte ma con le finestre chiuse e le porte sbarrate. Camminammo un tratto tra due file di case morte che mi davano quasi un sentimento di paura come quando si cammina in un cimitero e si pensa alla tanta gente che sta sotto le lapidi; passammo davanti alla casa dei miei genitori, anche questa chiusa e sbarrata, così che rinunziai persino a bussare e, senza dir niente a Rosetta, affrettai il passo; alla fine giungemmo ad uno spiazzo in salita, coi gradoni, in cima al quale c'era la chiesa, una chiesetta proprio di campagna, di vecchie pietre annerite, rustica e antica, ma senza fronzoli né ornamenti. Lo spiazzo era rimasto tale e quale come me lo ricordavo; coi gradini di selci scuri listati di pietra bianca; quattro o cinque alberi piantati irregolarmente che, adesso, come sempre a primavera, apparivano carichi di fogliame chiaro; e, un po' da parte, un vecchio pozzo con il parapetto della stessa pietra annerita della chiesa e l'argano di ferro tutto rugginoso. Notai che sotto il portichetto sorretto da due colonne, la porta della chiesa era aperta a metà e dissi a Rosetta: "Lo sai che facciamo? La chiesa è aperta, andiamo a sederci dentro per un poco, per riposarci, e poi ce ne andiamo a piedi verso Vallecorsa." Rosetta non disse nulla e mi seguì.

Entrammo e, subito, mi accorsi da molti segni che la chiesa era stata, se non proprio devastata apposta, per lo meno abitata dai soldati e ridotta ad una stalla. La chiesa era uno stanzone lungo e stretto imbiancato a calce, con il tetto a grandi travi neri e in fondo l'altare, sormontato quest'ultimo da un quadro raffigurante la Madonna con il Bambino. L'altare, adesso, era ignudo, senza paramenti né altro; il quadro c'era ancora ma era tutto storto, come se ci fosse stato un terremoto; e quanto ai banchi che si allineavano un tempo in duplice fila fin sotto l'altare, erano tutti andati salvo due, disposti all'incontrario, per lungo. Tra questi due banchi, per terra, c'era molta cenere grigia e alcuni tizzi neri, segno che ci avevano acceso il fuoco. La chiesa riceveva luce da un grande finestrone al disopra dell'ingresso che un tempo aveva avuto i vetri colorati. Adesso di questi vetri non rimanevano che alcuni frammenti aguzzi; nella chiesa c'era giorno chiaro. Io mi accostai a quei due banchi superstiti, raddrizzai uno in modo che guardasse all'altare, ci posai lo scatolone e dissi a Rosetta: "Ecco cos'è la guerra: manco le chiese rispettano." Quindi sedetti e Rosetta sedette accanto a me.

Provavo un sentimento strano, come di chi si trovi in un luogo sacro e tuttavia non ci abbia voglia di pregare. Rivolsi gli occhi al quadro antico della Madonna, storto, con la Madonna tutta patinata di nerofumo che, adesso, non guardava più in basso, verso i banchi, ma verso il soffitto, di traverso, e pensai che se avessi voluto pregare avrei dovuto prima di tutto raddrizzare quell'immagine. Ma, forse, non avrei saputo pregare lo stesso; mi sentivo come intirizzita e non provavo niente ed ero sbalordita. Avevo sperato di ritrovare il paese dove ero nata e la gente tra cui ero cresciuta e, magari, anche i miei genitori e invece non avevo trovato che un guscio vuoto: tutti se ne erano andati, forse anche la Madonna, disgustata che la sua immagine fosse stata manomessa e lasciata così storta. Poi guardai Rosetta accanto a me e vidi che, invece, lei pregava, a mani giunte e a testa china, muovendo appena le labbra. Dissi, allora, a bassa voce: "Fai bene a pregare... prega anche per me... io non ci ho core."

In quel momento udii non so che rumore di passi e di voci dalla parte dell'ingresso, mi voltai e, come in un lampo, vidi affacciarsi alla porta qualche cosa di bianco che subito scomparve. Mi parve di riconoscere, però, uno di quei soldati strani che avevo visto sfilare poco prima sulla strada dentro gli autocarri; e, presa da subitanea inquietudine, mi alzai e dissi a Rosetta: "Andiamocene... è meglio che ce ne andiamo." Lei si alzò subito, segnandosi: io l'aiutai a mettere lo scatolone sul capo, mi misi in testa il mio e quindi ci avviammo verso l'ingresso.

Feci per spingere la porta che adesso era chiusa e mi trovai naso a naso con uno di quei soldati che sembrava un turco, tanto era scuro e butterato, col cappuccio rosso calato sugli occhi neri e brillanti e la persona avvolta nella mantellina scura, sopra il lenzuolo bianco. Lui mi mise una mano sul petto spingendomi dentro e dicendo qualche cosa che non capii; e, dietro di lui, vidi che ce n'erano degli altri ma non vidi quanti, perché lui adesso mi aveva acchiappata per un braccio e mi tirava dentro la chiesa, mentre quegli altri, tutti anche loro in lenzuolo bianco e cappuccio rosso, entravano d'impeto. Io gridai: "Piano, che fate, siamo sfollate;" e nello stesso tempo lasciai andare lo scatolone che reggevo sul capo e lo scatolone cadde a terra e sentii rotolare tutti i barattoli e poi cominciai a dibattermi contro di lui che, adesso, mi aveva preso per la vita e mi pesava addosso, il viso scuro e accanito teso contro il mio. Poi udii un urlo acuto, era Rosetta, e allora cercai con tutte le mie forze di liberarmi per correre in aiuto di Rosetta, ma lui mi teneva stretto e io mi dibattei invano perché lui era forte e con tutto che gli puntassi una mano sul mento, spingendogli indietro il viso, sentivo che lui mi trascinava all'indietro, verso un angolo in penombra della chiesa, a destra dell'ingresso. Allora gridai anch'io, con un urlo ancor più acuto di quello di Rosetta e credo che ci mettessi tutta la mia disperazione non soltanto per quello che mi stava succedendo in quel momento ma anche per quello che mi era successo fin allora, dal giorno che avevo lasciato Roma. Ma lui, adesso, mi aveva acchiappato per i capelli, con una forza terribile, come se avesse voluto staccarmi la testa dal collo, e sempre mi spingeva all'indietro così che, alla fine, sentii che cadevo e caddi, infatti, a terra, insieme con lui. Adesso lui mi stava sopra; e io mi dibattevo con le mani e con le gambe; e lui sempre mi teneva fissa la testa a terra contro il pavimento, tirandomi i capelli con una mano; e intanto sentivo che con l'altra, andava alla veste e me la tirava su verso la pancia e poi mi andava tra le gambe; e tutto ad un tratto gridai di nuovo ma di dolore, perché lui mi aveva acchiappato per il pelo con la stessa forza con la quale mi tirava i capelli per tenermi ferma la testa. Io sentivo che le forze mi mancavano, quasi non potevo respirare; e lui, intanto, mi tirava forte il pelo e mi faceva male; e io, in un lampo, mi ricordai che gli uomini sono molto sensibili in quel posto e allora andai anch'io con la mano al ventre e incontrai la sua; e lui, al contatto della mia mano, credendo forse, chissà, che gli cedessi e volessi aiutarlo a prendere il suo piacere con me, subito allentò la stretta così al pelo come ai capelli, e anche mi sorrise, di un sorriso orribile sopra i denti neri e rotti; e io, invece, stesi la mano di sotto, gli acchiappai i testicoli e glieli strinsi con quanta forza avevo. Lui allora diede un ruggito, mi riacchiappò per i capelli e mi batté la testa, a parte dietro, contro il pavimento con tanta violenza che quasi quasi non provai alcun dolore ma svenni.

Mi riebbi dopo non so quanto tempo, e mi accorsi che stavo distesa in un angolo in penombra della chiesa, che i soldati se ne erano andati e che c'era il silenzio. La testa mi doleva ma soltanto dietro, alla nuca; non avevo altro dolore e capii che quell'uomo terribile non era riuscito a fare quello che voleva perché io gli avevo dato quella strizzata e lui mi aveva battuto la testa e io ero svenuta e si sa che è difficile maneggiare una donna svenuta. Ma non mi aveva fatto niente anche perché, come ricostruii in seguito, i compagni l'avevano chiamato per tenere ferma Rosetta e lui mi aveva lasciato e ci era andato e si era sfogato come tutti gli altri su di lei. Purtroppo, però, Rosetta non era svenuta, e tutto quello che era successo lei l'aveva veduto con i suoi occhi e sentito con i suoi sensi.

Io, intanto, stavo distesa, quasi incapace di muovermi, quindi provai ad alzarmi e subito ebbi una fitta acuta alla nuca. Però mi feci forza, mi levai in piedi e guardai. Dapprima non vidi che il pavimento della chiesa sparso dei barattoli che erano ruzzolati giù dalle due scatole nel momento che eravamo state assalite; poi levai gli occhi e vidi Rosetta. L'avevano trascinata o lei era fuggita fin sotto l'altare; stava distesa, supina, con le vesti rialzate sopra la testa e non si vedeva, nuda dalla vita ai piedi. Le gambe erano rimaste aperte, come loro l'avevano lasciate, e si vedeva il ventre bianco come il marmo

261

e il pelo biondo e ricciuto simile alla testina di un capretto e sulla parte interna delle cosce c'era del sangue e ce n'era anche sul pelo. Io pensai che fosse morta anche per via del sangue il quale, benché capissi che era il sangue della sua verginità massacrata, era pur sangue e suggeriva idee di morte. Mi avvicinai e chiamai "Rosetta," a bassa voce, quasi disperando che lei mi rispondesse; e lei, infatti, non mi rispose né si mosse; e io fui convinta che fosse veramente morta e, sporgendomi alquanto, tirai giù la veste dal viso. Vidi allora che lei mi guardava con occhi spalancati, senza dir parola né muoversi, con uno sguardo che non le avevo mai visto, come di animale che sia stato preso in trappola e non può muoversi e aspetta che il cacciatore gli dia l'ultimo colpo.

Allora sedetti presso di lei, sotto l'altare, le passai un braccio sotto la vita, la sollevai un poco, me la presi contro di me e le dissi: "Figlia d'oro," e non seppi dire altro perché adesso mi ero messa a piangere e le lacrime mi sgorgavano fitte fitte e io me le bevevo e sentivo che erano proprio amare, di tutta l'amarezza concentrata che avevo raccolto nella mia vita. Intanto, però, mi adoperavo per ricomporla e così, prima di tutto, cavai di tasca il fazzoletto e le tolsi il sangue ancor fresco dalle cosce e dal ventre e poi tirai giù la sottana e poi la veste e quindi, sempre piangendo a dirotto, le rimisi, dentro il reggipetto, il seno che quei barbari le avevano tirato fuori e le abbottonai il corpetto. Alla fine presi un pettinino che mi avevano dato gli inglesi e le pettinai i capelli scarmigliati, a lungo, uno a uno. Lei mi lasciava fare e stava ferma e non parlava. Io, adesso, avevo smesso di piangere e mi dispiaceva di non poter più piangere né gridare né disperarmi. Le dissi: "Te la senti di uscire di qui?" e lei rispose di sì, con voce molto bassa; e io allora l'aiutai ad alzarsi e lei vacillava ed era molto pallida e alla fine si avviò con me, che la sostenevo, verso l'uscita. Ma a metà chiesa, poiché eravamo giunte presso le due panche, le dissi: "Bisognerà pur prendere tutta questa roba e rimetterla nelle scatole. Non possiamo lasciarla qui. Te la senti?" Lei disse di sì, di nuovo; e così io riempii di nuovo i due scatoloni dei barattoli che si erano sparsi sul pavimento e uno glielo misi in testa a lei e uno lo presi io; alla fine uscimmo.

Mi faceva male il capo di dietro, in un modo da non dirsi, e, uscendo dal portico, mi si annebbiò perfino la vista; ma mi feci coraggio pensando a quello che, in quello stesso momento, stava soffrendo Rosetta. Così scendemmo pian piano i gradoni sdrucciolosi dello spiazzo, nel sole che era già alto e spandeva la sua bella luce chiara sui selci anneriti. Dei marocchini non ce n'era neppure più uno, dopo aver fatto quello che avevano fatto se ne erano andati, grazie a Dio, forse per andare a rifarlo in qualche altra località della regione. Attraversammo, così, tutto il paese, tra le due file di case serrate e silenziose, quindi prendemmo per la strada maestra, soleggiata, pulita, chiara, nel vento di primavera che soffiava dolce alle orecchie e pareva dirmi che non dovevo prendermela, tanto tutto continuava come prima, come sempre. Camminammo forse un chilometro, senza parlare, molto lentamente; alla fine, però, mi sentivo sempre più male alla nuca e capivo che anche Rosetta non ne poteva più; così le dissi: "Adesso al primo cascinale che incontriamo ci fermiamo fino a domani mattina e riposiamo." Lei non disse nulla, incominciava così quel silenzio che le era calato addosso nel momento che i marocchini l'avevano violentata e che doveva durarle tanto tempo. Insomma, andammo avanti un cento passi e quindi vidi venirci incontro una macchinetta scoperta, in tutto simile a quella che ci aveva portato lassù, con due ufficiali dentro, due ufficiali francesi, lo capii dal chepì a pentolino. Allora mi venne non so che impulso, e mi misi in mezzo alla strada, facendo dei segni col solo braccio libero, e loro si fermarono. Io mi accostai e gridai con furore: "Lo sapete quello che ci hanno fatto quei turchi che comandate voialtri? Lo sapete quello che hanno avuto il coraggio di fare in luogo consacrato, in chiesa, sotto gli occhi della Madonna? Dite; lo sapete quello che ci hanno fatto?" Loro non capivano e ci guardavano stupiti; uno era un bruno, coi baffi neri e la faccia rossa piena di salute; l'altro era un biondino affilato, pallido, con gli occhi celesti, loschi. Io gridai ancora: "Questa mia figlia qui, me l'hanno rovinata, sì me l'hanno rovinata per sempre, una figlia che era un angiolo e adesso è peggio che se fosse morta. Ma lo sapete quello che ci hanno fatto?" Allora il bruno alzò una mano e fece un gesto come per dire "basta" e quindi ripetè in italiano ma con l'accento francese: "Pacé pacé," che vuol dire pace. Urlai: "Sì, pace, bella pace, questa è la vostra pace, figli di mignotte." Il biondo disse non so che cosa al bruno, come per significare che io ero matta, toccandosi, infatti, la tempia con il dito e sorridendo. Allora io persi la testa, urlai di nuovo: "No, non sono matta, guardate;" e, gettato in terra lo scatolone dei barattoli, corsi a Rosetta che era rimasta un po' indietro, nel mezzo della strada, il suo scatolone sul capo, immobile. Rosetta non si muoveva, neppure mi guardava, e io, a strapponi, le tirai su la veste sul ventre scoprendo le belle gambe bianche, dritte e unite; io sapevo che l'avevo ripulita del sangue e che forse ce n'era rimasta appena qualche traccia; e, invece, come la scoprii, ecco vidi che il sangue aveva ripreso a scorrere e le cosce erano tutte insanguinate e un rivolo le arrivava fino al ginocchio ed era di sangue rosso e vivo che brillava nel sole. "Ecco, guardate e ditemi ancora che sono matta," urlai sconcertata e anche un po' spaventata da tutto quel sangue. Nello stesso momento sentii la macchina passarmi accanto di gran corsa e, come mi rialzai, la vidi che già scompariva dietro la voltata.

Rosetta continuava a star ferma, simile ad una statua, con lo scatolone sul capo, il braccio alzato a reggerlo, e le gambe strette; e io ebbi ad un tratto paura che per lo spavento fosse diventata matta e dissi, tirandole giù la veste: "Ma, figlia mia, perché non parli, che hai, parla alla tua mamma." Allora lei disse con voce tranquilla: "Non è nulla, mamma. È una cosa naturale e sta già fermandosi." Respirai, allora, perché veramente avevo temuto che lei, per l'impressione, fosse diventata scema; e domandai un po' rinfrancata: "Adesso te la senti di camminare ancora un poco?" Lei rispose: "Sì mamma;" e io, ripresa la scatola sulla testa, mi avviai di nuovo con lei per la strada maestra.

Camminammo ancora un chilometro circa e io avevo sempre più male alla nuca e ogni tanto avevo quasi degli svenimenti e tutto il paesaggio mi diventava nero, come se il sole si fosse spento ad un tratto. Alla fine, ad una svolta, vedemmo un poggio a ridosso delle montagne più alte, tondeggiante e tutto ricoperto dalla macchia. In cima al poggio, tra la macchia, si scorgeva una capanna del genere di quelle che a Sant'Eufemia i contadini fabbricavano per metterci le bestie. Dissi a Rosetta: "Io non ce la faccio più e anche tu devi essere stanca. Adesso andiamo a quella capanna, se c'è gente, saranno cristiani e ci permetteranno di passarci la notte. Se non c'è nessuno, tanto meglio: ci staremo oggi e domani e, appena ci sentiremo meglio, riprenderemo la strada." Lei non disse nulla, al solito; ma adesso io ero meno inquieta perché sapevo che non era matta ma soltanto stravolta e questo si poteva anche capire dopo quanto era successo. Insomma, io sentivo che lei non era più quella di prima e che qualche cosa era cambiato non soltanto nel suo corpo ma anche nella sua anima. E io pur essendo sua madre non avevo il diritto di chiederle quello che stava pensando e perciò sentivo che tutto il mio affetto avrei potuto dimostrarglielo soltanto lasciandola in pace.

Prendemmo per un viottolo che serpeggiava attraverso la macchia in direzione della capanna e alla fine, dopo una lunga salita, ci giungemmo. Come avevo immaginato, era una capanna di pastori, con il muretto di pietre a secco, il tetto di paglia che scendeva fin quasi a terra e la porta di legno. Ci disfacemmo delle scatole e cercammo di aprire la porta. Ma c'era un paletto di ferro con un grosso lucchetto e la porta era fatta di grosse tavole e non c'era da pensare che si aprisse, neppure un uomo avrebbe potuto forzarla. Mentre scuotevamo la porta, udimmo prima un belato fino fino e poi altri, come di capre, ma non forti né risentiti, come sono i belati delle capre quando stanno al buio e vogliono uscire, bensì fiochi e lamentosi. Io, allora, dissi a Rosetta: "Hanno rinchiuso qua dentro le bestie e sono scappati... bisogna trovare qualche modo di farle uscire." Così detto, andai sul fianco della capanna e incominciai a strappare la paglia del tetto. Era difficile perché la paglia era tutta compressa e avviluppata dalla pioggia, dal fumo e dal tanto tempo che era stata applicata; e inoltre ogni fascio di paglia era legato con dei viticci ai rami di sostegno. Però, strappando qua e là e allentando i viticci e sciogliendoli, riuscii a strappare alcuni fasci di questa paglia e così feci un buco abbastanza grande, al livello del muretto; e tosto, come ebbi slargato il buco, una capra bianca e nera ci affacciò la testa, mettendo le zampe sul muro, guardandomi con i suoi occhi d'oro e belando appena. Io le dissi: "Su, bella, salta, salta;" ma vidi che lei, poveretta, con tutto che cercasse di tirarsi su non ne aveva la forza e capii che quelle capre erano indebolite dal digiuno e che bisognava che le tirassi fuori io. Allora allargai ancora un poco il buco, mentre la capra stava con le zampe appoggiate al muretto e mi guardava e belava piano, e poi l'acchiappai per la testa e per il collo e lei fece uno sforzo e saltò giù. Subito dopo, ecco un'altra capra affacciarsi al buco e io di nuovo mi adoperai per tirarla fuori e poi una terza e una quarta. Alla fine non si affacciò più alcuna capra ma si sentiva ancora belare nella capanna; io, allora, slargai di nuovo il buco e saltai dentro. Vidi subito un paio di capretti che stavano proprio sotto l'apertura, incapaci di saltare perché troppo piccoli. In un angolo c'era come un mucchio, e mi avvicinai e vidi che c'era una capra bianca distesa in terra, sul fianco immobile. Un capretto stava presso la capra, accovacciato, con le zampe ripiegate sotto il ventre e il collo teso a poppare dalle mammelle. Io pensai che questa capra giacesse così immobile per far poppare il capretto ma, poiché mi fui avvicinata, vidi che la capra, invece, era morta. Lo capii dalla testa abbandonata, con la bocca appena aperta, e dalle tante mosche che le stavano posate sugli angoli della bocca e sugli occhi. La capra era morta di fame e quei tre capretti erano ancora in vita perché loro, almeno, avevano potuto poppare fino all'ultimo respiro della madre. Così presi uno per uno i capretti e, sporgendomi fuori, li misi in terra, ai piedi del muretto. Le quattro capre che avevo liberato già mordevano e divoravano le foglie della macchia con una avidità furibonda, come accecate dalla fame; i capretti le raggiunsero e, ben presto, capre e capretti non si videro più perché, brucando, erano scomparsi tra gli arbusti. Però si udivano i loro belati, sempre più chiari e sempre più forti, come se ad ogni boccone, la voce gli si fosse riaffermata e quelle povere bestie avessero voluto farmi sentire che stavano meglio e che mi ringraziavano di averle salvate dalla morte per fame.

Insomma, tirai fuori a gran fatica il cadavere della capra morta e lo trascinai più lontano che potei nella macchia, affinché non ci disturbasse con il puzzo. Quindi presi tutta quella paglia che avevo strappato al tetto insieme con altra che ottenni allargando il buco e la distesi in un angolo della capanna, facendovi una specie di giaciglio, in ombra. Dissi a Rosetta: "Io mi distendo su questa paglia e voglio dormire un poco. Perché non ci vieni anche tu?" Lei rispose: "Io mi metterò qui di fuori, al sole." Non dissi nulla e andai a distendermi. Stavo in ombra, ma vedevo attraverso il buco del tetto il cielo azzurro; il sole stendeva un raggio sul suolo della capanna tutto sparso delle pallottoline nere delle capre, brillanti e nitide come bacche di lauro; e c'era nella capanna un buon odore di stalla. Io mi sentivo le ossa rotte e mi accorsi che ero incapace per la stanchezza di addolorarmi veramente per quello che era successo a Rosetta: quello che era successo stava nella mia memoria come qualche cosa di incomprensibile e di assurdo; ogni tanto rivedevo le sue belle gambe bianche, con le cosce strette e i muscoli in rilievo, tesi per lo sforzo, e lei ritta in piedi, immobile nel mezzo della strada e il sangue sulle cosce che con un rivolo giungeva fino al ginocchio e il luccichio del sangue vivo al sole. Questa immagine più la contemplavo e meno la capivo. Finalmente mi addormentai.

Dormii poco, forse non più di mezz'ora e tutto ad un tratto mi svegliai di soprassalto e subito chiamai forte Rosetta, quasi con ansietà. Nessuno rispose, c'era un silenzio profondo e non si udivano neppure più le capre, chissà dove erano andate. Chiamai ancora e quindi, inquieta, mi levai, saltai fuori dal buco: Rosetta non c'era. Girai intorno la capanna, c'erano i nostri due scatoloni pieni di barattoli appoggiati contro il muretto ma lei non si vedeva.

Mi venne una paura forte e pensai che lei si fosse allontanata per la vergogna e per la disperazione, oppure addirittura che fosse andata sulla strada a gettarsi sotto qualche macchina per farla finita, in un momento di sconforto. Mi mancò il fiato e il cuore prese a battermi forte forte nel petto e presi a chiamare Rosetta, stando ferma davanti la porta della capanna, in tutte le direzioni. Ma nessuno rispondeva anche perché forse non gridavo molto, dal turbamento mi mancava la voce. Allora lasciai la capanna e mi diressi a caso attraverso la macchia.

Seguii il viottolo che ora si allargava, chiaro e polveroso e ora non era che una traccia incerta tra gli arbusti alti. Improvvisamente sbucai presso una roccia che si sporgeva in fuori, a picco sulla strada maestra. C'era un albero e la roccia era fatta come un sedile dal quale si poteva guardare in basso e vedere un buon tratto della strada che serpeggiava per la valle stretta e, più giù della strada, il letto del torrente sparso di sassi bianchi, con due o tre rami di acqua trasparente che scorrevano scintillando tra i sassi e i ciuffi di verdura. Allora, come sedetti su quella roccia e mi sporsi a guardare, vidi laggiù, lontano, Rosetta. Compresi perché non mi aveva udito: era già molto più sotto della strada, in mezzo al letto sassoso del torrente e camminava senza fretta e con prudenza, saltando da un sasso all'altro, ed evitando di bagnarsi i piedi; dal modo con cui camminava compresi che non era discesa al torrente per disperazione o altro stravolgimento d'animo. Quindi la vidi fermarsi dove la corrente si faceva più stretta e più fonda, inginocchiarsi e sporgersi con il viso sul pelo dell'acqua per bere. Dopo aver bevuto, ella si rialzò, e si guardò un momento intorno e poi si sollevò le vesti su su, fino all'inguine, scoprendo le gambe e, benché fossi lontana, mi parve di vedere la striscia scura del rivolo di sangue seccato che arrivava fino al ginocchio. Ella si accoccolò a gambe larghe e poi vidi raccogliere l'acqua nella palma e portarsela al ventre tra le gambe e capii, allora, che si lavava. Teneva la testa reclinata da una parte e si lavava senza fretta, con metodo, come mi parve, noncurante di esporre al sole e all'aria aperta le sue vergogne. Così tutte le mie spaurite supposizioni cadevano: Rosetta aveva lasciato la capanna ed era scesa al torrente unicamente per lavarsi; e, debbo confessare la verità, provai come un senso di dolorosa delusione. Certo io non avevo sperato che lei si ammazzasse; anzi l'avevo temuto; ma vederla fare qualche cosa di tutto diverso, mi ispirava lo stesso un senso di delusione e quasi di paura per l'avvenire. Quasi mi sembrava che lei si fosse già piegata al nuovo destino che era incominciato per lei nella chiesa, allorché aveva perduto la verginità per opera di quei barbari; e che quel suo ostinato silenzio fosse piuttosto quello della rassegnazione che quello del furore. E ho pensato in seguito, quando quest'impressione, purtroppo, mi fu confermata, che in quei pochi istanti di strazio la mia povera Rosetta era diventata bruscamente donna, così nel corpo come nell'animo, donna indurita, esperta, amara, senza più alcuna illusione né alcuna speranza.

La guardai a lungo, dalla roccia, che, dopo essersi asciugata alla meglio e sempre con la stessa impudicizia quasi di bestia, adesso risaliva il corso del torrente e quindi si arrampicava di nuovo verso la strada. Poi attraversò la strada e allora io mi levai da quella roccia e tornai alla capanna; non volevo che lei pensasse che l'avevo spiata. Giunse infatti di lì a qualche minuto, con un viso non tanto placato e calmo quanto deserto di qualsiasi espressione; e io, fingendo la fame che non avevo, le dissi: "Mi è venuto appetito, vuoi che mangiamo qualche cosa?" Lei rispose con voce scolorita e indifferente: "Se vuoi"; e così, sedemmo ambedue davanti alla capanna, su certi sassi, e io aprii un paio di scatolette e fui di nuovo sorpresa in una maniera oscuramente dolorosa, vedendo che lei mangiava di buon appetito anzi voracemente. Anche questa volta non avevo certo sperato che non mangiasse, al contrario, tuttavia vederla gettarsi sul cibo con tanta avidità mi sorprese di nuovo, perché pensavo che, almeno, dopo quanto era successo, il cibo le ripugnasse. Non sapevo cosa dire, me ne stavo come istupidita a guardarla che, uno dopo l'altro, prendeva con le dita i pezzi di carne in conserva dai barattoli aperti e se li cacciava in bocca e poi masticava con furia, gli occhi sbarrati e alla fine dissi: "Figlia mia d'oro, tu non devi pensarci a quello che è successo nella chiesa; non devi pensarci mai più, e vedrai..." Ma lei mi interruppe, dicendo seccamente: "Se non vuoi che io ci pensi, comincia tu a non parlarmene." Rimasi male perché anche il tono era nuovo: quasi irritato e al tempo stesso, arido e senza sentimento. *new harsh Rosetta*

Insomma, passammo lassù quattro giorni e quattro notti, sempre facendo le stesse cose, cioè dormendo la notte dentro la capanna in cui penetravamo dal buco del tetto; alzandoci con il sole, mangiando le scatolette del maggiore inglese, dissetandoci all'acqua del torrente e quasi non parlando affatto, soltanto quando era proprio necessario. Durante la giornata, andavamo in giro per la macchia, senza scopo; qualche volta dormivamo anche il pomeriggio, in terra, sotto un albero. Le capre, dopo aver pascolato tutto il giorno, tornavano per conto loro alla capanna e noi le aiutavamo a saltare dentro e poi loro dormivano con noi, accovacciate le une contro le altre, in un angolo, insieme con i capretti che avevano ricominciato a poppare ora da una ora da un'altra di esse e già si erano del tutto dimenticati della madre morta. Rosetta era sempre dello stesso umore apatico, indifferente, distante; come lei mi aveva chiesto, non le parlai più di quello che era successo nella chiesa; e da allora non glien'ho più parlato neppure una volta sola e quel dolore che ne provai mi è rimasto dentro, come una spina, e non cesserà mai più perché non troverà mai più espressione. Anzi, a proposito di quei quattro giorni, non so perché, io sono convinta che fu allora che Rosetta cambiò veramente carattere, sia ripensando per conto suo e in maniera tutta sua a quanto era successo, sia trasformandosi suo malgrado e senza rendersene conto, per la forza stessa dell'oltraggio che aveva subito, in una persona diversa da quella che era stata sinora. E io voglio dire qui che anch'io dapprima mi sorpresi per il cambiamento così completo e così radicale, come dal bianco al nero; ma, in seguito, ripensandoci su, mi parve che, dato il carattere di lei, non poteva andare diversamente. Ho già detto che lei era portata per natura ad una strana perfezione, per cui, se era qualche cosa, lo era a fondo e completamente, senza incertezze né contraddizioni, tanto che, sin allora, io mi ero quasi convinta di aver per figlia una specie di santa. Ora questa perfezione di santa, che era fatta, come ho già detto, soprattutto di inesperienza e di ignoranza della vita, era stata colpita a morte da quanto era avvenuto nella chiesa; e allora si era cambiata in una perfezione opposta, senza quelle mezze misure, quella moderazione e quella prudenza che sono proprie alle persone normali, imperfette ed esperte. L'avevo veduta fino allora tutta religione e bontà, purezza e dolcezza; dovevo aspettarmi che d'ora in poi ella si voltasse all'eccesso opposto, con la stessa mancanza di dubbi e di esitazioni, la stessa inesperienza e assolutezza. E più volte, a conclusione delle mie riflessioni su questo doloroso argomento, mi sono detta che la purezza non è una cosa che si possa ricevere dalla nascita, in dono, per così dire, dalla natura; che essa si acquista attraverso le prove della vita; e chi l'ha ricevuta dalla nascita la perde presto o tardi e tanto peggio la perde quanto più si era fidata di possederla; e che, insomma, quasi quasi, è meglio nascere imperfetti e diventare, via via se non perfetti, almeno migliori che nascere perfetti e quindi essere costretti ad abbandonare quella prima effimera perfezione per l'imperfezione dell'esperienza e della vita.

CAPITOLO DECIMO

Intanto, però, le scatolette del maggiore inglese diminuivano a vista d'occhio, tanto più che Rosetta pareva essere stata presa dalla malattia del lupo; e così decisi che bisognava al più presto andarsene da quel poggio. Non avevo il coraggio di andare a Vallecorsa o in qualche altra località della zona, temevo di avere ad incontrare di nuovo i marocchini i quali, a quanto mi pareva di capire, erano sparsi un po' dappertutto per la Ciociaria. Dissi alla fine a Rosetta: "Qui ci conviene tornare a Fondi. Lì troveremo certo qualche mezzo per tornare a Roma, se gli alleati ci sono già arrivati. Meglio, ad ogni modo, i bombardamenti che i marocchini." Rosetta mi ascoltò e tacque per un momento quindi se ne uscì con una frase che, lì per lì, mi fece male: "No, meglio i marocchini che i bombardamenti, almeno per me. Ormai i marocchini che possono farmi di peggio di quello che mi hanno già fatto? Invece io non voglio morire." Discutemmo ancora un poco; e alla fine lei si convinse che era consigliabile tornare a Fondi: ormai i bombardamenti, avanzando verso nord l'esercito alleato, dovevano essere cessati. Così, un mattino, lasciammo la capanna e scendemmo sulla strada.

Fummo, per così dire, fortunate, perché, dopo aver lasciato passare parecchi autocarri militari che, come sapevo, non prendevano a bordo civili, ecco apparire ad un tratto un camion tutto vuoto che veniva giù quasi, si sarebbe detto, allegramente, ossia a rotta di collo e come a zig zag, per la strada maestra deserta. Mi feci in mezzo alla strada e agitai le braccia e subito il camion si fermò e vidi che al volante c'era un giovanotto biondo, con gli occhi azzurri, vestito di una bella maglia rossa. Si fermò, dunque, e mi guardò e io gridai: "Siamo due sfollate, puoi portarci a Fondi?" Lui fece un fischio e rispose: "Sei fortunata, proprio a Fondi vado. Siete due sfollate, ma l'altra sfollata dov'è" "Mò viene," dissi e feci un segno convenuto a Rosetta a cui, per timore di qualche altro brutto incontro, avevo ordinato di starsene un po' più su, nel viottolo, dietro un cespuglio. Lei sbucò e ci venne incontro camminando nel mezzo della strada piena di sole, l'unico scatolone in cui avevamo messo tutti i barattoli che ci restavano, in bilico sul capo. Adesso potevo vedere meglio il giovanotto e mi accorsi che non era simpatico per via di un non so che di sfrenato, di volgare e di violento che c'era nei suoi occhi cerulei e nella sua bocca troppo rossa. Quest'impressione sfavorevole mi si confermò notando che lui, come Rosetta si fece sotto il camion, non la guardò in viso ma le si avventò con gli occhi al petto, il quale, a causa del braccio che lei teneva alzato a sorreggere la scatola, era tirato in su e sporgeva in fuori sotto la stoffa, leggera del corpetto. Lui gridò a Rosetta, con una risata sguaiata: "Tua madre mi aveva detto che eri sfollata, ma non mi aveva detto che eri una bella ragazza." Quindi smontò e l'aiutò a salire accanto a sé, mettendo me dall'altra parte. Mi ero accorta che non avevo protestato per quella frase poco rispettosa, mentre ancora alcuni giorni prima l'avrei rimbeccato aspramente e, forse forse, avrei anche rinunziato a farmi trasportare da lui e pensai ad un tratto che anch'io ero cambiata, almeno nei riguardi di Rosetta. Intanto il giovanotto aveva riacceso il motore e il camion partì.

Per un poco non parlammo; quindi, come avviene sempre in certi casi, cominciò lo scambio di informazioni. Di noialtre, io dissi poco; ma lui, che pareva molto chiacchierone, ci disse tutto sopra se stesso. Disse che era di quelle parti ed era soldato al momento dell'armistizio e aveva disertato in tempo; disse che dopo essere stato un poco alla macchia, era stato preso dai tedeschi; disse che era riuscito simpatico ad un capitano tedesco il quale, invece di spedirlo alle fortificazioni, lo aveva messo nelle cucine, dove aveva lavorato tutto il tempo per i tedeschi e mai in vita sua aveva mangiato meglio e di più; disse, alla fine, che nella generale carestia, l'abbondanza di provviste di cui disponeva gli aveva permesso di ottenere dalle donne quello che voleva: "Tante belle ragazze venivano a domandarmi qualche cosa da mangiare. E io glielo davo, ma, s'intende, ad un patto. Non ci crederete, ma non ne ho mai trovata nessuna che rifiutasse. Eh, la fame è una gran cosa, rende ragionevoli anche le più superbe." Per sviare il discorso gli domandai che facesse ora e lui rispose che aveva fatto società con certi suoi amici e adesso con quell'autocarro portavano di qua e di là gli sfollati che volevano tornare ai loro paesi, s'intende facendosi pagare molto bene. "A voi due non farò pagare niente" disse a questo punto lanciando un'occhiata obliqua a Rosetta. Aveva la voce grossa e rauca; sul collo enorme gli ricadevano tanti riccioletti biondi che gli facevano una testa come il caprone; e aveva veramente qualcosa del caprone nel modo con il quale guardava Rosetta o meglio, ogni volta che poteva, gli avventava gli occhi nel seno. Disse pure che si chiamava Clorindo; e domandò a Rosetta come si chiamasse. Lei glielo disse e lui commentò: "Peccato, davvero peccato che la carestia sia finita. Ma vedrai che ci metteremo d'accordo lo stesso. Ti piacciono le calze di seta? Ti piacerebbe un bel taglio di lana per un vestito? O un bel paio di scarpe di capretto?" Rosetta, con mio stupore, disse dopo un momento: "A chi non piacerebbero?" e lui rise e ripeté: "Ci metteremo d'accordo, ci metteremo d'accordo." Io fremevo e non potei fare a meno di esclamare: "Guarda come parli... con chi credi di parlare?" Lui mi lanciò un'occhiata di sbieco e disse alla fine: "Uh, come sei cattiva. A chi credo di parlare? A due povere sfollate bisognose di aiuto."

Era, insomma, un tipo allegro benché volgare, brutale e immorale a fondo. Dopo queste poche chiacchiere, come si giunse in cima al passo, dal quale la strada scende giù verso il mare, lui cominciò a guidare l'autocarro all'impazzata, spingendolo giù a rotta di collo, col motore spento, prendendo le voltate d'infilata e cantando a squarciagola una sua canzonaccia sguaiata. E veramente c'era di che cantare perché era una giornata bellissima e, al tempo stesso, c'era nell'aria la libertà riacquistata dopo tanti mesi di schiavitù. E non posso negare che anche lui, in un certo modo, ci facesse sentire, con la sua condotta sfrenata, che questa libertà c'era ormai davvero; soltanto che la sua era la libertà del mascalzone che non vuole più rispettare niente e nessuno; mentre la nostra, di me e di Rosetta, era soltanto la libertà di tornarcene a Roma e ricominciare la vita di una volta. In una scossa dell'autocarro, ad una svolta, io fui buttata contro di lui e allora potei vedere che lui guidava con una mano sola, mentre, con l'altra, era andato sul sedile a stringere la mano a Rosetta. E io una volta di più mi meravigliai vedendo che lei se la lasciava stringere e mi meravigliai pure che, io, accorgendomene, non protestassi, come, senza dubbio, avrei fatto qualche giorno prima. Questa era la sua libertà, pensai; e mi venne in mente che ormai non potevo più fare niente: come la Madonna non aveva fatto il miracolo di impedire che i marocchini facessero quel macello proprio sotto l'altare, così io adesso, che ero tanto più debole della Madonna, non potevo impedire a lui che prendesse la mano di Rosetta.

Intanto rovinava giù, a valle e, dopo un poco, eravamo sulla strada maestra che conoscevo tanto bene, avendo da un lato la montagna e dall'altra gli aranceti. Ricordavo di averla vista, l'ultima volta, brulicante di soldati, di sfollati, di automobili e di carri armati e fui, ad un tratto, colpita dal silenzio e dal deserto che erano subentrati a quella specie di fiera. Non ci fosse stato il sole e gli alberi verdeggianti che si sporgevano sulla strada, al disopra delle siepi fiorite, avrei potuto pensare di essere ancora d'inverno, nel momento peggiore dell'occupazione tedesca, quando il terrore faceva rintanare la gente come conigli nelle loro buche. Non passava nessuno o quasi, salvo qualche raro contadino che spingeva avanti il somaro; non si udiva alcun rumore né vicino né lontano. Percorremmo a gran velocità la strada maestra ed entrammo a Fondi. Anche qui deserto e silenzio, ma con in peggio, tutte quelle case rovinate, quei mucchi di macerie, quelle pozze piene d'acqua putrida. La gente che giracchiava per queste strade piene di squarci, di calcinacci e di allagamenti, sembrava miserabile e affamata, né più né meno come un mese prima, sotto i tedeschi. Io lo dissi a Clorindo e lui rispose allegramente: "Eh, dicevano che gli inglesi avrebbero portato l'abbondanza. Sì, la portano ma soltanto in quei due o tre giorni in cui si fermano durante l'avanzata. In quei due o tre giorni distribuiscono caramelle, sigarette, farina, vestiti. Poi se ne vanno e l'abbondanza finisce e la gente sta come prima, anzi, peggio di prima, perché ormai non ha più nulla da sperare, neppure l'arrivo degli inglesi." Capii che

274

lui aveva ragione; era proprio così: gli alleati si fermavano un momento con l'esercito nei luoghi che via via conquistavano ai tedeschi e, per un giorno o due, il loro esercito metteva un po' di vita nei paesi massacrati. Quindi se ne andavano e tutto tornava al punto di prima. Dissi a Clorindo: "E mò che facciamo noi due? Non possiamo restare in questa disperazione. Non abbiamo niente. Bisogna che torniamo a Roma." Lui, pur guidando la macchina tra le rovine, rispose: "Roma non è stata ancora liberata. Vi conviene per ora stare qui." "E noi qui che facciamo?" Lui, allora, rispose in tono reticente: "A voi due penserò io." Mi sembrò un tono strano, ma lì per lì non dissi niente. Clorindo guidava intanto la macchina fuori di Fondi e poi prese per una strada secondaria, tra gli aranceti. "Ecco qui, tra questi giardini, abita una famiglia che conosco," disse in tono leggero, "voi state qui finché Roma non è liberata. Appena sarà possibile, io stesso vi accompagnerò a Roma con l'autocarro." Di nuovo non dissi nulla; lui fece fare un mezzo giro all'autocarro e lo fermò e quindi discese, spiegando che dovevamo raggiungere a piedi la casa di quei suoi amici. Ci avviammo, così, per un viottolo, tra gli aranci. Adesso il luogo non mi sembrava nuovo; è vero che erano sempre aranceti e il viottolo era uno dei soliti viottoli; tuttavia, da alcuni indizi, mi pareva di capire che in quel particolare viottolo, tra quei particolari aranci, io ci ero già passata. Camminammo ancora una decina di minuti e quindi, d'improvviso, sbucammo in uno spiazzo e io, allora capii: davanti a me stava <u>la casa rosa di Concetta,</u> la donna presso cui eravamo state nei primi giorni che avevamo passato a Fondi. Dissi risoluta: "Ma io qui non ci voglio stare." "E perché?" "Perché qui noi ci siamo già state mesi fa, e dovemmo scappare perché era una famiglia di delinquenti e questa Concetta voleva che Rosetta andasse a fare la sgualdrina per i fascisti." Lui scoppiò in una bella risata: "Acqua passata, acqua passata... oggi i fascisti non ci sono più... non sono delinquenti i figli di Concetta, sono i miei soci d'affari e puoi stare tranquilla che ti tratteranno coi guanti.. acqua passata." Io avrei voluto insistere e dire di nuovo che nella casa di Concetta non volevo starci ad alcun patto; ma non ne ebbi il tempo. Ecco, infatti, Concetta uscire dalla casa e correrci incontro, attraverso lo spiazzo, come allora festosa, entusiasta, esaltata: "Benvenute, benvenute. Chi non more si rivide. Eh, già, siete scappate voi due, siete scappate senza neppure dirci crepa, senza pagarci quello che ci dovevate. Ma faceste bene, sapete, a scappare in montagna, perché di lì a poco, anche i figli miei dovettero darsi alla macchia per via dei rastrellamenti che facevano quei disgraziati di tedeschi. Faceste bene, aveste più giudizio di noialtri che restammo e ne abbiamo passate non so quante. Benvenute, benvenute, mi fa piacere vedervi in buona salute, eh, già, finché c'è la salute c'è tutto. Venite, venite, Vincenzo e i figli miei saranno contenti di vedervi. Già e poi voi venite con Clorindo, è come se veniste con un figlio mio. Clorindo ormai fa parte della famiglia. Accomodatevi, benvenute." Insomma, era la solita Concetta e a me strinse il cuore pensando che eravamo al punto di prima, anzi peggio di prima, e che noi due eravamo scappate dalla sua casa per evitare quello stesso pericolo in cui poi, senza rimedio, eravamo incappate al mio paese. Ma non dissi nulla e mi lasciai baciare ed abbracciare da quella donna odiosa e così fece Rosetta che, ormai, pareva quasi un pupazzo tanto era diventata apatica e indifferente. Intanto anche Vincenzo era venuto fuori dalla casa più uccellaccio del malaugurio che mai, magro da far paura, con il naso più a becco, le sopracciglia più sporgenti e gli occhi più scintillanti dell'ultima volta che l'avevo visto. E Concetta ebbe il coraggio di dire, mentre Vincenzo, brontolando qualcosa di incomprensibile, mi prendeva la mano tra le mani: "Ce lo disse Vincenzo che eravate su dai Festa, ce lo disse che vi aveva vedute su a San'Eufemia. Eh, già, anche per i Festa è stato un inverno brutto. Prima noialtri che non abbiamo saputo resistere alla tentazione di tutto quel ben di Dio nascosto nel muro e poi il figlio loro, Michele. Poveretti, la roba che gli avevamo rubato, gliel'abbiamo restituita tutta quanta, salvo naturalmente quella che era già stata venduta, perché siamo onesti, noi, e la roba degli altri per noi è sacra. Ma il figlio loro chi glielo renderà, poveretti, poveretti." Dico la verità, a queste parole così sbadate e così crudeli, sentii che il cuore mi si sprofondava e mi gelai tutta e capii che ero diventata pallida come una morta. Domandai con un fil di voce: "Perché, è successo qualche cosa a Michele?" E lei, entusiasta, come se ci avesse dato una gran bella notizia: "Ma come, non lo sapete? L'hanno ammazzato i tedeschi." Eravamo nel mezzo dell'aia e io mi sentii ad un tratto svenire, accorgendomi per la prima volta

che volevo bene a Michele come se fosse stato un figlio; e lì
per lì sedetti su una seggiola che stava presso la porta e mi
presi il viso tra le mani. Concetta intanto continuava, esaltata:
"Sì, l'hanno ammazzato mentre scappavano, i tedeschi. Pare
che l'avessero prelevato per farsi indicare la strada. Così,
montagna montagna, capitarono in una località isolata dove
c'era una famiglia di contadini; e siccome Michele non sapeva
più quale fosse la strada buona, i tedeschi domandarono a
quei contadini dove fossero andati i nemici. Loro intendevano dire gli inglesi che, per loro, infatti, sono i nemici. Ma
quei contadini, poveretti, convinti, come tutti quanti noialtri italiani, che i nemici fossero invece, i tedeschi, risposero
che questi erano fuggiti verso Frosinone. I tedeschi a sentirsi
chiamare nemici, si arrabbiarono, si capisce, perché a nessuno piace di essere considerato nemico e puntarono le armi
contro i contadini. Michele, allora, si mise in mezzo gridando: "Non sparate, sono innocenti;" e fu ammazzato insieme
con tutti gli altri. Una famiglia intera distrutta eh, si sa, è
la guerra, una famiglia intera massacrata, una vera strage, uomini, donne, bambini, e Michele sul mucchio, con tante pallottole nel petto che gli avevano sparato mentre lui, poveretto, si metteva in mezzo. L'abbiamo saputo perché una
bambina s'era nascosta dietro un pagliaio e così si salvò e
poi venne giù e raccontò ogni cosa. Ma come, non lo sapeva-
te? Ne parla tutta Fondi. Eh, si sa, la guerra è la guerra."
E così Michele era morto. Io stavo ferma, con il viso tra
le mani e poi sentii che piangevo perché ci avevo tutte le dita
bagnate e trassi un sospiro profondo e cominciai a singhiozzare tra me e me. Mi pareva che piangevo per tutti quanti, per
Michele prima di tutto a cui avevo voluto bene come a un figlio; e poi per Rosetta che, forse forse, sarebbe stato meglio
che fosse morta come Michele; e per me stessa che non avevo
ormai più speranze dopo aver sperato tanto per un anno di
seguito. Intanto sentivo Concetta che diceva: "Piangi, piangi,
ti fa bene. Anch'io quando i figli miei se ne andarono fuggendo per le montagne, piansi non so quanto e poi mi sentivo meglio. Piangi, piangi, vuol dire che ci hai il cuore buono e fai bene a piangere perché Michele, poveretto, era proprio un santo e poi era tanto istruito che, se non fosse morto,
sarebbe certamente diventato ministro. È la guerra, si sa, e in
questa guerra tutti ci hanno rimesso qualche cosa. Ma i Festa

277

più di tutti; perché quelli che ci hanno rimesso la roba, se la rifanno, ma un figlio non si rifà, eh no, non si rifà. Piangi, piangi, che ti fa bene."

Insomma, io piansi un bel po'; e intanto sentivo che, intorno a me, gli altri parlavano dei fatti loro e alla fine alzai la testa e vidi Concetta, Vincenzo e Clorindo che discutevano di non so che partita di farina, in un angolo dell'aia; e Rosetta, un po' discosto da loro, che aspettava in piedi che io avessi finito di piangere. La guardai e ancora una volta fui spaventata vedendo che il suo viso era del tutto apatico e indifferente, con gli occhi asciutti, come se non avesse sentito niente oppure il nome di Michele non le avesse detto niente. Pensai che lei ormai non provava più nulla come chi si è fatto una bruciatura e ci viene il callo e poi può mettere la mano sopra i carboni accesi e non sente niente. E a vederla così secca e apatica, mi tornò di nuovo il dolore per la morte di Michele perché pensai che lui le aveva voluto bene e lui era il solo che avrebbe potuto forse farla ridiventare normale e adesso lui era morto e così non c'era più niente da fare. Dico la verità, quasi quasi, in quel momento, più della morte di Michele, mi addolorò l'accoglienza che Rosetta aveva fatto alla notizia di quella morte. Aveva ragione Concetta, questa era la guerra e ormai anche noialtri facevamo parte di questa guerra e ci comportavamo come se la guerra e non la pace fosse la condizione normale dell'uomo.

Alla fine mi alzai e Clorindo disse: "Adesso andiamo un po' a vedere come vi sistemate;" e così seguimmo Concetta verso la solita baracca del fieno. Questa volta, però, il fieno non c'era e invece c'erano tre letti coi materassi e le coperte e Concetta disse: "Sono i letti di quel poveretto dell'albergo di Fondi. Povera gente, gli hanno portato via tutto, l'albergo è vuoto, non c'è più niente nell'albergo, gli hanno portato via perfino i vasi da notte. Noi con questi letti ci abbiamo fatto un po' di soldi quest'inverno. Sfollati che andavano e venivano nudi e zingarelli, povera gente, li facevamo pagare un tanto a notte e abbiamo fatto un po' di soldi. Loro non ci sono, adesso, i proprietari; sono scappati, poveretti, chi dice che siano a Roma e chi a Napoli. Quando torneranno gli ridaremo i letti, s'intende, perché siamo gente onesta; intanto, però, ci facciamo un po' di soldi, sicuro, un po' di soldi. Eh, si sa, la guerra è la guerra." Clorindo disse a questo punto:

"A queste signore qui, però, non farai pagare niente." E lei, entusiasta: "Ma si capisce, chi fa pagare niente? Siamo tutti una famiglia." Clorindo soggiunse: "E gli darai anche da mangiare, poi faremo i conti." E lei: "Da mangiare, sicuro, roba semplice, però, roba di campagna, bisognerà che si adattino, si sa, roba di campagna." Insomma dopo un poco loro se ne andarono e io chiusi la porta della baracca e, quasi al buio, sedetti su uno dei letti, accanto a Rosetta.

Stemmo zitte per un poco e poi, con violenza, io le dissi: "Ma che hai, si può sapere che hai? Non ti addolora che Michele sia morto, di' non ti addolora? Eppure gli volevi bene." Non potevo vederla in viso, perché chinava il capo e poi perché la baracca era in penombra; l'udii rispondere: "Sì, che mi addolora." "E lo dici così?" "E come ho da dirlo?" "Ma, insomma, che hai, di', parla, neppure una lacrima hai versato per quel poveretto, eppure è morto per difendere della povera gente come noi, è morto come un santo." Lei non disse nulla; e io allora, presa da non so che frenesia, la scossi per un braccio ripetendo: "Ma che hai, si può sapere, che hai?" Lei si liberò, senza fretta, e disse lenta e precisa: "Mamma, lasciami perdere." Questa volta io non dissi nulla e rimasi un momento immobile, con gli occhi spalancati, guardando davanti a me. Lei, intanto, si era alzata, era andata al letto accanto e si era distesa, voltandomi le spalle. Finì che mi distesi anch'io e presto mi assopii.

Quando mi svegliai era notte fatta e Rosetta non era più sul letto accanto al mio. Per un pezzo rimasi immobile, distesa sul dorso, incapace di alzarmi e di fare quel che sia, non tanto per stanchezza quanto per mancanza di volontà. Quindi, attraverso le pareti della baracca, sentii Concetta che sull'aia parlava con qualcuno e mi feci coraggio, mi levai e uscii. Concetta aveva apparecchiato la tavola sull'aia, presso la porta, c'era il marito ma Rosetta e Clorindo non c'erano. Mi avvicinai, domandai: "Dov'è Rosetta, l'avete vista?" Concetta rispose: "Credevo che tu lo sapessi, è andata via con Clorindo." "Come sarebbe a dire?" E lei: "Sì, Clorindo è andato via con l'autocarro per portare alcuni sfollati a Lenola. E così ha preso anche Rosetta per non far da solo il viaggio di ritorno. Credo che saranno qui domani pomeriggio." Io rimasi di stucco, ma in una maniera dolorosa: Rosetta mai avrebbe fatto una cosa simile in altri tempi: andarsene via così, senza avvertirmi e, per giunta, andarsene con uno come Clorindo. Insistetti, quasi incredula: "Ma non ha lasciato detto niente?" "Niente. Ha detto soltanto che ti avvertissi. Non ha voluto svegliarti perché è una buona figlia. E poi si sa, gioventù, è l'età, le piace Clorindo e vuole stare sola con lui. Noialtre mamme, ad una certa età, siamo d'impiccio ai figli nostri. Anche i figli miei scappano di casa per star soli con le ragazze. E Clorindo è un giovanotto bello assai, lui e Rosetta fanno insieme proprio una bella coppia." Io allora mi lascio scappare: "Se certe cose non fossero successe, lei, quel Clorindo, manco l'avrebbe guardato." Appena ebbi detto queste parole, mi pentii di averle dette, ma, ormai, era troppo tardi perché quella strega mi stava addosso, domandando: "Ma che è successo, mi pareva, è vero, un po' strano che Rosetta se ne andasse via con lui, così senza pensarci troppo, ma non ci feci caso, si sa, gioventù, dunque, dimmi che è successo?"

Non so perché, un po' per la rabbia che mi faceva questo procedere di Rosetta, un po' per sfogare il mio dispiacere con qualcuno, fosse pure con Concetta, non resistetti e raccontai ogni cosa: la chiesa, i marocchini e quello che avevano fatto a Rosetta e a me. Concetta adesso scodellava la minestra e, pur scodellando, ripeteva: "Poveretta, povera figlia, povera Rosetta, quanto mi dispiace, quanto mi dispiace." Quindi sedette e, dopo che ebbi finito, disse: "Si sa, però, è la guerra. E quei marocchini, dopo tutto, sono anche loro giovanotti e vedendo tua figlia così bella e giovane non hanno resistito e hanno ceduto alla tentazione. Si sa è..."; ma non poté finire perché, io, ad un tratto, saltai su come una furia, con il coltello in mano, e gridai: "Tu non lo sai che cosa è stato per Rosetta tutto questo. Tu sei una mignotta e figlia di mignotta e vorresti che tutte le donne fossero mignotte come te. Ma se ti attenti a parlare ancora di Rosetta in questo modo, ti ammazzo, parola, come è vero Dio." Lei vedendomi così infuriata, fece un salto indietro e poi giungendo le mani: "Gesù, perché ti arrabbi tanto? Che ho detto dopo tutto? Che la guerra è la guerra, e la gioventù è la gioventù e i marocchini anche loro sono giovanotti. Ma non arrabbiarti, Clorindo adesso ci penserà lui a Rosetta, e, finché lui ci pensa, vedrai che a Rosetta non le mancherà niente. Vedrai, lui fa la borsa nera e ci ha roba da mangiare e ci ha vestiti, calze, scarpe, sta'

tranquilla, con lui Rosetta non ha proprio niente da temere."
Insomma, io capii che con quella donna era fiato sprecato e
posai il coltello e mangiai ancora un po' di minestra, senza dir
parola. Ma quella sera il cibo mi andò in tanto veleno; e tutto il tempo non potevo fare a meno di pensare a Rosetta, come era una volta e come era adesso. E lei era andata via con
Clorindo come una mignotta qualsiasi che si dà al primo uomo che le mette le mani addosso e non mi aveva avvertito
che andava via e, forse forse, non voleva neppure più stare
con me. La cena finì in silenzio e poi mi ritirai nella baracca
e mi gettai sul letto, senza dormire però, questa volta, con gli
occhi spalancati e le orecchie tese e tutto il corpo irrigidito
da non so che furore.

Il giorno dopo, Rosetta non tornò e io passai quel giorno
smaniando, gironzolando per gli aranceti e ogni tanto affacciandomi sulla strada maestra per vedere se arrivava. Mangiai con
Vincenzo e con la moglie la quale cercava di consolarmi sempre nello stesso modo esaltato e stupido, ripetendomi che, con
Clorindo, Rosetta ci stava bene e d'ora in poi non le sarebbe
mancato più nulla. Io non dicevo niente, tanto lo sapevo che
non serviva, mi era passata anche la voglia di arrabbiarmi. Dopo cena, andai a rinchiudermi nella baracca e alla fine mi addormentai. Verso mezzanotte sentii che la porta si apriva pian
piano, aprii gli occhi e, nella luce della luna, vidi Rosetta che
entrava in punta di piedi. Lei andò al buio, al comodino che
stava tra i nostri due letti e, dopo un poco, accese la candela:
io socchiusi gli occhi fingendo di dormire. Adesso lei stava
in piedi davanti a me, e, al chiarore della candela, potei vedere che era rivestita a nuovo, come Concetta aveva preveduto. Aveva un vestito a due pezzi, di stoffa leggera, rossa e aveva una camicetta bianca e aveva le scarpe nere, lucide, con il
tacco alto e vidi che aveva anche le calze. Lei si tolse prima
di tutto la giubba e, dopo averle dato uno sguardo lungo, la
mise sulla seggiola, in fondo al letto. Poi si tolse la gonna e
la mise accanto alla giubba. Era rimasta in sottoveste nera,
traforata, di quelle che lasciano vedere qua e là, per i buchi,
la carne bianca, poi sedette e si tolse le scarpe e, dopo averle
riguardate sollevandole alla luce della candela, le mise appaia-
te sotto il letto. Dopo le scarpe, si tolse anche la sottoveste sfi-
landola per le braccia. E allora, mentre si sfilava la sottoveste,
in piedi, e non ce la faceva e si contorceva coi fianchi e con

le gambe, vidi che aveva un reggicalze nero che le stringeva le anche, sulle due cosce, con tanti nastri, a sostenere le calze. Non l'aveva mai avuto un reggicalze, Rosetta, né nero né di altro colore, di solito portava gli elastici un po' sopra il ginocchio; e questo reggicalze la cambiava tutta, il suo corpo non pareva più lo stesso, pareva proprio un altro corpo. Prima era stato un corpo sano e giovane, forte e pulito, proprio di ragazza innocente qual era; adesso, invece, per via di quel reggicalze così stretto e così nero, aveva un non so che di provocante e di vizioso: le cosce parevano troppo bianche, troppo biondo il pelo, troppo ridondanti le natiche, troppo sporgente il ventre. Non era insomma il corpo della Rosetta che era stata sinora mia figlia; era il corpo della Rosetta che faceva l'amore con Clorindo. Alzai gli occhi verso il viso e vidi allora che anche questo era cambiato. La luce della candela le sbatteva in faccia e Rosetta, ad un tratto, mi fece pensare, per la sua espressione cupida, assorta e guardinga, ad una donna di malaffare che dopo aver girato molte ore tra i marciapiedi e le camere d'affitto, tornata a casa a notte alta, faccia il conto dei guadagni della giornata. Questa volta non ce la feci più a controllarmi e dissi, con voce forte: "Rosetta." Lei alzò subito gli occhi verso di me, poi disse lentamente e come malvolentieri: "Mamma?" Io le dissi: "Ma dove sei stata? Sono stata in pensiero per tre giorni. Perché non mi hai avvisata? Dove sei stata?" Lei mi guardava e poi disse: "Ho accompagnato Clorindo e poi sono tornata." Io adesso mi ero seduta sul letto e dissi ancora: "Ma Rosetta che ti è successo? Non sei più tu, Rosetta." Lei disse piano: "E invece sono sempre io, perché non dovrei essere io?" E io accorata: "Ma figlia mia, quel Clorindo, chi lo conosce? Che ci hai con Clorindo?" Questa volta lei non rispose, stava seduta, gli occhi bassi, ma per lei rispondeva il suo corpo ormai tutto nudo, salvo il reggicalze e il reggipetto, tanto diverso da quello che era stato una volta. Allora perdetti la pazienza, mi alzai dal letto, l'afferrai per le spalle e la scossi gridando: "Ma tu vuoi farmi disperare con questo tuo silenzio. Lo so perché non vuoi rispondere, che ti credi che non lo so? Non vuoi rispondere perché ti sei comportata come una mignotta e adesso sei la puttana di Clorindo e tu non vuoi dir nulla perché te ne freghi di tua madre e vuoi continuare a fare la mignotta quanto ti pare." Lei non diceva niente mentre io continuavo a scuoterla; io allora persi la testa e urlando: "Ma questo almeno devi togliertelo," feci per strapparle il reggicalze. Lei anche questa volta non si mosse né protestò, stava ferma, a testa bassa, quasi rannicchiata contro di me; e io tirai il reggicalze e non veniva perché era forte e io allora la gettai bocconi sul letto e lei cadde col viso sulla coperta e io le diedi due grandi schiaffi sulle natiche e poi mi gettai sul mio letto ansimando, e gridai: "Ma non te ne accorgi di quello che sei diventata, come fai a non accorgertene." Mi aspettavo, chissà perché, che lei protestasse, questa volta. Invece lei si era tirata su dal letto e pareva adesso soltanto preoccupata delle sue calze che io, cercando di strappare il reggicalze, avevo in parte slacciato. Infatti una delle calze era smagliata, dalla coscia giù giù fin sotto il ginocchio; e lei mise un dito in bocca, se lo bagnò di saliva e, chinandosi, andò ad inumidire la smagliatura affinché si fermasse. Disse poi: "Perché non dormi, mamma, lo sai che è molto tardi?" con tono ragionevole; e io capii che non c'era proprio niente da fare e d'impeto mi gettai sul letto e mi distesi con le spalle voltate verso di lei. La sentii muoversi ancora, potevo vedere la sua ombra che la luce della candela proiettava sulla parete di fronte a me, ma non mi voltai. Alla fine lei soffiò sulla candela e fu notte e io sentii il suo letto gemere poiché ella vi si distendeva e prendeva la migliore posizione per dormire.

Adesso avrei voluto dire tante cose che, mentre c'era la luce e potevo vedere Rosetta, non ero stata capace di spiccicare tanto era il furore che ispirava la vista di lei così cambiata. Avrei voluto dirle che la capivo; che capivo che, dopo quanto era successo coi marocchini, lei non fosse più la stessa e adesso volesse andare con un uomo per sentirsi donna e annullare così il ricordo di quello che le avevano fatto; che capivo pure che, dopo aver subito quello che aveva subito, sotto gli occhi della Madonna, senza che la Madonna facesse niente per impedirlo, a lei non importava più niente di niente, neppure della religione. Avrei voluto dirle tutte queste cose e magari prenderla tra le braccia e baciarla e accarezzarla e pianger con lei. Ma al tempo stesso, sentivo che ormai non ero più capace di parlare e di essere sincera con lei perché lei era cambiata, e cambiando, aveva cambiato anche me e così tra di noi tutto era cambiato. Insomma, dopo aver più volte pensato di alzarmi, stendermi sul suo letto accanto a lei e abbracciarla, ci rinunziai e finii per addormentarmi.

Il giorno dopo e i giorni seguenti fu sempre la stessa musica. Rosetta quasi non mi parlava, ma non come chi è offeso, piuttosto come chi non ha niente da dire; e Clorindo stava sempre con lei e non si vergognava di brancicarla sotto i miei occhi, prendendola per la vita o accarezzandole il viso o altro; e Rosetta lo lasciava fare con aria di compiaciuta sottomissione, quasi riconoscente; e Concetta esclamava tutto il tempo, giungendo le mani, che facevano davvero una bella coppia; e io ci sformavo e sentivo dentro di me non so che disperazione ma non potevo fare niente né dire niente, non ne ero capace. Un giorno provai a ricordarle il suo fidanzato che stava in Jugoslavia e sapete lei che mi rispose? "Oh, anche lui avrà trovato qualche slava. E poi non posso aspettarlo tutta la vita." Del resto, lei ci stava poco alla casetta rosa. Clorindo se la portava via tutto il tempo sul suo autocarro, che era diventato la loro casa, per modo di dire. E bisognava vedere come lei gli ubbidiva e gli correva dietro. Bastava che Clorindo si affacciasse sullo spiazzo e la chiamasse, che lei subito piantava tutto quanto e accorreva. E lui non la chiamava con la voce, ma con un fischio, come si fa coi cani; e a lei, a quanto pareva, piaceva di essere trattata come un cane; e si vedeva lontano un miglio che lui la teneva per quella cosa che lei non aveva mai assaggiato e per lei era nuova e ormai non ne poteva più fare a meno, come un bevitore che non può fare a meno del vino o un fumatore delle sigarette. Sì, lei adesso ci aveva preso gusto a quello che i marocchini le avevano impost con la forza; e questo era l'aspetto più triste del suo cambiamento, di cui non riuscivo a capacitarmi: che la rivolta di lei contro la forza che l'aveva massacrata, si esprimesse nel l'accettare e nel ricercare proprio quella forza e non nel respingerla e rifiutarla.

Lei e Clorindo andavano in giro con l'autocarro a Fondi e nei paesi intorno a Fondi e talvolta si spingevano fino a Frosinone o a Terracina o persino a Napoli e allora restavano fuori la notte; e lei, quando tornava, sembrava sempre più attaccata a Clorindo e, ai miei occhi che notavano ogni minimo cambiamento, sempre più puttana. Naturalmente non si parlava più di andare a Roma, dove, del resto, gli alleati non erano ancora arrivati. Clorindo, intanto, faceva capire che, anche quando gli alleati avessero preso Roma, questo non avrebbe voluto dire che noi saremmo partite da Fondi: Roma non sarebbe stata accessibile per molto tempo, sarebbe stata dichiarata zona militare, per andarci sarebbero stati necessari chissà quanti permessi e chissà quando questi permessi sarebbe stato possibile ottenerli. Insomma, quell'avvenire che al momento della liberazione mi era sembrato così chiaro e così luminoso, adesso, un po' per il procedere di Rosetta, un po' per la presenza di Clorindo mi si era tutto oscurato; e io stessa non capivo più se veramente desiderassi ormai tornare a Roma e riprendere la vecchia vita che sapevo non sarebbe mai più stata la stessa, dal momento che anche noi non eravamo più le stesse. Quei giorni che passai alla casetta rosa, tra gli aranceti, furono, insomma, tra i peggiori di tutto quel periodo perché sapevo tutto il tempo che Rosetta faceva l'amore con Clorindo e lo sapevo non soltanto perché lo indovinavo ma anche perché lo vedevo e loro, per modo di dire, lo facevano addirittura sotto i miei occhi. Talvolta, per esempio, eravamo già a letto ed ecco, dallo spiazzo, arrivava il solito fischio e Rosetta, allora, subito si alzava; e mentre io, stizzita, domandavo: "Ma dove vai a quest'ora, si può sapere dove vai?"; lei, manco rispondendomi, si vestiva in fretta e usciva di corsa; e tutto il tempo aveva quel viso teso, cupido e assorto che le avevo veduto la prima volta, al ritorno da Lenola, al lume di candela e che mi aveva fatto capire definitivamente che lei non era più quella di un tempo. Una notte, addirittura, mi trovai Clorindo nella baracca o almeno sono quasi sicura che ci fosse, perché fui svegliata da un rumore del letto di Rosetta e da non so che bisbigliare e allora mi levai a sedere sul mio letto e ascoltai, le orecchie tese, e poi domandai, al buio, a Rosetta se dormisse e lei, con voce annoiata, rispose: "Ma si capisce, che debbo fare? Dormivo e adesso mi hai svegliata." Mi ricoricai poco convinta; e credo che loro rimanessero fermi e muti finché si furono persuasi che io mi fossi riaddormentata; e poi Clorindo uscisse, di soppiatto, sul far dell'alba. Ma io quella volta non volli accendere la candela perché, in fondo, preferivo non vederli insieme, a letto; e quando lui uscì, che fu, come ho detto, all'alba, benché non dormissi, feci finta di dormire e, anzi, tenni gli occhi chiusi così che non lo capii se non da un leggero scricchiolio della porta che si apriva e quindi si chiudeva. Il più delle volte, però, loro andavano a far l'amore chissà dove, partendo con l'auto-carro dopo cena e non rientrando che molto tardi nella notte. Questo avveniva quasi tutti i giorni; era un amore tutto fisico che non si saziava mai; e infatti lui ci aveva sempre sotto gli occhi due unghiate nere e pareva perfino dimagrito; e Rosetta, visibilmente, si faceva ogni giorno sempre più donna, con quel non so che di languido e di soddisfatto che, appunto, hanno le donne quando fanno molto e volentieri quella cosa, con un uomo che gli piace e a cui piacciono.

Alla fine dopo un mese di questa vita, cominciai a cercare di consolarmi con l'idea che, dopo tutto, Clorindo era un bel giovanotto e guadagnava parecchio con l'autocarro e la borsa nera e, in conclusione, avrebbe sposato Rosetta e così tutto sarebbe andato a posto. Quest'idea non mi piaceva tanto perché Clorindo mi era antipatico ma, insomma, come si dice, dovevo far buon viso a cattivo gioco e, dopo tutto, non ero io che dovevo sposare Clorindo ma Rosetta e, se lui le piaceva, io non potevo farci niente. Pensavo così che si sarebbero sposati e sarebbero andati a vivere a Frosinone, dove lui aveva la famiglia, e avrebbero avuto dei bambini e, forse, Rosetta sarebbe stata felice. Questa prospettiva mi consolò un poco ma lo stesso continuavo ad essere inquieta perché Clorindo non parlava di matrimonio e neppure Rosetta; così una sera, dopo cena, nella baracca, mi feci coraggio e le dissi: "Be', io non voglio sapere quel che fate e non fate quando state insieme, ma, insomma, vorrei almeno sapere se lui ha intenzioni serie e, se le ha, come spero, quando pensate di sposarvi."

Lei stava seduta sul letto davanti a me, intenta a togliersi le scarpe. Si rialzò mi guardò e poi disse semplicemente: "Ma mamma, Clorindo è già sposato, ci ha moglie e due bambini a Frosinone." ←excellent preparation by Moravia

Dico la verità, a questa risposta mi montò il sangue alla testa, dopo tutto sono ciociara e noialtri ciociari siamo una razza dal sangue caldo e una coltellata come niente ci mettiamo a darla. Io, dunque, senza neppure accorgermi, di quello che facessi, saltai dal letto, le zompai addosso, l'acchiappai per il collo, la sbattei sul materasso e presi a darle tanti schiaffi. Lei cercava di proteggersi con il braccio e io la menavo e intanto urlavo: "Ma io ti ammazzo... tu vuoi fare la mignotta ma io prima ti ammazzo." Lei continuava a proteggersi con il braccio, come poteva, dai miei colpi e non protestava né reagiva in alcun modo; e così, alla fine, mi mancò il fiato e la lasciai; e lei questa volta non si mosse ma rimase com'era, rovesciata sul letto, il viso sul guanciale, che non si capiva se piangesse o pensasse o che facesse. Io la guardavo fisso, seduta sul mio letto, ancora tutta ansimante e mi sentivo una disperazione da non dirsi perché capivo che avrei potuto anche ammazzarla, ma non sarebbe servito a nulla, perché ormai ero impotente e non avevo più su di lei alcuna autorità e lei mi era sfuggita per sempre. Alla fine dissi con rabbia: "Adesso, però, voglio parlargli a quel mascalzone di Clorindo. Voglio proprio vedere quello che avrà la fronte di rispondermi." A queste parole, lei si rialzò e vidi che aveva gli occhi asciutti e il viso, come il solito, apatico e indifferente. Disse tranquillamente: "Clorindo non lo vedrai più perché è tornato in famiglia. Non ci aveva più niente da fare a Fondi. È tornato a Frosinone e stasera ci siamo salutati e neppure io lo vedrò più perché il suocero ha minacciato di riprendersi la figlia e, siccome è la moglie che ci ha i soldi, lui ha dovuto ubbidire." Io rimasi ancora una volta senza fiato perché anche questa volta non me l'ero aspettato. Soprattutto non mi ero aspettato che lei mi annunziasse con tanta indifferenza che si era lasciata con Clorindo, come se la cosa non la riguardasse. Dopo tutto, era stato il primo uomo della sua vita; e io avevo in fondo sperato che si amassero davvero; e invece non era vero niente, e erano stati insieme proprio come un uomo sta insieme con una mignotta, che, dopo aver fatto l'amore e aver pagato e ricevuto i soldi dell'amore, non hanno più niente da dirsi e si lasciano senza rimpianti come se non si fossero mai visti né conosciuti. Insomma, Rosetta era proprio cambiata, non potei fare a meno di ripetermi una volta di più; ma io, abituata a considerarla la mia Rosetta di un tempo, non avrei mai capito fino a che punto lei era cambiata. Dissi sbalordita: "Dunque tu gli hai fatto da mignotta e lui adesso ti ha dato il benservito e se ne è andato e tu lo dici così." Lei rispose: "E come dovrei dirlo?" Io feci un movimento di rabbia e lei allora ebbe un gesto di paura come se temesse che volessi menarla di nuovo e anche questo mi fece male al cuore perché una madre non vuole essere temuta ma amata. Dissi: "Sta' tranquilla, non ti toccherò più... soltanto mi piange il cuore di vederti ridotta in questo modo." Lei non disse nulla e riprese a svestirsi.

287

Dissi, allora, ad un tratto, con una voce forte ed esasperata: "E adesso chi ci riporta a Roma? Clorindo diceva che ci riportava a Roma quando Roma fosse stata liberata dagli alleati. Roma è stata liberata ma Clorindo non c'è più, chi ci riporta a Roma? Domani, de riffe o de raffe, io voglio tornare a Roma, dovessi tornarci a piedi." Lei rispose calma: "A Roma non ci si potrà ancora andare per qualche giorno. Ad ogni modo, un figlio o l'altro di Concetta ci porterà a Roma tutte e due, uno di questi giorni. Loro saranno qui domani sera perché hanno accompagnato Clorindo a Frosinone e adesso la società si è sciolta e loro hanno rilevato il camion di Clorindo. Sta' tranquilla, torneremo a Roma." Anche questa notizia non mi fece piacere. I figli di Concetta, finora, non si erano mai fatti vedere, impegnati, a quanto sembrava, nei traffici della borsa nera a Napoli; ma io me li ricordavo ancor più antipatici di Clorindo, se era possibile; e l'idea di fare il viaggio, insieme con loro, a Roma non mi piaceva affatto. Dissi: "A te non importa più nulla di nulla, non è così?" Lei mi guardò e poi domandò: "Mamma, perché mi tormenti tanto?" Quasi un riflesso, nella voce, dell'antico affetto; e io, commossa, dissi: "Figlia d'oro, perché ho l'impressione che tu sia cambiata e che non senti più niente per nessuno, nemmeno per me." E lei: "Sarò cambiata, non lo nego, ma per te sono sempre quella di prima." Così lei riconosceva che era cambiata; ma al tempo stesso mi rassicurava facendomi capire che mi voleva bene come in passato. Non sapendo neppure io se dovessi addolorarmi o consolarmi, tacqui; e così la discussione finì lì.

Il giorno dopo, come Rosetta mi aveva annunziato, arrivò il camion da Frosinone ma con un figlio solo di Concetta, Rosario, l'altro aveva proseguito per conto suo verso Napoli. Dei due, tutt'e due antipatici, come ho detto, Rosario, per giunta, era quello che mi dispiaceva di più. Non tanto alto, massiccio, tarchiato, con una faccia brutale, quadrata bruna, la fronte bassa, i capelli che gli crescevano in mezzo alla fronte, il naso corto e la mascella sporgente, era proprio quello che a Roma si chiama un burino, ossia un uomo rustico, un tanghero, un bullo di campagna e, per giunta, né buono né intelligente. A tavola, quello stesso giorno che arrivò, lui che non diceva mai niente, diventò quasi loquace. Disse a Rosetta: "Ti porto i saluti di Clorindo, dice che verrà a trovarti a Roma, quando ci sarai." Rosetta rispose, secca secca, senza alzare gli occhi: "Digli pure che non venga, io non voglio più vederlo." Capii allora, per la prima volta, che tutta quell'indifferenza di Rosetta era una finta e che lei ci aveva tenuto e forse ci teneva ancora a Clorindo; e, strano a dirsi, il fatto che lei soffrisse per quell'uomo così spregevole, mi diede ancor più fastidio dell'idea che non gliene importasse niente. Rosario domandò: "E perché? Mò ce l'hai con lui? Non ti piace più?" Io ci sformavo a vedere Rosario parlare a Rosetta senza rispetto né gentilezza, come si parla ad una mignotta che non ha il diritto di protestare né di indignarsi; e più ci sformai quando Rosetta disse: "Clorindo mi ha fatto una cosa che non doveva fare. Non me l'aveva mai detto che era sposato. Me l'ha detto soltanto ieri quando decidemmo di separarci. Finché gli faceva comodo me l'ha nascosto, appena gli ha fatto comodo di dirlo, l'ha detto." Ormai era destino che io non capissi più Rosetta né quello che le stava succedendo; e perciò rimasi una volta di più stupita benché in maniera dolorosa: così lei l'aveva saputo soltanto all'ultimo momento che lui ci aveva moglie e figli e ne parlava in questo tono, come di un dispettuccio da niente, proprio da mignotta senza orgoglio e senza dignità che ce lo sa che non può farsi valere con l'uomo che ama. Rimasi senza fiato; intanto Rosario, sogghignando diceva: "E perché avrebbe dovuto dirtelo dopo tutto? Mica dovevate sposarvi voi due, no?" Rosetta chinò il capo sulla scodella e non disse nulla. Ma quella strega di Concetta saltò su: "Sono cose di una volta; con la guerra, si sa, tutto è cambiato, i giovani fanno la corte alle ragazze senza dire loro che sono sposati e le ragazze fanno l'amore con i giovanotti senza chiedere loro di sposarle. Cose di una volta, tutto è cambiato, che importa se uno è sposato o non è sposato, se ha figli e moglie o non li ha? Cose di una volta. L'importante è che si voglia bene e Clorindo bene le voleva di certo a Rosetta, per convincersene basta vedere come la mandava vestita, che prima di incontrarla sembrava una zingarella e adesso sembra proprio una signora." Con queste parole, Concetta che era sempre pronta a difendere i delinquenti perché lei stessa era delinquente, in fondo, però, diceva la verità: la guerra aveva cambiato davvero ogni cosa, e io ne avevo la prova sotto gli occhi miei, in questa figlia mia che, da quell'angiolo di purezza e di bontà che era sempre stata, adesso era diventata un'apatica e smemorata puttana. Tutte queste cose le sapevo e sapevo pure che erano vere; però, lo stesso, mi faceva male al cuore quello che vedevo e quello che sentivo e così saltai su, a mia volta, ad un tratto, contro Concetta: "Un corno tutto è cambiato. Siete voi che non aspettavate che la guerra, tu e i tuoi figli e quel delinquente di Clorindo e quegli assassini dei marocchini e, insomma, tutti quanti, per sfogarvi e fare quello che in tempi normali non avreste mai avuto il coraggio di fare. Un corno: e io ti dico così che tutto questo non durerà tanto e un giorno tutto tornerà a posto e allora tu e i figli tuoi e Clorindo vi ritroverete male, anzi malissimo e vi accorgerete che ci sono ancora la morale, la religione e la legge e che le persone oneste contano più dei delinquenti." A queste parole Vincenzo, da mezzo scemo, proprio lui che aveva rubato la roba del padrone, scosse la testa dicendo: "Parole d'oro." Ma Concetta alzò le spalle e disse: "Perché ti scaldi tanto? Vivere e lasciar vivere, lasciar vivere e vivere." Quanto a Rosario, lui addirittura si mise a ridere e disse: "Tu Cesira sei una donna di prima della guerra e noialtri, invece, mio fratello e io, Rosetta, mia madre e Clorindo siamo gente di dopo la guerra. Per esempio, guarda me: sono stato a Napoli con un carico di scatolame americano e di maglie militari, l'ho venduto subito, ho rifatto il carico con roba da vendere in Ciociaria ed ecco qui il risultato," così dicendo tirò fuori un fascio di biglietti di banca e me li sventolò sotto il naso; "ho guadagnato più io in un giorno che mio padre negli ultimi cinque anni. Tutto è cambiato non è più il tempo che Berta filava, te ne devi convincere. E poi perché te la prendi tanto per Rosetta? Anche lei ha capito che un conto era prima della guerra e un conto dopo e si è aggiornata, ha imparato a vivere. A te forse l'amore non ti è mai piaciuto e ti hanno insegnato che, senza il prete che ti benedice, l'amore non è amore anzi non ci può essere amore affatto. Ma Rosetta invece ce lo sa che con il prete o senza prete, l'amore è sempre amore. Non è vero Rosetta, eh, che ce lo sai? Dillo un po' alla tua mamma che ce lo sai." Io quasi trasecolavo; ma Rosetta, calma e serena, quasi quasi pareva compiacersi di questo modo di parlare di Rosario; il quale continuò: "Per esempio, tempo fa siamo stati a Napoli insieme, Rosetta, Clorindo, mio fratello ed io, da amici, senza gelosia e senza complicazioni. E benché tra di noi ci fosse Rosetta e Rosetta piacesse a tutti, pure Clorindo, mio fratello ed io siamo rimasti amici come prima. E ci siamo divertiti tutti e quattro, non è vero Rosetta che ci siamo divertiti?" Io adesso tremavo tutta come una foglia, perché ormai capivo che Rosetta non soltanto era stata l'amante di Clorindo che era già male, ma lo svago di tutta la banda; e, forse forse, lei aveva fatto l'amore non soltanto con Clorindo come sapevo e con Rosario come ormai mi era chiaro, ma anche con l'altro figlio di Concetta e magari con qualche delinquente napoletano, di quelli che vivono sulle donne e se le scambiano come se fossero merci; e lei, ormai, era una povera derelitta a cui gli uomini potevano fare quello che volevano perché lei, in quel momento che era stata violentata dai marocchini, aveva avuto la volontà spezzata e, al tempo stesso, qualche cosa, che lei aveva sinora ignorato, le era entrato nella carne, come un fuoco, e la bruciava e le faceva desiderare di essere di nuovo trattata a quel modo che l'avevano trattata i marocchini, da tutti gli uomini nei quali si imbatteva. Rosario, intanto, poiché la cena era finita, si era alzato e slacciandosi la cintura, diceva: "Be', adesso vado a fare un giretto con il camion, Rosetta vuoi venire con me?" Io vidi Rosetta accennare di sì, posare il tovagliolo sulla tavola e fare per alzarsi, con quella faccia cupida e desiderosa e assorta che le avevo visto al lume di candela, la prima volta che era scappata con Clorindo. Mossa da non so che impulso dissi allora: "No, tu non ti muovi, resti qui." Ci fu un momento di silenzio e Rosario mi guardava con uno suo finto stupore come a dire: "Ma che succede? Il mondo è capovolto?" Poi voltandosi verso Rosetta, ordinò: "Allora andiamo, su spicciati." Io dissi ancora, non più in tono di comando ma di preghiera: "Rosetta, non muoverti." Ma lei ormai si era alzata e disse: "Mamma, ci vediamo più tardi." Quindi, senza voltarsi, raggiunse Rosario che si era già allontanato, come sicuro del fatto suo, gli infilò la mano sotto il braccio e scomparve con lui tra gli aranceti. Così lei aveva ubbidito a bacchetta a Rosario come aveva prima ubbidito a Clorindo e adesso lui se la portava in qualche prato a far l'amore e io non potevo farci niente. Concetta gridò: "Si sa, la madre ha il diritto di proibire quel che vuole alla figlia, come non ce l'ha? Ma anche la figlia ha il diritto di andare con l'uomo che le piace, perché no? E le madri non vanno mai d'accordo con gli uomini che piacciono alle figlie, ma, lo stesso, la gioventù ha i suoi diritti e noialtre madri dobbiamo capire e perdonare, perdonare e capire." Io non dicevo niente, stavo a testa china, come un fiore vizzo, la fronte nella luce del lume ad acetilene intorno al quale i maggiolini ronzavano e volavano e ogni tanto cascavano morti, bruciati dalla fiamma. E pensavo che la mia povera Rosetta era proprio simile ad uno di questi maggiolini: la fiamma della guerra l'aveva bruciata e lei era morta, almeno per me.

Quella notte Rosetta tornò molto tardi e io neppur la sentii quando rientrò. Ma prima di addormentarmi, avevo pensato a lungo a lei e a quanto era successo e a quello che era diventata; e poi, strano a dirsi, il mio pensiero si era fissato su Michele e, per il resto della mia veglia, non avevo pensato che a lui. Io non avevo avuto il coraggio di andare a far visita ai Festa per dire loro quanto mi aveva addolorato la morte del figlio, che, per me, era stato proprio come se fosse morto un figlio mio, nato dalle viscere mie. Ma, ugualmente, tutto il tempo, quella morte così crudele così amara mi era rimasta confitta nel cuore, come una spina. Pensavo che questa era la guerra, come diceva Concetta, e nella guerra ci rimettono i migliori perché sono i più coraggiosi, i più altruisti, i più onesti e chi viene ammazzato come il povero Michele e chi invece rimane storpiato per la vita come la mia Rosetta. E invece i peggiori, quelli che non ci hanno coraggio, che non ci hanno fede, che non ci hanno religione, che non ci hanno orgoglio, che rubano e ammazzano e pensano a se stessi e fanno i loro interessi, questi si salvano e prosperano e diventano ancor più sfacciati e delinquenti di quanto non fossero stati prima. E pensavo pure che, se Michele non fosse morto, forse mi avrebbe dato qualche buon consiglio e io non sarei andata via da Fondi al mio paese e non avremmo incontrato i marocchini e Rosetta sarebbe stata tuttora quell'angiolo di bontà e di purezza che era stata prima. E mi dicevo che era proprio un peccato che lui fosse morto, perché lui, per noi due, era stato padre, marito, fratello e figlio e, benché fosse buono quanto un santo, però all'occorrenza sapeva essere duro, e senza pietà con i delinquenti del genere di Rosario e di Clorindo. E lui ci aveva una forza che a me mancava, perché lui era non soltanto buono ma anche istruito e sapeva tante cose e giudicava sui fatti della vita dall'alto e non terra

terra come me che ero una poveretta e sapevo appena leggere e scrivere e finora ero sempre vissuta per il negozio, tra casa e bottega, senza sapere niente di niente.

Ad un tratto, non so come, mi vennero una disperazione e una frenesia da non dirsi; e d'improvviso mi dissi che non volevo più vivere in un mondo come questo, in cui gli uomini buoni e le donne oneste non contavano più e i delinquenti la facevano da padroni; e pensai che per me, ormai, con Rosetta ridotta a quel modo, la vita non aveva più senso e, anche a Roma, con l'appartamento e il negozio, io non sarei più stata la stessa di prima e non mi sarebbe più piaciuto vivere. Così, tutto ad un tratto, pensai che volevo morire e saltai giù dal letto e, con le mani che mi ballavano dall'impazienza, accesi la candela e andai in fondo alla stanza a prendere una corda che stava appesa ad un chiodo e serviva a Concetta per stenderci i panni ad asciugare, dopo il bucato. In quell'angolo della baracca, c'era una seggiola di paglia; io salii sulla seggiola, con la corda in mano, decisa ad appiccarla a qualche chiodo oppure ad un travicello del tetto e poi passarci il collo, dare un calcio alla seggiola e lasciarmi piombare giù e farla finita una buona volta. Ma proprio mentre, con la corda in mano, levavo gli occhi verso il soffitto cercando un appiglio a cui legarla, ecco, sentii che, dietro di me, la porta della baracca si apriva pian piano. Mi voltai allora, e vidi che Michele era sulla soglia, proprio lui. Era tale e quale come l'avevo veduto l'ultima volta, quando i nazisti l'avevano portato via; e ci feci caso che, come allora, aveva un pantalone più lungo che gli arrivava fino alla scarpa e uno più corto che gli giungeva appena alla caviglia. Aveva gli occhiali, come sempre, e, per meglio vedermi, abbassò la fronte e mi guardò al disopra delle lenti, come faceva quando era vivo. E vedendo che io stavo in piedi su una seggiola, con una corda in mano, fece subito un gesto come per dire: "No, non farlo, questo no, questo non devi farlo." Io domandai allora: "E perché non dovrei farlo?" Lui aprì la bocca e disse qualche cosa che non intesi; e poi continuò a parlare e io cercavo di udirlo e non udivo niente; ed era proprio come quando si cerca di udire qualche cosa che ci sta dicendo una persona da dietro il vetro di una finestra e si vede che muove la bocca ma per via del vetro non si sente niente. Gridai allora: "Ma parla più forte, io non ti capisco!" E nello stesso momento mi destai fradicia di sudore, nel mio letto. Compresi allora che era stato tutto un sogno: il tentativo di suicidio, l'intervento di Michele e le sue parole che non avevo udito. Mi restava, però, il rimpianto struggente, amaro, violento di non aver udito quello che lui mi diceva; e, per un pezzo, mi rivoltai dentro il letto domandandomi che cosa avesse potuto essere; e pensavo che, certamente, lui mi aveva detto perché non dovevo uccidermi, perché valeva la pena di continuare a vivere e perché la vita, in tutti i casi, era meglio della morte. Sì, lui, di certo, mi aveva spiegato in poche parole il senso della vita, che a noi vivi sfugge, ma per i morti deve essere, invece, chiaro e lampante; e la mia disgrazia aveva voluto che io non capissi quello che lui diceva, benché quel sogno fosse stato veramente una specie di miracolo; e i miracoli, si sa, sono miracoli appunto perché tutto vi può succedere, anche le cose più incredibili e più rare. Il miracolo c'era stato, ma, soltanto a metà: Michele mi era apparso e mi aveva impedito di uccidermi, era vero, ma io, per colpa mia di certo, perché non ne ero degna, non avevo inteso perché non avrei dovuto farlo. Così dovevo continuare a vivere; ma come prima, come sempre, non avrei mai saputo perché la vita era preferibile alla morte.

CAPITOLO UNDICESIMO

E così era venuta la gran giornata del ritorno a Roma, ma quanto diversa da come l'avevo immaginata nei miei sogni di liberazione, durante i nove mesi che avevo passato a Santa Eufemia. Allora avevo sognato un ritorno tanto allegro, in qualche autocarro militare, con quei ragazzoni biondi inglesi o americani, contenti anche loro e simpatici e allegri; e al mio fianco Rosetta dolce e tranquilla come un angelo; e magari pure Michele con noi, una volta tanto contento anche lui. E io con l'animo pieno di attesa per veder spuntare all'orizzonte la cupola di San Pietro, che è la prima cosa che si vede di Roma; e il cuore colmo di speranza; e la testa ronzante di progetti per Rosetta e il suo matrimonio e il negozio e l'appartamento. Si può dire che in quei nove mesi io avessi studiato ogni particolare di questo ritorno e ogni particolare del particolare. E avevo anche immaginato l'arrivo a casa, con Giovanni che ci accoglieva calmo e sorridente, il sigaro spento all'angolo della bocca e i vicini che si affollavano intorno a noi, e noi che abbracciavamo tutti quanti e sorridendo dicevamo: "Be', ce l'abbiamo fatta, poi vi racconteremo quello che è successo." Io avevo pensato tutte queste cose e tantissime altre; ricordo che, pensandole, mi ero sorpresa spesso a sorridere di gioia anticipata; in tutti i casi non mi aveva mai neppure sfiorato la mente che queste cose non avessero a verificarsi proprio nello stessissimo modo. Insomma non avevo preveduto che, come diceva Concetta, la guerra è la guerra; cioè che la guerra, anche quando è finita, continua ad esserci e come una bestiaccia moribonda che, però, vuole ancora far del male, può sempre dare qualche zampata. Ora la guerra l'aveva data la zampata, proprio sul punto di andarsene; e i marocchini avevano rovinato Rosetta; e i nazisti avevano ammazzato Michele; e a noi due ci toccava di andare a Roma con l'autocarro di quel delinquente di Rosario; e io, invece delle tante cose allegre che avevo preveduto, di pensare e provare, adesso avevo l'animo pieno di tristezza, di delusione e di disperazione. l'ultima alba

Era una mattina di giugno, con il calore e la luce dell'estate già nel cielo infuocato e sulla terra asciutta e polverosa. Rosetta ed io, dentro la baracca, finivamo di vestirci perché l'autocarro di Rosario ci aspettava sulla strada maestra. Rosetta aveva passato parte della notte fuori della baracca ed io, che lo sapevo e l'avevo vista rientrare di soppiatto, continuavo a provare quel sentimento di impotenza di cui ho già detto: il mio animo traboccava di cose che avrei voluto dire ma la mia bocca non sapeva più esprimerle. Tuttavia, alla fine, mi riuscì di pronunziare, mentre lei si lavava in piedi, davanti alla catinella, in un angolo: "Ma si può sapere dove sei stata questa notte?" Mi aspettavo di nuovo il silenzio o qualche risposta corta; ma questa volta non fu così, chissà perché. Lei finì di asciugarsi, quindi si voltò e mi disse con voce chiara e ferma: "Sono stata con Rosario e abbiamo fatto l'amore. E non domandarmi più quello che faccio e dove vado e con chi sto, perché adesso lo sai: faccio l'amore dove posso e con chi posso. E voglio dirti anche questo: mi piace far l'amore, anzi non posso farne a meno e non voglio farne a meno." Esclamai: "Ma con Rosario, figlia mia, ti rendi conto chi è Rosario." Lei disse: "Lui o un altro per me fa lo stesso. Te l'ho già detto: voglio fare l'amore perché è la sola cosa che mi piaccia e che mi sento di fare. E d'ora in poi sarà sempre così, perciò non farmi più domande perché io non potrò mai risponderti che sempre la stessa cosa." Lei non aveva mai parlato così chiaro, anzi era la prima volta che mi parlava; e io capii che, fino a quando non le fosse passata questa frenesia, io avrei dovuto fare come lei mi diceva: non domandarle nulla, tacere. E così feci: finendo di vestirmi in silenzio, mentre lei, dall'altra parte del letto, faceva lo stesso.

Uscimmo, alla fine, fuori della baracca e trovammo Rosario il quale, seduto a tavola insieme con sua madre, mangiava un'insalata di cipolle con il pane. Concetta ci venne subito incontro e cominciò a farci i suoi soliti discorsi scuciti ed esaltati, che già mi avevano tanto irritato quando l'avevo conosciuta la prima volta, figuriamoci ora. "E così ve ne andate, tornate a Roma, beate voi, fortunate che siete, ve ne andate e ci lasciate, noialtri poveretti di campagna, ci lasciate qui, in questo deserto dove non c'è più niente e tutti hanno fame e tutte le case sono rovinate e tutta la gente è nuda e cruda, zingarella. Beate voi, andate a fare le signore a Roma, dove c'è l'abbondanza e quello che gli inglesi qui l'hanno dato soltanto per tre giorni, lì lo daranno tutto l'anno. Però mi fa piacere perché io vi voglio bene e fa sempre piacere che le persone cui vogliamo bene siano fortunate e stiano bene." Dissi allora per tagliare corto a queste effusioni: "Già, beate noi. Siamo proprio fortunate, non c'è che dire. Soprattutto di avere incontrato una famiglia come la vostra." Ma lei non capì l'ironia e disse: "Lo puoi dir forte che siamo una buona famiglia. Voi qui siete state proprio bene, vi abbiamo trattate come sorelle e figlie, avete mangiato e bevuto, avete dormito e avete fatto i comodi vostri. Eh, famiglie come la nostra non ce ne sono mica tante." "Per fortuna," avrei voluto rispondere ma mi trattenni perché ormai mi tardava di partire, sia pure con quel Rosario che mi era tanto odioso, pur di non stare più in quella radura chiusa tra quegli aranceti fitti fitti, che mi sembrava una prigione. Così salutammo Vincenzo, che ci disse, da mezzo scemo: "Ve ne andate già? Ma se eravate appena arrivate? Perché non restate almeno fino a ferragosto?" e Concetta che volle abbracciarci e baciarci sulle due guance, con certi baci sonori a schiocco, i quali, come le sue parole, parevano essere scoccati per minchionarci. Alla fine, ci avviammo per il sentiero, voltando le spalle per sempre a quella maledetta casa rosa. Sulla strada maestra c'era l'autocarro. Salimmo, Rosetta accanto a Rosario e io accanto a Rosetta.

Rosario accese il motore e ingranò la marcia dicendo: "Partenza per Roma!" E il camion si mosse velocemente per la strada provinciale in direzione della nazionale. Era ormai mattina inoltrata e c'era il sole di giugno ardente, asciutto, pieno di forza allegra e giovanile; la strada era bianca di polvere, le siepi erano anch'esse bianche di polvere, e quando l'autocarro rallentava, si udivano, su per i pochi alberi che costeggiavano la strada, frinire, fitte fitte, le cicalette che se ne stavano rimpiattate tra il fogliame. A sentire quel frinire delle cicale, a vedere quella polvere così bianca sulla strada e sulle siepi, con le allodole che piombavano giù per beccare tra gli escrementi dei muli e poi frullavano via verso il cielo luminoso, mi vennero ad un tratto le lacrime agli occhi. Sì, questa era la campagna, la mia cara campagna in cui ero stata allevata ed ero cresciuta, e alla quale, nel frangente della carestia e della guerra io avevo fatto ricorso come si ricorre ad una madre molto vecchia che ne ha viste tante e, ciononostante, è rimasta buona e sa tutto e perdona tutto. E la campagna, invece, mi aveva tradito; e tutto era andato a finir male; e adesso io ero cambiata ma la campagna era rimasta la stessa di sempre, con il sole che riscaldava ogni cosa fuorché il mio cuore gelato e le cicale tanto belle a udirsi quando si è giovani e si vuol bene alla vita e adesso fastidiose per me che non speravo più nulla, e l'odore della polvere asciutta e calda che inebria i sensi quando sono ancora vergini e inappagati, e adesso invece mi soffocava, come se una mano mi avesse imbavagliato il naso e la bocca. La campagna mi aveva tradito e io tornavo a Roma senza più speranze, anzi disperata. Io piangevo piano e mi bevevo le lacrime amare che mi scendevano dagli occhi, cercando, intanto, di girare il capo dalla parte della strada, per evitare che Rosario e Rosetta mi vedessero. Ma Rosetta se ne accorse lo stesso e mi domandò ad un tratto: "Perché piangi, mamma?" con una voce dolce dolce che mi fece quasi sperare che ella fosse di nuovo, per qualche miracolo del cielo, la mia Rosetta di una volta. Stavo per risponderle qualche cosa, quando, voltandomi, vidi che lei teneva la mano sulla coscia di Rosario, molto in su, vicino all'inguine; e mi ricordai ad un tratto che da qualche minuto loro stavano zitti e neppure si muovevano; e capii che quel silenzio e quell'immobilità erano quelli dei loro comodi che loro si facevano sotto gli occhi miei; e quella dolcezza della voce di Rosetta non era la dolcezza dell'innocenza bensì quella dell'amore che loro stavano facendo senza pudore e senza vergogna, mentre lui guidava, così di buon mattino, come le bestie che lo fanno a tutte le ore e in qualsiasi luogo. Dissi allora: "Piango per la vergogna, ecco perché piango." A queste parole Rosetta ebbe un movimento come per ritirare la mano; ma l'odioso di Rosario gliel'acchiappò e gliela ricondusse sulla coscia. Lei resistette un momento o almeno così mi parve, quindi lui le lasciò la mano e lei non la ritirò più e io capii una volta di più che, per lei, quello che stava facendo era più forte della vergogna mia e anche della sua, posto che fosse ancora capace di provarne.

Intanto correvamo sulla Via Appia, lungo i grandi platani che sfilavano ai due lati della strada, congiungendo il fogliame nuovo e folto sopra le nostre teste. Sembrava di correre per una galleria verde; il sole, trapassando qua e là tra le foglie, stendeva ogni tanto i suoi raggi sulla strada; e pareva allora che anche l'asfalto così opaco diventasse una materia luminosa e palpitante, simile alla schiena di un animale caldo di sangue e di vita. Io tenevo la testa voltata dalla parte della strada per non vedere quello che facevano Rosario e Rosetta; così, per distrarmi dai miei tristi pensieri, presi ad osservare il paesaggio. Ecco gli allagamenti provocati dai tedeschi quando avevano fatto saltare le dighe, con le acque azzurre, increspate dal vento e sparse di ciuffi di alberi e di rovine, distese là dove un tempo c'erano stati i campi coltivati e i cascinali. Ecco, passato San Biagio, la strada lungo la marina. Era calmo il mare, percorso da un vento leggero e fresco che faceva andare tutte di traverso le innumerevoli onde azzurre; e ogni onda ci aveva un occhio di luce che scintillava forte e così tutto il mare pareva sorridere sotto il sole. Ecco Terracina; e mi fece ancora più impressione di Fondi, una vera desolazione con tutte le case scorticate dal fuoco delle mitragliatrici e butterate di buchi grandi e piccoli e le finestre nere come gli occhi dei ciechi o, peggio ancora, azzurre quando non restava che la facciata, e monti di macerie polverose e fosse piene d'acqua gialla dappertutto. Non c'era nessuno a Terracina, così almeno mi parve, né nella piazza principale, dove la fontana aveva la vasca piena fino all'orlo di calcinacci né per le strade lunghe e diritte fiancheggiate di rovine, che andavano in direzione del mare. Pensai che a Terracina doveva essere successo come a Fondi: il primo giorno una fiera, una gran folla, soldati, contadini, e sfollati, distribuzione di viveri e di vestiti, gioia e fracasso, insomma: la vita; quindi l'esercito era avanzato verso Roma e, tutto ad un tratto, la vita se ne era andata e non era rimasto che un deserto di rovine e di silenzio. Dopo Terracina, riprendemmo a correre a perdifiato sulla strada che va diritta a Cisterna, avendo da una parte il canale denso e verde della bonifica e dall'altra una vasta pianura qua e là allagata, distesa fino ai piedi delle montagne celesti che limitavano l'orizzonte. Ogni tanto, ai bordi della strada, si vedeva, nei fossati, qualche carcassa di automobile militare, con le ruote per aria, già arrugginita e irriconoscibile come se la guerra fosse passata di lì tanti anni prima; ogni tanto, pure, in un campo di grano, si scorgeva, immobile, puntato contro il cielo, il cannone sottile di un carro armato e poi, avvicinandosi si distingueva il carro intero affondato tra le spighe alte, immobile e stecchito come un animalaccio colpito a morte e poi abbandonato. Rosario, adesso guidava a gran velocità con una mano sola, mentre con l'altra stringeva quella di Rosetta in grembo a lei. Io non potevo sopportare questa vista che era un indizio di più del cambiamento di lei; e così, ad un tratto, chissà perché, ricordai che Rosetta sapeva cantare tanto bene e aveva una bella voce dolce e musicale e, quando era in casa e accudiva alle faccende domestiche, era solita cantare per tenere compagnia a se stessa e io, che stavo nella stanza accanto, spesso m'incantavo ad ascoltarla, perché, in quella sua voce che si levava tranquilla e allegra e non pareva mai stancarsi né perdere il filo della canzone, c'era tutto il carattere di lei, come era allora e come adesso non era più. Mi ricordai, dunque, di quel canto, sulla strada tra Terracina e Cisterna e provai come un impulso a risuscitare, non fosse che per un momento solo, l'illusione della Rosetta di un tempo. Dissi: "Rosetta perché non canti qualche cosa? Tu sapevi cantare così bene, perché non canti una bella canzone... altrimenti con questo sole e questa strada così diritta, va a finire che ci addormentiamo." Lei disse: "Che cosa vuoi che ti canti?" E io dissi a caso il nome di una canzone che era stata in voga un paio d'anni prima e lei subito attaccò a cantare, a gola spiegata, immobile, sempre tenendo la mano di Rosario in grembo. Ma mi accorsi tosto che non era più la stessa voce; pareva meno decisa e meno melodiosa e sbagliava i toni e anche lei dovette accorgersene perché, ad un tratto, interruppe di cantare e disse: "Ho paura che non ce la faccio più a cantare, mamma, mi sento come svogliata." Io avrei voluto dirle: "Ti senti svogliata e non sai più cantare perché tieni quella mano in grembo e non sei più tu e non ci hai più il sentimento di una volta che ti gonfiava il petto e ti faceva cantare come un uccellino, ecco perché." Però non ebbi il coraggio di parlare. Rosario disse: "Be', se volete, canterò io." E attaccò con la sua voce rauca una canzone sguaiata e spavalda.

Io adesso soffrivo più di prima, e per il fatto che Rosetta non poteva più cantare e fosse cambiata anche in questo, e perché lui cantava. Intanto l'autocarro correva a rotta di collo e ben presto giungemmo a Cisterna.

Anche qui, come a Terracina, era tutta una desolazione. Ricordo soprattutto la fontana della piazza, in un semicerchio di case sforacchiate e diroccate: la vasca era piena di calcinacci, nel mezzo della vasca c'era un piedistallo con una statua; questa statua, però, non aveva la testa ma soltanto un uncino di ferro nero, e non aveva che un braccio e questo braccio mancava della mano. Sembrava una persona viva, appunto, perché senza mano e senza testa. Anche qui non passava un cane, la gente stava ancora per le montagne o si nascondeva tra le macerie. Passata Cisterna, la strada prese per mezzo a certi boschi radi di sugheri e non si vedeva più una casa né un cristiano, ma soltanto a perdita d'occhio il suolo verde e i tronchi storti e rossi che parevano scorticati. Adesso la giornata non era più tanto bella: dalla parte del mare era venuto su come un piccolo ventaglio di nuvolette grigie e poi questo ventaglio si era sempre più aperto e adesso era diventato immenso, con l'impugnatura verso il mare e le stecche, tutte fatte di nuvole grigie e fitte, allargate per quanto vasto era il cielo.

Il sole era andato via e la campagna, con quei sugheri storti e rossi che sembravano soffrire di essere storti e rossi, si era fatta tutta di un colore solo, smorto e opaco, senza luce. C'era una solitudine completa: e benché il fracasso del motore non cessasse un istante, si indovinava che c'era un gran silenzio senza più alcun canto di uccelli e di cicale. Rosetta, adesso, sonnecchiava; Rosario fumava, pur guidando; e io, con gli occhi, ora seguivo i cippi bianchi dei chilometri e ora affondavo lo sguardo indietro indietro nei sughereti senza vedere niente né nessuno. Poi la strada fece una svolta e io che stavo guardando ai sughereti, fui ad un tratto quasi scagliata con la fronte contro il cristallo del parabrezza. Come ricaddi indietro, vidi che la strada era sbarrata per tutta la sua lunghezza da un palo telegrafico abbattuto; nello stesso tempo tre uomini uscivano da dietro i sugheri e si facevano avanti agitando le mani come per accennare che l'autocarro si fermasse. Rosetta disse svegliandosi: "Che c'è?" ma nessuno le rispose perché io non capivo niente e Rosario, intanto, era già disceso dall'autocarro e si avviava con decisione verso i tre uomini. Questi, me li ricordo benissimo, e li riconoscerei anche oggi tra mille: erano vestiti di stracci, come tutti quanti allora in quei giorni, uno era piccolo, biondo con le spalle larghe e il vestito di velluto marrone; il secondo era alto, di mezza età, magro scannato, con la faccia tesa e magra, gli occhi incavati e i capelli pepe e sale in disordine; il terzo era un giovanotto del tipo più comune, bruno, la faccia larga, i capelli neri, non tanto diverso da Rosario. Quest'ultimo, scendendo dal camion, aveva fatto un gesto che avevo notato; si era tolto rapidamente dalla tasca un involto e l'aveva ficcato dentro il cruscotto. Io capii che quell'involto conteneva del denaro e capii, ad un tratto, allora, che quei tre uomini erano tre ladri. Poi tutto avvenne in un momento mentre Rosetta ed io guardavamo immobili e paralizzate dallo stupore, attraverso il cristallo del parabrezza che era tutto sporco con insetti schiacciati, polvere e rigature di pioggia e pareva aggiungere, alla luce già smorzata del cielo rannuvolato, non so che malinconia e incertezza. Attraverso questo vetro, noi vedemmo, dunque, Rosario andare incontro a quei tre, con piglio deciso, perché era coraggioso; e quei tre, alla loro volta, affrontarlo, minacciosi. Rosario, lo vedevo di schiena e vedevo invece, di faccia il biondo che gli parlava: aveva una bocca rossa e un po' storta con qualche cosa come uno sfogo o un pedicello all'angolo della bocca. Insomma il biondo parlò e Rosario rispose; il biondo, parlò ancora e, alla seconda risposta di Rosario ad un tratto, alzò la mano e acchiappò per il bavero Rosario, proprio sotto la gola. Rosario fece come un movimento con le spalle, prima a destra e poi a sinistra, liberandosi e contemporaneamente lo vidi, con chiarezza, andare con la mano alla tasca di dietro dei pantaloni. Subito sentii un primo sparo e poi altri due e credetti che fosse stato Rosario a sparare. Invece, lui si voltò e fece come per dirigersi verso il camion, ma a testa bassa, stranamente incerto, quindi, d'improvviso, cadde in ginocchio, sostenendosi con le mani puntate a terra, stette un momento così a testa bassa, come riflettendo, e alla fine si rovesciò di fianco. Quei tre, senza curarsi di lui vennero incontro al camion.

Il biondino, che tuttora stringeva la rivoltella in mano, si aggrappò allo sportello del camion e si affacciò nella cabina dicendo ansimante: "Voi due scendete, subito, scendete."

Nello stesso tempo agitava la rivoltella, non tanto per minacciarci, forse, quanto per farci capire che dovevamo scendere. Intanto gli altri due stavano togliendo il palo dalla strada. Capii che dovevamo ubbidire e dissi a Rosetta: "Vieni, scendiamo." E feci per aprire lo sportello. Ma il biondino che si era già quasi infilato nella cabina, d'improvviso si sporse di fuori guardando alla strada e io vidi che gli altri due gli facevano dei gesti come per avvertirlo di qualche cosa di nuovo che stava succedendo. Lui diede in una bestemmia, saltò giù dal camion e raggiunse i suoi due compagni; e poi li vidi scappare tutti e tre, a perdifiato, per il sughereto e ben presto, correndo a zig zag tra un tronco e l'altro, scomparire. Per un momento non ci fu più niente né nessuno, salvo il palo telegrafico tirato da un lato e il corpo di Rosario immobile nel mezzo della strada. Dissi a Rosetta: "E ora che facciamo?" e quasi nello stesso tempo, ecco sbucarci accanto una piccola macchina scoperta con due ufficiali inglesi e un soldato come autista. La macchina rallentò perché il corpo di Rosario sbarrava la strada, non tanto però che, rasentando il fossato, non si potesse oltrepassarlo; i due ufficiali si voltarono a guardare il corpo e quindi noi due; poi vidi uno di loro fare all'autista un gesto, come per dire: "Chi more more, avanti." E la macchina subito ripartì, contornò di stretta misura il corpo di Rosario, ripigliò la corsa e ben presto scomparve in fondo alla strada dietro la voltata. Allora, non so come, mi ricordai del denaro che Rosario aveva nascosto nel cruscotto, stesi la mano, presi l'involto e me lo cacciai in seno. Rosetta mi vide fare il gesto e mi lanciò uno sguardo che mi parve quasi di riprovazione. D'improvviso ci fu un cigolio forte di freni e un camion si fermò di botto accanto al nostro.

Era un italiano questa volta, un uomo piccolo con la testa grossa e calvo, la faccia pallida e tutta sudata, gli occhi tondi a fior di pelle e le basette lunghe che gli scendevano fino in mezzo alle guance. Aveva un'espressione spaventata e malcontenta ma non cattiva, come chi faccia per dovere un atto di coraggio e al tempo stesso maledica dentro di sé la propria sorte che ce l'ha portato, suo malgrado, ad essere coraggioso. Domandò in fretta. "Ma che è successo?" senza muoversi dal camion, la mano sulla leva del cambio. Dissi: "Ci hanno fermato e hanno ammazzato quel giovanotto e poi sono scappati. Volevano rubare. E ora noi due che siamo due sfollate..." Lui m'interruppe: "Dove sono scappati?" Io indicai in direzione del sughereto; lui roteò da quella parte gli occhi spaventati, poi disse: "Per l'amor di Dio, presto salite nel mio camion se volete venire a Roma, ma presto, fate presto, per l'amor di Dio." Capii che se esitavo ancora un momento lui sarebbe ripartito e così mi affrettai a scendere, tirandomi dietro Rosetta per la mano. Ma lui, allora, ci gridò con voce afflitta: "Spostate quel corpo, spostatelo, se no come faccio a passare?" E io guardai e vidi, infatti, che il suo autocarro, tanto più largo della macchinetta degli ufficiali inglesi, non aveva spazio sufficiente per passare tra il fossato e il corpo di Rosario. "Fate presto, per l'amor di Dio," si raccomandò ancora lui con quella sua voce lagnosa; io allora mi riscossi e dissi a Rosetta: "Aiutami," e andai direttamente al corpo di Rosario che stava disteso su un fianco, con un braccio alzato sopra la testa come per aggrapparsi a qualche cosa che non aveva avuto il tempo di afferrare. Mi chinai e acchiappai un piede, Rosetta si chinò anche lei e acchiappò l'altro; e così, a fatica, perché pesava non si sa quanto, lo trascinammo da un lato, verso il fossato, con le spalle e la testa a terra e le braccia lunghe distese, che seguivano senza vita, strisciando sull'asfalto. Rosetta fu la prima a lasciare andare il piede, e io subito dopo feci come lei; ma poi mi chinai in fretta sul morto, con gesto istintivo quasi temendo di avere a scoprire che era ancora vivo: in realtà avevo l'involto del suo denaro in seno e mi premeva conservarlo perché, nelle nostre condizioni, ci faceva comodo assai; e così volevo assicurarmi che lui fosse morto davvero. Ma era proprio morto, lo capii dagli occhi che erano rimasti aperti e guardavano non so dove, lucidi e immobili. Lo confesso, in quel frangente mi comportai da persona interessata e vile, proprio come si sarebbe comportata Concetta, secondo la sua convinzione che la "guerra era la guerra". Avevo portato via il denaro al morto; avevo temuto, per via del denaro, che non fosse morto ma vivo; ma, una volta constatato che era morto davvero, volli bilanciare quel mio brutto timore con un atto di fede che non mi costava niente: rapidamente, mentre l'uomo del camion mi gridava, impaziente: "Sta' tranquilla, è morto, non c'è più niente da fare," mi chinai e feci con l'indice e il medio un segno della Croce sul petto a Rosario, là dove la sua giubba nera appariva chiazzata da una larga macchia scura. Sentii, in questo gesto, che le mie dita sfioravano la stoffa della giubba e che questa stoffa era bagnata; quindi, come corsi insieme con Rosetta verso il camion, mi guardai furtivamente le dita con cui avevo fatto il segno della Croce e vidi che i polpastrelli erano rossi di sangue vivo, appena sgorgato. Provai d'improvviso, alla vista di questo sangue, un rimorso oscuro, quasi un orrore di me stessa, per aver fatto quell'ipocrito segno della Croce sul corpo dell'uomo che avevo allora allora derubato; e sperai che Rosetta non se ne fosse accorta. Ma, come mi asciugai le dita alla gonna, vidi che lei mi guardava e capii che mi aveva visto. Intanto eravamo salite ambedue accanto all'uomo. Il camion partì.

Quell'uomo guidava curvo sul volante che teneva con le due mani, come aggrappandosi, gli occhi fuori della testa, il viso pallido, trafelato e pieno di spavento; io ero tuttora preoccupata per il pacco di biglietti di banca che avevo in seno; e Rosetta guardava davanti a sé, con una faccia immobile e apatica in cui sarebbe stato impossibile trovare il riflesso di qualsiasi sentimento. Mi venne in mente che tutti e tre, ciascuno per i nostri motivi, non avevamo dimostrato alcuna pietà per Rosario ammazzato come un cane e poi abbandonato sulla strada maestra: l'uomo atterrito, non era neppure disceso per vedere se fosse morto o vivo; io mi ero soprattutto preoccupata di constatare che fosse morto sul serio, per via del denaro che gli avevo portato via; e Rosetta si era limitata a trascinarlo per un piede verso il fossato, come se fosse stata la carogna puzzolente e ingombrante di qualche animale. Così non c'era pietà, né commozione, né simpatia umana; un uomo moriva e gli altri uomini se ne infischiavano, ciascuno per i suoi motivi personali. Era, insomma, la guerra, come diceva Concetta, e questa guerra temevo, adesso, che si sarebbe prolungata nelle nostre anime molto dopo che la guerra vera fosse finita. Ma Rosetta era il caso peggiore dei tre: non più di mezz'ora prima, lei ci aveva fatto l'amore con Rosario; aveva suscitato la sua voglia e l'aveva soddisfatta; aveva dato e ricevuto piacere da lui; e adesso sedeva a ciglio asciutto, immobile, indifferente, apatica, senz'ombra di sentimento sopra il viso. Pensavo queste cose; e mi dicevo che tutto andava all'incontrario di come avrebbe dovuto andare e tutta la vita era diventata assurda, senza capo né coda, e le cose importanti non erano più importanti e quelle che non avevano importanza erano diventate importanti. Poi, tutto ad un tratto, avvenne un fatto strano che non avevo preveduto: Rosetta che, sinora, come ho detto, non aveva mostrato alcun sentimento, incominciò a cantare. Prima con voce esitante e come strangolata, poi chiarendosi e affermandosi la voce, in maniera più sicura, prese a cantare la stessa canzone che io le avevo chiesto di cantare poco prima e lei, sentendosi incapace, aveva interrotto alla prima strofa. Era una canzonetta di moda un paio d'anni avanti e Rosetta era solita cantarla, come ho già detto, accudendo alle faccende domestiche; non era gran che, anzi era alquanto sentimentale e sciocca, e io pensai dapprima che era strano che la cantasse proprio adesso, dopo la morte di Rosario: una prova di più della sua insensibilità e della sua indifferenza. Ma poi mi ricordai che quando le avevo chiesto di cantare, lei aveva risposto che non ne era capace perché si sentiva come svogliata; e rammentai pure di aver pensato che lei era proprio cambiata e non poteva più cantare perché non era più quella di una volta; e d'improvviso mi dissi che lei, forse, riprendendo a cantare, intendesse farmi capire che non era vero che fosse cambiata, che lei, invece, era sempre la Rosetta di una volta, buona, dolce e innocente come un angiolo. Infatti, mentre pensavo queste cose, la guardai e vidi allora che aveva gli occhi pieni di lacrime; e queste lacrime sgorgavano dai suoi occhi spalancati e scivolavano giù per le guance; e fui ad un tratto del tutto sicura: lei non era cambiata, come avevo temuto; quelle lacrime lei le piangeva per Rosario, prima di tutto, che era stato ammazzato senza pietà, come un cane, e poi per se stessa e per me e per tutti coloro che la guerra aveva colpito, massacrato e stravolto; e questo voleva dire che non soltanto lei non era, in fondo, cambiata ma neppure io che avevo rubato il denaro di Rosario né tutti coloro che la guerra, per tutto il tempo che era durata, aveva reso simile a se stessa. D'improvviso mi sentii tutta consolata; e da questa consolazione, sgorgò spontaneo il pensiero: "Appena a Roma, rimanderò questo denaro alla madre di Rosario." Senza dir nulla, passai un braccio sotto il braccio a Rosetta e le strinsi la mano nella mia.

Lei cantò più e più volte quella canzone mentre la macchina correva alla volta di Velletri; e poi, quando le lacrime cessarono di sgorgare dai suoi occhi, cessò di cantare. Quell'uomo del camion, che non era cattivo ma soltanto spaventato, forse capì qualche cosa perché domandò ad un tratto: "Chi era per voi quel giovanotto che è stato ammazzato?" Io mi affrettai a rispondere: "Non era niente, un conoscente, un borsaro nero che ci aveva offerto di portarci a Roma." Ma lui, ripreso improvvisamente dalla paura, soggiunse in fretta: "Non dirmi niente, non voglio sapere niente, non so nulla e non ho visto nulla, a Roma ci lasciamo e io farò come se non vi avessi mai viste né conosciute." Io dissi: "Sei tu che me l'hai chiesto." E lui: "Sì, hai ragione, ma come non detto, come non detto."

Finalmente, ecco apparire in fondo alla pianura distesa e verde, una lunga striscia di colore incerto, tra il bianco e il giallo; i sobborghi di Roma. E dietro questa striscia, sovrastandola, grigia sullo sfondo del cielo grigio, lontanissima, eppure chiara, la cupola di San Pietro. Dio sa se avevo sperato durante tutto l'anno di rivedere, laggiù all'orizzonte, quella cara cupola, così piccola e al tempo stesso così grande da potere essere quasi scambiata per un accidente del terreno, per una collina o una montagnola; così solida benché non più che un'ombra; così rassicurante perché familiare e mille volte vista ed osservata. Quella cupola, per me, non era soltanto Roma ma la mia vita di Roma, la serenità dei giorni che si vivono in pace con se stessi e con gli altri. Laggiù, in fondo all'orizzonte, quella cupola mi diceva che io potevo ormai tornare fiduciosa a casa e la vecchia vita avrebbe ripreso il suo corso, pur dopo tanti cambiamenti e tante tragedie. Ma anche mi diceva che questa fiducia tutta nuova, io la dovevo a Rosetta e al suo canto e alle sue lacrime. E che senza quel dolore di Rosetta, a Roma non ci sarebbero arrivate le due donne senza colpa che ne erano partite un anno prima, bensì una ladra e una prostituta, quali, appunto, attraverso la guerra e a causa della guerra, erano diventate.

Il dolore. Mi tornò in mente Michele che non era con noi in questo momento tanto sospirato del ritorno e non sarebbe mai più stato con noi; e ricordai quella sera che aveva letto ad alta voce, nella capanna a Sant'Eufemia, il passo del Vangelo su Lazzaro; e si era tanto arrabbiato con i contadini che non avevano capito niente ed aveva gridato che eravamo tutti morti, in attesa della resurrezione, come Lazzaro. Allora queste parole di Michele mi avevano lasciata incerta; adesso, invece, capivo che Michele aveva avuto ragione; e che per

è meglio che l'indifferenza

qualche tempo eravamo state morte anche noi due, Rosetta ed io, morte alla pietà che si deve agli altri e a se stessi. Ma il dolore ci aveva salvate all'ultimo momento; e così, in certo modo, il passo di Lazzaro era buono anche per noi, poiché, grazie al dolore, eravamo alla fine, uscite dalla guerra che ci chiudeva nella sua tomba di indifferenza e di malvagità ed avevamo ripreso a camminare nella nostra vita, la quale era forse un povera cosa piena di oscurità e di errore, ma purtuttavia la sola che dovessimo vivere, come senza dubbio Michele ci avrebbe detto se fosse stato con noi.

TASCABILI BOMPIANI

1 **Moravia** La bella vita
2 **Steinbeck** La battaglia
3 **Bettelheim B.** Il prezzo della vita
4 **Vittorini** Diario in pubblico
5 **Maraini** La vacanza
6 **Greer** L'eunuco femmina
7 **Dumézil** (a cura di) Il libro degli eroi
8 **Moravia** Gli indifferenti
9 **Brancati** Don Giovanni in Sicilia
10 **Camus** La peste
11 **Eco** Opera aperta
12 **Anderson** Riso nero
13 **Gorresio Pansa-Tornabuoni** Trent'anni dopo
14 **Gavina C.** Senza patente
15 **Bianciardi** L'integrazione
16 **Pisu** (a cura di) Maschio è brutto
17 **Moravia** La ciociara
18 **Valli** Gli eurocomunisti
19 **Roth J.** La tela di ragno
20 **Galli** Storia del PCI
21 **Marotta** San Gennaro non dice mai no
22 **Mumford** La città nella storia Vol. I
23 **Mumford** La città nella storia Vol. II
24 **Mumford** La città nella storia Vol. III
25 **D'Agata** L'esercito di Scipione
26 **Dostoevskaja** Dostoevskij mio marito
27 **Eco** Apocalittici e integrati
28 **Moravia** Racconti romani Vol. I
29 **Moravia** Racconti romani Vol. II
30 **Meyrink** Il Golem
31 **Zavattini** Parliamo tanto di me
32 **Dostoevskij** Povera gente
33 **Gorresio** Risorgimento scomunicato
34 **Steinbeck** Furore
35 **Stendhal** Roma, Napoli e Firenze nel 1817
36 **Stendhal** Vita di Napoleone
37 **Robbins** Il pirata
38 **Cronin** Gran Canaria
39 **Bernhard** Mitobiografia
40 **Ulfeldt** Memorie dalla Torre Blu
41 **Li-Yü** Il tappeto da preghiera di carne

→ Il pianto di Severino (pg 108)
→ pg. 248 ☆ pecore

TASCABILI BOMPIANI
Periodico settimanale anno I numero 17 - 14/9/1976
Registr. Tribunale di Milano n. 133 del 2/4/1976
Direttore responsabile: Giovanni Giovannini
Finito di stampare nel marzo 1989 presso
il Nuovo Istituto Italiano d'Arti Grafiche - Bergamo
Printed in Italy